Veronika Gamsreiter

Winterträume in der kleinen Schokoladenmanufaktur

MIX
Papier aus verantwortungsvollen Quellen
Paper from responsible sources
FSC® C105338

Liebe Leserin, lieber Leser,

herzlichen Dank, dass du dich für ein Buch von beHEARTBEAT entschieden hast. Die Bücher in unserem Programm haben wir mit viel Liebe ausgewählt und mit Leidenschaft lektoriert. Denn wir möchten, dass du bei jedem beHEARTBEAT-Buch dieses unbeschreibliche Herzklopfen verspürst.

Wir freuen uns, wenn du Teil der beHEARTBEAT-Community werden möchtest und deine Liebe fürs Lesen mit uns und anderen Leserinnen und Lesern teilst. Du findest uns unter be-heartbeat.de oder auf Instagram und Facebook.

Du möchtest nie wieder neue Bücher aus unserem Programm, Gewinnspiele und Preis-Aktionen verpassen? Dann melde dich für unseren kostenlosen Newsletter an:
be-heartbeat.de/newsletter

Viel Freude beim Lesen und Verlieben!

Dein beHEARTBEAT-Team

Melde dich hier für unseren Newsletter an:

Über die Autorin

Veronika Gamsreiter ist Moderedakteurin und Journalistin mit vielen Veröffentlichungen in Print- und Online-Magazinen, wie InStyle, Madame, Joy uvm. Sie ist 1988 geboren und lebt mit ihrer kleinen Familie südlich von München. Das Liebesromanschreiben ist zu ihrer Leidenschaft geworden. Ganz nach dem Motto »alles oder nichts«, hat sie ihren Money Job an den Nagel gehängt, um ihre Debüt-Geschichte in die Welt zu bringen und sich vollkommen dem Schreiben über die Liebe zu widmen.

Veronika Gamsreiter

Winterträume in der kleinen Schokoladenmanufaktur

Vollständige ePub-to-Print-Ausgabe des in der Bastei Lübbe AG erschienenen eBooks

beHEARTBEAT in der Bastei Lübbe AG

Copyright © 2024 by
Bastei Lübbe AG, Schanzenstraße 6 – 20, 51063 Köln

Vervielfältigungen dieses Werkes für das Text- und Data-Mining bleiben vorbehalten.

Textredaktion: Dorothee Cabras
Lektorat/Projektmanagement: Anna-Lena Meyhöfer
Covergestaltung: Birgit Gitschier, Augsburg unter Verwendung von Motiven © Fotograf/Bildagentur; Fotograf/Bildagentur; Fotograf/Bildagentur; Alla Tsyganova/istockphoto, Iya Balushkina/shutterstock, Tatiana Ka/shutterstock, by-studio/shutterstock, Paladin12/shutterstock
Satz: 3w+p GmbH, Rimpar
Gesetzt aus der Adobe Caslon Pro
Druck und Verarbeitung: Libri Plureos GmbH

ISBN 978-3-7413-0457-6

be-heartbeat.de
lesejury.de

Für Andreas, mit dem ich meine ganz eigene
Liebesgeschichte schreibe.

Kapitel 1

»Wenn Sie sich die Inhaltsstoffe des Choc-Energizers einmal genauer ansehen wollen, Mr. Walker – die Hauptkomponenten, mit denen wir primär in die Vermarktung gehen, sind Hafermilch und gepuffte Quinoa«, sagte Felicity, die Produktentwicklerin.

Rosies Augen folgten dem roten Punkt von Felicitys Laserpointer, der wild blinkend wie ein Glühwürmchen auf Ecstasy durch den modernen Konferenzraum huschte. Felicitys Miene war stoisch gelassen, ihre zuckenden Nasenflügel verrieten aber, wie unangenehm ihr die technischen Probleme sein mussten.

»Der Riegel ...« Sie tackerte mit beiden Daumen auf den Laiserpointer ein. »... wird mit einer hauchdünnen Schicht aus Diät-Schokolade umhüllt. Das spiegelt genau den Zeitgeist wider. Denken Sie nur an die aktuellen Sport- und Food-Influencer.« Endlich kam der Punkt auf dem Bildschirm zur Ruhe. »Die Mischung ergibt einen trendigen Fitnessriegel für moderne Sportliebhaber.«

Rosie saß auf dem Stuhl ganz hinten im Konferenzraum und wippte ungeduldig mit dem Kugelschreiber. *Verantwort-*

lich für die neue Schoko-Sportriegel-Linie der Ostrich Corporation und keinen Schimmer, was gute Schokolade ausmacht, dachte sie. *Felicity hält eine Ganache wahrscheinlich für einen indischen Ashram oder eine neue Yoga-Art.*

Rosie hätte schon gewusst, was sie der Geschäftsleitung präsentieren würde, hätte man sie gefragt. Sicher kein freudloses Superfood, sondern zart schmelzenden Mandelnougat mit karamellisiertem Vanillezucker und einer Prise Himalaya-Salz. Nicht in Form eines Fitnessriegels, sondern einer feinen drei Zentimeter großen Praline. Allein bei der Vorstellung lief Rosie schon das Wasser im Mund zusammen.

Nur dass das natürlich nicht zu Ostrich passt, dachte sie dann und begann, Kringel in ihr Notizbuch zu malen.

Zwei Jahre war sie schon in der Firma. Leider nicht im kreativen Entwickler-Team, sondern im Marketing. Schon während des Studiums hatte sie hier als Praktikantin des Marketing-Genies Patrick Kingsley gearbeitet, der *Ostrich* in kürzester Zeit auch in Europa zur führenden Marke für Mahlzeitenersatzprodukte gemacht hatte. Mittlerweile war Rosie fest angestellt und eine vollwertige Marketing-Kraft, aber das hatte ihren Chef Patrick an diesem Morgen genauso wenig interessiert wie sonst auch. »Sei doch so lieb, Darling, und vertrete mich in dem Meeting heute. Meine frisch renovierte Gesichtshaut verträgt noch keinen Stress. Zweihundertfünfzig Pfund hat mich das Micro-Needling in der Gloucester Road gestern gekostet«, hatte er ihr am Morgen in einer Sprachnachricht mitgeteilt. »Und bitte Protokoll führen.«

Während Felicity sich weiter durch ihre Präsentation arbeitete, betrachtete Rosie die Gesichter der Anwesenden. Anstatt wie sonst mit müder Miene und Kaffeebecher in der Hand saßen heute alle Kollegen hellwach und mit fast schon militärisch strammer Haltung am Konferenztisch.

Pete, einer der ITler, der rechts neben ihr saß, hatte sogar seine oftmals albernen Shirts mit den peinlichen Sprüchen gegen ein einfarbiges Hemd mit Kragen und Manschetten getauscht. Lydia aus der Buchhaltung trug sogar eine Hochsteckfrisur.

Auch Rosie hatte sich heute bei ihrer morgendlichen Outfit-Wahl mehr Mühe gegeben als sonst. Sie trug eine schwarze Culotte, die ihre schmale Taille betonte, dazu eine weiße Schluppenbluse aus Seide und ihre heißgeliebten weißen Wildlederstiefeletten, die sie stets sorgsam in dem dazu gehörigen Staubbeutel aufbewahrte und nur für besondere Anlässe hervorholte.

Grund dafür war an diesem Tag Jack Walker, einer der Firmengründer der *Ostrich Corporation*, der sich für einige Zeit in der Londoner Niederlassung darum kümmern würde, den europäischen Markt weiter auszubauen.

Walker war eine Woche zuvor aus New York angereist. Alle hatten ihre Schreibtische aufgeräumt und waren hektisch durch die Gänge geschwirrt, als stünde ein royaler Besuch bevor. Auch Rosie hatte sich von der Aufregung anstecken lassen, aber außer einem formellen Händeschütteln war bisher nichts gewesen.

Und jetzt saß ihr oberster Boss hier mit ihr am Konferenztisch. Er sah wirklich gut aus. Unverschämt gut …

»Wir haben uns für den günstigeren Schoko-Überzug entschieden«, sagte Felicity gerade, »bei dem wir einiges an Kosten einsparen. Mit dem richtigen Marketing checkt der Kunde ohnehin nicht, welche Qualität die Schokolade wirklich hat. Ich meine, auch wenn wir für den europäischen Markt die Schokohülle testen, sollte der Fokus ja immer noch auf dem Inhalt des Riegels liegen.«

Rosie stöhnte unwillkürlich auf. Schokolade war doch nicht einfach nur ein zweckmäßiger Überzug, der einen Sport-Riegel zusammenhielt, wie ein Stück Alufolie einen Burrito! Schokolade war eine verführerische Köstlichkeit, eine Vielfalt an erlesenen Aromen, ein Vergnügen für die Sinne;

sie war Wärme und Heimat. Und vor allem war Schokolade für Rosie ein Versprechen!

Es war still geworden im Meeting-Raum.

Rosie blickte von ihrem Notizbuch auf und stellte fest, dass sie jetzt alle anstarrten. *Wie peinlich!*

Sie spürte, wie ihr Blut pulsierte und ihr Gesicht rot anlief wie der Cherry-red-Lippenstift, den sie kurz vor dem Meeting noch einmal nachgezogen hatte.

»Miss Benett, möchten Sie etwas sagen?«, fragte Jack Walker und lehnte sich lässig auf seinen Stuhl zurück.

»Ich, äh ...« Rosie sank ebenfalls in ihren Stuhl, nur dass es bei ihr vermutlich eher nach einem ungeschickten Versuch aussah, sich hinter dem Tisch zu verstecken. »Nein, ich meine nur, dass es sehr wohl einen Unterschied macht ... Also, dass der Kunde merken wird, ob die Schokolade hochwertig ist.«

»Und das weißt du so genau, weil?«, fragte Felicity in schnippischem Ton. Der Laserpunkt huschte nervös von links nach rechts durch den Raum.

»Na ja, ich kenne mich mit Kakao ganz gut aus«, antwortete Rosie nun schon etwas selbstbewusster. Sie dachte einen kurzen Moment an ihre Grandma Millie, an die Chocolaterie und an die köstlichsten Pralinen von ganz England. »Ich bin überzeugt, dass der Kunde die Qualität der Schokolade bemerkt. Billige Schokolade mit vielen Inhaltsstoffen fühlt sich sandig oder körnig an und befriedigt das Lustzentrum im Gehirn weniger. Gute Schokolade hingegen schmeckt bittersüß nach Kakao. Das Aroma ist intensiv. Es bleibt lange auf der Zunge. Der Körper will einfach mehr davon.«

Rosie sah in die fragend dreinschauende Runde und blieb an Mr. Walkers durchdringendem Blick hängen. »Der Kunde wird nicht widerstehen können. Er wird mehr von dem Riegel haben wollen und weitere kaufen.« Sie konnte nicht anders, als ihn ebenfalls anzustarren.

»Guter Einwand«, sagte Edward aus der PR-Abteilung, wurde aber von einem Klopfen an der Glastür unterbrochen. Gretchen Miller, Mr. Walkers Persönliche Assistentin, streckte den Kopf zur Tür herein und wies ihn darauf hin, dass sein Zehn-Uhr-Termin bereits auf ihn wartete.

Ganz langsam wandte er den Blick von Rosie ab. »Ja, richtig.« Er schnappte sich sein Smartphone, das vor ihm auf dem Tisch lag, und sah noch einmal kurz in die Runde. »Merken Sie sich Ihre Ideen! Wir werden das weiter ausführen.«

Damit war das Meeting beendet.

Mit einem hörbaren Seufzer ließ sich Rosie auf den kleinen Hocker neben Perpetua sinken und reichte ihr einen Becher dampfenden Kaffee.

»Danke, Kleines. Na, einen schlechten Start in den Tag gehabt?« Mit ihren langen künstlichen Nägeln tippte die Empfangsdame weiter auf der Tastatur herum und sah nicht einmal auf. »Gibt es jemanden, den ich verhauen oder aus dem Gebäude entfernen lassen soll?«

Rosie lachte. Perpetua traute sie alles zu. Mit ihrem divenhaften Auftreten, dem unerschütterlichen Selbstbewusstsein und dem exzentrischen Erscheinungsbild hatte die Afroamerikanerin schon den ein oder anderen ungebetenen Gast aus dem Bürogebäude verscheucht. Sie kommandierte gestandene Kurierboten herum, wies Besucher in ihre Schranken, und von ihrem Empfangspult aus koordinierte sie die *Ostrich*-Welt. Vor Perpetua hatten alle Respekt. Rosie war die Einzige, mit der die übergewichtige, etwas verrückte Mittdreißigerin warmgeworden war.

»Nein, danke, vielleicht komme ich ein andermal auf dein Angebot zurück«, sagte Rosie lächelnd. »Felicity, die Produktentwicklerin, hat einfach nur keine Ahnung von Schokolade. Bei dem Meeting gerade konnte ich nicht anders, als mit den Fakten aufzuräumen. Ich schätze, das hat ihr nicht gefallen.«

»Ach, Süße, du vergeudest wirklich deine Zeit hier bei *Ostrich*. Eine Schande um jeden Tag, an dem du nicht deine köstlichen kleinen Schokodinger an den Mann bringst. Apropos, ich bräuchte Nachschub von diesen unglaublichen Schnaps-Bällchen. Wie heißen die noch gleich?«

»Du meinst die Amarula-Sahne-Trüffel?« Rosie kramte in ihrer Handtasche. »Bekommst du. Aber erst musst du noch meine neueste Kreation probieren.« Sie förderte ein Schächtelchen zutage und öffnete es. So gerne sie ihre Kreationen selbst aß, war ihre Motivation für das Entwickeln und Herstellen neuer Pralinen doch das Feedback, das sie dafür bekam. Jedes Mal, wenn sie eine neue Sorte ausprobierte und selbst für perfekt befand, ließ sie ihre Freunde kosten. »Ich habe sie ›Madagaskar-Kaffee‹ getauft.«

Perpetua beugte sich neugierig über die kleine Schachtel, die Rosie ihr mit beiden Händen hinstreckte, als präsentierte sie einen Schatz. Darin lagen zwei dunkelbraune Kugeln mit einer kreisförmigen Riffelung, in der sich das Licht der grellen Bürodeckenlampe matt spiegelte. Sie verströmten jetzt ihren Duft von Kaffee und dunkler Schokolade, der in der Schachtel eingeschlossen gewesen war.

Vorsichtig nahm Perpetua sich eine Praline heraus und biss eine Hälfte davon ab. »Hmmmm.« Sie blickte auf die zweite Hälfte, die sie zwischen Daumen und Zeigefinger hielt.

»Das in der Mitte ist eine Mokkabohne, die in einer Kaffee-Ganache mit echter Vanille aus Madagaskar eingehüllt liegt. Außen herum habe ich eine Zartbitterkuvertüre mit siebzigprozentigem Kakaoanteil gewählt. Die Bohnen stammen aus einem kleinen Anbaugebiet auf Kuba, an die man nicht so leicht herankommt.«

Rosie wartete gespannt auf eine Regung in Perpetuas Gesicht. Sie war ihre anspruchsvollste Testerin und so gnadenlos wie ein Michelin-Kritiker.

»Rosie, du hast dich mal wieder selbst übertroffen. Dieser

feine Hauch Vanille ... ein Traum«, nuschelte Perpetua und schleckte sich die Fingerspitzen ab. Dann sah sie Rosie an mit ihren dunklen Augen, denen nichts entging. »Du konntest gestern Nacht wieder nicht schlafen und hast deswegen neue Pralinen ausprobiert, stimmt's?«

»Stimmt.« Rosie senkte den Blick.

»Süße, du musst endlich aufhören, dich zu geißeln. Dann ist es eben nicht der Laden deiner Grandma. Dann machst du eben irgendwann mal einen in London auf. Die Leute hier würden dir die Pralinen aus der Hand reißen. Oder du eröffnest einen Online-Shop, oder du ...«

»Du verstehst das nicht.«

Perpetua seufzte. »Aber deine Grandma hätte bestimmt nicht gewollt, dass du unglücklich bist.«

»Ich bin nicht unglücklich. Ich muss mich einfach nur noch mehr anstrengen. Heute Mittag habe ich einen Termin bei einer weiteren Bank, vielleicht klappt es ja dort mit dem Kredit.«

»Hat dir der aktuelle Besitzer der Chocolaterie eigentlich eine Deadline gesetzt?«

»Nein, zum Glück nicht, doch allzu lange wird er nicht warten«, antwortete Rosie und warf einen Blick auf die Uhrzeit auf Perpetuas Bildschirm.

»Oh, verdammt, es ist schon so spät!« Sie sprang auf und steckte die Schachtel mit der zweiten Praline wieder ein.

»Viel Glück bei der Bank, Rosie!«, rief Perpetua ihr noch hinterher.

Als Rosie außer Atem vor dem Gebäude der *Golden Central Bank* ankam, spürte sie, wie die Regentropfen ihre Stirn hinabliefen und sich in ihren Augenbrauen sammelten. Ihre braun gesträhnten langen Haare hingen schlaff herunter, und wie das Make-up aussah, mochte sie sich gar nicht vorstellen. Sie war entlang der Ladengeschäfte von Markise zu Markise gehüpft, um dem strömenden Regen und den Pfützen auszuweichen, damit ihre heiß geliebten Wildleder-Stiefeletten und die Bankunterlagen, die sie unter dem Wollmantel schützte, trocken blieben. Um alles andere hatte sie sich nicht kümmern können.

Sie sah auf ihr Handy, drei Minuten nach zwölf. So sehr sie sich auch bemüht hatte, dieses Mal pünktlich loszukommen, hatte sie sich doch wieder von dem netten Brötchenverkäufer vor dem Büro in ein Gespräch verwickeln lassen.

Als sie nun die schwere Drehtür der Bank vor sich herschob, erkannte sie in der gläsernen Spiegelung, dass ihre Mascara eine Etage tiefer gewandert war. Schnell kramte sie ein Taschentuch aus ihrer Manteltasche, beseitigte das verschmierte Make-up und tupfte sich das Gesicht ab.

Beim Betreten der Empfangshalle schwappte ihr eine Welle aus warmer, trockener Heizungsluft entgegen, wie sie sie schon von den Terminen bei den anderen Banken kannte, bei denen sie vorgesprochen hatte. Am Empfangsschalter wartete ein Mann im strengen Anzug – das musste der Kreditberater sein. Als er sie sah, warf er einen kurzen Blick auf seine Armbanduhr und streckte Rosie dann die Hand hin. »Sie müssen Ms. Benett sein. Ich dachte schon, Sie hätten den Termin vergessen. Mein Name ist Holmes.«

Seine seltsam nasal klingende Stimme war zum Schreien. Da Rosie einen guten Eindruck machen wollte und mit einem seriösen Make-up und einer ordentlichen Frisur nicht mehr punkten konnte, unterdrückte sie ein Kichern und lächelte stattdessen freundlich. »Hallo, Mr. Holmes, es tut mir leid, der Regen hat mich überrascht.«

»Nun ja, nicht so schlimm. Folgen Sie mir bitte in mein Büro.«

Rosie rutschte auf ihrem Stuhl hin und her, während Mr. Holmes ihre Unterlagen durchsah und die Daten in seinen Computer eintippte. Dieses Mal musste es einfach klappen! Sie hoffte, dass er keiner dieser dauergelangweilten Bankangestellten war, die ihren Frust an den Kunden ausließen. Wobei: Er hatte da so eine Falte zwischen den Augenbrauen, die nach sehr viel Frust aussah.

Rosie formte ihren Mund zu dem sympathischen, seriösen Lächeln einer Person, die garantiert einen Kredit zurückbezahlen würde. Aber Mr. Holmes sah nicht einmal auf.

Die Deckenlampe summte, und aus einem vergilbten Lautsprecher, der in der Ecke über einer trostlosen Zimmerpflanze hing, tönte leise Fahrstuhlmusik. Rosie betrachtete den Wandkalender, der einen weißen Sandstrand mit Palmen zeigte, und wippte mit dem Fuß zum Takt der Musik. Ob das Teil des Gesamtkonzepts der Bank war? »Entspannen Sie sich, während wir alles prüfen und über ihr zukünftiges Leben entscheiden.«

Rosie stöhnte leise.

»Wie bitte?« Mr. Holmes sah sie mit einer gehobenen Augenbraue an.

»Nichts, tut mir leid, ich ...« Ihr Blick fiel auf eine bunte Plastikverpackung auf seinem Schreibtisch. »Ich gehe gerade im Geiste meine Einkaufsliste durch, ich brauche noch Knalltüten ... Diese Gummibärchen, Sie wissen schon.«

»Sie meinen Knall*frösche*? Die esse ich auch gerne.«

»Ja, genau, köstlich. Aber bitte lassen Sie sich nicht von mir stören.«

»Nun ja, ich bin eigentlich fertig«, näselte er und streckte die gefalteten Hände mit einem hörbaren Knacksen nach vorne durch. »Ich möchte ehrlich zu Ihnen sein, Ms. Benett. Ihre Bonität ist nicht gerade die beste. Vor allem, weil Ihr Einkommen aus der Festanstellung ja aller Voraussicht nach wegfällt, sobald Sie die Chocolaterie eröffnen. Ist das richtig?«

»Ja, wenn ich den Laden eröffne, muss ich voll bei der Sache sein. Die Leute sind es ja auch gewohnt, dass das Geschäft an sechs Tagen die Woche geöffnet hat.«

»Auch wenn es schon einen Kundenstamm des aktuellen Geschäfts geben mag, ist das Risiko gerade am Anfang zu hoch, dass Sie den Kredit nicht bedienen könnten. Nach meinem Ermessen sieht es nicht sehr gut mit einer Kreditvergabe aus.«

»Ich verstehe«, antwortete Rosie und seufzte innerlich. Wieder hatte sie eine komplette Mittagspause für nichts und wieder nichts geopfert.

»Eine Möglichkeit gäbe es aber noch, Ms. Benett.«

Rosie wusste, was jetzt kommen würde.

»Haben Sie schon einmal über eine Bürgschaft nachgedacht? Nahestehende Verwandte, Ihre Eltern vielleicht. Oder gibt es eine Immobilie in der Familie, auf die eine Grundschuld aufgenommen werden kann?«

Rosie hatte schon zigmal darüber nachgedacht. Als Ergebnis konnte sie einige schlaflose Nächte und mindestens acht neue Pralinen-Kreationen verzeichnen. »Ja, die Option kenne ich«, sagte sie knapp.

»Mit einer Grundschuld oder einer Bürgschaft könnten wir Ihnen vermutlich weiterhelfen. Überlegen Sie es sich. Wenn Sie möchten, lasse ich den Kreditantrag noch offen, und Sie bringen mir die entsprechenden Unterlagen, falls Sie sich dafür entscheiden sollten.«

Rosie stand auf. »Danke, Mr. Holmes, ich werde es mir überlegen und mich gegebenenfalls noch einmal melden.«

Der Bankangestellte stand ebenfalls auf, richtete seine Krawatte und streckte Rosie die Hand hin. »Melden Sie sich gerne. Und ich würde Ihnen die roten empfehlen. Die roten Knallfrösche sind die sauersten.«

Rosie saß wieder an ihrem Schreibtisch und fasste die Meeting-Inhalte vom Morgen für Patrick in einem Bericht zusammen, als das Telefon klingelte. Erstaunt las sie auf dem Display den Namen *Gretchen Miller* und hob ab.

»Ms. Benett, entschuldigen Sie die Störung«, tönte es aus dem Hörer.

Rosie mochte Gretchen irgendwie. Die betagte Dame war erst vor einer Woche zusammen mit Jack Walker aus New York hier angekommen, hatte stets ein Lächeln auf dem Gesicht und grüßte freundlich, wenn man sie im Aufzug traf.

»Sie stören nicht, wie kann ich Ihnen helfen?«

»Mr. Walker möchte Sie gerne in seinem Büro sprechen. Haben Sie gerade Zeit?«

Rosie erstarrte. »Ähm, ja klar. Ich komme.« Sie legte den Hörer auf und atmete tief durch. *Jetzt nur keine Panik*, dachte sie und ging im Geiste schnell das Meeting am Morgen durch. Sie hatte doch lediglich ihre Meinung gesagt. Na gut, sie hatte auch Felicity unterbrochen. Und vielleicht auch ihre Autorität untergraben.

Hatte Felicity sich über sie beschwert? Sie durfte auf gar keinen Fall ihren Job verlieren! Ohne Arbeit würde sie in einer Stadt wie London sofort auf der Straße stehen. All ihr Erspartes war doch gerade erst für die Anzahlung der Chocolaterie draufgegangen.

Rosie zog ihre Schreibtischschublade auf, kramte einen kleinen Handspiegel heraus und kontrollierte den Lippenstift. Sitzt, dachte sie und erhob sich mit leicht wackeligen Knien vom Stuhl.

Sie fuhr mit dem Aufzug nach oben und lief mit klackernden Absätzen den Gang entlang zu Gretchen Millers Vorzimmer-Schreibtisch und entspannte sich ein wenig, als sie ihr freundliches Gesicht sah.

»Gehen Sie ruhig schon einmal rein. Mr. Walker müsste jede Sekunde da sein.«

Rosie trat in das helle Eckbüro, so vorsichtig, als würde sie das Gehege einer seltenen Spezies betreten. Sie steckte die Hände in die Hosentaschen und betrachtete den Raum.

Er war kühl und farblos, die Einrichtung elegant, aber minimalistisch. Alles verschmolz mit dem tristen Londoner Dezember-Grau, das durch die bodentiefen Fenster zu sehen war. An der einen Fensterseite befand sich eine cleane Sitzecke mit zwei einander gegenüberstehenden niedrigen Sofas auf einem großen schwarzen Teppich. Dazwischen stand ein rechteckiger Glastisch mit einer Wasserkaraffe und einem benutzten Glas darauf. Die andere Fensterfront nahm der riesige Schreibtisch mit einem Bürostuhl und zwei Sesseln gegenüber ein.

Noch nie hatte Rosie verstanden, warum die Leute in den oberen Etagen mit dem Rücken zum Fenster saßen. So verpasste man ja die Aussicht auf die Stadt. Und die war wirklich spektakulär von hier oben.

Ihr Blick fiel auf ein dunkelblaues Sakko, das über der Schreibtischstuhllehne hing. Es schien das einzige Persönliche in diesem Raum zu sein. Sie fragte sich, ob das daran lag, dass Jack Walker erst seit einer Woche in diesem Büro arbeitete oder ob das Unpersönliche doch sein eigener Stil war.

»Gefällt es Ihnen?«, kam es von hinten, und Rosie zuckte zusammen. Mr. Walker schloss die Tür und sah sie eindringlich an, während er zu seinem Schreibtisch ging und sich setzte.

»Ja ... dieser cleane Stil ist ... schön.«

»Na, das klingt aber nicht sehr überzeugend«, bemerkte er und zwinkerte Rosie zu. »Setzen Sie sich doch, ich muss nur noch schnell eine E-Mail abschicken.«

Rosie nahm auf einem der kantigen Ledersessel Platz und beobachtete den Mann vor sich. Mit ernster Miene tippte er auf seinen Laptop ein und kniff die mandelförmigen braunen Augen dabei zusammen. Hin und wieder hielt er inne und kratzte seinen dunklen Dreitagebart, der seine kantigen Gesichtszüge betonte. Das dunkelbraune Haar wirkte leicht zerzaust, aber nicht auf diese Ist-mir-doch-egal-Weise, sondern eher perfekt kalkuliert.

Ihr Blick wanderte hinunter zu seinem Oberkörper. Er trug ein strahlend weißes Hemd, die dunklen Knöpfe spannten etwas über seiner Brust. Die Ärmel waren bis zu den kräftigen Oberarmen hochgekrempelt, als hätte er vor, eine körperliche Arbeit zu verrichten. Aus der Nähe betrachtet sah er noch viel besser aus.

»Ich wollte Sie noch einmal wegen des Choc-Energizers sprechen. Mir hat Ihr Einsatz für den hochwertigeren Schokoladen-Überzug gefallen«, sagte Mr. Walker und klappte dabei seinen Laptop zu. »Erzählen Sie mir mehr über die befriedigende Wirkung von Schokolade.«

»Ach so, ja klar«, erwiderte Rosie überrascht. Über Schokolade konnte sie immer reden, auch wenn sie etwas anderes befürchtet hatte. »Also, mit Schokolade ist es fast so wie mit einer Droge. Vereinfacht ausgedrückt wird beim Essen von Schokolade das Belohnungssystem im Gehirn aktiviert, Endorphine werden freigesetzt, die körpereigene Opiate sind. Auf diese Weise trägt die Schokolade zur guten Laune bei. Billige Schokolade ist aber meist mit zu viel Zucker, Emulgatoren, Milchpulver und so weiter gestreckt. Gute Schokolade hat zwei, maximal drei Zutaten. Das ist einfach nicht das Gleiche.«

»Woher wissen Sie das alles?« Er sah sie aufmerksam an.

Rosie hielt seinem Blick stand und lächelte. »Ich bin mit Schokolade groß geworden. Meine Grandma besaß eine kleine Chocolaterie und hat mir alles darüber beigebracht, als ich klein war. Wenn ich wütend war, hat sie Kakao mit Milch für mich gekocht. Wenn mich etwas bedrückte, hat eine Praline alles ein Stück besser gemacht.«

Sie spürte, wie sich ihr beim Gedanken daran der Hals zuschnürte. Sie räusperte sich. »Wissen Sie, es war falsch von mir, mich heute Morgen einzumischen. Felicity ist eine hervorragende Entwicklerin, Mr. Walker, und ich ...«

»Nein, es war überhaupt nicht falsch«, unterbrach er sie. »Auch wenn es nur um einen Fitnessriegel geht, darf der Genuss dabei nicht zu kurz kommen. Ich glaube nicht, dass gepuffte Quinoa und Hafermilch alleine unsere Kunden befriedigen.« Er zwinkerte wieder. »Und wenn gute Schokolade dabei helfen kann, das zu tun, dann ist das doch einen Versuch wert. Danke für Ihre Inspiration.« Schon wieder hatte er diesen klaren Blick, und wieder konnte Rosie nicht anders, als ihn zu erwidern.

»Gerne.« Mehr brachte sie nicht heraus.

Noch einen kurzen Moment sahen sie sich an, dann löste Mr. Walker seine Augen von ihren und stand auf. »Wie wäre es, wenn Sie beim nächsten Entwickler-Meeting dabei sind? Wir könnten Ihre Expertise gebrauchen. Natürlich nur, wenn Ihr Vorgesetzter einverstanden ist. Wer ist das gleich?«

Rosie sah ihn überrascht an. »Patrick Kingsley. Aber ich bin mir nicht sicher, ob ich wirklich etwas beitragen könnte, Mr. Walker.« In Sachen Schokolade und Pralinen konnte ihr zwar niemand etwas vormachen, aber die Ansprüche und Entwicklung eines Power-Riegels waren doch etwas anderes.

»Finden wir es heraus. Und nennen Sie mich bitte Jack. Gretchen wird Ihnen eine Einladung zum nächsten Meeting schicken, und ich kläre das mit Mr. Kingsley«, sagte er und ging zur Tür.

Rosie folgte Mr. Walker. Als sie an ihm vorbeiging, drang sein herbes Parfum in ihre Nase. Sie sog den Duft ein bis hinunter zu ihrem Herzen. Für ein paar Takte schlug es schneller.

Auf dem Weg zurück zu ihrem Büro machte Rosie einen Abstecher zum Empfangsbereich. Als sich die Aufzugstür öffnete, hörte sie schon Perpetuas Stimme: »Noch ein Stück, noch ein Stück. Stopp. Und jetzt langsam im Kreis drehen. Süßer Hintern, Kleiner.«

Der Paketzusteller, der gerade einen Stapel Kopierpapier auf einer Sackkarre hinter den Empfangstresen rangierte, schaute Rosie mit aufgerissenen Augen an.

Rosie lachte. »Perpetua, hör auf damit! Lass den armen Mann einfach seine Arbeit machen.«

»Ich wollte nur helfen«, sagte Perpetua. Sie nahm dem Zusteller unaufgefordert das Formular aus der Hand und unterschrieb. Als der Mann sich kopfschüttelnd verabschiedet hatte, setzte Rosie sich auf den kleinen Hocker, auf dem sie immer saß, wenn sie hier unten vorbeischaute.

»Und, hattest du Erfolg bei der Bank?«, wollte Perpetua wissen.

»Nicht wirklich. Das gleiche Problem wie bei den anderen Banken auch. Aber Themawechsel: Du glaubst nicht, was gerade passiert ist!«

»Was denn, hast du dir von dem Putzmann wieder ein Kaffeedate aufdrängen lassen?« Perpetua lachte, und ihr Körper wackelte dabei wie eine Waschmaschine im Schleudergang.

»Haha! Ich bin nun mal nicht gut darin, Leute zurückzuweisen. Nein, ich war gerade bei Jack ... also Mr. Walker. Er hat mich in sein Büro gebeten und gefragt, ob ich mit meiner Schokoladen-Expertise bei der Entwicklung des neuen Power-Riegels mithelfen könnte.«

»Nein!«

»Doch! Er meinte sogar, dass ihm mein Einsatz bei dem Meeting heute Morgen gefallen hat.«

»Bähm! Nimm dies, dürre Felicity.«

»O Gott, an Felicity habe ich noch gar nicht gedacht!«, murmelte Rosie und biss sich auf die Unterlippe. »Sie wird mich hassen, wenn ich ihr dazwischenpfusche.«

»Da mach dir mal keine Gedanken, Süße. Wenn sie nur

gekeimten Buchweizen und Goji-Beeren kann, ist sie selber schuld«, sagte Perpetua und schüttelte sich. »Allein beim Gedanken an den letzten Riegel von ihr vergeht mir sofort wieder der Appetit.«

»Dieses Mal sind es gepuffte Quinoa und Hafermilch. Patrick wird einen Anfall kriegen, wenn er erfährt, was wir da wieder vermarkten sollen.«

»Apropos, dein Boss ist gerade mit dem anderen Fahrstuhl nach oben gefahren, bevor du runtergekommen bist«, erwiderte Perpetua.

»Oh, Mist, danke. Wir sehen uns später!«

Rosie beeilte sich und hörte schon auf dem Flur zur Marketing-Abteilung, dass Patricks Laune alles andere als gut war.

»Gepuffte Quinoa? Wie zur Hölle sollen wir den Leuten denn gepuffte Quinoa schmackhaft machen?«

Rosie stand in der Tür und sah ihn wild vor einem der Praktikanten herumfuchteln, der aussah, als würde er gleich anfangen zu weinen.

»Rosie, wo hast du gesteckt?«, rief Patrick, als er sie entdeckte. »Auf ein Wort, in meinem Büro.«

Wie sie ihn kannte, erwartete er darauf keine Antwort, und sie folgte ihm wortlos.

»Ich werde wieder Stresspusteln bekommen, das spüre ich ganz genau. Wieso tun die uns das immer wieder an, Rosie?« Er ließ sich mit theatralischer Geste auf seinem Bürostuhl nieder.

Wenn Rosie eins in den letzten zwei Jahren gelernt hatte, dann, dass es das Beste war, Patrick zuzustimmen, wenn er in dieser Stimmung war. »Das Gleiche habe ich auch gedacht, Patrick. Möchtest du vielleicht meine neue Pralinen-Kreation probieren?« Sie bot ihm die Schachtel mit der Madagaskar-Kaffee-Kreation an.

»Ach, Rosie, du und ich, wir sind die Einzigen in diesem

Laden, die noch guten Geschmack haben.« Er schob sich die Praline in den Mund. »Hmmm, köstlich. Was mich auch direkt zum Punkt bringt: Jack Walker hat mich vorhin angerufen, Rosie. Er möchte, dass du ihm und dem Entwickler-Team mit deinem Schoko-Know-how zur Seite stehst. Ich habe natürlich zugesagt, was soll man dem mächtigen, gut aussehenden Mann auch abschlagen? Vorausgesetzt, du schaffst deine Arbeit hier trotzdem. Ist das in Ordnung für dich?«

»Ja, das ist kein Problem. Du wirst gar nicht merken, dass ich für ein paar Stunden weg war.«

»Gut«, sagte er und beugte sich über den Tisch. »Dann sorg aber auch dafür, dass dieses Mal ein vermarktbares Produkt dabei rauskommt. Ich setze auf dich.«

Kapitel 2

Rosie saß auf dem Fenstersims in ihrem Apartment und starrte auf die Lichter in den Wohnungen gegenüber. Es hatte zu schneien begonnen, und die Flocken dämpften den Auto-Lärm in Rosies Straße. Die Ärmel des Kuschelpullis über die Hände gezogen, schlürfte sie eine dampfende Tasse Kakao.

Tagsüber hatte sie genug Ablenkung, aber abends holten Rosie ihre Gedanken ein. Nachdenklich betrachtete sie den weiß-braunen Milchschaum in ihrer Tasse und dachte an ihren zehnten Geburtstag zurück.

Ihre Grandma hatte damals für sie und alle ihre Freundinnen eine Party in der Chocolaterie veranstaltet. Sie hatten den ganzen Nachmittag probieren dürfen, was sie wollten. Pralinen, Tafelschokolade, Kakao-Bonbons, alles. Außerdem hatte es heißen Kakao gegeben. Im Schokoladenrausch waren die Mädchen kreuz und quer durch den ganzen Laden gehüpft. Es war der schönste Geburtstag gewesen, den Rosie je gehabt hatte.

Nur auf den Ärger, den es abends gegeben hatte, als alle Kinder abgeholt waren, hätte sie verzichten können. Sie erinnerte sich, wie sie sich hinter dem Verkaufstresen versteckt und dem Streit zwischen ihrer Großmutter und ihrer Mutter gelauscht hatte.

»Wie kannst du die Kinder nur mit so viel Schokolade vollstopfen?«, hatte ihre Mutter geschimpft. »Was meinst du, welchen Ärger wir jetzt mit den anderen Eltern bekommen? Und überhaupt, hast du denn gar nicht an die Kosten gedacht? Kein Wunder, dass der Laden in den Miesen steht, wenn du ständig alles verschenkst.«

»Das bisschen Schokolade wird die Kinder schon nicht umbringen, Virginia. Und misch dich nicht wieder in meine Angelegenheiten. Ich wollte Rosie einen schönen Geburtstag bereiten, und ich denke, das habe ich geschafft, so viel Spaß, wie das Kind heute hatte.«

»Dir geht es immer nur um Spaß, Mum. Ich will nicht, dass Rosie denkt, dass sich das ganze Leben nur um Schokolade und Spaß dreht.«

»Von dir lernt sie ja nur das Gegenteil. Nie hast du Zeit für sie.«

»Ach ja? Na, das erinnert mich ja an meine eigene Kindheit, Mum.« Damit war Rosies Mutter abgerauscht und hatte die Ladentür mit einem lauten Knall hinter sich zugeworfen.

Rosie spürte wieder das drückende Gefühl in Hals und Brust, als sie an die traurigen Augen ihrer Grandma dachte. Und daran, wie ihr Vater sanft Rosies Schulter gedrückt und ihr damit zu verstehen gegeben hatte, dass es jetzt Zeit war zu gehen.

Das schrille Geräusch ihrer Klingel riss Rosie aus den Gedanken. Überrascht presste sie die Stirn dicht an das eiskalte Fenster, konnte aber niemanden unten vor dem Haus sehen. Sie lief zur Wohnungstür und drückte den Knopf der Sprechanlage. »Hallo?«

Im gleichen Moment klopfte es schon an der Wohnungstür. Rosie öffnete zögerlich, und jemand streckte ihr eine Flasche Prosecco entgegen. Es war Reese, Rosies älteste Freundin, mit der sie in Bedford zur Schule gegangen war.

Reese riss die Augen auf. »O nein, ist das dein Pyjama? Hast du schon geschlafen?«

»Hi! Nein, alles gut. Ich habe es mir nur etwas bequem gemacht.«

Reese grinste. »Super, denn ich wollte dich zu einem kleinen Mädelsabend überraschen.«

Ehe Rosie sagen konnte, dass es ihr heute nicht so gut passte, trat Reese schon ein, zog die Schuhe aus und ging direkt in die Küche.

»Am Wochenende warst du so nachdenklich. Was hältst du davon, wenn wir uns einen antrinken und du mir erzählst, was du auf dem Herzen hast?« Reese fing bereits an, das Metall vom Flaschenhals des Proseccos abzupulen.

Die Fürsorge ihrer Freundin rührte Rosie, doch sie wollte nicht über ihre Sorgen reden. Gar nicht. »Das ist lieb von dir, Reese. Aber ich habe nur ein bisschen Stress bei der Kredit-Suche. Nicht der Rede wert.«

»Nicht der Rede wert? Seit ein paar Wochen hast du keine Lust mehr auszugehen und hängst Abend für Abend alleine hier rum. Gehst du überhaupt noch regelmäßig zur Arbeit? Ich habe in der *Cosmopolitan* gelesen, dass häufige Fehlzeiten im Job ein erstes Anzeichen für Depressionen sein können.«

»Ich habe keine Depressionen«, entgegnete Rosie. »Also gut, wenn du es unbedingt wissen möchtest, dann mach erst mal die Flasche auf. Ich hole zwei Gläser.«

»Na, siehst du, geht doch«, hörte sie Reese murmeln.

»Wow, ich bin wirklich beeindruckt, dass du für deinen Traum sogar einen Haufen Schulden aufnehmen würdest«, sagte Reese, nachdem Rosie ihr alles über Banken und Bürgschaften erzählt hatte. »Ich weiß zwar, wie das Verhältnis zu deiner Mutter ist, aber kannst du dir denn gar nicht vorstellen, deine Eltern um Hilfe zu bitten?«

»Mein Dad würde bestimmt für mich bürgen, doch solange meine Mutter dagegen ist, bringt mir das nichts«, antwortete Rosie und nahm einen großen Schluck aus ihrem kristallenen Sektkelch. Die Gläser hatte sie ein paar Wochen nach Grandma Millies Tod aus einer der Kisten gerettet, die das Entrümpelungsunternehmen abholen sollte. Auch wenn sie damals erst zwölf gewesen war, hatte sie versucht, so viele Gegenstände wie möglich an sich zu nehmen, die die Erinnerung an Millie aufrechterhalten würden.

Schon spürte sie wieder den alt bekannten Kloß im Hals.

»Das hört sich nicht einfach an. Am besten wäre es, du würdest selbst zu Geld kommen. Angel dir doch einen reichen, gut aussehenden Mann«, scherzte Reese.

Rosie kam unfreiwillig Jack Walker in den Sinn, und ihre Stimmung erhellte sich. »Da hätte ich schon einen guten Kandidaten«, sagte sie schmunzelnd und wackelte mit den Augenbrauen. »Einer der Firmenchefs von *Ostrich* ist derzeit in London. Er sieht verdammt gut aus.«

»Perfekt! Erzähl mir von ihm.«

»Nein, das war nur ein Scherz. Ich würde nie einen Mann um Geld bitten, um meinen eigenen Traum zu verwirklichen.« Rosie schüttelte den Kopf. »Aber der Typ ist wirklich unglaublich attraktiv. Er ist muskulös und hat so einen Blick ...«

»Was für einen Blick und wie sieht der Traummann genau aus?« Reeses Augen funkelten.

Rosie schmunzelte. »Na, so ein Blick, du weißt schon. Als würde er einem direkt in den Kopf schauen. Er ist groß, braune Augen, Dreitagebart. Ich war heute bei ihm im Büro, und er meinte, ich solle ihn Jack nennen.«

»Uhhh, Jack!« Reese klatschte in die Hände und zog ihr

Handy aus der Hosentasche. »Wie heißt er noch mal weiter? Ich muss ihn sofort googeln.«

»Auf die Idee bin ich noch gar nicht gekommen. Gib Jack Walker ein.« Rosie ließ sich von der Euphorie ihrer Freundin anstecken und wartete gespannt auf Reeses Urteil.

»Mal sehen ... Hm, Jack Walkers gibt's eine Menge. Aber hier haben wir ihn. Wow, der sieht ja wirklich umwerfend aus! Ich mag sein schiefes Lächeln.«

»Was meinst du mit schiefem Lächeln? Zeig mal her!« Rosie streifte Reeses blonde Haare nach hinten und lehnte sich an ihre Schulter. Beim Anblick ihres Big Bosses spürte sie, wie ihre Wangen ein klein wenig heiß wurden. »Er hat kein schiefes Lächeln, sein Lächeln ist perfekt.«

Reese scrollte durch die Google-Ergebnisliste und las einige laut vor: »Ostrich Corporation *expandiert weltweit; Innovations-Award:* Ostrich Corporation *gewinnt in der Kategorie Lebensmittel; Firmengründer des Jahres ...*« Dann sah sie enttäuscht auf. »Hier steht ja gar nichts Persönliches über ihn.«

Rosie blieb an einer Überschrift hängen. »Moment, das ist interessant: *Jungunternehmer spendet fünfzigtausend Dollar an Brustkrebsforschung.*«

»Ach herrje, ein gutes Herz hat er auch noch! Dieser Jack ist ja ein richtiger Jack-Pot.«

Daraufhin brachen die Freundinnen in lautes Gelächter aus.

Als die Flasche Prosecco geleert und Reese wieder gegangen war, ließ Rosie sich leicht beschwipst ein heißes Bad ein. Vorsichtig stieg sie mit dem letzten Gläschen Schaumwein in die Wanne und spürte, wie sich langsam eine wohlige Wärme in ihrem Körper breitmachte. Der sanfte Lavendelduft, der Alkohol ... Seit Langem hatte sie sich nicht mehr so gelöst gefühlt. Sie nahm ihr Handy zur Hand, um die Tiefenentspannung mit einer angenehmen Musik zu krönen, und entdeckte eine rote Eins auf dem Postfachsymbol ihrer Firmen-Mail-Adresse.

Ihr Blick wanderte auf die Uhrzeit-Angabe. *21.00 Uhr.* Das konnte nur Patrick sein. Es war nicht so, als hätte sie nicht die Wahl gehabt, aber das Gefühl einer ungelesenen Mail hatte Rosie noch nie leiden können. Sie seufzte und öffnete das Postfach.

Eingegangen um 20.46 Uhr. Im Betreff stand: *Entwickler-Meeting nächste Woche.*

Die Mail war nicht von Patrick. Sie war von Jack Walker.

Rosie kniff die Augen zusammen und starrte aufs Display. Die Einladung zu dem Meeting hatte doch seine Assistentin schon geschickt. Mit leichtem Herzklopfen klickte sie die Mail an.

> Hi, Rosie, ich wollte nur sichergehen, dass ich Sie mit der Mitarbeit am Choc-Energizer nicht überrumpelt habe. Ihr Vorgesetzter meinte zwar, dass Sie sehr gerne dafür Überstunden in Kauf nehmen, aber dennoch habe ich ein schlechtes Gewissen. Bitte geben Sie mir Bescheid, wenn es Ihnen zu viel wird.
> LG, Jack.

Typisch Patrick, dachte sie. Dann las sie die Nachricht noch einmal. Und noch einmal. Sie trank den letzten Schluck Prosecco, stellte das Glas auf den Badewannenrand und begann zu tippen:

> Kein Problem, das mache ich wirklich gerne. Vielen Dank, dass Sie mir die Möglichkeit geben.
> LG, Rosie.

Rosie legte das Handy weg, gab einen kurzen Freudenschrei von sich und tauchte mit dem Kopf unter Wasser. Sie stellte sich Jack vor, wie er jetzt gerade in seinem hochgekrempelten Hemd an dem großen, glänzenden Schreibtisch saß. Ganz alleine im dunklen Büro. Die Lichter Londons in seinem Rücken. Dieses Lächeln. Dieser Blick.

»Piep-Piep.«

Rosie sprang förmlich auf. Eine Welle Badewasser schwappte über den Rand und bahnte sich den Weg über die Fliesen. Schnell griff sie nach dem Handtuch, das sie auf den Stuhl neben der Badewanne gelegt hatte, und streifte dabei den Sektkelch ihrer Grandma. Mit einem lauten Klirren fiel er auf den Boden. Rosie starrte die zerbrochenen Einzelteile an, die in einer Pfütze aus Schaum lagen. O nein!, dachte sie bedauernd und rang für einen Moment mit dem schlechten Gewissen. Dann trocknete sie sich aber die Hände ab und klickte auf die neue E-Mail in ihrem Handy.

> Heute auch schon Überstunden? Jetzt habe ich wirklich ein schlechtes Gewissen.

Rosies Grinsen verbreitete sich zum Maximum.

> Nur kurz Mails checken in der Badewanne. Werde ich meinem Überstunden-Konto nicht anrechnen ;), tippte sie.

War das vielleicht zu privat? Sie hielt einen Moment inne. Schließlich klickte sie auf *Senden*.

Eine gefühlte Ewigkeit starrte sie ihr Handy an, bis das Wasser nur noch lauwarm war und der Schaum sich längst aufgelöst hatte.

Doch zu privat. Er war schließlich ihr Boss.

Mit weichen Knien und einem großen Kaffeebecher in der Hand drückte Rosie den Rufknopf des Aufzugs, der in die oberste Etage des Firmengebäudes führte. Seit ihrer Badewannen-Nachricht am Abend zuvor freute sie sich nicht mehr auf das Mitwirken am Choc-Energizer. Gar nicht. Das Letzte, was sie jetzt wollte, war, mit Jack Walker in einem Raum zu sein.

Nur kurz Mails checken in der Badewanne. In der BADEWANNE!

Im Stillen verfluchte sie sich und den Prosecco. Er hatte sie nicht nur in eine peinliche Situation gebracht, sondern verursachte auch jetzt dröhnende Kopfschmerzen. Sie schrien förmlich nach einer Tablette. In ihrer Schreibtischschublade lag sicher noch eine Aspirin, aber ob sie es vor dem Meeting noch an ihren Schreibtisch schaffen würde?

Rosie drückte ein paarmal mehr auf den grün blinkenden Knopf als nötig; ein helles »Pling« ertönte, und die Aufzugtüre ging auf. Rosie blieb fast das Herz stehen.

Jack Walker stand im Aufzug. Er sah wieder unverschämt gut aus und lächelte sie an. »Guten Morgen«, sagte er.

»Guten Morgen.« Rosie zwang sich auch zu einem Lächeln. Nachdem sie eingestiegen war, wandte sie sich von ihm ab und fokussierte das Etagen-Display. Die Vierundzwanzig war bereits gedrückt. Dann also keine Schmerztablette.

»Na, haben Sie sich noch schön entspannt in der Badewanne?«

Rosie schloss die Augen und spürte, wie ihr die Hitze aus jeder Pore ihres Gesichts strömte. »Ja, danke, war herrlich. Ich liebe Badewannen. Und meinen Badezusatz mit Lavendel aus der Provence.«

»Wunderbar, dann sind Sie hoffentlich bereit für ein kreatives Brainstorming.«

»Pling.« Die Tür ging auf.

Jack gab ihr mit einer Geste den Vortritt aus dem Aufzug. Rosie stieg aus und machte ein paar Schritte. Als sie bemerkte, dass sie die falsche Richtung eingeschlagen hatte, wandte sie sich um und prallte frontal mit dem Gesicht gegen Walkers stahlharte Brust.

»Oh mein Gott, das tut mir leid«, stammelte sie taumelnd.

»Nichts passiert. Hier geht es zum Konferenzraum«, sagte er und deutete in den Gang auf der anderen Flurseite. »Gehen Sie doch schon mal vor. Ich bin gleich da.«

Sie bemühte sich um ein Lächeln und sah ihm nach, während er in Richtung seines Büros verschwand. Natürlich wusste sie, wo der Konferenzraum war. Schon wieder hätte sie sich verfluchen können. Was war an diesem Morgen nur los mit ihr? Rosie schnaufte einmal durch, zupfte ihr Oberteil zurecht und lief dann die große Glasfront des Meeting-Raums entlang.

Am Konferenztisch saßen schon Felicity, Brandon und zwei andere Frauen, die sie noch nicht kannte. Im Vorbeilaufen spürte Rosie, wie sie alle beobachteten. Gut, dass sie heute ihren Lieblingslippenstift trug, bei dem ihr Reese immer sagte, dass er sie ein paar Jahre älter und selbstbewusster erscheinen ließ.

Als sie die Tür erreichte, rieb sie die Lippen noch einmal kurz aneinander, klopfte an und trat ein. »Guten Morgen, ich bin Rosie Benett. Mr. Walker hat mich eingeladen, um etwas zum Schokoladen-Überzug des Riegels beizutragen.« Rosie stöhnte innerlich: Na super, sie redete gerne etwas zu viel, wenn sie nervös war.

»Ja, das haben wir gehört«, erwiderte Brandon und warf Felicity einen Blick zu, die mit verschränkten Armen dasaß und Rosie musterte.

Immerhin schienen die zwei anderen Frauen nett zu sein.

»Brittany, Food-Management«, sagte die Rothaarige und streckte Rosie die Hand entgegen. Ihr neonpinker Schal biss sich mit der Haarfarbe und ließ ihren Teint blasser erscheinen, als er war.

Agnes, eine zierliche kleine Person mit großer Hornbrille, stellte sich als Lebensmitteltechnologin vor.

Rosie setzte sich auf den freien Stuhl neben ihr. Es kam ihr wie eine Ewigkeit vor, während sie auf den Boss warteten. Felicity und Brandon tuschelten. Brittany starrte abwesend in die Luft, und Agnes hackte mit beiden Zeigefingern auf die Tastatur ihres Laptops ein.

Endlich betrat Jack das Büro. »Sorry für die Verspätung. Durch die Zeitverschiebung bleiben über Nacht immer so viele Mails aus New York liegen.« Er stellte seinen Laptop auf den Tisch und legte sein Smartphone daneben. »Guten Morgen erst einmal. Wir wollen heute noch mal über den Choc-Energizer sprechen. Der erste Vorschlag war nicht schlecht, aber mir fehlte das gewisse Etwas an dem Riegel. Da es unser erstes Produkt mit Schokolade sein wird, habe ich Rosie Benett gebeten, diesbezüglich ein paar Impulse zu geben. Rosie ist Expertin auf dem Gebiet, hat aber noch nie im großen Stil entwickelt.« Er sah Rosie an, und sie meinte, ein kleines Lächeln in seinem Blick zu sehen. »Ich bin mir aber sicher, dass das kein Problem sein wird. Felicity, vielleicht wären Sie so nett und erklären Rosie nach dem Meeting die gewohnte Vorgehensweise?«

»Natürlich«, antwortete Felicity überfreundlich, und Rosie spürte, wie sich ein flaues Gefühl in ihrem Magen breitmachte.

Expertin war ein großes Wort, doch er hatte recht: Sie wusste alles über Schokolade. Dafür fast nichts über Lebensmitteltechnik.

Um weiter darüber nachzudenken, ob sie hier richtig war, blieb Rosie keine Zeit. Sie wurden direkt in Arbeitsgruppen eingeteilt. Rosie, Felicity und Brittany bildeten das erste Team, Brandon und Agnes das zweite.

Jack zeichnete eine Tabelle auf ein Whiteboard und drehte sich zu ihnen um. »Finden Sie alle Aspekte zu folgender Frage: Was erwartet jemand, der im Begriff steht, in den Choc-Energizer zu beißen? Denken Sie dabei an die Zielgruppe. Und werden Sie konkret.«

Seine Augen funkelten beim Sprechen. Erst jetzt bemerkte Rosie, dass sie schokobraun waren. Ein ganz verführerisches Schokobraun.

Während sich die beiden Teams jeweils an die Enden des langen Konferenztisches zurückzogen, verteilte Jack die weißen Papierbogen, auf denen sie die Punkte festhalten sollten.

Brittany erklärte sich bereit mitzuschreiben.

Felicity legte sofort los. »Also, ich würde sagen: Er oder sie, Mitte dreißig, kurz nach dem Workout – es ist ja schließlich ein Proteinriegel, die sollten erst nach dem Sport verzehrt werden. Mal überlegen ... Also, er oder sie hat sich so richtig ausgepowert und fühlt sich dementsprechend platt. Die Energiereserven müssen wieder aufgefüllt werden. In erster Linie also Proteine für die Muskeln und natürlich Kohlenhydrate. Was erwartet er, sie noch? Hm ...«

Brittany bemühte sich, alles schnell mitzuschreiben. Felicitys Monolog schien sie so wenig zu stören wie die Tatsachen, dass weder sie noch Rosie eine Gelegenheit hatten, etwas zu sagen.

Eigentlich machte es Rosie nichts aus. Sie schloss die Augen, blendete das Geschnatter aus und versetzte sich in die betreffende Situation. *Was erwartet jemand, der im Begriff steht, in den Choc-Energizer zu beißen? Was erwarte ich, wenn ich jetzt in den Choc-Energizer beiße?, dachte sie. Ich war gerade joggen. Mit Reese, im Park. Zwischendrin haben wir sogar Sit-ups und Squats gemacht. Gut, das ist eher unrealistisch. Aber nehmen wir an, wir haben tatsächlich noch ein paar Kraftübungen nach dem Laufen gemacht. Ich habe mich richtig verausgabt. Laufe zu Hause die Treppen hoch, komme zur Woh-*

nungstür rein und nehme mir einen Choc-Energizer aus der Küche. Ich reiße ihn auf und ziehe das bunte Papier herunter.

»Belohnung!«, sagte Rosie laut und öffnete die Augen wieder. Felicity und Brittany starrten sie an. Außerdem spürte sie, dass noch ein Augenpaar auf sie gerichtet war. Jack lehnte schräg vor ihr mit verschränkten Armen an der gläsernen Wand des Meeting-Raums und beobachtete die Gruppe.

»Was meinst du denn mit ›Belohnung‹?«, fragte Felicity mit zusammengekniffenen Augen.

»Na ja«, antwortete Rosie und sah dabei Jack an. »Nach dem Sport erwarte ich eine Belohnung. Dafür, dass ich mich aufgerafft habe. Klar, wenn ich Muskeln aufbauen möchte, brauche ich auch Proteine und so. Aber die müssen auf jeden Fall in einer Belohnung verpackt sein. In meinem Fall ist das die Schokolade. Ich erwarte einen Riegel, der mit einer kräftigen, matt glänzenden Kakaohülle überzogen ist. Der Riegel gibt mir, was mein Körper nach dem Sport braucht. Die Schokolade belohnt meine Seele. Siebzigprozentiger Kakaoanteil, Criollo aus Venezuela wäre perfekt. Das ist ein Edelkakao.«

»Ich weiß, was Criollo ist. Ich habe mich für das Meeting eingelesen«, zischte Felicity. »Aber der ist teuer, und außerdem kommt man schlecht an ihn ran.«

»Nicht so schnell, nicht so schnell, ich muss mitschreiben«, unterbrach Brittany.

Rosie ließ sich nicht aus dem Konzept bringen. »Ja ich weiß, ich sage ja nur, die Sorte wäre perfekt. Sie ist nicht so bitter. Für den großen Handel wäre Konsumkakao natürlich geeigneter, also Forastero. Oder man mischt die Sorten, so hat man weniger Säure, und es kommt etwas günstiger.«

Jack machte ein paar Schritte auf die Gruppe zu. »Brittany, kommen wir an Criollo ran?«

»Das muss ich recherchieren, Boss.« Sie machte sich direkt Notizen.

»Fragen Sie bitte auch gleich die Preise an.« Jack überlegte ein paar Sekunden. »Wir machen jetzt fünf Minuten Pause und besprechen dann, welche Aspekte Sie alle gefunden haben.« Er nahm sein Handy und ging aus dem Raum.

Als Rosie nach dem Meeting ins Marketing-Büro kam, war keiner der Kollegen da. Ein Post-it an ihrem Computer verriet, dass Patrick bei einem *Business-Lunch* war. So nannte er es zumindest. In Wirklichkeit war er bei einem verlängerten Mittagessen mit einem seiner Marketing-Freunde. Rosie wusste das so genau, weil sie ihn ab und zu begleiten durfte, wenn er besonders gute Laune hatte.

Wie eine erschöpfte Kriegerin ließ sich Rosie auf ihren Bürostuhl sinken und schaute auf die Uhr. Ganze drei Stunden hatte das Meeting gedauert. Sie durchwühlte ihre Schublade und fand eine halbe Schmerztablette, die sie direkt mit etwas Wasser runterspülte.

Das Brainstorming und auch die Besprechung danach waren wirklich gut gelaufen. Dennoch fühlte Rosie sich komplett ausgelaugt. Felicity hatte die ganze Zeit Argumente gegen alles gefunden, was sie, Rosie, gesagt hatte. Auch den anderen schien das aufgefallen zu sein, denn Brittany und Agnes versuchten, Rosies Aussagen immer wieder zu verteidigen. Aus Überzeugung, vielleicht aber auch aus Mitleid.

Rosie hatte alles gegeben, das war das Wichtigste. Jack schien auch zufrieden gewesen zu sein. Er hatte sie die ganze Zeit angesehen, als er sich nach dem Meeting bei der Gruppe für die gute Arbeit bedankt hatte.

Der nächste Termin zur Fortführung war für kommende Woche angesetzt worden. Rosie überlegte, wo sie gepuffte Quinoa herbekommen könnte, und nahm sich vor, am Abend ein bisschen zu experimentieren. Mit etwas karamellisiertem Kokosblütenzucker und einer Prise Salz könnte man den Riegel bestimmt noch schmackhafter machen. Oder vielleicht auch einer Handvoll frischer Kakaonibs?

»Pass mal auf!«

Rosie schreckte hoch und starrte Felicity an, die sich mit beiden Händen auf den Schreibtisch stützte und wie eine dunkle Gewitterwolke über ihr hing.

»Falls du denkst, du kannst hier eine auf Wichtigtuerin machen, hast du dich gewaltig geschnitten, Rosie Benett. Ich bin die Chef-Entwicklerin und du ein einfaches Marketing-Mädchen. Auch wenn Jack Walker irgendein Talent in dir sehen mag, hast du hier nichts zu sagen.« Sie kam noch näher. »Und irgendwann wird er auch wieder in New York sein. Wenn du klug bist, dann sagst du ihm, dass du die Einweisung in die Prozesse bekommen hast. Aber von mir wirst du kein Wort erfahren!«

Als hätte sich die Wolke durch verbale Blitze und Donner entladen, löste sie sich genauso schnell auf, wie sie entstanden war. Nur die kleinen Speicheltropfen auf Rosies Tisch zeugten davon, dass das gerade wirklich passiert war.

Kapitel 3

Grundlagen der Lebensmittelentwicklung mit Prof. Dr. Wilson-Namlid, las Rosie und klickte das YouTube-Video an. Mariah Careys kreischende Stimme versuchte sie auszublenden. Schon den ganzen Nachmittag schallte *All I want for Christmas* in Dauerschleife aus Patricks Büro. Er hatte bereits dreimal die Krawatte gewechselt. Mit einem knurrenden »Arghhh« flog nun auch Modell Nummer vier in hohem Bogen aus seiner Tür und landete auf Rosies Bildschirm.

Es schien, dass heute niemand so richtig arbeitete. Alle warteten darauf, um achtzehn Uhr in den obersten Stock hinaufzufahren, wo die alljährliche Weihnachtsfeier der *Ostrich Corporation* stattfand.

Rosie musste schon zum dritten Mal zurückspulen, um Prof. Dr. Wilson-Namlids Fachchinesisch zu folgen. Sie entschied, dass es für heute reichte. Nicht nur Mariah Carey lenkte sie ab, sondern auch der Duft von Glühwein und Lebkuchengewürz, der sich den Weg durch die Bürogänge gebahnt hatte. Es war sowieso schon Viertel vor sechs.

Rosie fuhr ihren Computer herunter und griff nach dem Kleidersack, in dem sich ihr rotes Cocktailkleid befand, das sie extra für diesen Anlass gekauft hatte. Sie zog den Reißverschluss auf und strich mit der flachen Hand über den samtweichen Stoff. Die Farbe erinnerte sie an die knallrote Verpackung der Schokoladen-Zimt-Sterne, die ihre Grandma in der Weihnachtszeit immer verkauft hatte. Es war ein intensiver Rotton und passte perfekt zu ihrem korallenfarbenen Lieblingslippenstift.

Dazu hatte sie eine schwarze Samt-Clutch und passende Pumps ausgesucht, die als Verzierung eine verschnörkelte goldene Schnalle auf der Spitze hatten. Mit dem kompletten Outfit lief sie zur Damentoilette und schloss sich in einer der Kabinen ein.

Auf einem Bein hüpfend schälte sie sich aus ihrer Jeans. Den Kleiderbügel balancierte sie in der Luft, um zu verhindern, dass ihr Kleid den klebrigen Boden berührte. Ein lang gezogenes metallisches Quietschen verriet, dass jemand den Waschraum betrat.

»Ganz ehrlich, wer sich Jack Walker krallt, der hat ausgesorgt«, sagte eine Frauenstimme. »Cindy aus der Buchhaltung meinte, dass er ein Privatflugzeug hat.«

»Ernsthaft?«

»Absolut! Ich meine, stell dir das mal vor. Da hast du nicht nur so einen heißen Typen an deiner Seite, sondern kannst auch noch seine Kohle verprassen. Was meinst du, soll ich die Dinger noch etwas höher puschen?«

»Dein Dekolleté sieht fabelhaft aus, vielleicht mehr Wimperntusche. Männer stehen auf dramatische Augen.«

»Du hast recht. Ich werde dich bedenken, wenn ich reich bin.«

Als Rosie den Reißverschluss ihres Kleides mit einem hörbaren Surren hochzog, verstummten die Stimmen. Sie wartete einen kurzen Moment, dann drehte sie das Verriegelungsrad des Schlosses zurück und trat aus der Toilettenkabine.

»Hey«, sagte sie bemüht beiläufig und ging mit ihren Sachen unter dem Arm zum Waschbecken.

»Du bist Rosie, richtig?«, fragte die Blonde.

Rosie war sich nicht ganz sicher, aber die zu schmal gezupften Augenbrauen kamen ihr bekannt vor. Sie glaubte, die Frau schon einmal zusammen mit Felicity in der Kantine gesehen zu haben.

»Ja.«

»Felicity hat mir erzählt, dass du dich ganz schön an den Big Boss heranmachst.«

Rosie blieb fast das Herz stehen. »Bitte *was*?«

»Glaub nicht, dass du die Einzige bist«, erwiderte Felicitys Freundin.

»Ich weiß nicht, wovon du redest«, entgegnete Rosie und drängte sich an den beiden vorbei, um sich ein Papierhandtuch aus dem Spender zu nehmen. Wo kamen plötzlich all die Giftspritzen um sie herum her? Als sie sich wieder umdrehte, spürte sie, wie sie etwas von der rechten Brust bis zur linken Schulter streifte.

»Oh mein Gott, das tut mir aber leid! Ich hatte gar nicht gesehen, dass du hinter mir stehst.« Die Blondine grinste sie an und hielt ihren Mascara-Pinsel wie eine Zigarette in der Hand.

Rosies Atem stockte, als sie den tiefschwarzen Streifen auf ihrem Kleid im Spiegel sah. Gewiss war sie keine Heulsuse, aber der Hass in den Augen der Blonden ließ sie ihre Fassung verlieren. Die aufsteigenden Tränen vernebelten ihr die Sicht, und bevor sie herausbrechen konnten, stürmte sie aus dem Waschraum.

»Rosie, wo bleibst du? Die erste Runde Champagner hast du schon verpasst.« Perpetua steckte den Kopf zur Tür herein. Ihr Paillettenkleid funkelte im blau-schwarzen Leo-Muster, als hätte sie das Blitzlichtgewitter zu ihrem divenhaften Auftritt gleich dabei. »Hast du geweint? Und was zur Hölle ist das da auf deinem Kleid?« Sie kam näher, tupfte mit ihrem Finger auf den lang gezogenen Fleck und roch daran. »Was soll das sein, ein Riesenvogelschiss, oder gehört das so?«

Rosie konnte sich trotz ihrer Traurigkeit das Lachen nicht verkneifen. »Das ist Wimperntusche. Ich wollte es wegrubbeln, dabei ist es noch schlimmer geworden.«

»Was ist das passiert?«

»Felicitys Gefolgschaft. Es war ein Anschlag auf der Damentoilette.«

»Was?«, rief Perpetua – sie schrie beinahe. »Wer genau war das, die knöpfe ich mir vor!«

»Ach, das bringt doch nichts, wir sind schließlich nicht mehr im Kindergarten.« Rosie vergrub das Gesicht in den Händen. »Perpetua, ich hab das Gefühl, ich sorge dort oben für mehr Unruhe, als dass ich Nutzen bringe. Am besten sage ich Mr. Walker, dass das Ganze doch nichts für mich ist.«

»Ja, genau, am besten machst du das und verkriechst dich dann in deinem Schneckenhäuschen.« Perpetua schnaubte und verdrehte die Augen. »Rosie, du bist die talentierteste, leidenschaftlichste, aber definitiv konfliktscheueste Person, die ich kenne. Nur weil dir ein bisschen Widerstand entgegenschwappt, kannst du doch nicht einfach das Handtuch werfen.«

»Aber ...«

»Nichts ›aber‹. Du bist gut, und das weißt du, wenn du ehrlich zu dir selbst bist. Zeig ein bisschen mehr Kampfgeist. Ich komme aus einem der erbärmlichsten Vororte Londons. Meine Eltern haben nicht mal einen Schulabschluss. Denkst du, ich wäre so weit gekommen, wenn ich bei jedem kleinen Windstoß umgeknickt wäre?«

Rosie schüttelte seufzend den Kopf.

»Rosie, Konflikte gehören dazu, und manchmal muss man

einfach allen Mut zusammennehmen und sich ihnen stellen. Sonst verpasst man seine Chancen im Leben.«

Sie verstand genau, was ihre Freundin meinte. Dabei dachte sie aber nicht an Felicity oder ihre bissigen Freundinnen. Sie dachte an ihre Mutter.

»Also, kneif die Pobacken zusammen und komm mit auf die Feier!« Perpetua streckte ihr die Hand hin und zog Rosie von ihrem Stuhl.

Mit einem Ruckeln kam der Aufzug in der vierundzwanzigsten Etage zum Stehen. Rosie hatte ihren Zopf geöffnet und legte die langen braun gesträhnten Haare nach vorne, um den Mascara-Fleck zu kaschieren. Als sich die Tür öffnete, ertönte Jack Walkers Stimme durch ein Mikrofon. »Auch im Namen meines Mitgründers Phil Mosby möchte ich Ihnen für das erfolgreiche Jahr danken«, schallte es durch den Raum.

»Mist, wir sind zu spät. Ich muss Ida noch zeigen, wie sie die Disco-Kugel nach den Lobeshymnen der Bosse in Gang kriegt«, flüsterte Perpetua und drängelte sich durch die Menge, wobei sie mit ihren silbernen Plateau-Sandaletten die männlichen Kollegen mindestens um eine Kopflänge überragte.

»Die *Ostrich Corporation* wäre nicht das, was sie ist, ohne ihre engagierten Mitarbeiter«, fuhr der Chef fort.

Direkt vor Jacks Rednerpult standen Felicity und die Beißzange aus der Damentoilette wie zwei Groupies. Rosie nahm sich ein Glas Champagner vom Buffet und nutzte das Klatschen der Leute, um sich unbemerkt auf die Dachterrasse zu schleichen.

Der Außenbereich wirkte wie das Set eines der Weihnachtsfilme, die man sich jedes Jahr aufs Neue zur Einstimmung auf die Feiertage ansah. Von Ecke zu Ecke hingen Lichterketten mit Glühbirnen, die einen warmen goldenen Schein verströmten. Flauschige Schaffelle lagen auf den Lounge-Sesseln, die um niedrige, weihnachtlich dekorierte Tische gruppiert waren.

Rosie stellte sich an das Geländer der Terrasse und blickte über die Lichter Londons, die wie ein Spiegelbild des sternenklaren Himmels dalagen. Obwohl sie einige Meter entfernt stand, spürte sie an den Rückseiten ihrer nackten Waden die Wärme des Feuers, das hinter ihr in einer Schale brannte. Sie atmete die kalte Luft tief ein und schloss für einen Moment die Augen.

Hatte Perpetua vielleicht recht? Rosie hasste Konflikte. Hatte sie schon immer. Für sie war es einfach das kleinere Übel, sich selbst zurückzunehmen, anstatt in die Konfrontation zu gehen. Aber nicht, weil sie zu schwach oder nicht selbstbewusst genug war. Vielmehr konnte sie ihr Gegenüber meist auf irgendeine Weise verstehen und hatte eigentlich nie einen Vorwurf zu machen. Außer im Fall ihrer Mutter.

»Erst kommen Sie zu spät, und dann schleichen Sie sich auch noch davon?« Jacks Stimme riss Rosie aus ihren Gedanken. Er stellte sich neben sie an das Geländer. Drinnen tönte die Danksagung des Office-Leiters aus den Lautsprechern.

Schnell stützte sie beide Ellenbogen auf dem Geländer ab, um den Fleck auf ihrem Kleid zu verbergen. »Das haben Sie gemerkt? Ich habe mir extra viel Mühe gegeben, unbemerkt davonzukommen.«

»Ich habe Sie beobachtet«, sagte er und zwinkerte ihr zu.

Sie spürte, wie ihre Wangen trotz Kälte heiß wurden. Doch anscheinend war das die Reaktion, die jede Person in Jacks Nähe an den Tag legte. Zumindest die weiblichen.

»War meine Rede wirklich so langweilig?«

»Nein, um Gottes willen. Tut mir leid, ich musste einfach nur ein bisschen frische Luft schnappen. Sie war bestimmt großartig, Ihre Rede.« Rosie nahm einen Schluck eiskalten Champagner und ließ den Blick über die Skyline von London wandern.

Jack tat es ihr nach. »Das war nur ein Scherz. Aber ich könnte Sie verstehen, im Grunde ist es doch jedes Jahr das Gleiche.«

Rosie wusste nicht so recht, was sie darauf erwidern sollte, also wechselte sie das Thema. »Wie gefällt Ihnen die Stadt?«

»Ob Sie es glauben oder nicht, ich habe bislang nicht viel von London gesehen, abgesehen vom Flughafen und vom Hotel, in dem ich wohne.«

Erst jetzt schaute sie ihn an. »Sie sind seit über zwei Wochen hier! Big Ben, Tower Bridge, Hyde Park, nichts?«

»Doch, die ersten beiden aus meinem Wagen heraus«, sagte er. »Meine Freizeit habe ich mit der Firmengründung vor sieben Jahren abgegeben. Wobei, wenn ich genau überlege, wahrscheinlich schon während meines Studiums. Oder noch viel früher. Da, wo ich herkomme, kennt man so etwas wie Freizeit nicht.«

»Was meinen Sie?« Rosie fühlte sich, als erzählte ihr ein Promi seine Geheimnisse, noch bevor sie in der Boulevardpresse veröffentlicht waren.

»›Der Preis des Erfolgs ist Hingabe.‹ Diesen Satz habe ich von meinem Ziehvater als kleiner Junge bei jeder Gelegenheit gehört. Im Nachhinein gesehen nicht gerade kindgerecht, denken Sie nicht auch?«

»Kommt darauf an, wie man ›Hingabe‹ interpretiert«, antwortete Rosie.

»Er war damals an der Wall Street. Da hieß ›Hingabe‹, nur an den Wochenenden zu Hause zu sein. Wenn er mal Zeit für uns hatte, nahm er uns mit auf den Golfplatz, damit wir ihm zusehen konnten, wie man Geschäfte macht.«

Mit so viel Offenheit hatte sie nicht gerechnet, dennoch fühlte es sich nicht unangenehm an.

»Tut mir leid, ich langweile Sie bestimmt mit meiner verkorksten Kindheit. Ist normalerweise nicht meine erste Wahl als Small-Talk-Thema. Wie ist es bei Ihnen?« Jack leerte sein Glas in einem Zug. »Auch eine verkorkste Kindheit?«

»Verkorkst würde ich sie nicht nennen. Aber alles andere als normal war sie auch.«

»Ach ja?«

»Ich bin bei meiner Grandma aufgewachsen«, antwortete sie.

»Die mit der Chocolaterie?«

»Ja, genau.« Sie nickte. »Meine Eltern waren noch sehr jung, als sie mich bekamen. Meine Mutter war damals gerade mit ihrer Ausbildung fertig und nicht bereit, mit einem Kind zu Hause zu bleiben. Sie arbeiteten, und ich war jeden Tag bei meiner Grandma im Laden und ...«

Mitten in ihrem Satz wurde sie von dem lauten Klatschen unterbrochen, das aus dem inneren des Gebäudes wummerte.

»Jack, Ted Wexler ist da, kommst du?« Ein kahlköpfiger Anzugträger, den Rosie flüchtig aus dem Aufzug kannte, stand in der Tür und tippte ungeduldig gegen den Türrahmen.

»Das ist ein wichtiger Geschäftspartner.« Jack wirkte genervt. »Es tut mir wirklich leid. Können wir die Unterhaltung später fortführen?«

»Ja klar«, sagte Rosie und fühlte sich plötzlich von einem Schamgefühl ergriffen. Sie hatte viel von sich preisgegeben. Und er war ihr Chef.

»Ich bestehe darauf!« Jack sah ihr mit klarem Blick in die Augen. Dann drehte er sich um und verschwand in der Menge.

»Patrick, du bist ganz schön schwer«, stöhnte Rosie, während sie versuchte, den Kurs in Richtung Straße zu halten.

»Bitte? Ich habe Diät gemacht. Ich mache immer Diät. Seit 1980 habe ich keine Kohlenhydrate mehr gegessen«, lallte ihr

Chef. »Nur deine Schokolade esse ich, Rosie. Deine Schokolade ist die beste. Du bist die Beste, Schokoladen-Rosie.«

Merk dir die Komplimente für morgen, wenn du wieder bei klarem Verstand bist, dachte Rosie und versuchte, mit dem Mehr an Gewicht auf ihren High Heels nicht selbst ins Wanken zu kommen. »Stell dich mal gerade hin, Patrick, sonst bekommen wir nie ein Taxi für dich.« Sie winkte, doch das heranfahrende Taxi rauschte vorbei. »Wie hast du es eigentlich geschafft, um zwanzig Uhr schon so betrunken zu sein?«

»Wie hast du es geschafft, dass dir ein Riesenvogel auf dein Kleid gemacht hat?«

Rosie lachte. Patricks Augen entgingen nichts. Aber immerhin hatte Jack den Fleck nicht bemerkt.

Mit quietschenden Bremsen hielt das nächste Taxi vor ihnen an. Sie verfrachtete ihren Vorgesetzten auf den Rücksitz, gab dem Fahrer zwanzig Pfund im Voraus und nannte Patricks Adresse.

Nachdem das Taxi abgerauscht war, zog Rosie den Kragen ihres schwarzen Wollmantels ein Stück höher und seufzte. *Was für ein Tag!* Ihr Atem stieg als weißer Rauch in den Himmel. Sie blickte ihm nach und sah die blinkenden Lichter im vierundzwanzigsten Stock, wo die Party in vollem Gange war.

Ihre Füße schmerzten in den hohen Hacken. Ein heißes Bad wäre jetzt der Himmel, dachte sie und verschränkte die Arme wärmend vor der Brust. Sollte sie zurückgehen? Die Vorstellung, vielleicht doch noch einmal mit Jack ins Gespräch zu kommen, reizte sie. Andererseits wollte sie nicht riskieren, dass Felicity oder ihre Anhängerschaft sie dabei sehen könnte. Man musste ja nicht noch Benzin ins Feuer kippen. Auf weitere Anfeindungen hatte sie definitiv keine Lust.

Warum ist es nur so schwer, in dieser Stadt ein Taxi zu bekommen, dachte Rosie und schlenderte auf dem Bürgersteig auf und ab, um sich warm zu halten. Sie schnellte herum, als hinter ihr die Eingangstür des Gebäudes mit einem lauten »Wumms« zufiel. Dann musste sie schmunzeln.

»So schnell sieht man sich wieder«, sagte Jack, der ebenfalls überrascht wirkte und auf sie zukam. »Wollen Sie schon gehen? Die Party fängt doch jetzt erst richtig an.«

»Die Frage wollte ich Ihnen gerade stellen«, erwiderte Rosie. In dem dunkelgrauen Business-Mantel, den er über seinem schwarzen Slimfit-Anzug trug, hätte er in einem *James Bond*-Film mitspielen können. Den Kragen hatte er aufgestellt, nur der weiße Hemdkragen und der Ansatz seiner Krawatte schauten vorne heraus.

»Als Firmenchef sollte man sich zurückziehen, sobald die ersten Kollegen anfangen, Brüderschaft zu trinken.«

»Noble Geste«, musste sie zugeben. »Brauchen Sie auch ein Taxi?«

»Ja, ich habe meinem Fahrer heute früher freigegeben. Was wohl keine gute Entscheidung war, wenn ich sehe, wie durchgefroren Sie aussehen.«

Sie grinste schief. »Ja, ganz London scheint gerade ein Taxi zu brauchen. Möglicherweise ist man zu Fuß schneller. In welche Ecke müssen Sie?«, fragte Rosie.

»Da erwischen Sie mich schon wieder. Ich sollte mir wirklich mehr von der Stadt ansehen. Ich wohne im *Great Royal Hotel*, das dürfte nicht so weit von hier entfernt sein.« Jack blickte auf sein Smartphone und dann auf die Straßenschilder an der Kreuzung.

»Super, das liegt nur ein paar Straßen von meiner Wohnung entfernt.« Rosie räusperte sich. »Ich meine ... falls Sie auch laufen möchten, zeige ich Ihnen gerne, wo es langgeht.«

»Das klingt gut. Vielleicht zeigen Sie mir ja auf dem Weg auch ein paar Insider-Spots, dann kann ich wenigstens so tun, als würde ich mich in London auskennen.«

»Das mache ich!« Rosie vergrub schmunzelnd die Hände

in den Manteltaschen und signalisierte ihm mit einem Kopfnicken die Richtung.

Die Straßen hatten sich geleert, und auch die Lichter in den Hochhäusern wurden immer weniger, was daran lag, dass sie mitten durch den Londoner Business-Distrikt spazierten.

Mindestens zweimal wäre Rosie fast gestolpert mit ihren hohen Absätzen. Sie konnte sich kaum auf den Weg konzentrieren, beim gedanklichen Durchforsten ihrer Small-Talk-Themen. Etwas Privates käme nur infrage, wenn Jack es anschneiden würde. Vielleicht etwas über den Job? Nein, das passt irgendwie auch nicht, dachte sie. Einer von ihnen musste jetzt aber etwas sagen, denn die Stille, wurde langsam unangenehm.

»Ganz schön kalt, finden Sie nicht?«, brach Rosie das Schweigen.

Jack sah sie grinsend an, so als hätte er ihre Gedanken mitgehört. »Wissen Sie was? Ich finde, wir sollten uns duzen, immerhin haben wir noch ein paar Kilometer vor uns. Wäre das okay?«

Rosie ließ den Brustkorb sacken und bemerkte erst jetzt, wie angespannt sie die letzten Minuten gewesen war. »Ja, das ist eine gute Idee.« Sie zögerte. »Ehrlich gesagt finde ich es gar nicht so einfach mit Ihnen ... also mit dir umzugehen. Immerhin bist du mein Chef.«

»Das bin ich gewohnt.« Er schob den Ärmel seines Mantels zurück und tippte auf seine Uhr. »Aber jetzt ist es bereits Viertel vor neun, also definitiv nach Feierabend.« Er lächelte Rosie an. »Betrachte mich einfach als verwirrten Touristen, der den Weg zu seinem Hotel nicht kennt.«

Auch sie lächelte. »Also gut.« Wieder herrschte kurz Stille, dann gab Rosie sich einen Ruck. »Wenn du jetzt gerade praktisch nicht mein Chef bist, dann kann ich dich alles fragen?«

»Nur zu.«

Hoffentlich ging sie nicht zu weit, doch nach all dem Ärger mit Felicity brannte ihr diese Frage auf der Seele: »Warum bist du davon überzeugt, dass ich euch beim Choc-Energizer helfen kann? Ich meine, du hast schließlich mit Felicity und den anderen ein hochqualifiziertes Team.«

Jack lachte. »Das ist ja doch eine Frage an den Chef.« Verlegen kratzte er sich den Dreitagebart. »›Hochqualifiziertes Team‹, ja. Aber bei dir hatte ich das Gefühl, du könntest etwas beisteuern, was wir bislang bei unseren Produkten noch nicht haben.«

Rosie wartete ab, damit er weiterredete.

»Du weißt schon ... bei *Ostrich* hat sich bisher alles um Effektivität und Selbstoptimierung gedreht. Mahlzeitenersatz, um mehr Zeit für andere Dinge zu haben. Fitnessriegel für mehr Leistung. Ich stehe immer noch hinter unseren Produkten, aber mir fehlte schon lange irgendetwas. Was, wurde mir klar, als du über Schokolade gesprochen hast und ich deine leuchtenden Augen gesehen habe.«

»Dir fehlte also Schokolade?« Dieses Mal zwinkerte Rosie ihm zu.

»Mir fehlte die Leidenschaft. Dass man richtig Lust auf das Produkt hat.« Er sah sie an. »Ich denke du verstehst, was ich meine.«

Ein paar Straßen weiter liefen sie auf eine Traube Menschen zu, die sich auf dem Bürgersteig vor einer Bar tummelten. Aus der Tür schallte laute Musik heraus.

»Okay, wenn du jemandem glaubhaft erzählen willst, dass du London richtig erlebt hast, dann solltest du definitiv den *Flying Dog Pub* erwähnen. Hier gibt es den besten Cider weit und breit.« Rosie sah ihn herausfordernd an. »Da du ja gerade nicht mein Chef bist, sollten wir uns zwei Becher to go holen. Um diese Jahreszeit haben sie einen köstlichen Glüh-Cider. Ich sag dir, der ist himmlisch.«

Jack willigte ein und folgte ihr zu dem kleinen Fenster, durch das ein Barkeeper dampfende Becher verkaufte. Jack holte sein Portemonnaie heraus. »Dann geht der aber auf mich. Als Dankeschön für die Touristenführung. Ohne dich würde ich wahrscheinlich immer noch an der Straße vor dem Office stehen.«

»Gerne«, antwortete Rosie. Sie genoss die zuvorkommende Geste.

Während sie weiterliefen, umschloss Jack den Pappbecher mit beiden Händen und nippte vorsichtig daran.

»Wow, der ist wirklich gut. In New York würde niemand auf die Idee kommen, Apfelwein zu trinken.«

»Siehst du«, sagte Rosie und verkniff sich, ihn zu belehren, dass Cider und Apfelwein nicht das Gleiche waren. Es reichte ihr schon, dass sie einem Mann wie ihm etwas Neues zeigen konnte. Der Geruch aus dem Becher stieg ihr in die Nase, und mit einem tiefen Atemzug sog sie ihn in sich ein. »Hmmmm, wie der duftet!«

Dann nahm auch sie einen Schluck und spürte, wie der Cider ihren Hals und dann ihren ganzen Brustkorb erwärmte. »Ich liebe diesen süßlichen Apfelgeschmack. Das erinnert mich an meine erste Zeit in London. Cider war an der Uni unser Warm-up-Getränk. Meist haben wir ihn heiß getrunken. Mit Kardamom und Zimt reingemischt … hmm. Oder mit einem Hauch Vanille. Das schmeckt wie warmer Apfelkuchen. Musst du unbedingt ausprobieren.«

Erst jetzt bemerkte Rosie, dass Jack sie von der Seite beobachtete.

»Was ist, hab ich mich bekleckert?« Sie suchte ihren Mantel nach Flecken ab.

Er schmunzelte. »Nein, alles gut.«

Ein paar Minuten später bogen sie in Rosies Straße ein.

»Hast du auch eine Leidenschaft für die süßen Dinge?«, fragte Rosie.

»Ich denke, zumindest nicht so wie du. Ich weiß gar nicht, wann ich das letzte Mal ein Stück Schokolade gegessen habe. Wahrscheinlich als Kind.«

Rosie blieb stehen und starrte ihn an. »Das ist nicht dein Ernst!«

Er lachte. »Ich weiß, das mag für dich verrückt klingen. Aber wahrscheinlich bin ich selbst mein bester Kunde. Ich habe die letzten sieben Jahre Tag und Nacht gearbeitet und mich nur von unseren Ersatz-Shakes ernährt. Gefühlt zumindest.«

»Das ist doch kein Grund, keine Schokolade zu essen.«

Er lachte wieder, warf seinen Pappbecher in die Mülltonne vor Rosies Haus und sah ihr direkt in die Augen. »Irgendwas fasziniert mich an dir.«

Eigentlich wäre jetzt angebracht gewesen, sich von ihrem Chef höflich zu verabschieden und zügig ins Haus zu verschwinden. Aber Rosies Beine mochten sich nicht bewegen, und sie hatte das Bedürfnis seinem Blick standzuhalten. Langsam machte er einen Schritt auf sie zu. Ihr Brustkorb hob und senkte sich immer schneller, als liefe sie auf eine offene Flugzeugtür zu, um im nächsten Moment in Schwerelosigkeit hinauszuspringen. Die Sekunde vor dem freien Fall. Der Zeitpunkt, an dem man es einfach tun musste und keine Gedanken mehr zulassen durfte.

Doch plötzlich tauchte in dem Flugzeug ein Konferenztisch auf, an dem ihre Kollegen saßen und sie verächtlich ansahen. Das Flugzeug fing an zu ruckeln und holte Rosie in die Realität zurück. Schnell ließ sie den Blick sinken und spürte im gleichen Moment, wie sie eine Welle der Enttäuschung überrollte.

Jack senkte jetzt auch den Blick und fuhr sich durchs Haar.

Um irgendetwas zu tun, öffnete Rosie ihre Handtasche und wühlte darin herum, obwohl sie ihre Schlüssel schon mit dem ersten Griff in der Hand hatte.

»Also, wo waren wir ... Schokolade!«, stotterte sie.

Er durfte jetzt nicht gehen. Ihre unglaublich bescheuerte Feigheit durfte nicht das sein, woran er sich erinnerte, wenn sie sich im Büro wieder über den Weg laufen würden. Und außerdem wollte sie nicht, dass er ging. Komm schon, Rosie, sag irgendwas, dachte sie.

»Möchtest du an meinen Pralinen naschen?« Sie erstarrte. »Also die aus Schokolade natürlich!« *Herrgott, Rosie.* »Ich meine ... Ich meine, ich kreiere gerne Pralinen und habe vorgestern erst neue Trüffel mit Blätterkrokant hergestellt. Meine Freunde sagen, sie sind besser als die Gekauften. Ich weiß natürlich nicht, ob das stimmt ... und nur wenn du noch Zeit ha...«

Als sie sich endlich traute, ihn anzusehen, stockte sie. Sein Blick war warm. Er verzog die geschlossenen Lippen zu einem schiefen Grinsen. »Ich würde sehr gerne eine deiner Pralinen probieren.«

Als Rosie die Tür zu ihrer Wohnung aufschloss, warf sie einen schnellen Blick hinein und zog die Türe dann wieder ein Stück zu. »Du entschuldigst mich doch kurz? Ich war heute nicht auf Besuch vorbereitet.«

Er hob beide Hände und trat einen Schritt zurück. »Ich warte.«

Rosie schlüpfte durch die knapp geöffnete Tür und versuchte, sich einen Überblick zu verschaffen. Was nicht lange dauerte, denn mit fünfundvierzig Quadratmetern war ihr Apartment recht übersichtlich. Außer einer Küchenzeile, einem schmalen Hochtisch, einer Couch, ihrem Bett und einem separaten Bad gab es nicht viel.

Sie flitzte durch die Wohnung und sammelte Klamotten

vom Boden ein, die sie dann unter das Bett stopfte. Ein paar Schuhe, die im Weg zur Küche herumlagen, kickte sie zur Seite. Auf der Küchenzeile stand eine offene Flasche Weißwein von gestern.

Rosie schielte zur Wohnungstür hinüber und nahm dann ein paar große Schlucke. Der Wein schmeckte warm und abgestanden, aber seine Wirkung würde er wohl nicht verfehlen. Den Rest schüttete sie in den Ausguss und stellte die Flasche zu dem anderen Leergut unter die Spüle. Schnell warf sie noch einen Blick in den Spiegel neben der Garderobe, zog ihren Lippenstift nach und öffnete die Tür. »So, jetzt ist die Luft rein.«

Jack trat ein. Er zog seinen Mantel aus und schaute sich um. »Sieht gemütlich aus.«

»Ja, ich liebe mein kleines Reich«, antwortete sie. »Ich bin schon hier, seit ich nach London gezogen bin. Darf ich dir den abnehmen?« Sie streckte die Hand nach seinem Businessmantel aus.

»Danke. Wo stammst du ursprünglich her?«

Während Rosie seinen Mantel aufhängte und dann eine neue Flasche Weißwein aus dem Kühlschrank nahm, erzählte sie von Bedford. »Möchtest du ein Glas Wein?«, fragte sie dann.

»Gerne. Warte, ich mach das.« Er nahm ihr Flasche und Korkenzieher ab. »In einer Chocolaterie aufzuwachsen hört sich nach einem klassischen Kindheitstraum an.«

Sie nickte. »Ja es war auch traumhaft. Meine Freundinnen haben mich sehr darum beneidet. Aber nicht nur wegen der Schokolade. Millie, also meine Grandma, war sehr beliebt bei uns im Ort.

»Und von ihr hast du dein Wissen über Schokolade.«

Rosie lächelte. »Ja, sie hat mir alles gezeigt. Ich konnte schon Pralinen gießen, bevor ich Fahrrad fahren konnte.«

Jack lachte und zog den Korken so schnell und geräuschlos

aus der Flasche, dass sich Rosie fragte, ob es nicht doch ein Schraubverschluss war. Sie nahm ihm die Flasche ab und schenkte zwei Gläser ein. Dabei beobachtete sie ihn, wie er seine Manschettenknöpfe öffnete und die Ärmel zurückkrempelte. Diese Oberarme, dachte sie.

»Meine Hausaufgaben habe ich am Verkaufstresen gemacht. Oder ich saß hinten in der Manufaktur auf der Arbeitsplatte, während meine Grandma Schokolade geschmolzen hat. Sie hat mir immer ein schönes Plätzchen eingerichtet und mir ein Kissen in den Rücken geschoben, damit ich nicht an der kalten Wand lehnen musste«, erzählte Rosie und reichte ihm ein Glas.

»Und da warst du nicht abgelenkt von all den Süßigkeiten?«

»Doch, schon«, gab sie zu. »Millie hat immer gesagt, es sei viel wichtiger, etwas Praktisches zu lernen, anstatt in den Büchern zu lesen. Das war wahrscheinlich auch der Grund, warum sie so viele Schulden wegen des Ladens hatte.«

»Gibt es ihn noch?«, fragte Jack.

»Nein, als sie starb, haben meine Eltern alles verkauft.« Schnell spülte Rosie den aufkommenden Kloß in ihrem Hals mit einem Schluck Wein herunter. Sollte sie ihm von ihrem Vorhaben, die Chocolaterie zurückzukaufen und von der Suche nach einem Kredit erzählen? Wahrscheinlich käme es nicht gut an, wenn der Chef wüsste, dass sie über kurz oder lang die Firma verlassen würde. Außerdem war es nichts, was sie jedermann erzählte. Sie entschied sich, es unkonkret zu formulieren: »Vielleicht kaufe ich den Laden eines Tages zurück und baue die Chocolaterie wieder auf.«

Jack setzte sich auf den Barhocker an Rosies Küchentresen. »Wow, das ist eine mutige Idee! Wenn mir deine Pralinen schmecken, werde ich auf jeden Fall ein Kunde sein.«

»Die Pralinen!« Sie stellte ihr Glas ab und holte eine bunt verzierte Blechdose aus dem Schrank über der Spüle. Beim

Herunternehmen des Deckels stieg ihr sofort der Duft von Blätterkrokant und dunkler Schokolade in die Nase. Sie sog ihn tief ein und ging dann zu Jack hinüber. »*Das* ist richtige Schokolade.« Sie hielt ihm die Dose vors Gesicht. »Schließ die Augen.«

Er kam der Aufforderung nach.

»Und jetzt atme tief durch die Nase ein.«

Jack genoss es. Das konnte Rosie an seinen entspannt daliegenden Augenlidern sehen. Sie hatte noch nie so nah vor ihm gestanden und roch jetzt wieder sein herbes Parfum. Sein Gesicht war so perfekt, und sie fragte sich, wie sich sein Bart wohl anfühlte, wenn sie darüber streichen würde.

»Jetzt kann ich es kaum erwarten, eine zu probieren«, bemerkte er und öffnete wieder die Augen.

»Nur zu.«

Jack nahm sich eine Praline aus der Dose, und mit einem leisen, aber hörbaren Knacken biss er die Hälfte davon ab. Er hob eine Augenbraue und sah Rosie an. Sie beobachtete genau, wie er sich die zweite Hälfte in den Mund steckte. Seine Lippen bewegten sich rhythmisch beim Kauen. Er sagte nichts und zeigte auch sonst keinerlei Regung. Sie sahen sich einfach nur an. Dieses Mal konnte Rosie die Spannung aushalten, die in der Luft schwang. Dann legte er seine Hände um ihre Taille und zog sie langsam an sich.

Rosies Atem wurde immer schneller. Bis seine Lippen ihr die Luft nahmen.

Kapitel 4

»Meine Güte, weiße Bürofuzzis wissen einfach nicht, wie man Party macht. ... *Ostrich Corporation*, was kann ich für Sie tun?« Es war acht Uhr morgens, und Perpetua war schon wieder in ihrem Element. In der einen Hand hielt sie eine Tasse Kaffee, und mit der anderen drückte sie sich das Headset ans Ohr. »Ja, Mr. Parmer ist zu sprechen. Einen Moment bitte, ich stelle Sie durch.«

Sie drückte ein paar Knöpfe. »Schätzchen, ich sage dir, ich wäre gestern Abend fast eingeschlafen bei dem lahmen Haufen da oben. Zum Glück hat mich mein Cousin Warren abgeholt, und wir sind nach Brixton in den Stripclub unter seinem Imbiss. Da war was los ... Mr. Parmer, ich habe hier eine Mrs. Lauderdale in der Leitung ... Alles klar, ich stelle durch ...« Perpetua sah Rosie wieder an »Und wie war's bei dir? Warst ja schnell verschwunden. Hast du dich wenigstens noch amüsiert?«

Rosie erstarrte bei der Frage und bemühte sich, mit dem Umrühren ihres Kaffees beschäftigt zu wirken.

»Ja, war nett«, antwortete sie und kreiste immer schneller mit dem Löffel in der Tasse. Ein minikleines Lächeln, vielleicht auch nur ein winziges Zucken der Mundwinkel konnte sie nicht beherrschen. Sie blickte auf und sah in Perpetuas leicht zusammengekniffene Augen.

»Rosie! Was genau war ›ganz nett‹ gestern Abend? Moment!« Perpetua tippte auf ihr Headset. »*Ostrich Corporation*, was kann ich für Sie tun? Nein, Mrs. Davis möchte gerade nicht gestört werden – und ich auch nicht.« Sie nahm das Headset ab und warf es auf den Schreibtisch. »Süße, was hast du zu verheimlichen?« Jetzt flüsterte sie. »Wen hast du mit deinem süßen kleinen Hintern in dem feuerroten Etuikleid verrückt gemacht?«

»Niemanden! Also zumindest nicht mit Absicht.«

»Hab ich's doch gewusst, du sahst aber auch rattenscharf aus in dem Teil. Erzähl, wer ist es?«

»Perpetua!« Rosie schlug sich die Hand vors Gesicht. »Ich kann es dir nicht sagen. Es ist einfach zu absurd.«

»Mach schon, Rosie, ich erzähle dir auch immer alles«, erwiderte Perpetua. »Für die ganzen firmeninternen Geheimnisse, die ich dir ständig stecke, könnte ich hochkant rausfliegen.«

»Okay, aber du musst es wirklich für dich behalten!«

Perpetua verdrehte die Augen. »Klar, ich schweige wie ein Grab. Du tust ja gerade so, als hättest du mit dem Big Boss rumgemacht.«

Rosie senkte das Kinn und lächelte ihre Freundin mit zusammengebissenen Zähnen an.

Der Freundin blieb der Mund offen stehen. »Nicht dein Ernst. Du hast dir Jack Walker gekrallt?«

»Psssst, nicht so laut. Ich hab ihn mir nicht ›gekrallt‹. Er sagte, dass er sich nicht erinnern könnte, wann er das letzte Mal Schokolade gegessen hat, und da hab ich ihn eingeladen, meine Pralinen zu probieren.«

»Na klar, du hast ihn eingeladen, deine Pralinen zu probieren. Ist das als Metapher gemeint? So wie andere ihre Briefmarkensammlung zeigen?«

»Nein!«, protestierte Rosie, ebenfalls lauter als beabsichtigt.

»Wie auch immer du das angestellt hast, Rosie, ich bin ab heute dein größter Fan.« Perpetua hielt ihr die Hand zum High Five hin. »Warum nicht gleich den dicksten Fisch im Teich angeln.«

»Nimm die Hand runter, so ist das nicht. Wir haben uns nur ganz kurz geküsst. Keine Ahnung, wie das passieren konnte. Es war einfach … ein schöner Abend, irgendwie.« Rosie fächerte sich Luft zu. »O Gott, was ist nur in mich gefahren?«

Perpetua seufzte. »Na, ich schätze mal, Amors Pfeil ist in dich gefahren, Süße. Genieß es. Seit Wochen hast du doch nur die Chocolaterie im Kopf. Jetzt hat sich dein Schoko-Wahn zur Abwechslung mal bezahlt gemacht.«

Phil Mosby, tippte Rosie in das Suchfeld des Browsers, drückte *Enter* und wartete gespannt, bis sich die Seite lud.

Wer war dieser Kerl, der ihren wundervollen Kuss mit Jack gestern Abend so abrupt hatte enden lassen? Natürlich wusste Rosie, dass er Jacks Geschäftspartner und der Mitgründer der *Ostrich Corporation* war. Aber sie fragte sich, warum Jack nach dem Telefonat mit ihm so verändert gewesen war. Als hätte er plötzlich unter Strom gestanden.

»Es tut mir leid, aber ich muss dringend ins Hotel und etwas Geschäftliches mit Phil klären«, hatte er gesagt. Auf Rosies Frage hin, ob dieser denn nicht wisse, wie spät es in London war, hatte Jack geantwortet: »Doch, aber das ist Phil egal.«

Die Ergebnisliste der Suchmaschine zeigte seitenweise Artikel aus der amerikanischen Presse über Phil. Es schien, als wäre er eine Art Star der New Yorker Lokal-Politik.

Rosie klickte auf *Bilder* und begutachtete eines, auf dem

Phil und Jack zusammen zu sehen waren. Es musste schon älter sein, denn Jack hatte längere Haare, und sein Gesicht wirkte jungenhafter als heute. Das umwerfende Lächeln war das gleiche. Phil hingegen wirkte hart und kühl. Sein Blick war ernst, wie der eines Grenadier Guard vor dem Buckingham Palace.

Als Patrick hereinkam, klickte Rosie das Browser-Fenster weg. Er war kreidebleich und trug eine schwarze Sonnenbrille. In der Hand hielt er eine Fastfood-Tüte. »Ich möchte nicht darüber reden«, sagte er und verschwand in seinem Büro, bevor Rosie ihm einen guten Morgen wünschen konnte.

Als sie sich an die Arbeit machte, konnte sie nicht aufhören, an den vergangenen Abend zu denken. An ihr ruiniertes Kleid, an die Weihnachtsfeier und daran, wie Jack nach Krokant und dunkler Schokolade geschmeckt hatte. Wie sollte sie sich ihm gegenüber jetzt verhalten? Irgendwann würden sie sich im Office über den Weg laufen, so viel stand fest.

Sein Abgang gestern war so abrupt gewesen, dass sie gar nicht darüber hatten reden, geschweige denn Nummern austauschen können. Das Einzige, was er gesagt hatte, bevor er die Tür hinter sich zugezogen hatte, war: »Ich hatte schon lange nicht mehr so einen schönen Abend.«

Den ganzen Tag hatte Rosie nichts von Jack gehört. Zum gefühlt fünfzigsten Mal drückte sie auf den *Empfangen*-Button in ihrem Postfach, dann kam tatsächlich eine neue Mail herein. Es war ein abgeänderter Kalendereintrag von Jacks Sekretärin, mit dem Hinweis:

Das Entwickler-Meeting muss auf Montag verschoben werden, da Mr. Walker für den Rest der Woche im New Yorker Headquarter sein wird.
Mit freundlichen Grüßen, Gretchen Miller.

Na toll, dachte Rosie und packte frustriert ihre Sachen zusammen. Die letzten Tage hatten sich so angefühlt, als wäre ihr die Kontrolle über ihr Leben abhandengekommen. Nach all den Ereignissen, die ihr einfach so passiert waren, hatte sie das dringende Bedürfnis, die Dinge endlich wieder selbst in die Hand zu nehmen.

Auf dem Nachhauseweg machte sie im Drogeriemarkt halt, kaufte einen Make-up-Fleckenentferner und weichte zu Hause als Erstes ihr rotes Kleid ein. Auf dem Küchentresen standen die Weingläser vom Vorabend. Sie kippte Jacks halb volles Glas in den Ausguss, spülte alles ab und brachte den Rest der Wohnung auf Vordermann.

Mit einem heißen Kakao ließ sie sich auf ihrem Bett nieder und spürte, wie die äußere Ordnung auch ihr Inneres sortierte. Sie starrte auf den hellbraunen Milchschaum, dessen Bläschen nach und nach knisternd platzten, wie das Kaminfeuer im Wohnzimmer ihrer Eltern. Dabei wurde ihr bewusst, dass sie mit ihrer Aufräumaktion noch nicht fertig war. Da gab es eine Sache, die sich weder mit dem Staubsauger wegsaugen noch in eine Schublade stopfen ließ.

Rosie griff nach ihrem Handy und wählte eine Nummer. Schon nach kurzer Zeit nahm jemand ab. »Mum? Hi, ich bin's.«

»Rosie, Schatz, das ist ja eine Überraschung!«, flötete ihre Mutter ins Telefon.

Rosie freute sich, die vertraute Stimme zu hören, rieb sich aber gleichzeitig die Brust, die sich plötzlich eng anfühlte. »Ich weiß, ich hätte schon längst mal wieder anrufen sollen. Wie geht es dir? Und Dad? Kommt mich doch mal wieder in London besuchen.«

»Ja, das ist eine schöne Idee. Uns geht es gut. Dein Dad ist gerade im Fitnessstudio, in dem ich ihn kürzlich angemeldet habe. Er ist schließlich auch nicht mehr der Jüngste und sollte etwas für seine Gesundheit tun«, plauderte Rosies Mutter fröhlich.

Sie musste grinsen. Ihr Vater war der genügsamste Mensch, den sie kannte. Er war wie ein treuer Hund, den man einfach nur lieben konnte und der alles tat, was man ihm sagte. Vor allem, wenn die Befehle von Rosies Mutter kamen.

Um nicht wieder den Mut zu verlieren, beschloss Rosie, direkt zum Punkt zu kommen. »Mum, ich rufe aus einem bestimmten Grund an.«

»Was ist, mein Schatz?«

»Ich habe kürzlich mit Mr. Graham gesprochen.«

Rosie hörte, wie ihre Mutter seufzte.

»Bitte hör mir zu, Mum. Seiner Lunge geht es schlecht, und er möchte zu seiner Tochter nach Brighton ziehen; die Seeluft soll wohl helfen. Er ist bereit, mir den Laden zu verkaufen.«

Am anderen Ende der Leitung blieb es still.

»Ich war bei einigen Banken«, fuhr Rosie fort, »und wie es aussieht, bekomme ich nur einen Kredit, wenn ich eine Bürgschaft oder eine Grundschuld vorweisen kann.« Rosie hielt die Luft an.

»Du kennst meine Meinung, Kind.«

Sie schloss die Augen und atmete aus. »Ja, das tue ich.«

»So gerne wir dich wieder in unserer Nähe hätten, denke ich nicht, dass es das Richtige für dich ist. Du liebst doch die Großstadt«, sagte ihre Mutter.

»Was hat das denn mit der Großstadt zu tun?«

»Du weißt, was ich meine. Rosie, sechs Tage die Woche arbeiten, kaum Privatleben ... Du hast gesehen, wohin es deine Grandma geführt hat.«

Rosies Augen begannen zu brennen, und sie spürte, wie die Tränen aufstiegen. Das enge Gefühl in der Brust schnürte ihr die Luft zum Atmen ab. Sie wusste, wenn sie jetzt etwas sagen würde, könnte sie das brodelnde Schluchzen, das sie in sich trug, nicht mehr aufhalten.

»Rosie, bist du noch da?«, hörte sie ihre Mutter fragen. »Komm doch am Wochenende nach Hause, dann sprechen wir in Ruhe darüber.«

»Ich muss los, Mum«, murmelte Rosie. Sie konnte nicht anders und legte einfach auf. Keine Sekunde später brach es aus ihr heraus, als hätte jemand die Schleusen ihres Staudamms geöffnet.

Schluchzend hastete sie in die Küche und spürte, wie nass ihre Wangen bereits waren. Sie riss die zwei Schubladen auf, in denen sie all die Dosen mit den verschiedenen Zutaten aufbewahrte. Chili, Vanille, Haselnüsse, Mandeln. Mit zittrigen Händen füllte sie einen Topf mit Wasser, stellte ihn auf den Herd und platzierte einen Schmelztopf obendrauf. Ihre Brust pulsierte im gleichen Takt, wie das hektische Klicken des Gasanzünders.

Als ihr endlich eine durchdringende Wärme entgegenstrahlte, goss sie Sahne in den Schmelztopf. Langsam bröckelte Rosie dunkle Kuvertüre hinein. Ein salziger Geschmack drang in ihren Mund. Sie wischte sich die Tränen mit einem Ärmel ab und versuchte, tief durchzuatmen. Mit einem Finger fuhr sie über die durchsichtigen Zutatendosen und stoppte bei der Box mit der Aufschrift *Tonkabohnen*. Behutsam nahm sie eine der Hülsenfrüchte heraus, führte sie an die Nase und rieb dann einen Teil davon in die Sahne.

Erst als Rosie sah, wie Braun und Weiß verschmolzen, ließ sie erleichtert die Schultern sinken.

Kapitel 5

»Er hat sich seit dem Kuss nicht bei dir gemeldet?«

»Psst, nicht so laut«, ermahnte Rosie Perpetua, die gerade ein viel zu großes Nigiri-Sushi in ihren Mund manövrierte. Es war zwar Sonntagabend, aber bei dem Japaner in der Nähe der *Ostrich Corporation* traf man immer wieder auf Kollegen. Jeder noch so kleine Tisch in dem bunt geschmückten Raum war besetzt, doch Perpetua ließ sich nicht vom Thema abbringen.

»Männer in Machtposition denken, sie können sich alles erlauben«, nuschelte sie. »Die nutzen so eine gutmütige Seele wie dich nur aus.«

Ob Perpetua recht hatte? Auch wenn sie keine Handy-Nummern getauscht hatten, gab es unzählige Möglichkeiten, wie er sich hätte melden können. Aber sie hatte keine Nachricht bekommen, auch am Wochenende nicht. Stattdessen hatte sie die Zeit damit verbracht, sich in das Thema »Lebensmittel-Entwicklung« einzuarbeiten. Sie hatte Dokumentationen geschaut, Fachartikel gelesen und sich vorgenommen, sich auf das morgige Meeting zu konzentrieren statt auf ihn.

Schließlich bekam man die Gelegenheit, einen Powerriegel mit zu entwickeln, nicht alle Tage.

Rosie tauchte ihr Avocado-Maki in die Sojasoße und schob es sich genüsslich in den Mund. »Vielleicht hast du recht. Aber was denkt er sich denn?«, fragte Rosie. »Schließlich werden wir uns in der Firma wieder über den Weg laufen.«

»Ich wäre da knallhart. Falls er sich bis heute Abend nicht meldet, würde ich ihn mit Verachtung strafen.« Perpetua lehnte sich über den schmalen Holztisch und flüsterte: »Als deine Freundin könnte ich den Aufzug manipulieren, sodass er von ganz oben in die Tiefe kracht. Natürlich werde ich es wie einen Unfall aussehen lassen.«

»Du siehst eindeutig zu viele Krimiserien.« Rosie lachte. »Ich komme schon klar«, sagte sie, obwohl sich ihr Herz beim Gedanken an Jack schwer anfühlte. Es war zu schön gewesen, um wahr zu sein. Sie schüttelte den Kopf, als wollte sie das Gefühl loswerden, und richtete sich auf. »Wenn ich heute Abend nichts von ihm höre, ist das Thema abgehakt. Dann war es einfach nur einer dieser Weihnachtsfeier-Ausrutscher, wo man danach so tut, als wäre nichts gewesen.« Sie blinzelte das aufsteigende Gefühl von Enttäuschung weg. »Das passiert doch jedes Jahr in unzähligen Firmen.«

Brittany richtete Teller mit Schokoladenproben in der Mitte des Tisches an. Sie wirkte in ihrem knallgrünen Pullover und den streng nach hinten frisierten roten Haaren wie eine Mamba. Dabei saß die giftige Schlange am anderen Ende des Konferenztisches und tuschelte mit Brandon.

»Guten Morgen zusammen, es tut mir leid, dass wir das Meeting auf heute verlegen mussten.« Jack kam zur Tür herein. Er wirkte gestresst und sein Hemd zerknittert. »Ich hatte etwas Wichtiges in New York zu klären, was sich leider nicht verschieben ließ«, fügte er hinzu und sah Rosie direkt an.

Na toll, dachte sie. Entgegen ihren Vorsätzen, ihn sich spätestens Sonntagabend aus dem Kopf zu schlagen, hatte er sie Montagmorgen bereits beim ersten Blickwechsel wieder. Zielstrebig ging er um den Tisch herum und nahm auf der gegenüberliegenden Seite von Rosie Platz, anstatt sich, wie sonst, an die Stirnseite des Tisches zu setzen. »Brittany, Sie haben das Wort.«

Während die Food-Managerin mit ihrer Präsentation begann, spürte Rosie, wie Jack sie die ganze Zeit beobachtete. Hoffentlich bemerkt das niemand, dachte sie und gab sich Mühe, ihn zu ignorieren. Stur schaute sie Brittany an und wagte es nicht, auch nur ein Mal seinen Blick zu erwidern.

»Wie ihr seht, habe ich die Schokoladen-Samples der verschiedenen Hersteller angefordert. Es sind unterschiedliche Qualitäten aus diversen Preiskategorien. Ich würde vorschlagen, wir machen eine Blindverkostung, um die ›Kandidaten‹ unvoreingenommen bewerten zu können.« Brittany teilte jedem einen Beurteilungsbogen und einen Teller mit der ersten Schokoladenprobe aus. »Am besten gehen wir gemeinsam alle Schokoladen durch, so können wir direkt sehen, ob wir einer Meinung sind oder ob es Diskussionsbedarf gibt.«

Rosie blickte auf den Zettel, der vor ihr lag. Unter Punkt eins sollte das Aussehen bewertet werden. Sie nahm das Stück Schokolade zwischen Daumen und Zeigefinger und erkannte schon am übermäßigen Glanz, dass Sojalecithin drin sein musste, ein Emulgator.

Ohne auf den Startschuss zu warten, preschte Felicity vor: »Also, das muss hochwertige Schokolade sein, das sieht man ja schon daran, wie toll sie glänzt.«

Rosie hatte sich vorgenommen, sich bestmöglich von Felicity fernzuhalten, um ihr keine Angriffsfläche zu bieten. Sie machte sich still Notizen und ging weiter zu Punkt zwei: *Geruch*. Die Schokolade dicht unter die Nase gehalten, nahm

Rosie einen tiefen Atemzug. Vanillin, da war sie sich sicher. Echte Vanille würde blumiger riechen.

Als die anderen die Schokolade kosteten, ging auch Rosie zum Punkt *Geschmack* über. Sie biss ein Stück ab und ließ es auf der Zunge zergehen. Jetzt war klar, dass diese Schokolade aus klassischem Industriekakao hergestellt war, den man von typischer Massenware aus dem Supermarkt kannte.

»Rosie, was denken Sie als Schokoladen-Expertin?«, fragte Brittany.

»Ich bin mir ziemlich sicher, dass es günstige Schokolade aus Forastero-Kakao ist. Dem Glanz nach zu urteilen, gestreckt mit Emulgatoren.« Rosie spürte Felicitys wütenden Blick, doch sie wollte nicht lügen.

Brittany kritzelte etwas in ihr Notizheft und wandte sich dann an Jack. »Und was meinen Sie?«

Er lehnte sich zurück und klickte mit dem Daumen auf seinem Kugelschreiber herum. »Ich habe schon bessere Schokolade gegessen.« Jetzt sah er Rosie wieder an. »Erst kürzlich.«

Ihr Herz machte einen Sprung, und als er schmunzelte, fiel ihr erst wieder ein, dass sie ihn gar nicht ansehen wollte. Schnell wandte sie sich ab und hoffte, dass niemand ihren Blickwechsel bemerkt hatte.

Bei der zweiten Schokoladenprobe war Rosie sicher, dass es sich um Edelkakao handelte, und ergriff das Wort: »Ich würde sagen, die Basis ist hier Criollo. Der Geschmack ist deutlich feiner und würziger.«

Die anderen stimmten ihr zu. Außer Felicity. Rosie versuchte, sich nicht von ihr einschüchtern zu lassen. Schließlich hatte sie hier einen Job zu machen. Außerdem machte es ihr unglaublich viel Spaß, die Schokolade zu bewerten, und sie hatte das Gefühl, dass ihre Meinung den Entscheidungsprozess wirklich voranbrachte.

Eine halbe Stunde später waren sie mit dem Bewerten der

letzten Schokoladenprobe fertig. Brittany sammelte alle Zettel ein und versprach, im nächsten Meeting die Auswertung zu präsentieren.

Als Rosie ihre Sachen zusammenpackte und half, noch schnell die Teller einzusammeln, bemerkte sie, wie Jack die Stühle penibel zurechtrückte, anstatt gleich den Meeting-Raum zu verlassen. Dabei trafen sich ihre Blicke. Plötzlich wünschte Rosie sich, dass die anderen Kollegen endlich gingen. Vielleicht hatte Jack ja eine gute Erklärung, die man durchgehen lassen könnte?

Einer nach dem anderen verabschiedete sich, und ihr Herz schlug immer schneller.

»Mr. Walker, ich müsste sie kurz unter vier Augen sprechen.« Felicity, die als Letzte auf die Tür zugegangen war, hatte im Türrahmen kehrtgemacht.

»Ähm ...« Jack spannte seinen Unterkiefer an. »Ja. Natürlich.« Enttäuscht nahm Rosie ihre Sachen und ließ die beiden allein.

Vor dem Fahrstuhl hatten sich einige Herren in Anzügen versammelt, die sich mit lautem Männergeplauder in die offene Fahrstuhltür drängten. Einer zog seinen kugeligen Bauch ein und signalisierte Rosie, dass sie auch noch Platz hätte.

Lächelnd lehnte sie ab, wartete, bis der Aufzug abgefahren war, und nahm den nächsten. Dieser war leer. Rosie atmete durch und drückte die Dreiundzwanzig.

Kurz bevor sich die Tür schloss, schoss eine Hand in den Spalt und drückte sie wieder auf. Es war Jack, der jetzt vor ihr im Aufzug stand. Er keuchte, und seine Brust hob und senkte sich schnell, während sie sich einfach nur ansahen. Als die Türen sich hinter ihm geschlossen hatten, waren sie endlich allein. Der Duft seines herben Rasierwassers verbreitete sich in der kleinen Kabine, und Rosie bekam augenblicklich weiche Knie.

»Ich weiß, ein *Es tut mir leid* hast du jetzt schon einmal von mir gehört. Aber es tut mir wirklich leid, dass ich letzte Woche so schnell wegmusste und mich seitdem nicht gemeldet habe.«

Rosie konnte den Impuls, ihm zu glauben, nicht unterdrücken. Auch wenn sie sich etwas anderes vorgenommen hatte. Die Tatsache, dass er so nah vor ihr stand und sie seinen schnellen Atem auf ihrer Haut spürte, machte es nicht gerade einfacher, ihm böse zu sein.

»Ich würde mich gerne mit einem Essen heute Abend entschuldigen. Natürlich nur, wenn du das willst?« Jack sah sie hoffnungsvoll an.

Rosie zupfte an ihrem Ärmel herum. »Ich weiß nicht.« Natürlich wollte sie. Doch wenn es jetzt schon so kompliziert war und sie sich in den Meetings kaum hatte konzentrieren können, was würde ihr dann ein richtiges Date mit ihm erst alles einbringen? Geschweige denn, wenn es irgendjemand der Kollegen erfahren würde. Anziehung hin oder her, er war ihr Chef und der oberste Boss der Firma.

»Ich würde mich wirklich freuen«, betonte Jack.

»Vielleicht ist es keine gute Idee, wenn wir privat zusammen gesehen werden. Verstehst du?«

»Mach dir darüber keine Gedanken. Ich sorge dafür, dass das nicht der Fall sein wird«, sagte er bestimmt.

Sie konnte nicht anders und musste lächeln.

»Pling.« Der Fahrstuhl öffnete sich.

Rosie stieg aus.

»Kann ich das als ein Ja deuten?«, wollte er wissen.

Sie drehte sich im Gehen noch einmal um. »Na gut.«

»Sehr schön, ich hole dich heute um acht Uhr ab«, sagte er und verschwand hinter der sich schließenden Aufzugtür.

Kapitel 6

»Möchtest du einen Drink?«

Rosie konnte es kaum fassen, als aus der Mittelkonsole eine Minibar emporstieg, nachdem Jack auf einen unscheinbaren Knopf in dem glänzenden Mahagoniholz gedrückt hatte.

»Eddie hat für dich Apfel-Cider besorgt«, sagte er und zwinkerte seinem Fahrer zu, der grinsend in den Rückspiegel blickte.

»Wow, vielen Dank.« Rosie lehnte sich verlegen nach vorne zum Chauffeur. »Das wäre doch nicht nötig gewesen.«

Dieser hob grüßend die Hand und ließ die Glasscheibe zwischen Rückbank und Führerhaus hochfahren.

»Hast du Eddie auch aus New York mitgebracht?«

»Nein, nein, Eddie ist Brite. Mein Fahrer aus Manhattan würde durchdrehen bei dem Linksverkehr.« Jack ließ mit einer silbernen Zange Eiswürfel in die zwei geschliffenen kristallenen Gläser gleiten.

»Dann fährst du also nie selbst?«, fragte sie.

»Ich habe zwar einen großen Fuhrpark, aber ich nutze die Fahrtzeit lieber zum Arbeiten.«

Jetzt kam Jack ihr irgendwie gönnerhaft vor. Rosie mochte es nicht, wenn Männer prahlten. Sie strich über das butterweiche Leder des cremeweißen Autositzes und vergewisserte sich, dass ihre schwarzen Overknees nicht abfärbten. Den ganzen Nachmittag hatte sie gegrübelt, was sie anziehen sollte, und hatte gehofft, dass es dort, wo Jack sie hinbringen würde, nicht zu chic war.

Nach der Arbeit war sie schnell nach Hause gefahren, hatte sich geduscht und ihren Kleiderschrank durchstöbert. Ihre Wahl war auf ein schwarzes Minikleid mit hochgeschlossenem Kragen gefallen, dazu eine blickdichte Strumpfhose und schwarze Overknee-Stiefel mit kleinem Absatz. Darüber trug sie einen dunkelroten Wollmantel mit Reverskragen und ihre geliebte Abendtasche aus Samt, die sie schon auf der Weihnachtsfeier getragen hatte. Die Haare hatte sie zu einem einfachen Knoten hochgesteckt, der den Blick auf ihre goldenen Creolen freigab.

Dieser Look passte zu jedem Anlass. Und tatsächlich fühlte sie sich jetzt richtig gekleidet an Jacks Seite, der noch immer seinen Business-Anzug trug. Nur die Krawatte hatte er abgelegt und die oberen Knöpfe geöffnet.

Jack reichte ihr ein Glas, und Rosie nahm einen großen Schluck. Cider war jetzt genau das, was sie brauchte, um ihre Aufregung in Zaum zu halten. Zeitiger als sie dachte fuhr der Fahrer links ran.

Rosie blickte aus dem Fenster und erkannte den Schriftzug, der über der Eingangstüre hing. Das *French Four* war eines der angesagtesten Restaurants in ganz London, und sie erinnerte sich, dass Patrick schon seit Monaten versuchte, dort einen Tisch zu ergattern. Komischerweise schien es aber geschlossen zu haben, denn drinnen war es dunkel.

»Wir sind da.« Jack stieg aus dem Wagen.

Eddie öffnete Rosies Tür und half ihr beim Aussteigen.

Keine zwei Sekunden später kam ein Mann mit weißer Kochjacke aus dem Restaurant und streckte Jack die Hand hin.

»Guten Abend, Mr. Walker, mein Name ist Raphael Laurent, ich bin der Restaurantleiter. Wir freuen uns wirklich sehr, Sie und Ihre Begleitung heute im *French Four* begrüßen zu dürfen. Treten Sie doch ein.«

Jack ließ Rosie den Vortritt, und sie folgten dem Mann mit dem französischen Akzent. Er führte sie durch den dunklen Restaurantraum, in dem die Stühle umgekehrt auf den Tischen standen. Es roch nach Putzmittel, und der Boden glänzte im Scheinwerferlicht der Straßenlaternen, das durch die Fensterfront fiel. Am Ende des Raumes gingen sie in einen Flur und dann vorbei an der Küche, aus der ein grelles Kunstlicht strahlte.

Im Vorbeigehen warf Rosie einen Blick hinein, und eine untersetzte Frau mit Kochmütze schaute lächelnd durch die Durchreiche und zwinkerte ihr zu.

»Hier wären wir, Mr. Walker«, sagte der Restaurantleiter nach ein paar Metern und öffnete eine massive Tür mit der Aufschrift *Exit*. »Ich hoffe, es ist ganz nach ihren Vorstellungen.«

Rosie blickte Jack fragend an. Er schmunzelte, und sie folgten dem Mann. Beim Betreten des Hinterhofs stockte ihr der Atem. Eingezäunt von vier hohen Steinmauern, auf deren Vorsprüngen mindestens zwanzig dicke weiße Stumpenkerzen brannten, stand ein kleiner Tisch mit zwei Stühlen.

Rosie ging darauf zu und strich mit der Hand über die faltenfreie Tischdecke. Als hätte man den Tisch mit einem Maßband eingedeckt, standen sich Teller, Gläser und Besteck komplett symmetrisch gegenüber. Sogar die gefalteten Servietten schienen perfekt. Trotz der Londoner Dezember-Kälte, war es völlig windstill, und die Heizpilze, die um den Tisch herum platziert waren, gaben eine wohlige Wärme ab.

Jack bedankte sich bei dem Restaurantleiter, der daraufhin

einem Kellner zuschnipste, der etwas abseits des Tisches mit einem Tablett und zwei Champagner-Gläsern wartete.

»Das ist Bernard, er wird Ihnen jeden Wunsch erfüllen.«

Rosie nahm sich eines der hohen, schmalen Stielgläser. Sie schienen makellos poliert zu sein, denn so klar hatte sie noch nie die feinen Perlen gesehen, die in der golden schimmernden Flüssigkeit aufstiegen. Als der Kellner gegangen war, fing sie Jacks Blick ein.

»Gefällt es dir?«, fragte er schmunzelnd.

»Ob es mir gefällt? Das ist buchstäblich der helle Wahnsinn.«

Bei ihrem letzten Date hatte der Typ vergessen, einen Tisch zu reservieren. Sie hatten bei strömendem Regen fünf Restaurants abklappern müssen, bis sie einen Platz gefunden hatten. Das hier hingegen hätte die Kulisse eines Liebesfilms mit Lily Collins und Sam Claflin sein können.

Jack lächelte zufrieden.

»Ich dachte, du kennst dich nicht aus in London. Wie hast du dann hier einen Tisch bekommen?«, fragte sie. »Besser gesagt das ganze Restaurant?«

»Du wolltest doch nicht, dass uns einer der Kollegen sieht«, antwortete er. »Da blieb mir nichts anderes übrig, als den ganzen Laden zu mieten. Und hier im Hinterhof sieht uns mit Sicherheit keiner.«

Rosie fühlte sich fast schwerelos. Sie verstand jetzt, dass das, was sie vorhin im Auto als überheblich empfunden hatte, keine negative Eigenschaft von ihm war, sondern dass es einfach eine andere Welt war, in der Jack lebte. Geld hin oder her, es musste ihn einige Mühe gekostet haben, das alles innerhalb eines Nachmittags auf die Beine zu stellen. Sie sah ihn warm an und sagte tief berührt: »Danke.«

Rosie kuschelte sich in die weiche Kaschmirdecke ein, auf der sie saß. Sie hatte das Gefühl, fast zu platzen, da brachte der

Kellner den vierten Gang. Es war ein Dessert aus Himbeer-Parfait, garniert mit weißer, noch leicht flüssiger Schokolade, die offenbar gerade erst auf das Parfait gegossen worden war.

Das ganze Essen über hatten sie sich ununterbrochen unterhalten. Dabei hatte Rosie sich schwergetan, nicht ständig auf Jacks Mund zu starren. Seit ihrem ersten Kuss sehnte sie sich danach. Wie er ihre Unterlippe zwischen seine weichen, vollen Lippen genommen hatte und sie seinen warmen Atem direkt auf ihrer Haut gespürt hatte.

Mit einem himmlischen Knacken durchbrach sie mit dem Löffel die nun vor Kälte erstarrte Schokolade, die in diagonalen Streifen auf dem Himbeer-Parfait lag. Sie nahm einen ersten Bissen und musste unwillkürlich die Augen schließen, da ihre Geschmacksknospen jegliche Aufmerksamkeit beanspruchten. Die milchige Süße der weißen Schokolade passte perfekt zu dem säuerlichen Beerengeschmack.

Als sie die Augen wieder öffnete, bemerkte sie, dass Jack sie mit diesem klaren Blick ansah, der sie seit ihrer ersten Begegnung erregte. Er verzog den Mund zu einem verführerischen Schmunzeln, und sie wusste genau, dass er gerade das Gleiche dachte wie sie. Nicht mal das perfekteste Restaurant mit den köstlichsten Speisen dieser Welt hätte von dem Verlangen ablenken können, das zwischen ihnen lag.

Rosie überlegte einen Moment. Dann nahm sie ihre Serviette vom Schoß und legte sie neben den Teller mit dem restlichen Parfait. Sie konnte selbst kaum glauben, dass sie einmal ein Dessert, das auch noch so himmlisch war wie dieses, verschmähen würde. Aber eines wollte sie jetzt noch viel mehr:
»Ich glaube, wir sollten gehen.«

Ohne zu zögern, stand Jack auf, nahm ihre Hand und führte sie durch das dunkle Restaurant hinaus zum Wagen.

»Was ist mit der Rechnung?«, fragte Rosie, während sie einstiegen.

»Mach dir darüber keine Gedanken.« Er gab Eddie die Anweisung, sie zurück zu Rosies Wohnung zu fahren.

Die Fahrt von gerade mal zehn Minuten kam ihr jetzt wie eine Ewigkeit vor. Sie sprachen kein Wort. Das war auch nicht nötig.

Vor ihrem Haus angekommen, bemerkte Rosie erst, dass sie etwas im Restaurant vergessen hatte. »Mist, meine Handtasche, da ist mein Schlüssel drin.«

Glücklicherweise kam gerade ein Nachbar aus dem Haus. Sie sprangen aus dem Auto und schlüpften in letzter Sekunde durch die Eingangstür.

Vor ihrer Wohnung holte Jack eine Karte aus seinem Portemonnaie. »Das müssten wir gleich haben.« Keine zehn Sekunden später drückte er die Tür auf.

Auch wenn Rosie schockiert war, wie leicht man bei ihr einbrechen konnte, feuerte sein Können ihre Erregung noch mehr an.

Er ließ ihr wie immer den Vortritt. Sobald die Wohnungstür hinter ihnen ins Schloss fiel, lag das Apartment im Dunkeln. Im gleichen Moment drückte er sie an die Wand. Rosies Sehnsucht nach seinen Lippen wurde endlich gestillt.

Rosie wachte auf, als sie Schritte in ihrer Wohnung hörte. Es musste mitten in der Nacht sein, denn draußen war es noch stockdunkel. Erst nach ein paar Sekunden realisierte sie, dass das am vergangenen Abend kein Traum gewesen war. Sie hörte, wie Jack die Badtür schloss. Vermutlich wollte er sich vor dem Morgen noch rausschleichen. Enttäuscht machte sie die Augen wieder zu und gab sich ihrer dumpfen Müdigkeit hin.

Als wäre lediglich eine Sekunde vergangen, wachte sie wieder auf und spürte, wie Jack ihr einen warmen Kuss auf die kalte, nackte Schulter drückte und wieder unter die Bettdecke schlüpfte. In einer Woge von Glücksgefühl drehte sie sich zu ihm und legte den Kopf auf seine muskulöse Brust. Sein dumpfer, rhythmischer Herzschlag ließ Rosie so tief entspannen wie lange nicht mehr.

Er nahm ihre Hand und führte seine Finger zwischen die ihren. Mit einer Bewegung zog er sie auf sich. Sie konnte seine Lust auf eine zweite Runde durch seine Boxershorts spüren. Zärtlich küsste er sie und zog ihr langsam den Slip über den Po. Rosie fühlte sich augenblicklich wieder überwältigt von ihrem starken Verlangen nach ihm. Sie konnte nicht anders, als sich diesem Drang zu ergeben.

Dieses Mal war es anders als am Abend zuvor. Das Gefühl von hungriger Begierde wich intimer Leidenschaft.

Kapitel 7

Das schrille Klingeln der Wohnungstür riss Rosie aus dem Schlaf. Schneller, als ihr lieb war, setzte sie sich auf und musste sich erst einmal orientieren. Der Platz neben ihr im Bett war leer, doch auf dem eingedrückten Kissen lag ein zusammengefalteter Zettel.

»Peeeep.« Auch das zweite Klingeln ließ sie zusammenzucken. Gott, ich muss den Hausmeister endlich fragen, wie man das Ding leiser dreht, dachte sie und rieb sich die Augen. Sie griff nach dem Zettel. Dann zog sie sich den Morgenmantel über und eilte zur Tür. »Hallo?«, fragte sie in die Türsprechanlage.

»Guten Morgen, Ms. Benett, hier ist Eddie. Mr. Walker hat mich gebeten, sie um sieben Uhr zu wecken. Außerdem habe ich eine Handtasche, die Ihnen gehören dürfte.«

Rosie starrte auf den Lautsprecher der Sprechanlage. »Ähm, ich bin wach. Danke.« Sie rieb sich noch einmal die Augen, als könnte sie danach klarer denken. »Ich komme runter, Eddie. Und guten Morgen auch erst mal.«

Schnell schlüpfte sie in ihre Fell-Boots, die neben der Tür standen, und sprang die Treppen runter. Sie bremste abrupt ab, als sie Jacks Fahrer in geschniegeltem Anzug und Chauffeursmütze am Treppenaufgang stehen sah.

»Guten Morgen, Miss Benett«, sagte er erneut und streckte ihr ihre Abendtasche entgegen.

Rosie zupfte an ihrem Morgenmantel und hielt sich den Ausschnitt mit einer Hand zu. Dann ging sie die restlichen Stufen langsam herunter, nahm die Tasche und bedankte sich etwas verlegen bei ihm.

Auf dem Weg nach oben stellte sie fest, dass noch alles in ihrer kleinen Abendtasche vorhanden war. Glücklicherweise auch ihr Schlüssel, sonst stünde sie jetzt wieder vor verschlossener Wohnungstür. Sie war sich sicher, dass sie diese nicht einfach so knacken könnte, wie Jack das am vorigen Abend getan hatte.

In der Wohnung angekommen, las sie endlich den Zettel, der in ihrer Faust schon etwas weich geworden war. Ganz oben stand eine Handynummer und darunter:

»Zwei wunderschöne Abende in nur einer Woche! Ich muss ein Glückspilz sein.

Rosie schwebte in die Küche und schaltete das Radio ein. Ed Sheeran sang etwas vom Verliebtsein. Als sie begann, die Melodie mitzusummen, musste sie schmunzeln. So sehr hatte sie sich schon lange nicht mehr auf den Tag gefreut. Aber erst einmal musste Kaffee her.

Sie hielt nichts von modernen Kaffeeautomaten, sondern liebte ihren alten achteckigen Espresso-Kocher, den sie von Millie geerbt hatte. Das silberne Aluminium war bereits matt und zerkratzt, und er quietschte furchtbar, wenn man den Oberkessel vom Wasserbehälter abschraubte. Doch genau das war es, was das alte Ding für Rosie so besonders machte. Und natürlich die lieb gewonnenen Erinnerungen, die der Kocher in ihr hervorrief.

Jeden Nachmittag, wenn sie aus der Schule gekommen war, hatte ihre Grandma damit Kaffee gekocht. Immer genau so viel, dass es etwas zu viel für eine Tasse gewesen war. Rosie hatte den Rest aus einer Espresso-Tasse trinken dürfen, zusammen mit aufgeschäumter Milch und einem Keks zum Eintunken. Für sie war es etwas Besonderes gewesen, denn keiner ihrer Freunde hatte in diesem Alter schon Kaffee trinken dürfen.

Sie füllte Wasser in den unteren Teil und öffnete die schmuckvolle Kaffeedose mit den goldenen Ornamenten, die sie ebenfalls von Millie hatte. Sie steckte die Nase in die Dose. Heute kam ihr der Duft intensiver und betörender vor als sonst. Sie befüllte den Trichter mit dem köstlichen Pulver, schraubte alles wieder zusammen und wartete, bis sie das vertraute Brodeln vernahm.

Nach dem ersten Schluck holte sie ihr Handy aus der Abendtasche, um Jacks Nummer einzuspeichern. Doch beim Anblick des Displays fiel ihr fast die Kaffeetasse aus der Hand. Sechs Nachrichten von Patrick und zwei Anrufe und eine Nachricht von ihrem Vater. Mit einem unguten Gefühl klickte sie die letzte Mitteilung an.

> Rosie, bitte melde dich. Deine Mutter ist seit eurem letzten Telefonat ganz aufgewühlt. Wir würden uns freuen, wenn du Freitag zu Millies Todestag nach Hause kommst.

In Rosie stieg eine Übelkeit auf. Sie war sich sicher, dass es nicht an dem Kaffee auf nüchternem Magen lag. Wie hatte sie nur vergessen können, dass diese Woche der sechzehnte Dezember anstand? Für gewöhnlich fühlte Rosie sich schon Tage vorher nervös und konnte nicht gut schlafen. Es war wie eine innere Uhr, die sie stets auf den anstehenden Tag hinwies.

Um sicherzugehen, dass ihr Vater sich nicht vertan hatte,

checkte sie im Kalender das aktuelle Datum. Tatsächlich, diese Woche Freitag war der dreizehnte Todestag ihrer Grandma. Der Tag, der Rosie im Gedächtnis war, als wäre es erst gestern gewesen. Der Tag, an dem sie Millies Hand gehalten und voller Verzweiflung gespürt hatte, wie diese immer kälter geworden war.

Sie versuchte, den Kloß in ihrem Hals runterzuschlucken, und tippte in ihr Handy:

> Hi, Dad, ich werde am Freitag da sein. Xo Rosie.

Die Nachrichten von Patrick kamen ihr jetzt völlig unwichtig vor, und sie legte das Handy beiseite. Mit Blick auf die Uhr hastete sie unter die Dusche, um sich für die Arbeit fertig zu machen. Erst als sie in der U-Bahn saß, zog sie ihr Telefon wieder hervor.

Mist, Jacks Nummer, dachte sie, während sie vor ihrem geistigen Auge den kleinen Zettel, der sie am Morgen so beschwingt hatte, noch auf dem Küchentresen liegen sah. Mit leichtem Widerwillen widmete sie sich schließlich Patricks Mails. Beim Anblick der Betreffzeilen ließ sie sich in den Sitz sinken und seufzte.

Entgegen der eingegangenen Uhrzeiten las sie:

> Dringend! Morgen früh als Erstes! Das hier auch, eilige Präsentation, den Anhang bis Mittag überarbeiten, komme morgen erst gegen 2, wichtiger Marketing-Lunch.

Nachdem ihr Magen nun schon zum dritten Mal grummelte – und dieses Mal besonders laut –, sah Rosie auf die Uhr. Halb zwei schon, dachte sie und bemerkte jetzt erst, wie schnell der Vormittag vergangen war. Einen großen Teil von Patricks Anweisungen hatte sie geschafft, aber es lag noch eine Menge vor ihr. Sie beschloss, eine kurze Pause zu machen, und ging zur Damentoilette. Als sie die Tür öffnen wollte, kam Felicity aus dem Waschraum.

Die hat mir gerade noch gefehlt, dachte sie.

Felicity blieb im Türrahmen stehen, sodass Rosie nicht ohne Weiteres an ihr vorbeigehen konnte. »Hallo, Rosie«, sagte sie und wirkte ungewöhnlich gut gelaunt. »Gut, dass ich dich treffe. Ich wollte mich schon die ganze Zeit bei dir bedanken.«

Rosie drehte den Kopf leicht seitlich. Sie glaubte, sich verhört zu haben.

»Na, du weißt schon, wegen deiner Hilfe beim Choc-Energizer«, fuhr Felicity selbstgefällig fort.

»Ähm, okay.«

»Ich werde die Erkenntnisse, die wir durch dich gewonnen haben, Ende der Woche dem amerikanischen Entwickler-Team in New York vorstellen. Zusammen mit Jack.« Ihre Augen funkelten.

Rosie versuchte, Haltung zu bewahren, obwohl sie genau spürte, wie es in ihr brodelte. »Immer gerne«, erwiderte sie knapp und schob sich an Felicity vorbei.

»Ach, und die Entscheidung für den Schokoladenanteil ist gefallen. Wir werden dich in Zukunft also nicht mehr brauchen«, hörte Rosie sie noch sagen, bevor die Tür hinter ihr einrastete.

Sie stützte sich mit beiden Händen auf einem der Waschbecken ab und atmete durch. Felicitys Worte hatten gesessen wie eine Ohrfeige. Nicht mehr bei der Entwicklung des Choc-Energizers dabei zu sein war fast noch schlimmer, als die Tatsache, dass Felicity zusammen mit Jack in New York sein und dann auch noch die Lorbeeren kassieren würde, die eigentlich *ihr* zustanden. Es hatte Rosie so viel Spaß bereitet, sich in das Lebensmittelentwicklungsthema einzuarbeiten und bei den Meetings dabei zu sein!

Immer wieder hatte sie sich in den letzten Tagen ausgemalt, wie es sich anfühlen würde, den Riegel, der ihr Schokoladenwissen beinhaltete, im Supermarktregal liegen zu sehen. Sie konnte es kaum erwarten zu wissen, auf welche Kakaosorte die Entscheidung gefallen war und ob sie mit ihrer Einschätzung bei der Verkostung richtiggelegen hatte. Zu einem Meeting war sie offiziell ja noch eingeladen.

Als sie zurück ins Marketing-Büro kam, war Patrick endlich da.

»Rosie, wo hast du gesteckt? Ich warte schon seit einer Ewigkeit auf dich«, fuhr er sie an, ohne dabei von dem Wust an Ausdrucken auf seinem Schreibtisch aufzusehen.

»Ich war doch nur kurz auf der Toilette. Als ich gegangen bin, warst du noch nicht ...«

»Ja, ja«, unterbrach er sie. »Wir müssen richtig Gas geben. Phil Mosby kommt nächste Woche. Er und Tim wollen die Quartalszahlen sehen. Und jetzt halte dich fest: *Ostrich* möchte einen Head of Marketing global etablieren, und ich bin in der engeren Auswahl! Ist das nicht phänomenal?« Jetzt sah er auf und blickte in die Ferne. Er machte eine ausschweifende Geste. »Ich sehe es schon vor mir: *Patrick Kingsley, Head of Marketing global.*«

»Wow, das wäre ja wirklich toll«, bestätigte Rosie und fragte sich, was das für sie bedeuten würde. Wahrscheinlich würde sie dann aber ohnehin nicht mehr in der Firma sein.

Patricks Blick verdunkelte sich. »Die Präsentation muss perfekt sein, Rosie. Stell dich auf eine arbeitsreiche Woche ein«, sagte er und hämmerte schon fast hysterisch auf seinen Locher ein.

In Rosie stieg ein beklemmendes Gefühl auf, denn sie wollte ihn fragen, ob sie am Freitag freibekommen konnte, um zu Millies Todestag nach Hause zu fahren. Jetzt war wohl der ungünstigste Zeitpunkt dafür. Sie nahm sich vor, den Nachmittag über viel zu schaffen und am Abend einen Versuch zu wagen. Vielleicht würde sich Patricks Aufregung bis dahin etwas gelegt haben. Sie versicherte ihm, ihr Bestes zu geben, und ging zurück an die Arbeit.

»Ach, Rosie, kannst du mir bitte einen Kaffee holen, ich bin kurz vorm Austrocknen.«

Rosie blieb vor ihrem Schreibtisch stehen und rollte mit den Augen. Dafür war sie sich langsam wirklich zu schade. »Natürlich.«

Kapitel 8

Mit einer Hand massierte Rosie sich den schmerzenden Nacken, während sie mit der anderen immer noch Statistiken in eine Power-Point-Präsentation einfügte. Patricks Laune hatte sich auch im Laufe des Nachmittags nicht verbessert, und er war gegen zwanzig Uhr mit seinem Sprich-mich-bloß-nicht-an-Ausdruck nach Hause gegangen. Rosies Urlaubsantrag musste warten.

Sie hatte den ganzen Tag kaum etwas gegessen und beschloss, sich aus dem Kühlschrank der Kaffeeküche einen der *Ostrich-* Mahlzeitenersatz-Drinks zu holen. Seit Ewigkeiten hatte sie keinen mehr getrunken.

Auch wenn sie das Marketing dafür machte, konnte sie den Drink in Wahrheit nicht ausstehen. Niemals hätte sie gedacht, einmal ein Produkt wie dieses zu vermarkten, aber die Stelle, die sie schon während des Studiums angenommen hatte, finanzierte nun mal ihr Leben in London. Außerdem konnte sie wertvolles Marketing-Wissen sammeln, das ihr sicher helfen würde, die Chocolaterie einmal besser zu führen, als ihre Grandma es getan hatte.

Ihr Magen grummelte. Da sie keine andere Wahl hatte,

wollte sie dem Drink noch einmal eine Chance geben. Mit einem kurzen Klacken öffnete sie die kühle Plastikflasche und nahm einen Schluck.

Die Flüssigkeit fühlte sich zäh und körnig an, irgendwie wie wässriger Kartoffelbrei. Rosie verzog das Gesicht und spuckte ins Spülbecken. *Beim besten Willen hat das doch nichts mit Essen zu tun*, dachte sie auf der Suche nach einer Möglichkeit, die Flasche verschwinden zu lassen. In den Kühlschrank konnte sie sie geöffnet ja nicht zurückstellen, also kippte sie auch den Rest ins Becken.

Sie fragte sich, wer so etwas trinken konnte. *Jack*, dachte sie, und ein Kribbeln durchfuhr ihren Unterbauch. Vor lauter Stress hatte sie heute kaum Zeit gehabt, über das nachzudenken, was zwischen ihnen beiden in den letzten vierundzwanzig Stunden passiert war. Noch nie zuvor hatte sie mit einem Mann beim ersten Date geschlafen. Bis gestern.

Den ganzen Tag schon wollte sie sich bei ihm für den wunderschönen Abend bedanken. Seine Handynummer lag allerdings immer noch zu Hause, und an die Firmen-Mail-Adresse wollte sie lieber nicht schreiben.

Sie hielt einen Moment inne und lauschte. Außer dem Summen des Kühlschranks war auf der ganzen Etage nichts zu hören. Vielleicht konnte sie es wagen, unbemerkt nach oben in den vierundzwanzigsten Stock zu fahren. Jack hatte erwähnt, dass er ein Workaholic sei, also war die Chance groß, ihn noch im Büro anzutreffen.

In dem großen Eckbüro am Ende des Flurs brannte noch Licht, das konnte Rosie sehen, als sie aus dem Aufzug trat. Das Gewicht auf die Zehen verlagert, schlich sie den Gang entlang. Dabei zuckte sie bei jedem versehentlichen Klackern ihres Absatzes kurz zusammen.

Ein Schauer nervöser Freude durchfuhr ihren Körper, als sie Jacks kräftige Stimme hörte. Schnell strich sie sich durch die Haare und steckte ihr Top in die Highwaist-Jeans, um ihre Taille etwas zu betonen. Sie blickte durch die offen stehende Tür und stellte erleichtert fest, dass er allein war. Er lehnte in seinem Chefsessel, den Telefonhörer zwischen Ohr und Schulter geklemmt, und tippte etwas in seinen Laptop.

Sie klopfte leise gegen den Türrahmen. Jack sah auf. Die Falte zwischen seinen Augenbrauen entspannte sich, und seine Augen strahlten sie an. Mit einer Handbewegung bat er Rosie herein und formte mit den Lippen so etwas wie »Gleich fertig«.

Rosie nahm auf dem Sofa in der Ecke Platz. Der Sessel vor seinem Schreibtisch, auf dem sie bei ihrem ersten Gespräch mit ihm gesessen hatte, kam ihr nach der vergangenen Nacht unangemessen vor.

Sie betrachtete ihn. Seine Augen wirkten müde. Die Krawatte lag unordentlich neben seinem Laptop auf dem Schreibtisch. Die oberen zwei Knöpfe seines weißen Hemdes waren geöffnet. Und wie immer waren die Ärmel hochgekrempelt. Der Anblick seiner starken Oberarme, die das Hemd fast zum Platzen brachten, machte Rosie ganz schwindelig, vor allem, wenn sie daran dachte, wie er sie in der vergangenen Nacht damit an sich gezogen hatte.

Immer noch mit dem Telefon am Ohr, klappte er seinen Laptop zu und betrachtete auch sie eingehend. Rosie sah in seinen Augen die gleiche Zuneigung und Wärme, die er ihr geschenkt hatte, als sie gestern Nacht in seinen Armen gelegen hatte.

»Ich muss jetzt Schluss machen, Phil, eine wichtige Marketing-Besprechung wartet.« Er legte den Hörer auf und kam zu ihr herüber.

»Eine wichtige Marketing-Besprechung?«, fragte Rosie und hob eine Augenbraue.

Er setzte sich neben sie. »Du arbeitest in der Marketing-Abteilung, also ist es zumindest nicht gelogen«, antwortete er schmunzelnd. »Wie geht es dir? Ich habe schon gedacht, du schläfst immer noch, weil ich nichts von dir gehört habe.«

»Tut mir leid, der Tag war einfach verrückt. Aber vielen Dank für den Weckdienst, den du mir heute Morgen geschickt hast. Ohne mein Handy hätte ich tatsächlich verschlafen.« Sie sah ihm direkt in die Augen. »Und danke für den wunderschönen Abend.«

»Sehr gerne.« Er strich ihr eine Strähne aus dem Gesicht und betrachtete ihre Lippen.

So gerne sie ihn auch küssen wollte, musste sie immer wieder zu der offenen Bürotür schielen.

»Keine Sorge, um diese Uhrzeit ist normalerweise niemand mehr da. Soll ich sie trotzdem schließen?«, fragte er.

Sie nickte. »Ich glaube, ich würde mich wohler fühlen.«

Ohne zu zögern stand er auf und ging zur Tür. Doch anstatt sie zuzumachen, verschwand er im Flur. Seine Schritte entfernten sich und verstummten immer wieder. Rosie stand auf und schaute in den Flur hinaus. Sie sah, wie Jack einen Blick in jedes einzelne der anderen Büros warf. Am Ende des Gangs, wo sich die Aufzüge und der große Konferenzraum befanden, kehrte er um und kam zurück.

Rosie lehnte sich in den Türrahmen und spürte, wie alles in ihr nach ihm verlangte. Sobald er vor ihr stand, griff sie in sein Hemd und zog ihn an sich. Sein herber Duft brachte sie fast um den Verstand. Sie schloss die Augen und konnte seine Wärme durch den Hemdenstoff spüren. Sanft nahm er ihr Gesicht in seine Hände, und ihr stockte der Atem, bis er sie endlich küsste.

Das laute Aufheulen eines Staubsaugers riss sie aus ihrer Zweisamkeit.

Jack löste die Lippen und lehnte die Stirn sacht an ihre. »Okay, an die Reinigungskräfte hatte ich nicht gedacht.«

Sie mussten beide grinsen und entfernten sich widerwillig voneinander.

Jack nahm ihre Hand. »Hör zu, ich muss heute Abend noch nach New York fliegen, ich habe dort einige Meetings in den nächsten Tagen.«

»Felicity hatte erwähnt, dass ihr zusammen in New York sein werdet, ich wusste aber nicht, dass ihr noch heute Abend fliegt.«

»Ich fliege heute Abend. Ich glaube, sie kommt morgen nach. Sie hatte mich gebeten, zusammen mit dem US-Entwickler-Team an einem Food-Kongress teilzunehmen, um Inspirationen für unsere Produkte zu sammeln.«

Sie nickte und versuchte, ihre Enttäuschung hinter einem Lächeln zu verbergen. Rosie hatte schon immer mal auf eine Food-Messe gehen wollen, um zu sehen, was es Neues gab, und um sich neue Ideen für Pralinen-Kreationen zu sammeln.

Aber immerhin wusste sie jetzt, dass er nicht sechs Stunden zusammen mit dieser Schlange in einem Flugzeug verbringen würde. Sie glaubte zwar nicht, dass er sich für Felicity interessieren würde, aber dieser Frau traute sie alles zu.

»Was hältst du davon, wenn ich dich auf dem Weg zum Flughafen nach Hause bringe?«, bot er an.

Ihr gefiel die Idee. So hatten sie wenigstens noch ein bisschen Zeit miteinander. »Gerne.«

»Schön, dann treffen wir uns in zehn Minuten unten am Wagen.«

Als sie aus dem Gebäude kam, hielt Eddie ihr schon die Tür der schwarzen Limousine auf. »Guten Abend, Ms. Benett.«

An diesen Service könnte sie sich glatt gewöhnen. »Guten Abend, Eddie, schön, Sie wiederzusehen.«

Jack saß schon im Wagen und hing wieder am Telefon. Als sie einstieg, sah er sie entschuldigend an und verdrehte die Augen. Rosie erkannte an seinem angespannten Unterkiefer, dass es wieder Phil Mosby sein musste, der in der Leitung war. Schon vorhin im Büro und auch bei dem Telefonat am Abend der Weihnachtsfeier war ihr das aufgefallen.

Seine Stimme wurde mit jedem Wort kühler. »Wir hatten den Deal abgesprochen. Ich habe monatelang darauf hingearbeitet, sein Vertrauen zu gewinnen. Wie stehe ich denn dann da?«

Rosie griff in ihre Handtasche, holte ihr Handy hervor, und weil sie nicht wusste, was sie sonst tun sollte, öffnete sie die Wetter-App. Auf keinen Fall wollte sie ihm das Gefühl geben, dass sie ihn belauschte.

»Phil, komm schon, das kannst du nicht machen.«

Im Augenwinkel sah sie, wie er den Kopf senkte, die Augen schloss und sich die Schläfe rieb. »Ja, mein Fehler. Es ist mir klar, dass du das kannst.«

Nachdem Jack aufgelegt hatte, sah er aus dem Fenster. Rosie wagte kaum zu atmen, denn sie spürte, dass er einen Moment für sich brauchte. Inzwischen waren sie schon einige Minuten gefahren und würden gleich vor ihrer Wohnung ankommen. Mal wieder hatte Phil Mosby ihnen die Zeit zusammen ruiniert.

Immerhin: Die Wettervorhersage für die nächsten Tage war heiter.

Als sie schließlich vor ihrem Haus hielten, wagte Rosie einen vorsichtigen Versuch: »Alles okay, Jack?«

Er drehte sich zu ihr und setzte ein Lächeln auf, das ihm nicht einmal ein Blinder abnehmen würde. »Ja klar, alles gut.« Er bat seinen Fahrer, sie für ein paar Minuten allein zu lassen.

»Natürlich, Mr. Walker, bedenken sie aber, dass wir in fünfundvierzig Minuten am Flughafen sein sollten«, sagte Eddi und stieg aus dem Auto.

Jack nahm ihre Hand, sah sie an, und sein Lächeln war echt und aufrichtig. »Ich wünschte, ich müsste heute nicht nach New York fliegen und wir könnten den Abend zusammen verbringen.«

Sie blickte in seine warmen kakaobraunen Augen. Als Antwort lehnte sie sich über die Mittelkonsole und küsste ihn.

Eddie klopfte leise ans Fenster und hob entschuldigend die Hände. »Ich störe sie wirklich ungern, Mr. Walker«, drang es dumpf durch das Glas. »Ich fürchte aber, wir kommen zu spät, wenn wir jetzt nicht sofort losfahren. Der Verkehr in London ist um diese Zeit recht dicht.«

Jack gab ihm ein Zeichen, und der Fahrer eilte auf Rosies Seite, um ihr die Tür aufzuhalten. Sie wünschte Jack einen guten Flug und gab ihm einen langen Kuss.

Er hielt inne und flüsterte: »Du machst mich verrückt, Rosie Benett.«

In ihrer Wohnung angekommen, streifte Rosie Jacke und Schuhe ab und ließ sich auf den gemütlichen Sessel neben ihrem Bett fallen. Grinsend wiederholte sie Jacks Worte wieder und wieder in ihren Gedanken. Vorsichtig massierte sie ihre schmerzenden Füße, die den ganzen Tag in den schwarzen Stiefeletten gesteckt hatten.

Der Magen hing ihr mittlerweile in den Kniekehlen, und sie seufzte. Jack war jetzt erst mal für einige Tage weg. Mit Felicity.

Bevor sie darüber grübeln konnte, klingelte es an der Tür. Augenblicklich setzte sie sich auf. Mit klopfendem Herzen öffnete sie die Wohnungstür und drückte gleichzeitig den Summer. Schnell warf sie einen Kontrollblick in den Spiegel neben der Tür und stellte mit Erschrecken fest, dass ihr Lippenstift vom Küssen total verschmiert war. Sie hastete ins Bad und versuchte, das Desaster mit einem Wattestäbchen zu beseitigen.

»Wo ist dieser verdammte Rouge-Pinsel!« Mit fast schon zittrigen Händen durchsuchte sie ihr kleines Schminktäschchen und pfefferte dabei den Pinsel in die Kloschüssel. *O nein, so ein Mist.* Im selben Moment hörte sie es an der Wohnungstüre klopfen. »Ich bin sofort da«, rief sie und beschloss, den Pinsel in der Toilette liegen zu lassen. Stattdessen zupfte sie hektisch an ihren Wangen und hörte erst auf, als diese sich rosig färbten.

»Rosie, du bist ja schwieriger zu erreichen als der Papst«, schallte es von draußen.

Sie hielt abrupt inne. Dann streckte sie den Kopf aus der Badezimmertür. Im Eingang stand ihr Boss, der bereits dabei war, seine Jacke aufzuhängen. »Patrick, was machst du denn hier?«

»Wieso, hast du jemand anderes erwartet?« Er sah sich suchend um. »Ich hab dir doch eine Sprachnachricht geschickt, dass wir noch schnell die ersten Entwürfe für die Präsentation durchgehen sollten, da ich morgen früh auf einem Termin bin. Im Büro habe ich dich nicht mehr erreicht.«

Rosie merkte, wie die eben noch sanft herumschwirrenden Schmetterlinge in ihrem Bauch sich jetzt in einen tosenden Schwarm Heuschrecken verwandelten, der ihr den Hals hochstieg. Nicht nur, weil sie sich plötzlich lächerlich vorkam, geglaubt zu haben, dass Jack Hals über Kopf seinen Flug storniert und vor ihrer Tür stehen würde, sondern auch weil Patrick langsam wirklich zu weit ging.

Sie verstand, dass er wegen der möglichen Beförderung aufgeregt war, aber den ganzen Tag hatte sie für ihn geschuftet, ohne eine Pause zu machen, und jetzt kreuzte er auch noch am Abend bei ihr zu Hause mit noch mehr Arbeit auf?

Perpetua hatte recht, wenn sie immer sagte, dass Rosie zu gutmütig war. Am liebsten hätte sie ihm ihre Meinung gegeigt. Dass sie es hasste, wenn er sie nach Feierabend mit E-Mails bombardierte oder gar mit Arbeit in ihrer Wohnung auftauchte. Und dass sie seine Launenhaftigkeit satthatte.

Nur wusste sie leider, dass Patrick nach so einer Ansage

theatralisch auf ihrer Couch zusammenbrechen würde. Wie vor zwei Monaten, als Sissy aus der Buchhaltung ihm gedroht hatte, sein Spesenkonto zu kürzen, wenn er weiter so viel Geld bei seinen Lunch-Meetings ausgäbe. Sie erinnerte sich an Patricks Tobsuchtsanfall und daran, wie sie ihn nur mit einer seiner Valium-Tabletten hatte beruhigen können, die er in seiner Schreibtischschublade bunkerte.

Nein. Dafür hatte sie heute keine Nerven mehr. Also schluckte sie ihren Ärger hinunter und tat das, was bei Patrick immer funktionierte: »Hör mal, es ist bereits neun Uhr, und ich habe noch etwas vor. Was hältst du davon, wenn du dir ein paar Pralinen mitnimmst und es dir zu Hause gemütlich machst. Die Unterlagen lässt du mir hier, und ich überarbeite sie, bis du morgen ins Büro kommst.«

Er blickte sie an wie ein kleiner Schuljunge, der erfahren hatte, dass er nicht mitspielen durfte. »Was hast du denn für Pralinen?«, fragte er mit leicht gekränkter Stimme.

Rosie ging zum Küchenschrank und nahm die Dose mit ihren letzten Vorräten heraus. »Hier, nimm sie einfach alle mit. Ein paar sind mit Granatapfelgelee und Joghurt. Die anderen sind klassische Rumkugeln.«

Sein Gesicht erhellte sich. Rosie nahm ihm die zu überarbeitenden Unterlagen aus der Hand und schob ihn samt Pralinen-Dose dezent in Richtung Tür. Sie gab ihm seine Jacke und ergriff die Gelegenheit, auf die sie den ganzen Tag gewartet hatte.

»Hör mal, Patrick, am Freitag ist der Todestag meiner Grandma, und meine Familie und ich gehen jedes Jahr zusammen ans Grab. Ich wollte fragen, ob ich den Tag freibekommen könnte. Ich weiß, es ist viel los im Moment, aber vielleicht könnte ich vorarbeiten, damit alles bis Freitag fertig ist.«

»Na, du hast vielleicht Nerven.« Er hielt sich den Handrücken an die Stirn. »Ausgerechnet diese Woche, wo ich nicht weiß, wo oben und unten ist vor lauter Arbeit.«

Rosie sah ihn erwartungsvoll an.

Dann stöhnte er. »Na gut, ich will mal nicht so sein. Du kannst am Freitag freihaben.«

Erleichtert atmete sie aus.

»Aber an dem Entwickler-Meeting kannst du dann natürlich nicht teilnehmen«, sagte er dann. »Ich kann nicht noch mehr Stunden auf dich verzichten«.

Sie erstarrte. »Aber … aber jetzt geht es mit dem Riegel in die heiße Phase. Jack, äh … also Mr. Walker setzt auf mich!«

»Du musst dich entscheiden, Rosie.«

Mit offen stehendem Mund sah sie ihn an. So sehr hatte sie sich darauf gefreut zu erfahren, welche Kakaoqualität das Rennen gemacht hatte. Aber Millies Todestag würde sie nie verpassen. Für kein Meeting der Welt.

»Dann nehme ich am Freitag Urlaub«, sagte sie und spürte, wie die Enttäuschung ihre Schultern nach unten zog.

»Mr. Walker wird schon verstehen, dass du unter den Umständen nicht dabei sein kannst.« Patrick nahm seine Jacke und ging zur Wohnungstür. »Apropos, ich hätte schwören können, dass ich ihn vorhin im Wagen vor deinem Haus gesehen habe.«

Jetzt wurde Rosie schlecht. »Komisch. Ähm, das war bestimmt der neue Mieter von oben.« Sie sah ihn an und versuchte, nicht zu blinzeln. »Er sieht Mr. Walker sehr ähnlich. Sie könnten Brüder sein.«

»Hmm«, machte Patrick und drehte sich wie in Zeitlupe um, während er sie nicht aus den Augen ließ. »Nun gut, dann gehe ich mal.«

Er wandte sich ab, öffnete auf dem Weg zur Treppe die Dose in seiner Hand und steckte sich eine Praline in den Mund.

Kein Danke. Kein Entwickler-Meeting. Und fast wäre ihr

Verhältnis zu Jack aufgeflogen. Das miserable Finale eines noch miserableren Tages, dachte Rosie und schloss seufzend die Tür. Das Einzige, was jetzt half, war eine Tasse heiße Schokolade. Sie ging in die Küche und stellte den alten Kupfertopf auf den Herd.

Während sie die Milch hineingoss, hörte sie Millies Stimme in ihrem Kopf, als stünde ihre Grandma neben ihr. »*Kupfer hat die perfekte Hitzeverteilung, Rosie. Das ist ein Unterschied wie Tag und Nacht zu einem dieser modernen Edelstahl-Pötte.*«

Rosie nahm den Schneebesen und rührte langsam im Kreis, bis aus der Milch Dampf aufstieg. Dabei sah sie vor ihrem geistigen Auge, wie Millies von Altersflecken übersäte Hand auf ihrer lag und sie mit dem Schneebesen führte. »*Ganz langsam, immer schön im Kreis herum, damit sie nicht anbrennt. Du bist ein Naturtalent, kleine Rosie.*«

Sie wünschte sich, noch einmal diese Wärme auf ihrem Handrücken zu spüren. Dafür würde sie alles geben. Langsam stieg der altbekannte Kloß in ihrem Hals auf. Und mit einem Mal begann er, ihre Luftröhre zu verschließen. Rosie schnappte nach Luft und warf den Rührbesen ins Waschbecken. Sie stützte sich auf der Arbeitsfläche ab und starrte auf die Milchspritzer im Becken. Für einen Moment schloss sie die Augen, bis mit einem lauten Zischen die Milch neben ihr über den Topf sprudelte und auf dem heißen Kochfeld anbrannte.

»Scheiße« fluchte sie, zog den Topf zur Seite und schaltete das Gas ab. Sie riss das Fenster auf, lehnte sich zittrig vor Adrenalin an den Küchenschrank und sank zu Boden.

Eine Ewigkeit saß sie einfach nur da, fühlte sich leer und schaute, wie ein Tropfen nach dem anderen eine weiße Lache vor ihr bildete.

Der süßliche Geruch nach verbrannter Milch war verflogen und der Raum geflutet von trockener Winterkälte. Ein Windstoß wehte ein kleines Blatt Papier vom Küchentresen auf den Boden. Rosie wischte sich die Tränen weg, um wieder klar zu sehen, und hob den Zettel auf.

Jacks Handschrift gefiel ihr. Wie rundlich er die Zahlen und Buchstaben machte! So weich und geschwungen, als hätte er sich Zeit dafür genommen. Ganz anders, als man es von ihm erwarten würde bei dem hektischen Leben, das er führte.

Rosie kam der Text in den Sinn, den Patrick für die neue Fernsehwerbung entworfen hatte.

Spar dir einzukaufen, spar dir zu kochen, spar dir Zeit! Mit den Ostrich-*Ersatzdrinks kannst du endlich die effizienteste Version deiner Selbst sein. Du nimmst die perfekte Menge an Vitaminen und Mineralstoffen zu dir. So erhöhst du nicht nur deine Konzentration, sondern steigerst auch deine Leistung und hältst länger durch.*

Jacks Leben schien das Gegenteil von ihrem zu sein. Sie liebte es zu kochen, den ganzen Samstag im Bett zu verbringen oder sich durch die Cafés der Stadt treiben zu lassen, immer auf der Suche nach den besten Scones. Würden sie beide überhaupt zusammenpassen?

Rosie konnte erfolgreiche Karrieretypen eigentlich nicht leiden. Zumindest die, die sie in den Bars zur Afterhour kennengelernt hatte. Da war dieser Kerl gewesen, der sie ganze fünfundvierzig Minuten über seinen bisherigen Lebenslauf vollgequatscht hatte. Gut, sie war selbst schuld gewesen. Anstatt geduldig zuzuhören, hätte sie ihn unterbrechen und stehen lassen können. Aber so war Rosie nicht. Und Jack war nicht wie diese Typen. Die Art, wie er sie ansah und sich Mühe gab, ließ vermuten, dass sich viel mehr hinter Jack Walker, dem multimillionenschweren Firmenboss, verbarg.

Sie speicherte seine Nummer ein und schrieb ihm eine kurze Nachricht, damit er ihre Handy-Nummer auch hatte. Dann las sie noch einmal, was er auf den Zettel geschrieben hatte.

Wunderschön waren die Abende mit ihm tatsächlich gewesen. Doch machte es überhaupt Sinn, sich in ihn zu verlieben? Irgendwann wäre seine Arbeit in London getan. Er würde sein Leben in New York fortführen, und Rosie würde die Chocolaterie in Bedford wiedereröffnen. Eine Fernbeziehung auf diese Distanz wäre zum Scheitern verurteilt.

Sie stand auf und streckte sich. Dann pinnte sie den Zettel an ihren Kühlschrank zu all den Postkarten und Glückskeks-Botschaften und machte sich daran, das Milchchaos zu beseitigen.

Kapitel 9

»Arghhh«, schallte es aus der Tür zu Patricks Büro. In spätestens drei Sekunden würde er vor ihr stehen, da war Rosie sicher. Donnerstagnachmittag war seine Laune für gewöhnlich auf dem Wochentiefpunkt. *Drei, zwei, eins.*

Mit einem Wumms riss Patrick die Tür auf und steuerte auf Rosie zu.

»Diese Kugelschreiber taugen nichts. Und wer hat sich dieses grässliche Design ausgedacht. Das ist jetzt schon der zweite, der diese Woche den Geist aufgegeben hat.« Er warf den Stift in den Papierkorb neben Rosies Tisch. Dann massierte er seine Schläfen. »Rosie, du musst mir ein paar hochwertigere Kugelschreiber aus der Chefetage holen, ich kann so nicht arbeiten. Und besorge mir auf dem Rückweg einen Kaffee; ich fühl mich wie eine verdorrte Blume. Den aus dem Coffee Shop an der Ecke, nicht die Plörre aus dem Büro.«

»Na klar, mache ich doch gerne«, sagte sie und zwang sich zu einem Lächeln. Manchmal kam es ihr so vor, als arbeitete sie für einen Megastar, jemanden wie Elton John oder Madonna.

Rosie begutachtete den golden glänzenden Kugelschreiber

in ihrer Hand, den sie einer der Chefsekretärinnen abgeschwatzt hatte. Sie fuhr mit dem Daumen über den eingeprägten *Ostrich*-Schriftzug und fragte sich, warum es in der Firma in Bezug auf Büromaterial zwei Klassen gab.

Auf dem Weg zurück zu den Aufzügen blieb Rosie wie angewurzelt stehen. In dem gläsernen Meeting-Raum saßen Brittany, Agnes und Brandon. Heute war das dritte Meeting für den Choc-Energizer. Anstatt dabei zu sein, besorgte sie Kugelschreiber und Kaffee. Rosie spürte einen bitteren Geschmack im Mund bei dem Gedanken an Patrick.

Als Agnes aufschaute, wich sie ein paar Schritte zurück und versteckte sich hinter einer der Säulen in der Mitte des Ganges. Die drei Kollegen schauten nach vorne in Richtung Bildschirm. Ob dort das Ergebnis des Schoko-Tastings angezeigt wurde? Rosie wartete kurz ab und lief dann auf Zehenspitzen zur nächsten Säule, von wo aus sie einen Blick auf den Monitor haben würde.

Sie lugte hinter der Steinsäule hervor, doch der Anblick versetzte ihr einen Stich ins Herz. Auf dem Bildschirm war Jack zu sehen. Dicht neben ihm saß Felicity. Sie nippte an ihrer Tasse und strahlte ihn immer wieder von der Seite an, während er in die Kamera redete. Es musste früh am Morgen in New York sein, denn Jacks Augen waren noch leicht geschwollen. Seine kräftigen Brustmuskeln drückten sich durch einen schlichten dunkelblauen Pullover mit V-Ausschnitt.

Als zwei Kollegen den Gang entlangkamen, riss Rosie sich los und ging zu den Aufzügen. Das Bild, wie Felicity Schulter an Schulter mit Jack saß, hatte sich eingebrannt wie die Milch auf ihrer Herdplatte am Vorabend. Sie versuchte es beiseitezuschieben und redete sich ein, dass Jack sich nicht von einer wie Felicity um den Finger wickeln lassen würde.

Mit drei dampfenden Pappbechern in der Hand stemmte Rosie ihre Schulter gegen die schwere Eingangstür des Bürogebäudes. Leider ohne Erfolg.

»Ich mach das schon«, kam es mit amerikanischem Akzent von hinten, und eine Männerhand mit goldener Rolex drückte die Tür für sie auf.

Sie ging hinein und drehte sich um, um sich bei dem Mann zu bedanken. Da blickte sie in ein Gesicht, das ihr bekannt vorkam. Ausdruckslos und kalt. Das musste Phil Mosby sein. Er sah ihr für einen Moment in die Augen und ging weiter in Richtung Empfang, ohne dass sie Danke sagen konnte. Hinter sich her zog er einen Koffer mit dunkelbraunem, edlem Rautenmuster und hielt die passende Aktentasche unter dem Arm. Er sprach mit Perpetua und verschwand dann in einem der Aufzüge.

Sobald sich die Fahrstuhltüren geschlossen hatten, eilte Rosie hinter den Empfangstresen und ließ sich auf dem Hocker neben Perpetua nieder.

»Mr. Mosby ist auf dem Weg nach oben zu Ihnen«, hörte sie ihre Freundin in ihr Headset sprechen und stellte ihr einen der Kaffeebecher hin. »Danke, Süße, das ist genau, was ich jetzt brauche. Wie geht's dir? Ich hab dich die letzten Tage kaum gesehen. Wollte schon einen Suchtrupp losschicken.«

»Alles gut«, antwortete Rosie. »Patrick hat mich nur mal wieder mit Arbeit vollgeladen. Aber egal. Erzähl mir lieber, was du über den Kerl weißt, der gerade angekommen ist.« Rosie versuchte, leise zu sprechen, und blickte sich um.

»Du meinst den zweiten Babo?«

»Ja, genau, Phil Mosby«, flüsterte sie.

»Puh, keine Ahnung. Linda aus der Buchhaltung hat mir vor ein paar Tagen erzählt, dass sie für ihn ein Hotelzimmer für eine Woche buchen musste.«

»Und was noch?

Perpetua zuckte mit den Schultern. »Na ja, er und Mr. Walker sollen wohl wie Brüder sein.«

»Was meinst du damit, ›wie Brüder‹?« So wie Jack mit Phil

am Telefon geredet hatte, hatte es nicht nach zwei Brüdern geklungen, sondern eher nach zwei Konkurrenten.

»Linda meinte einmal, dass Jack wohl bei den Mosbys aufgewachsen ist, nachdem seine Mutter gestorben war«, erwiderte Perpetua.

»Seine Mutter ist gestorben?« Rosie spürte, wie sich ein Kloß in ihrem Hals bildete.

»Keine Ahnung, hab ich jedenfalls gehört. Mosby senior soll ihn wie einen zweiten Sohn aufgezogen und ihm und Phil das Startkapital für die Firma gegeben haben.«

Rosies Gedanken fuhren Achterbahn, und ihr wurde bewusst, dass sie im Grunde nichts über Jack wusste.

»Wo wir schon beim Thema sind, wie läuft es denn mit deinem großen Fisch?«

»Keine Ahnung, der ist gerade in New York. Mit Felicity«, fügte Rosie zähneknirschend hinzu.

»Ach, stimmt ja, damit prahlt sie ja die ganze Zeit auf Instagram.« Perpetua verdrehte die Augen.

»Sie tut *was*?«

»Hast du das noch nicht gesehen?« Die Freundin formte einen Schmollmund und zog die Wangen ein. »Uh, seht mich an, ich bin die dürre Felicity und bin so unglaublich toll.«

Rosie musste lachen.

»Ihr letzter Post war von irgendeiner Food-Messe, wo sie sich ein Brot mit Kaviar in den Mund schiebt und diesen Dollarzeichen-Filter über die Augen gelegt hat. Einfach nur peinlich, musst du dir unbedingt ansehen.«

»Das werde ich machen. Mist, ich muss los. Der Kaffee ist fast kalt, und Patrick schickt mich sonst noch mal zum Coffee-Shop.«

»Schütte doch ein bisschen raus und füll den Becher mit dem Bürokaffee auf. Ich wette, das merkt er nicht.«

Rosie lachte. »Du hast einfach die besten Ideen, Perpetua.«

Patrick war mit Büroplörre im Coffee-Shop-Becher versorgt und freute sich über seinen Chefetagen-Kugelschreiber wie ein Kind über ein Werbegeschenk zum ersten Sparbuch.

Rosie setzte sich wieder an ihren Schreibtisch und loggte sich sofort bei Instagram ein. Seit Wochen war sie nicht mehr auf der Plattform gewesen. Wann auch? Neben der Arbeit, dem Abklappern von Banken und ihrem neu gewonnenen Liebesleben blieb ihr für solche Dinge keine Zeit. Sie klickte auf Felicitys Profil, voller Vorfreude, ein peinliches Poser-Bild von ihr mit Kaviar und Dollarzeichen im Gesicht zu sehen. Doch es gab einen neueren Post. Anstatt Belustigung zu bringen, versetzte er Rosie einen Stich ins Herz.

Beste Aussichten im @Ritz-Carlton, *New York,* war die Bildunterschrift. Dahinter ein Emoji mit Skyline und ein pinkes Herz. Das Foto zeigte ein helles Hotelzimmer mit bodentiefen Fenstern. Und »bester Aussicht« auf die Skyline von Manhattan. Aber das war nicht alles. Rechts im Bild war Jack zu sehen. Er tippte etwas in seinen Laptop. Auf ihrem Hotelbett sitzend.

Kapitel 10

Rosie starrte in den Abendhimmel und fühlte sich von den vorbeihuschenden Lichtern wie hypnotisiert. Eine Stimme erklang aus den knisternden Lautsprechern der Bahn und teilte mit, dass der nächste Halt Bedford sein würde. Sie fühlte sich erschöpft und ausgelaugt. Am liebsten würde sie sitzen bleiben und weiterfahren. Und weiter starren.

Sie hatte sich kurzerhand entschieden, noch am Donnerstagabend nach Hause zu fahren, denn sie wollte einfach nur weg. Weg aus dem Büro, weg aus London. Sie brauchte eine Auszeit von ihrem Leben dort.

Als der Zug ruckelte und immer langsamer wurde, stand sie auf, obwohl ihr Körper etwas anderes wollte. Sie hievte ihren kleinen Koffer aus dem Gepäckfach über ihrem Sitz und spürte, wie schwach ihre Arme waren. Schwach vor Enttäuschung und schwach von der Herausforderung, die dieses Wochenende bei ihren Eltern mit sich bringen würde.

Mit einem schrillen Signalton und anschließendem Klacken schlossen sich die Türen hinter Rosie, und der Zug setzte sich wieder in Bewegung. Ein älterer Herr mit Hut und sie waren die Einzigen, die in Bedford ausgestiegen waren.

Nachdem der Mann strammen Schrittes in der Dunkelheit verschwunden war, stand Rosie allein auf dem Bahnsteig. Sie hörte nichts als ihren eigenen Atem, der als weiße Wolke aus ihrer Nase in den schwarzen Nachthimmel hinaufstieg. Der Geruch nach nasskalten Wiesen und die klare Luft waren ihr vertraut. Sie hatte das Gefühl, mit nur einem Atemzug hier draußen den Stress aus London weit hinter sich zu lassen, auch wenn die Stadt bloß zwei Stunden entfernt war.

Als sich ein Scheinwerfer näherte, nahm sie Koffer und Handtasche und lief über den verlassenen Bahnhof bis zur Straße. Das Auto machte vor ihr halt, und das Fenster der Fahrerseite ging herunter.

»Rosie, meine Prinzessin! Es tut mir so leid! Ich war mir sicher, ich würde es rechtzeitig schaffen, aber heute lief Champions League, und nach der Verlängerung gab es noch Elfmeterschießen.«

»Kein Problem, Dad, schön, dich zu sehen«, sagte sie, warf ihren Koffer auf die Rückbank des alten Ford Focus und stieg vorne ein.

Ihr Vater gab ihr einen warmen Kuss auf die Wange und strahlte über beide Ohren. »Du wirst jedes Mal noch hübscher, wenn wir dich sehen. Ich hoffe, du nimmst dich vor den Männern in London in Acht. Erst kürzlich habe ich in der Zeitung gelesen, dass sich die Vergewaltigungen durch K.-o.-Tropfen gehäuft haben. Vor allem die reichen Schnösel, die denken, sie können sich mit Geld alles kaufen …«

»Daaad«, entfuhr es ihr, und sie fühlte sich augenblicklich in ihre Teenager-Zeit zurückversetzt. Wie immer. Dabei wünschte sie sich nichts mehr von ihren Eltern, als endlich als die erwachsene Frau behandelt zu werden, die sie mittlerweile war.

»Anschnallen«, ordnete ihr Vater an und fuhr los.

»Wie geht es dir, Dad?«, fragte Rosie nach ein paar Minuten der Stille.

»Alles gut, das Rentnerdasein ist schöner, als ich gedacht habe. Vor allem die Vormittage, wenn deine Mutter bei der Arbeit ist«, fügte er hinzu und zwinkerte Rosie zu. »Wobei sie mir genügend Aufgaben erteilt, damit mir nicht langweilig wird.«

»Das kann ich mir gut vorstellen. Ist Mum zu Hause?«

»Ja, sie schläft allerdings schon, weil sie morgen früh rausmuss. Ich soll dich ganz lieb grüßen. Außerdem soll ich dir ausrichten, dass sie dein Bett bezogen hat und dass im Kühlschrank eine Klöschensuppe steht, die du dir aufwärmen kannst.«

»Das ist lieb«, antwortete Rosie. »Dann gehen wir morgen erst nachmittags auf den Friedhof?«

»Auch das soll ich dir sagen. Du möchtest dich bitte um Millies Fischsalat kümmern; ein paar Zutaten hat sie dir in die Küche gestellt, aber du musst noch Matjesfilet und Rote Bete kaufen.«

»Mmhh«, machte Rosie, verdrehte innerlich aber die Augen. Dieser Fischsalat, dachte sie. Natürlich war es eines der Gerichte, die ihre Grandma häufig zubereitet hatte, aber Pralinen oder ein Gebäck mit Schokolade waren doch viel passender, um Millie an ihrem Todestag zu gedenken.

Mit diesem Vorschlag stieß man bei Rosies Mutter jedoch auf Granit. Vielleicht würde Rosie morgen Vormittag einfach ein paar Whiskey-Trüffel machen, die hatte Millie besonders gerne gegessen. Und so konnte sie ihre Eltern vielleicht auch noch mal von ihrem Können und damit von der Einwilligung der Bürgschaft überzeugen.

»Wir gehen gegen vierzehn Uhr ans Grab und essen anschließend«, fuhr ihr Vater fort.

Zu Hause angekommen, aß Rosie die Suppe und verabschiedete sich ins Bett. Sie war froh, dass ihre Eltern ihr Kinderzimmer in ein Bügel- und Gästezimmer verwandelt hatten.

Nur die One-Direction-Poster an den Wänden erinnerten noch an die alte Zeit.

Rosie nahm ihr Handy aus der Tasche und ließ sich damit aufs Bett fallen. Auf dem Display wurden eine neue Nachricht von Jack und eine E-Mail von Mr. Graham angezeigt. Wütend klickte sie Jacks Nachricht weg. Der kann mich mal, dachte sie.

Aus der E-Mail des aktuellen Chocolaterie-Besitzers entnahm sie, dass ihm ein Treffen am nächsten Tag passte und dass er ab zehn Uhr im Laden sein würde. Immerhin mal eine positive Nachricht an diesem Tag.

Sie legte das Handy weg und starrte an die Decke. Die Tatsache, eine ungelesene Nachricht von Jack zu haben, machte sie allerdings unruhig. Schließlich hielt sie die Neugierde nicht mehr aus und öffnete die Mitteilung:

> Wirklich schade, dass ich dich heute im Meeting nicht sehen konnte. Falls du es noch nicht weißt: Wir nehmen den Edelkakao für den Choc-Energizer. Ich bin beeindruckt, dass du bei der Blindverkostung mit allem richtiggelegen hast.

Ha, dafür hab ich *dich* gesehen! Und dann noch einmal, auf Felicitys Bett, dachte Rosie und starrte auf den Text. Er war schon vor drei Stunden eingegangen; im Zug hatte sie ihr Handy nicht in die Hand genommen. Wie dreist er doch war, so zu tun, als wäre nichts gewesen.

Sie las jetzt noch einmal die Nachrichten, die sie beide in den letzten Tagen hin- und hergeschickt hatten, und sie spürte, wie schwer ihr das Herz wurde. Seit seiner Abreise hatte sie jeden Tag etwas von ihm gehört. Jeden Morgen war schon eine Nachricht von ihm da gewesen. Sie hatte ihm dann gleich geantwortet, sodass auch er durch die Zeitverschiebung mit einer Nachricht von ihr aufgewacht war. Doch jetzt war alles kaputt.

Mit trockenem Mund wachte Rosie auf. Als sie sich bewegte, spürte sie ihr Handy in der Hand. Sie war am vergangenen Abend einfach eingeschlafen und hatte so tief geschlafen, dass sie sich nicht einmal bewegt hatte. Durch einen schmalen Schlitz zwischen den schweren dunklen Vorhängen blendete sie das grelle Morgenlicht. Sie bewegte langsam die steifen Glieder und setzte sich auf.

Heute war Millies dreizehnter Todestag, und Rosie schämte sich ein bisschen, dass sie die letzten Tage nur wenige Gedanken für sie übrig gehabt hatte. Es hatte sich alles bloß um die Arbeit und um Jack gedreht, und jetzt wusste sie, was sie davon hatte. Nichts. Sie nahm sich vor, den Einkauf noch vor dem Treffen mit Mr. Graham zu erledigen, und freute sich schon sehr darauf, den Laden wiederzusehen. Dort würde sie sich ihrer Grandma bestimmt nahe fühlen.

Eine heiße Dusche gab Rosie neue Lebensenergie. Sie ging die Treppen herunter und sah ihren Vater am Küchentisch sitzen. Er summte die Melodie aus dem Radio mit und las dabei Zeitung. Es roch nach Filterkaffee.

»Guten Morgen, Dad, du bist ja schon wach. Will man als Rentner nicht jeden Tag ausschlafen?«, fragte sie.

»Senile Bettflucht, sag ich dir. Guten Morgen, Prinzessin, nimm dir doch einen Kaffee, der ist gerade frisch durchgelaufen.«

»Mach ich, aber ich nehme ihn mir im Thermo-Becher mit. Ich will direkt los zum Supermarkt und danach noch in die Chocolaterie.«

Ihr Vater sah jetzt von seiner Zeitung auf und klappte sie zu. »Du meinst es also wirklich ernst?«

»Ja, Dad, ich werde *Millie's Chocolates* wiedereröffnen. Mit oder ohne eure Hilfe.«

Er seufzte und nickte mit warmem Blick. Wie sehr sie ihn doch dafür liebte!

»Ich bin gegen elf zurück, dann habe ich noch genügend Zeit, das Essen vorzubereiten, bis Mum nach Hause kommt«, sagte Rosie und machte sich auf den Weg.

Mit zwei Tüten in den Händen, gefüllt mit Fisch, Rote Bete und allerlei Zutaten für ein paar Whiskey-Trüffel, bog Rosie zu Fuß in die Einkaufsstraße von Bedford ein. Links und rechts reihten sich kleine Läden aneinander, die zu einem überschaubaren Marktplatz führten. Ganz so, wie es für eine Kleinstadt üblich war. Die meisten der Läden waren neu, doch ein paar wenige kannte Rosie noch aus ihrer Kindheit.

Da war zum Beispiel ein Blumenladen, über dessen Eingang immer noch der ihr vertraute Name *Floral Garden* stand. Oder die Buchhandlung von Mr. Lincoln, vor der Rosie jetzt stehen blieb. Die Tür stand auf, und Rosie sah einen grauhaarigen Herrn in der hinteren Ecke des Ladens ein paar Kisten auspacken. Ob der alte Lincoln sie noch erkannte?

Drei Schläge der Kirchturmuhr verrieten, dass sie noch eine Viertelstunde Zeit hatte, also ging Rosie hinein. In seine Arbeit vertieft, schien der Besitzer sie nicht zu bemerken, und Rosie schaute sich erst einmal um. Alles sah noch genauso aus wie in ihrer Kindheit, und auch der Geruch nach alter Pappe hatte sich nicht geändert.

Sie strich mit den Fingern über die Bücher und stoppte vor dem Regal, vor dem sie als Mädchen Stunden verbracht hatte. Sie musste schmunzeln. *Alice im Wunderland* stand noch an der gleichen Stelle wie damals. Wenn es nachmittags in der Chocolaterie zu langweilig gewesen war, war sie gerne hierhergekommen und hatte das Buch immer und immer wieder gelesen.

Rosie nahm es jetzt in die Hand und strich darüber. Es war eine neuere Version des Klassikers. Aber sonst hatte sich hier nichts verändert. Das fühlte sich gut an.

»Kann ich Ihnen helfen?«, kam es aus der hinteren Ecke des Ladens.

»Hallo, Mr. Lincoln«, grüßte Rosie den alten Mann und drehte sich zu ihm um.

»Kann ich Ihnen helfen?«, wiederholte er und reckte den Kopf vor, als hätte er Schwierigkeiten, sie zu erkennen.

Rosie ging auf ihn zu. »Tut mir leid, ich bin einfach wortlos reingekommen. Mr. Lincoln, ich bin Rosie Benett, die Enkelin von Millie Rosewood.«

Er setzte seine Brille auf, wodurch seine Augen fast doppelt so groß wirkten, und schaute sie fragend an.

»Erkennen sie mich?«, fragte Rosie gespannt.

Langsam erhellte sich sein Blick. »Ha! Millies kleine Enkelin.« Er hob seinen krummen Zeigefinger, wie er es auch damals immer getan hatte. Nur heute waren seine Finger noch krummer und übersät mit Altersflecken. »Du hast meine Bücher gelesen, ohne für eines davon zu bezahlen, das weiß ich noch genau. Voller Fett- und Schokoladenflecken hast du mir die Seiten gemacht.«

So wie er es sagte, war es Rosie jetzt etwas unangenehm. Millie hatte ihr hin und wieder eine Tüte mit Bruchschokolade für den alten Lincoln mitgegeben. »*Das sollte reichen*«, hatte sie immer gesagt.

Rosie lächelte verlegen. »Das tut mir leid.« Weil ihr nichts anderes einfiel, streckte sie ihm das *Alice im Wunderland*-Buch hin. »Dafür kaufe ich heute eins.«

Er nahm es und hinkte damit hinter den Tresen zu seiner Kasse. »Fünfundzwanzig Pfund.«

Während Rosie in ihrer Tasche nach der Geldbörse kramte, spürte sie, wie Mr. Lincoln sie begutachtete.

»Sie war eine gute Frau, deine Grandma. Hatte immer ein offenes Ohr.«

»Ja, das stimmt«, bestätigte Rosie und dabei bildete sich

ein Kloß in ihrem Hals. Sie setzte die Einkaufstüten ab, um mit beiden Händen nach ihrer Geldbörse zu suchen.

»Ich weiß noch, als es in der Market Street gebrannt hat und wir den ganzen Abend nicht aus der Straße rausdurften, bis die Löscharbeiten vorbei waren. Da hat die gute Millie heißen Kakao verteilt.« Er lächelte versonnen vor sich hin.

Rosie wurde immer heißer, und sie hatte das Gefühl, schwerer Luft zu bekommen als sonst. Wo war nur diese verdammte Geldbörse?

»Ha, der Kakao hat geschmeckt wie flüssiges Gold, so durstig waren wir«, sagte er.

Rosie riss sich den Schal vom Hals und leerte ihre Handtasche auf dem Verkaufstresen aus. Mr. Lincoln sprach immer weiter, und ihr stiegen die Tränen in die Augen.

»Und ihre Pralinen!«, schwärmte er. »Wie hießen noch die dunklen mit der ...«

»Wissen Sie was?«, unterbrach Rosie ihn. »Ich muss das Buch später abholen, ich habe wohl meine Geldbörse im Supermarkt liegen gelassen.« Sie warf schnell den Inhalt ihrer Tasche wieder hinein und stürmte mit einem kurzen »Bis nachher« aus dem Laden.

Draußen angekommen, schnappte sie nach Luft, und die Tränen schossen nur so aus ihren Augen. Keine Sekunde länger hätte sie sich zurückhalten können, und kein weiteres Wort von Mr. Lincoln über ihre Grandma hätte sie ertragen. Rosie hatte oft an die Market Street gedacht. Die letzten Jahre war sie nicht mehr hergekommen. Seit Langem mal wieder hier zu sein war wie ein Flashback, der alles erneut hochholte, was sie fein säuberlich in einer tiefen Schublade ihres Bewusstseins verstaut hatte.

Um Punkt zehn Uhr stand Rosie vor der Chocolaterie, doch davon war nicht mehr viel übrig geblieben. *Candy Paradise*, stand jetzt in poppiger Schrift über dem Schaufenster. Sie klopfte an die Tür und spürte, dass ihre Hände etwas zittrig waren. Schnell steckte sie sie in die Manteltaschen.

Seit fast dreizehn Jahren hatte sie den Laden nicht mehr von innen gesehen. Sie hatte ihn immer so in Erinnerung behalten wollen, wie ihre Grandma ihn so plötzlich verlassen hatte. Mit Mr. Graham hatte sie all die Jahre sporadisch per E-Mail-Kontakt gehabt, und als er sich vor ein paar Monaten gemeldet und ihr mitgeteilt hatte, dass er demnächst verkaufen würde, hatte sie ihre Chance ergriffen und eine Anzahlung geleistet.

Sie sah die Bilder vor sich, die Mr. Graham ihr geschickt hatte, doch jetzt wirklich vor dem Laden zu stehen ließ sie erschaudern. Niemand öffnete ihr, und die Tür schien verschlossen zu sein, also warf sie einen Blick in das kleine Schaufenster, während sie wartete. Zumindest versuchte sie es.

Die Glasscheibe war rundherum dick mit Deko-Schneespray eingesprüht worden. Von oben hingen rote und goldene Lamettafäden ins Fenster, die sich farblich mit all den Lollis, Gummibären und Brausestäbchen bissen, die in Pink, Türkis, Neongrün und anderen Knallfarben in der Auslage drapiert waren. Sie wusste zwar, dass Mr. Graham aus der Chocolaterie einen Süßwarenladen gemacht hatte, aber so hatte ihn sich Rosie nicht vorgestellt.

Sie war sich sicher, dass ihre Grandma sich bei diesem Anblick im Grab umdrehen würde. »*Das Fenster ist unser Aushängeschild*«, hatte sie immer gesagt, wenn Rosie und sie gemeinsam das Schaufenster dekoriert hatten. Drei große Etageren, auf denen sie die schönsten Pralinen platziert hatten, hatten zum festen Bestandteil der Fenster-Deko gehört. Alles drumherum war einmal im Monat neu gestaltet worden.

Im Frühling waren es mindestens zwanzig kleine Vasen gewesen, die sie liebevoll um die Etageren herum platziert und mit frischen Tulpen bestückt hatten. Zur Adventszeit war meist alles mit Goldfolie ausgelegt und mit hübsch verpackten Geschenkkisten drapiert gewesen, zwischen denen sie dann die schokoladigen Köstlichkeiten ausgestellt hatten.

Dumpfes Schlüsselgeklimper drang zu Rosie durch, und sie bemerkte, dass sich hinter der Ladentür etwas bewegte. Mr. Graham schloss von innen auf und schob dann einen Keil unter die weit geöffnete Tür.

»Oh, guten Morgen, Sie sind ja doch schon da«, begrüßte sie ihn, reichte ihm die Hand und trat vorsichtig ein.

»Morgen, ja, ich bin gestern im Hinterzimmer eingeschlafen«, sagte er und hustete fürchterlich.

»Eingeschlafen?« Rosie bemerkte jetzt erst, dass seine Haare ungekämmt und sein Bart ungepflegt wirkten.

»Ja, der Kabelanschluss ist hier besser als in meiner Wohnung. Geben Sie mir einen Moment.« Hustend schlurfte er mit seinen braunen Pantoffeln durch den kleinen dunklen Durchgang, der nach hinten in die Ladenküche führte, und legte dabei vier alte Lichtschalter um. Augenblicklich erhellte sich der Raum.

Rosie erschrak. Nicht wegen der plötzlichen Helligkeit, sondern weil hier rein gar nichts mehr so war wie früher. Die wunderschönen englischen Fliesen waren mit einem grauen PVC-Boden überdeckt, und die drei antiken Spiegel, die an der Wand hinter dem Tresen gehangen hatten, hatten offensichtlich einem leuchtenden Schriftzug weichen müssen.

Jeder Quadratzentimeter der deckenhohen Regale war voll gestellt mit quietschbunten Plastiktüten voller Süßigkeiten, unzähligen Pappkartons mit abgepackten Schokoriegeln und riesigen Behältnissen von Gummibärchen, Lakritz, Marshmallows und anderem Zuckerkram zur Selbstbedienung. Anstatt nach Kakao roch es jetzt nach verbrauchter Luft. Es kam ihr wie ein Verbrechen vor, dass ihre Eltern den Laden nach Millies Tod einfach verkauft hatten.

»So, jetzt bin ich gesprächsbereit«, sagte Mr. Graham und

schlug sich mit beiden Händen auf die Wangen, als müsste er sich wach klopfen. »Wie schon am Telefon besprochen, müssen Sie die Regale mit ablösen. In die habe ich viel Geld gesteckt. Wie sieht es denn nun aus mit Ihrer Finanzierung? Ich sag Ihnen gleich, dass ich Ihnen nicht mehr lange Zeit geben kann.«

Rosie nickte. »Ja, gut, dass Sie es direkt ansprechen. Also, es ist so, ich bin sozusagen gerade noch in Verhandlungen mit einer Bank über einen Kredit«, flunkerte Rosie. Sie hasste es, wenn sie nicht die Wahrheit sagen konnte, aber es ging nicht anders. Irgendwie musste sie ihn hinhalten.

»Ich möchte ehrlich zu Ihnen sein. Wenn Sie bis zum einunddreißigsten Januar nicht zahlen können, muss ich den Laden in der Zeitung inserieren. Meine Tochter und ihre Familie warten schon auf mich, und meine Lunge sehnt sich nach der salzigen Meeresluft.«

Rosie ergriff eine leichte Panik, doch sie versuchte, sie wegzuschieben und souverän zu bleiben. Wie eine zukünftige Geschäftsfrau eben. »Ja das kann ich verstehen. Machen Sie sich keine Sorgen über die Finanzierung, das bekomme ich hin. Bitte versprechen Sie mir nur, dass Sie den Laden vor Ende Januar niemand anderem anbieten, Mr. Graham.« Sie sah ihn eindringlich an.

»Na schön. Ende Januar«, brummte er und fing an, Weingummi-Tüten in einer Kiste zu etikettieren.

»Vielen Dank. Dann sehe ich mich jetzt ein wenig um.«

»Ja, ja, machen Sie ruhig. Ach, wo Sie gerade da sind. Ich hatte damals all den alten Kram aus dem Laden in den Keller geräumt. Wollen Sie davon etwas haben? Sonst kommt er endlich weg.«

»Nein, bloß nicht!«, entfuhr es Rosie. »Darf ich kurz einen Blick darauf werfen? Ich denke, ich möchte alles behalten.«

Er schüttelte belustigt den Kopf, kramte einen Schlüssel aus seiner Hosentasche und warf ihn ihr zu.

»Dann müssen Sie sich aber auch darum kümmern, falls Sie die Finanzierung doch nicht hinbekommen.«

»Ja, natürlich«, versicherte Rosie und ging, ohne zu zögern, durch den Laden nach hinten, wo sich die Kellertür befand. Sie hielt den Atem an, als sie mit klopfendem Herzen die Treppenstufen hinabstieg. Unten angekommen, stand sie vor einem Berg von Sachen, die teils mit Leinentüchern abgedeckt waren.

»Die alte Kasse!«, rief Rosie begeistert. Eine Registrierkasse, die schon seit Ende der Fünfzigerjahre Teil von *Millie's Chocolates* gewesen war, ragte aus einem Karton heraus. Rosie kniete sich davor und pustete mehrmals kräftig, doch die Staubschicht auf den Tasten schien schmierig zu sein. Sie würde die Kasse auf Vordermann bringen lassen und, wenn möglich, wieder in Betrieb nehmen, so viel stand fest.

Auch die anderen Sachen wollte sie an ihren ursprünglichen Plätzen aufstellen. Da waren zum Beispiel drei gepolsterte Barhocker aus dunklem Walnussholz mit roter, samtbezogener Sitzfläche. Sie hatten stets vor dem Verkaufstresen gestanden, für Gäste, die eine Tasse heißen Kakao vor Ort hatten trinken wollen.

Rosie wischte sich die Hände an ihrer Jeans ab und strich über das glatte Holz der Stuhllehne. Wie oft sie darauf gesessen hatte, um ihre Hausaufgaben zu machen oder feine Dame zu spielen! Dann hatte sie Millies schicken Sonntagshut und die weißen Netzhandschuhe anziehen und ausnahmsweise aus dem guten Porzellan trinken dürfen, das eigentlich nur für Kunden vorgesehen gewesen war.

Sie zog die staubigen Leinentücher herunter und spürte eine Woge puren Glücks ihren Körper durchfluten. Am liebsten hätte sie sich mit ausgebreiteten Armen über all die Sachen gelegt. Die drei antiken Spiegel waren auch noch da. Genauso wie die Etageren, das gemusterte Porzellan, eine alte

Ladenwaage und eine große Kiste mit Utensilien zur Pralinenherstellung.

Rosie zog ein Teil nach dem anderen aus dem Pappkarton und konnte ihr Glück kaum fassen. Spachtel, Portionierer, Tunkgabeln, Pralinenzangen, Abwiegschaufeln und sogar ein altes Thermometer waren noch da! Rosie war zwar klar, dass sie einiges davon würde austauschen müssen, aber alleine zu wissen, dass all die Dinge, die ihr so viel bedeuteten, nicht auf dem Müll gelandet waren, machte sie glücklich.

Schweren Herzens musste sie sich vorerst aber von all den Gegenständen verabschieden, denn noch gehörte ihr nichts davon. Und auch wenn Mr. Graham alles loswerden wollte, wüsste sie nicht, wohin damit, wenn sie das Geld bis Ende Januar nicht würde aufbringen können. Sie seufzte. Irgendwie musste sie ihre Mutter überzeugen, denn das war im Moment ihre einzige Chance.

Apropos, jetzt musste sie sich sputen, um das Essen und die Whiskey-Trüffel fertig zu bekommen, bevor ihre Mutter nach Hause kommen würde. Sie schnappte sich ein paar der Pralinen-Werkzeuge. Dinge wie Tunkgabeln und Pralinenzangen hatte ihre Mutter definitiv nicht in ihrer Küchenausstattung. Wozu auch? Sie hasste alles, was mit Schokolade zu tun hatte.

Rosie verstand bis heute nicht, warum das so war. Als Tochter einer Chocolaterie-Besitzerin musste man doch Schokolade lieben? Ihre Mutter und sie waren eben grundverschieden, und damit hatte Rosie sich schon lange abgefunden.

Wieder oben, fragte sie Mr. Graham, ob sie ein paar der Sachen jetzt schon mitnehmen durfte, und er nickte nur und brummte sich etwas in den Bart.

»Ende Januar«, warf er noch hinterher, nachdem sie sich voneinander verabschiedet hatten.

»Ende Januar«, bestätigte Rosie und spürte, wie eine leichte Panik in ihr aufstieg.

Kapitel 11

»Hmmm, wie die duften!«, ertönte es aus der Küche. Wie Rosie ihren Vater kannte, schlich er um das Abtropfgitter herum, auf dem gerade die Whiskey-Trüffel aushärteten. Rosie stand auf der obersten Treppenstufe im ersten Stock und versuchte, sich zu sammeln, bevor sie runtergehen und ihre Mutter begrüßen würde. Sie hatte sich noch schnell ein anderes Oberteil angezogen. Eines, von dem sie sicher war, dass ihre Mutter einmal nichts daran auszusetzen hätte.

»Wage es nicht, Archie!«, erklang die Stimme ihrer Mutter. »Du bist auf Diät. Ich verstehe gar nicht, wieso ihr noch Pralinen gemacht habt. Wer soll die denn alle essen?«

Rosie seufzte, gab sich aber einen Ruck und ging hinunter in die Küche. »Hi, Mum, schön, dich zu sehen.«

»Mein Schatz, lass dich drücken. So lange warst du schon nicht mehr hier.« Ihre Mutter nahm sie fest in den Arm, und Rosie sah, wie ihr Vater sich schnell einen der Trüffeln in den Mund schob.

»Ja, ich weiß, ich hatte viel Arbeit in letzter Zeit.«

Ihre Mutter löste die Umarmung und ging wie immer einen Schritt zurück, um sie zu begutachten. »Toll siehst du aus.

Die Bluse hättest du aber bügeln können. Oben im Schrank ist das Bügeleisen, mach das doch noch schnell, bevor wir zum Grab gehen.«

Da war sie wieder: Virginia Benett in Bestform. Rosie versuchte, sich nicht aufzuregen. Da sie heute noch das heikle Thema mit der Bürgschaft ansprechen wollte, schluckte sie ihren Ärger runter und fügte sich. Mal wieder. Auf dem Weg nach oben hörte sie, wie ihr Vater einen schwachen Versuch wagte, sie vor ihrer Mutter zu verteidigen. Alles genau wie früher.

»Vielleicht ist das ja jetzt Mode, Virginia.«

»Verknitterte Blusen?«

»Ja, London ist nun mal eine verrückte Stadt, und Rosie ist schon immer mit der Mode gegangen«, erwiderte er.

»Ach, rede doch nicht so einen Stuss. Deck lieber schon mal den Tisch für nachher.«

Das Einzige, was zu hören war, war das gelegentliche Knirschen des Kieses unter den Schuhen, wenn sich einer von ihnen bewegte. Kein Wind, keine Autos, keine Vögel. Nur Stille.

Rosie stand dick eingepackt neben ihren Eltern und starrte auf den Grabstein. Immer, wenn sie hier war, hatte sie das Gefühl, dass sie mit ihrer Grandma sprechen konnte. Doch heute stand sie einfach nur da, wie die kahlen traurigen Eichen um sie herum. Sie wusste nicht, was sie Millie sagen sollte. So gerne würde sie jetzt wirklich mit ihr reden. Sie fragen, was sie tun sollte, um das Geld für die Chocolaterie aufzubringen. Was würde sie geben, um nur ein Mal von ihr zu hören, dass sie auf dem richtigen Weg war!

Rosie stiegen die Tränen in die Augen, als sie an die letzten Worte dachte, die sie von ihrer Grandma gehört hatte. *»Kümmere dich um den Laden, Rosie.«*

Niemals könnte sie sich verzeihen, wenn sie das Versprechen nicht einhalten würde, das sie ihr gegeben hatte, bevor der Notarzt eingetroffen war.

»Brr, ist das kalt. Lasst uns zurückgehen«, brach ihre Mutter das Schweigen und stapfte direkt davon.

Ihr Vater streichelte Rosie sanft über die Schultern. »Lass dir Zeit, Liebes«, meinte er und ließ sie am Grab allein.

Als das Knirschen der Kieselsteine leiser wurde und ihre Eltern außer Hörweite waren, fand Rosie doch ein paar Worte: »Ich weiß, du würdest jetzt sagen, dass man Schokolade auf keinen Fall bei diesen Temperaturen lagern darf, aber ich habe dir deine Lieblings-Trüffel mitgebracht.«

Sie griff in ihre Manteltasche und holte eine der Whiskey-Pralinen heraus, die sie in eine Papierserviette gewickelt hatte, und legte sie behutsam auf dem Grabstein ab. »Bald wird *Millies Chocolates* wieder öffnen, du musst nur noch ein wenig Geduld haben.«

Rosie stocherte mit der Gabel im Rote-Bete-Fischsalat herum, ohne einen Bissen davon zu essen. Seit geschlagenen zehn Minuten redete ihre Mutter ohne Punkt und Komma.

»Ich sage euch, das war vielleicht ein tolles Gesteck. Und die herrlichen Farben der Kugeln zusammen mit dem Tannengrün. Aber natürlich völlig übertuert, da dachte ich mir: Virginia, den Adventskranz lässt du von deinen Schülern nachgestalten. Als Gruppenarbeit.«

Mit jedem Wort, das sie sagte, wurde Rosie wütender, denn der Elefant, der im Raum stand, war so groß, dass ihn nicht mal ihre Mutter übersehen konnte. Den Streit, den sie am Telefon gehabt hatten, einfach unter den Tisch zu kehren, war wieder typisch für ihre Mutter. Aber Rosie würde sich heute nicht abwimmeln lassen. Ihr blieb schließlich nichts anderes übrig.

Als sich ihre Mutter endlich dem Essen widmete, anstatt vor sich hin zu plappern, nahm Rosie allen Mut zusammen.

»Also …«, fing sie an und räusperte sich. »Mum, Dad, ihr wisst ja, dass ich seit einiger Zeit mit Mr. Gr…«

»Gibst du mir bitte das Salz, Archie?«, unterbrach ihre Mutter sie.

»… mit Mr. Graham in Kontakt stehe. Und ich …«

»Hier, würz du doch auch etwas nach, Liebes, es schmeckt so fad.«

Rosie riss ihrer Mutter den Salzstreuer aus der Hand. »Jetzt hört mir doch mal zu!«

»Wir hören dir ja zu, aber ich denke nicht, dass das Gespräch zielführend für dich sein wird.«

»Zielführend? Mum, du sprichst nicht mit einem deiner Schüler. Ich bin deine Tochter, und ich bitte euch um Hilfe, verdammt noch mal.«

Ihre Mutter legte das Besteck weg, während Rosies Vater wohl der Fisch im Hals stecken geblieben war. Er hustete lautstark und trank ein ganzes Glas Wasser nach.

»Ich erwarte weder Geld noch irgendeine andere Unterstützung, was den Laden betrifft, ich brauche bloß diese Bürgschaft.«

Ihre Mutter seufzte leidgeprüft. »Rosie, wir wollen nur das Beste für dich. Du kannst doch nicht so viele Schulden auf dich nehmen. Genieß lieber dein Leben, bereise die Welt, tue das, was dich glücklich macht.«

»Aber genau das habe ich doch vor. Schokolade macht mich glücklich, und ich möchte nichts anderes, als *Millie's Chocolates* wieder aufzubauen.«

»Bewirb dich doch in einem Schokoladenladen in London. Wo deine Freunde sind, wo dein Leben ist.«

»Du verstehst das nicht, Mum. Im Keller sind sogar noch all die alten Sachen gelagert. Ich kann alles wieder so aufbauen, wie es früher war.« Rosie spürte das rasende Pochen ihres Pulses am ganzen Körper.

»Ich verstehe sehr wohl«, antwortete ihre Mutter. »Aber

ich muss dich enttäuschen, Rosie. Auch wenn du *Millie's Chocolates* wieder öffnest und wenn du jedes noch so kleine Detail wieder genauso herstellst, wie es einmal war, wird es dir deine Grandma nicht zurückbringen.«

Nur noch das Surren des Kühlschranks war zu hören. Rosie starrte auf ihren Teller. Auch wenn es kaum zu verhindern war, versuchte sie um jeden Preis, ihre Tränen zurückzuhalten. Schließlich war sie eine erwachsene Frau. Und auch wenn sie behandelt wurde, als wäre sie noch ein Teenager, konnte sie nicht zulassen, dass diese Diskussion so endete, wie die unzähligen Streitereien zuvor. Sie stand auf und schaute ihre Mutter an.

»Das war doch ganz zielführend, Mum. Ein anderes Ergebnis hätte mich auch gewundert.« Dann blickte sie zu ihrem Vater. »Von dir hatte ich allerdings mehr erwartet. Nur dieses eine Mal.«

Nach dem Streit war Rosie in ihr altes Kinderzimmer gegangen und hatte all ihre Sachen in den kleinen Koffer gestopft. Jetzt saß sie schweigend neben ihrem Vater im Auto. Sie waren auf dem Weg zum Bahnhof. Die warme, trockene Luft aus den Lüftungsschlitzen blies ihr mitten ins Gesicht, doch ihr ganzer Körper zitterte vor Kälte und vermutlich auch vor Erschöpfung.

Wie hatte sie nur so dumm sein können zu glauben, dass ihre Mutter sie ein Mal unterstützen würde, wenn ihr etwas wirklich wichtig war? Es war noch nie so gewesen. Nicht als sie sie um Geld gebeten hatte für ihr Traumkleid, als ihr großer Schwarm Sam Sherman sie zum Abschlussball eingeladen hatte. Und auch nicht, als sie sie nach Millies Tod angefleht hatte, die Chocolaterie nicht zu verkaufen.

Ihr Vater hielt direkt vor der Bahnhofshalle und wandte sich ihr zu. »Was wirst du jetzt machen?«

Er sah dabei so traurig aus, dass Rosie am liebsten losheulen und ihn in den Arm nehmen wollte. Aber ihre Wut galt auch ihm. Zumindest ein bisschen. Sie sah ihn an und schüttelte schulterzuckend den Kopf. »Ich weiß es nicht, Dad. Aber aufgeben werde ich nicht.«

Einen Moment lang herrschte Stille.

»Ich bin so stolz auf dich, Prinzessin«, sagte er dann und nahm sie fest in den Arm.

Rosie war froh, dass sie ein leeres Abteil fand. Sie platzierte ihren Koffer so, dass sich niemand neben sie setzen konnte, zog den Mantel aus und ließ sich erschöpft auf dem Sitz nieder. Die Situation kam ihr bekannt vor. Hatte sie nicht genauso erst gestern hier gesessen, nur in die andere Richtung fahrend? Genauso erschöpft, genauso wütend und mindestens genauso enttäuscht?

Sie dachte an Jack. Er war ihr den ganzen Tag über immer wieder in den Sinn gekommen, doch sie hatte versucht, die Gedanken zu verdrängen. Als sie jetzt auf ihr Handy blickte, sah sie, dass er ihr vor ein paar Stunden geschrieben hatte. Auf dem Display stand:

> Alles o.k. bei dir?

Rosie schloss die Augen vor Schmerz.

Nach ein paar Minuten blickte sie wieder auf und schüttelte den Kopf. Das konnte so nicht weitergehen. Erneut kam es ihr so vor, als hätte sie keinen Einfluss darauf, dass ein tosender Wirbelsturm durch ihr Leben fegte und alles mitriss, was ihr etwas bedeutete. Jetzt ist Schluss, dachte sie. Es war verdammt noch mal ihr Leben.

Sie öffnete wieder die Nachricht von Jack und tippte:

> Lass mich einfach in Ruhe!

Als Nächstes griff sie sich eine Zeitung, die im Abteil herumlag, und suchte die Seite mit den Stellenanzeigen. Es half nichts. Einen Kredit würde sie nicht bekommen, dann musste sie eben mit Mr. Graham reden, ob sie die Kosten monatlich abbezahlen könnte. Sie würde sich einen Nebenjob in Bedford suchen und nach Ladenschluss noch irgendwo anders jobben, bis sie ihre Schulden beglichen hätte.

Rosie sah von der Zeitung auf, als das Handy vor ihr auf dem Tisch dumpf vibrierte. Es war Jack. Ein sehnsüchtiger Blitz durchfuhr sie. Dann drückte sie ihn weg. Es machte sie noch wütender, dass er sie zum Narren hielt und glaubte, sie hätte das mit Felicity nicht mitbekommen.

»Lasst mich doch einfach alle in Ruhe«, schnaubte Rosie und schaltete ihr Handy aus.

Kapitel 12

Irgendetwas Lautes dröhnte in Rosies Kopf. Sie zog die Bettdecke über sich. Wieder und wieder war da dieses nervtötende, schrille Geräusch, das sie einfach nicht in Frieden ließ. Erst nach und nach kam Rosie zu sich. Dann öffnete sie ein Auge, dann das andere, doch die Helligkeit, die von draußen auf sie eindonnerte, ließ sie ihr Gesicht wieder tief im Kissen vergraben. Das furchtbare Geräusch war die Klingel ihres Apartments, so viel konnte sie schon einmal feststellen.

Mit geschlossenen Augen tastete sie auf dem Nachttisch nach ihrem Wecker und warf einen kurzen Blick darauf. Sofort setzte sie sich auf und sah noch einmal hin. Es war zwei Uhr nachmittags. Mit den Fingern rechnete sie zurück. »Fünfzehn Stunden!« Der Schlafmangel der vergangenen Wochen hatte sie wohl letzte Nacht heimgesucht.

Wieder klingelte es, und jetzt im Zwei-Sekunden-Takt. Es machte sie wahnsinnig. Wer zur Hölle war das? Mit vom langen Liegen schmerzenden Gliedern stand sie auf und tapste in Richtung Tür. Dann streckte sie sich und drückte gähnend auf den Knopf der Gegensprechanlage. »Hallo?«

»Rosie?«

Augenblicklich blieb ihr das Gähnen im Hals stecken.

»Geht's dir gut?«

Sie ließ den Knopf los und wich einen Schritt zurück. Jack war doch in New York! Sollte er zumindest sein.

Wieder klingelte es. Sie fuhr sich schnell durchs Haar und rannte ins Bad, um sich den Mund auszuspülen und den Schlaf aus dem Gesicht zu waschen. Als sie zur Tür zurückging, bemerkte sie, dass das Klingeln aufgehört hatte. War er gegangen? Jetzt nahm sie den Hörer der Anlage in die Hand und presste ihr Ohr dagegen. Nichts, nur Autos, die am Haus vorbeirauschten. Und dann: »Rosie? Ich bin es, Jack.« Seine Stimme klang warm und sanft. »Kann ich hochkommen?«

Sie spürte sofort, wie sehr sie ihn vermisst hatte. Vielleicht sollte sie ihm zumindest die Chance geben, sich zu erklären?

»Hey.« Sie holte tief Luft. »Na schön, komm kurz rauf.«

Rosie stand mit pochendem Herz im Türrahmen, als er wenige Sekunden später die letzten Treppenstufen auf einmal heraufsprang. Ihre Blicke trafen sich, und im gleichen Moment bereute sie, dass sie zugestimmt hatte. Da stand der Mann, den sie wollte, und sie konnte den Gedanken nicht ertragen, dass er mit einer anderen zusammen war. Sie spürte den stechenden Schmerz im ganzen Körper.

Jack kam langsam auf sie zu. »Rosie, geht's dir gut? Wieso hast du meine Anrufe nicht beantwortet?« Er blickte an ihr herunter. »Bist du krank?«

Ein Nachbar kam die Treppen herauf, und sie bat Jack kurzerhand herein. Es musste ja nicht jeder im Haus mitbekommen, was sie Jack zu sagen hatte. Jetzt standen sie sich inmitten ihrer kleinen Wohnung gegenüber. Er im royalblauen Anzug und sie im knappen Pyjama mit grinsenden Zitronen darauf.

»Was ist los, Rosie? Ich glaube, du bist mir eine Erklärung schuldig.«

Sie schnaubte. »*Ich dir?* Ich denke, du solltest mir erklären, was zwischen dir und Felicity in New York gelaufen ist.«

»Wovon redest du?«

»Tu doch nicht so!«, brauste Rosie auf. »Ich habe das Foto gesehen, wo du auf ihrem Hotelbett sitzt. Oder wahrscheinlich war es sogar euer gemeinsames Zimmer.«

»Was?« Jetzt nahm er ihre Hand und sah sie eindringlich an. »Rosie, ich weiß nicht, wie du darauf kommst, aber ich schwöre dir, dass ich mit Felicity rein geschäftlich zu tun habe.«

Sie riss sich los, ging zum Bett und schaltete ihr Handy an. Das Instagram-Bild hatte sie gescreenshotet. Nur für alle Fälle. »Das hier sagt aber etwas anderes, Jack.«

Er schaute auf das Handy, das sie ihm hinhielt, und stieß einen Ton aus, der so unvermittelt aus ihm herausplatzte, dass er keinesfalls gespielt sein konnte.

»Was zur Hölle …« Er betrachtete es näher. »Okay, das wird ein Nachspiel haben. Ich werde sofort Glenn aus der Personalabteilung informieren.« Sein Kiefer verspannte sich, und mit zusammengezogenen Augenbrauen fischte er sein Handy aus der Hosentasche. »Sie muss das Bild löschen. Ich lass mich doch nicht ungefragt fotografieren und ins Internet stellen, und außerdem ist es eine völlig falsche Darstellung.«

Mit finsterer Miene tippte er in sein Handy. Doch dann erweichte sich sein Blick. »Hast du das wirklich geglaubt?«

Sie zuckte mit den Schultern. »Na ja, ich habe in der Firma mitbekommen, dass es einige Frauen auf dich abgesehen haben.«

Er stand vor ihr und zog sie zu sich hoch. Seine sanfte Art ließ Rosies Knie wie immer weich werden. Bitte, lass es ein riesiges Missverständnis sein!, flehte sie stumm.

»Wir hatten eine Suite gebucht, in der wir nach der Food-Messe einen Brainstorming-Workshop mit allen Entwicklern abgehalten haben. Sie haben mich über Neuheiten informiert, und wir haben überlegt, was wir davon für unsere Produkte nutzen könnten. Auf dem Bild hatte ich mich zurückgezogen, um ein paar Mails zu schreiben. Hätte ich ein Foto aus meiner Perspektive gemacht, würdest du das Wohnzimmer der Suite mit einem Tisch sehen, an dem alle acht New Yorker Entwickler sitzen. Plus Felicity.«

Rosie starrte ihn an und fühlte, wie der Riesenklumpen aus Enttäuschung und Traurigkeit, den sie die letzten Tage mit sich herumgeschleppt hatte, von ihr abfiel. Gleichzeitig kam sie sich unendlich dämlich vor. Warum hatte sie ihn nicht einfach gefragt?

»Und außerdem konnte ich die ganze Zeit über nur an dich denken.« Er strich ihr eine Strähne hinters Ohr.

Genau das war es, wonach sie sich gesehnt hatte.

Verrückt, wie das Leben manchmal spielte. Am Tag zuvor hatte Rosie noch gedacht, sie hätte ihn für immer verloren, und jetzt lag sie ihm gegenüber. Der dumpfe Straßenlärm und sein tiefer Atem waren das Einzige, was zu hören war. Ihren nackten Körper bis zur Brust in die Bettdecke eingehüllt, sah sie ihn an. So konnte es für immer bleiben.

Seine dichten Brauen thronten wie ebenmäßige Ornamente über seinen friedlichen Augen. Der dunkle Bart hatte die Dreitagesgrenze überschritten. Kein Wunder, Jack war ja auch die ganze letzte Nacht durchgeflogen, nur um bei ihr zu sein. Sanft strich sie ihm mit dem Daumen über die Mulde seiner Oberlippe, die wie eine wellenförmige Sandverwehung dalag.

Er zuckte und öffnete langsam die Augen. Als er sie sah, erhellte sich sein Blick. »Wie lange beobachtest du mich schon?«

»Verrate ich nicht«, murmelte sie.

Müde rieb er sich die Augen. »Ich sollte auch mal fünfzehn Stunden am Stück schlafen. Der ständige Jetlag macht mich fertig.«

Seit Langem brannte Rosie eine Frage auf der Seele, doch es hatte sich bis zu diesem Zeitpunkt nie richtig angefühlt, sie zu stellen. »Wie lange wirst du noch im Londoner Büro bleiben?«

Er zog sie an sich und küsste sie zärtlich. »Ich hoffe, noch eine ganze Weile«, antwortete er. Doch kurz darauf veränderte sich sein Gesicht. Er senkte den Blick und fuhr sich durch sein verstrubbeltes Haar. »Es kommt ein wenig auf Phil an. Er möchte unbedingt, dass wir mit der Firma an die Börse gehen. Wenn wir das tun, werde ich natürlich in New York sein müssen.«

»Und du möchtest nicht, dass *Ostrich* an die Börse geht?«

Es dauerte, bis er antwortete. »So einfach ist das nicht. Ich meine, für die Firma wäre es natürlich ein fantastischer Schritt. Für mich hingegen würde es noch mehr Arbeit und Verantwortung bedeuten. Und vor allem mehr …«, er zögerte, »… mehr Abhängigkeit.«

Sie sah ihn fragend an.

»Phils Vater hatte uns damals das Startkapital für die Firmengründung gegeben und immer wieder Geld nachgeschossen. Ich bin gerade dabei, meine Schulden bei der Familie Mosby komplett zu begleichen.«

»Du möchtest also nicht noch länger von ihnen abhängig sein?«

Jack spielte mit den zwei Ringen an ihrer Hand und wirkte bedrückt. »Ja, so in der Art.«

Sie überlegte, ob es zu weit ginge, ihn nach seinem Verhältnis zu den Mosbys zu fragen, immerhin hatte es mit dem Tod seiner Mutter zu tun, doch da kam Jack ihr zuvor.

»Kurt, Phils Vater … Ich habe ein spezielles Verhältnis zu ihm. Du musst wissen, dass meine Mutter früh gestorben ist.«

Sie wusste es, und es kam ihr jetzt so furchtbar vor, dass sich Leute in der Firma Dinge über ihn erzählten, die sie nichts angingen. Vor allem Dinge, von denen die meisten keine Ahnung hatten, wie etwa davon, einen geliebten Menschen zu verlieren.

»Wie alt warst du?«, fragte sie ihn vorsichtig. Seine Antwort fuhr ihr durch Mark und Bein.

»Zwölf.«

Genauso alt wie sie, als sie Millie verloren hatte.

Schnell fuhr er sachlich fort, als erzählte er irgendeine unbedeutende Geschichte. Doch daran, wie hektisch er den Ring an ihrem Mittelfinger hin und her schob, merkte Rosie, dass es ihn noch sehr bewegte.

»Meine Mutter war Haushälterin bei den Mosbys. Sie war alleinerziehend und hatte viele Jahre für die Familie gearbeitet. Wir durften in einem Angestelltenhäuschen neben dem Haupthaus des Mosby-Anwesens wohnen, und Phil und ich sind ungefähr gleich alt und zusammen aufgewachsen. Nachdem meine Mutter an Brustkrebs gestorben war, durfte ich bei ihnen bleiben. Kurt hatte mich wie seinen eigenen Sohn behandelt … oder besser. Phil war immer eifersüchtig. «

»Ist das Verhältnis zwischen euch deswegen so angespannt?«

»Wie kommst du darauf, dass es angespannt ist?«, wollte er wissen und setzte sich auf.

»Du bist so anders, wenn ich dich mit ihm am Telefon reden höre.«

Er schnaubte. »Ich wusste nicht, dass es so auffällig ist. Phil ist … schwierig. Er ist nie zufrieden, will immer mehr. Er ist total rastlos, einen Tag so, am nächsten will er wieder alles anders. So ist er in allen Lebensbereichen. Ständig schmückt er sich mit Frauen, die sowieso nur sein Geld wollen. Das ist erbärmlich!«

Jack schnaubte wieder. »Sein Vater ist ähnlich. Er war zwar immer gut zu mir, und ich habe eine Zeit lang zu ihm aufgeschaut. Er hat mir im Prinzip alles ermöglicht, aber er hat auch extrem viel gefordert.« Er blickte sie liebevoll an. »Kannst du ein Geheimnis für dich behalten?«

Sie nickte.

»Irgendwann werde ich mein eigenes Ding machen. Alles so, wie ich es für richtig halte, und von niemandem abhängig sein.«

So hatte sie ihn noch nie reden gehört, es schien immer, als wäre *Ostrich* sein ganzes Leben.

»Danke, dass du's mir erzählt hast«, sagte sie leise.

Er legte sich auf den Rücken und zog sie spielerisch auf sich. »Du weißt schon, dass du mir jetzt auch ein Geheimnis verraten musst, oder?«

Sie legte ihr Kinn auf seine Brust und sah ihn warm an. Am liebsten würde sie ihm alles anvertrauen, was sie seit Wochen so sehr beschäftigte. Sie hatte ihm zwar vorhin von dem Streit mit ihren Eltern erzählt, doch den wahren Grund dafür hatte sie zurückgehalten. Er sollte das mit dem Kredit nicht erfahren. Auf keinen Fall wollte sie, dass er denken könnte, sie wäre nur wegen seines Geldes mit ihm zusammen. Dennoch wollte sie ihm auch etwas offenbaren, was sonst niemand wusste.

»Ich war auch zwölf, als Millie starb. Sie war zwar meine Grandma, aber für mich war sie wie eine Mutter. Es kling hart, doch meine richtige Mum hatte ich damals nicht als solche gesehen. Sie war mehr so wie eine Stiefmutter oder so. Sie war sowieso nie da, und wenn doch einmal, hat sie nur an mir herumgemäkelt.«

Rosie schwieg einen Moment nachdenklich, dann sprach sie weiter. »Nach Millies Tod habe ich meine Mutter eine Zeit lang gehasst. Ich habe es bislang niemandem erzählt, doch ich konnte sie nicht ausstehen. Ich schätze, ich habe sie irgendwie für Millies Tod verantwortlich gemacht, obwohl sie das nicht war. Aber sie war immer so kalt und hart zu Millie, und als Kind dachte ich, dass sie das umgebracht hätte. Dass sie gestorben ist, weil ihr Herz es nicht mehr ertragen hat, dass ihre eigene Tochter so gemein zu ihr war.«

»Wie ist deine Grandma gestorben?«, fragte Jack behutsam.

»Sie hatte einen Herzinfarkt. Ich war als Einzige bei ihr.«

Er wirkte ehrlich bestürzt. »Das tut mir leid, Rosie.«

»Von da an hatte ich mich komplett zurückgezogen und war kaum aus meinem Zimmer herausgekommen, bis ich irgendwann endlich mit der Schule fertig war und nach London zum Studieren gehen konnte. Ich wollte einfach nur weg.«

Draußen war es dunkel geworden, und das Wochenende neigte sich dem Ende zu. Da Jack in der kommenden Woche ein paar Termine in New York verpassen würde, musste er noch arbeiten und einiges umorganisieren. Zum Abschied gab er ihr einen langen Kuss und flüsterte ihr ins Ohr, dass er sich schon freute, sie am nächsten Tag in der Firma zu sehen.

»Natürlich diskret«, fügte er hinzu und zwinkerte.

»Ist das denn für dich okay?«, fragte Rosie. »Ich meine, dass wir das zwischen uns in der Firma geheim halten? Ich will einfach nicht, dass jemand denkt, ich wollte mir einen Vorteil verschaffen oder so. Und nach der Sache mit Felicity … Du weißt schon.«

»Es wird mir zwar nicht leichtfallen, dir nicht an deinen süßen Hintern zu fassen, wenn du mir über den Weg läufst, aber ich kann dich verstehen«, sagte er schmunzelnd und umfasste mit seinen starken Händen ihren Po.

Spielerisch löste sie sich von ihm und drückte ihn sanft aus der Tür. »Wehe, du kannst deine Finger nicht bei dir behalten!«

»Du weißt schon, dass mich das ziemlich erregt, wenn du mich so rumkommandierst?«, rief er noch augenzwinkernd aus dem Treppenhaus und verschwand.

Rosie saß allein an der Bar und versuchte, mit dem Strohhalm die Gurkenscheibe ihres Gin Tonics aufzuspießen. Nachdem Jack gegangen war, hatte sie sich mit Reese verabredet. Es war bereits neun Uhr abends, aber wegen ihres langen Schlafs war sie alles andere als müde. Sie hatte sich nach einem ausgiebigen Mädelsabend gesehnt und brauchte jemanden zum Reden, dem sie hundert Prozent vertraute, und das war Reese.

Dass sich die Sache mit Felicity als Missverständnis herausgestellt hatte, machte Rosie zur glücklichsten Frau auf Erden. Aber dennoch war gerade alles so wirr und verzwickt in ihrem Leben, sodass sie einfach Reeses Meinung hören wollte. Ihre Freundin kannte sie schließlich in- und auswendig.

Gefolgt von einem kräftigen Windstoß wirbelte Reese zur Tür herein und kam freudestrahlend auf sie zu. Der Barkeeper Herb fing sie ab und begrüßte sie mit einem Küsschen auf die Wange, wie er es bei ihnen beiden immer machte.

»Brr, ist das ein Mistwetter da draußen! Hi, meine Liebe, ich habe mich beeilt, aber Alex hatte den Schirm an eine Stelle geräumt, an der ihn niemand vermuten würde.« Sie zog ihre Jacke aus und umarmte Rosie. Es tat gut, ihre Freundin festzuhalten, und deshalb drückte Rosie sie ein wenig länger als sonst.

»Ich werde noch wahnsinnig mit seinem Ordnungsfimmel«, stöhnte Reese. »Alles so steril. Da war es bei dir gemütlicher.«

»Du bist jederzeit willkommen«, antwortete Rosie. Sie dachte gerne an den vergangenen Frühling, als Reese für drei Monate bei ihr gewohnt hatte. Sie hatte nach ihrer Wohnungskündigung nicht so schnell etwas Neues gefunden. Es war zwar wirklich eng gewesen, zu zweit in Rosies winzigem Apartment, aber sie hatten sich die Miete geteilt, und Rosie hatte so etwas Geld zur Seite legen können.

Außerdem war es eine einzigartige Zeit gewesen. Sie waren jedes Wochenende ausgegangen und hatten zusammen das

Londoner Leben genossen. Bis Reese ihren Freund Alex kennengelernt hatte und zu ihm gezogen war.

»Da sind sie ja wieder vereint, die hübschesten Zwillinge von Clerkenwell. Die gehen aufs Haus, *Ladys*.« Herb stellte ihnen zwei Gläser Prosecco hin und strahlte über beide Ohren. Rosie und ihre Freundin sahen sich nicht wirklich ähnlich, aber im letzten Frühjahr hatten sie tatsächlich den gleichen Haarschnitt gehabt und waren jeden Freitag gemeinsam in *The Duke Pub* aufgetaucht.

Als Erstes erzählte Reese, wie es mit Alex lief und dass sie auf der Suche nach einem neuen Job war, weil ihr die Chefin des Reisebüros, in dem sie arbeitete, den Vertrag nicht verlängern wollte. Dann berichtete Rosie von ihrer Woche, wobei Reese ihr an den Lippen hing, als würde sie einen Thriller darbieten. Was es ja auch irgendwie war.

»Ach, ich freu mich, dass du immerhin ein Happy End mit Jack hast«, sagte Reese anschließend und hielt ihr Glas in die Luft. Rosie stieß mit ihr an und nahm einen Schluck. Aber wie ein Happy End fühlte es sich nicht an.

»Diesen Blick kenne ich. Was ist los, Rosie?« Reese stellte ihr Glas ab und legte ihr eine Hand auf das Knie.

»Um ehrlich zu sein, mache ich mir Gedanken, wo das hinführen soll«, gestand Rosie.

»Was meinst du?«

»Ich habe Jack noch nichts von der Chocolaterie erzählt, also, von meinen konkreten Plänen.«

»Warum nicht? Ich dachte, ihr seid euch so nah.«

»Sind wir!«, antwortete Rosie. »Aber ich möchte es ihm erst sagen, wenn die Finanzierung steht.«

Reese sah sie fragend an.

»Ich will nicht, dass er von den Finanzierungsproblemen erfährt und denkt, ich wäre wie all die anderen Frauen, die nur hinter seinem Geld her sind.«

Reese nickte. »Verstehe.«

»Andererseits wäre es nur fair, es ihm zu sagen, denn wenn das mit der Finanzierung doch klappt, werde ich ja aus London wegziehen. Es ist alles so verzwickt.« Rosie seufzte und legte ihre Stirn auf die Theke. Sie kam wieder hoch und blickte Reese mit hängenden Schultern an. »Jack wird ja auch irgendwann wieder nach New York zurückgehen. Er hat erzählt, dass sie mit *Ostrich* möglicherweise an die Börse wollen, und da muss er vor Ort sein und …«

Reese unterbrach sie und nahm ihre Hand. »Jetzt beruhige dich erst mal. Vielleicht … irgendwann … möglicherweise … Konzentrier dich doch auf das Jetzt, auf das, was ist, und nicht auf das, was vielleicht irgendwann sein könnte. Du siehst glücklich aus, wenn du von ihm erzählst.« Sie verzog das Gesicht zu einer Grimasse. »Dann hast du immer dieses Dauergrinsen.«

Rosies Mundwinkel zogen sich unweigerlich nach oben. »Meinst du nicht, ich sollte …«

»Nichts solltest du jetzt, außer es zu genießen. Alles andere wird sich ergeben. Man findet nicht alle naselang jemanden, mit dem es passt.« Sie schmunzelte. »Ich wette, ihr werdet in den nächsten Wochen nur noch zusammenkleben und ständig heißen Sex haben.«

»Schön wär's. So viel wie er arbeitet, muss ich wahrscheinlich einen Termin bei seiner Sekretärin ausmachen, wenn ich ihn sehen will.«

Reese riss die Augen auf. »Das ist es! Oh mein Gott, an deiner Stelle würde ich tatsächlich einen Überraschungstermin bei seiner Sekretärin vereinbaren und ihn in seinem Büro vernaschen. Ich würde richtig heiße Unterwäsche anziehen, du weißt schon, aus schwarzer Spitze oder so, wo man die Nippel und alles durchsieht. Und darüber nur einen Trenchcoat und natürlich richtig heiße High Heels! Und dann würde ich …«

»Okay, okay, es reicht«, unterbrach Rosie ihre Freundin, die die Augen vor Begeisterung immer weiter aufgerissen hatte. »Ich werde nicht Sex mit ihm im Büro haben. Wenn das jemand mitbekäme ... Nein, auf gar keinen Fall!« Rosie schüttelte entschieden den Kopf.

Kapitel 13

»Psst, Rosie! Rosie, hier drüben!«, zischte es von hinten.

Rosie versuchte, sich mühsam umzudrehen. Mit Fremden so früh am Morgen auf Tuchfühlung zu gehen, war eines der wenigen Dinge, die sie definitiv nicht vermissen würde, wenn sie zurück nach Bedford ginge. Die Londoner U-Bahn war um diese Uhrzeit ein einziges Gedrängel und Gestopfe.

»Sie können nicht zwei Plätze für sich beanspruchen. Sie sehen doch, was hier los ist«, schimpfte ein älterer Herr durchs Abteil.

Als Rosie es endlich geschafft hatte, sich um hundertachtzig Grad zu drehen, erblickte sie Perpetua, die ihre große Handtasche auf den Sitz neben sich drückte.

»Hören Sie mal, Mister, wenn Sie wüssten, was ich alles kann, würden Sie wimmernd in der Ecke sitzen!«, schnauzte Perpetua den Mann an, der sich kopfschüttelnd wegdrehte.

»Rosie, nun mach schon, ich hab hier einen Platz für dich.«

Ein paar der anderen Fahrgäste tuschelten schon, und bevor die Situation eskalieren würde, zwängte Rosie sich durch die Leute. »Darf ich mal? Tut mir leid. Ich muss nur ganz kurz durch. Tut mir wirklich leid. Vielen Dank. Sehr freundlich.«

»Na endlich, Süße. Mann, sind die heute wieder schlecht gelaunt hier.« Perpetua nahm ihre Tasche auf den Schoß und klopfte auf den freien Platz.

Rosie setzte sich rasch und zog ihre dicke Mütze ein wenig tiefer ins Gesicht. »Danke dir, die paar Stationen hätte ich aber wirklich stehen können«, flüsterte sie. »Wie war dein Wochenende?«

»Ach, ich sag dir! Bobby Ray, mein Neffe, hat uns alle mit einem Magen-Darm-Virus angesteckt. Fünf Leute mit nur einer Toilette in unserer Wohnung, kannst du dir das vorstellen?«

»O Gott, nein, das kann ich nicht.« Rosie wurde augenblicklich schlecht. Sie war einer dieser Menschen, die sofort anfingen, sich zu übergeben, wenn sie Erbrochenes sahen oder mitbekamen, wenn sich jemand übergab. »Sag mal, bist du denn dann nicht noch ansteckend?«

Die Frau neben Perpetua rutschte ein Stück weg, und auch vor ihnen war jetzt genug Platz, um die Beine auszustrecken.

»Ach, Quatsch, gestern Abend ging es allen schon viel besser. Kaugummi?«

Vorsichtshalber lehnte Rosie ab; eine Magen-Darm-Grippe war das Letzte, was sie gebrauchen konnte.

Nachdem sie Perpetua auf den neuesten Stand bezüglich ihres Lebens gebracht hatte, stiegen die beiden aus und liefen die U-Bahn-Treppen hoch.

»Wahnsinn, endlich kriegt so jemand wie Felicity auch mal einen Dämpfer verpasst.«

»Hmm«, machte Rosie. Einen Dämpfer hatte sie wirklich verdient.

»Vielleicht ist ja dann bald eine Stelle als Chefentwicklerin frei.« Perpetua stieß Rosie grinsend in die Seite. »Das wäre doch was für dich, wenn das mit deiner Finanzierung nicht klappt.«

»Wie, vielleicht wird eine Stelle frei?«

»Na, du meintest doch, dass Jack Glenn Collins informieren wollte. Ein Chef der Personalabteilung wird nur für schwerwiegende Entscheidungen hinzugezogen.«

»Du denkst, sie wollen Felicity kündigen?« Rosie spürte, wie sich ihre Gesichtsfarbe verabschiedete. »Das könnte ich mir niemals verzeihen. Ich wollte ihr doch nicht schaden.«

»Jetzt entspann dich mal.« Perpetua lief weiter die Treppen nach oben. »Erstens hat sie wirklich Mist gebaut, und zweitens, wärst du jetzt nicht glücklich mit Jay Double-U, wenn du sie nicht verpetzt hättest.«

Rosie folgte ihr, hörte aber gar nicht mehr richtig zu. »O Gott, ich muss mit Jack reden, er darf sie nicht feuern.« Rosie beschleunigte ihren Schritt. »Mir ist schlecht! Ich glaub, du bist doch noch ansteckend.«

»Ach, das, das war doch nur gespielt. Ich wollte uns einfach ein bisschen Platz verschaffen. Wie in einer Massentierhaltung ist das da unten. Das hält doch kein Mensch aus, so eingepfercht.«

> Guten Morgen, ich muss dringend mit dir über Felicity reden!

Rosie stand vor der Tür zum Marketingbüro und las den SMS-Text noch einmal, bevor sie ihn abschicken würde. Es hörte sich etwas hart an. Schnell fügte sie noch zwei Küsschen hinzu, da stand Patrick vor ihr und hielt ihr einen duftenden Pappbecher vor die Nase.

»Guten Morgen, Rosie, hattest du ein schönes Wochenende? Ich habe dir Kaffee mitgebracht.«

Sie wich einen Schritt zurück und nahm dann den Becher entgegen. »Guten Morgen. Ähm ... danke?«

Als hätte er seine Antidepressiva überdosiert, strahlte er, wie dieses Grinse-Emoji mit den vielen Zähnen. Erst beim Anblick seiner akkurat sitzenden Krawatte fiel ihr ein, dass er ja gleich die Quartalspräsentation mit der Geschäftsleitung haben würde. Vielleicht war er deshalb so gut drauf.

»Ich habe mich gefragt, ob du heute nicht mal mit in das Quartals-Meeting möchtest. Du weißt ja, dass Phil Mosby derzeit im Haus ist, und auch Mr. Walker ist da, und ich dachte mir, das wäre eine gute Gelegenheit, dich einmal mitzunehmen. Ich möchte ja, dass du dich gefördert fühlst von mir.«

Rosie starrte ihn mit offenem Mund an. Er hatte sie noch nie mitgenommen. Sie wohnte den wichtigen Meetings nur bei, wenn sie ihn vertreten musste. »Zwei sind einer zu viel, und schließlich muss sich ja auch jemand ums Telefon kümmern«, waren seine Worte stets gewesen.

»Ähm, ok.«

»Sehr schön, na dann: auf, auf. In zehn Minuten geht es los, und wir müssen noch die Kabel für die Präsentation anstecken.«

Rosie schnappte sich ihr Notizbuch und versuchte, mit Patrick Schritt zu halten, der voller Elan zum Aufzug marschierte.

Während sie auf den Fahrstuhl warteten, fuhr Patrick fort: »Du musst nichts sagen, keine Sorge. Hör einfach aufmerksam zu und lerne.«

»Verstanden.«

»Es sei denn, du möchtest etwas sagen. Dann unterstütze ich dich natürlich, schließlich möchte ich ja auch so etwas wie ein Mentor für dich sein.«

»Mhhh.« Rosie verstand gar nichts. Dass er sich für den Job des Head of Marketing global profilieren musste, war klar. Aber doch nicht vor ihr?

Im Meeting-Raum angekommen, half sie Patrick, alles für die Präsentation einzurichten, und setzte sich dann auf den Stuhl neben ihm. Sie hoffte, dass Jack ihre Nachricht gelesen hatte und sie nach dem Meeting mit ihm würde reden können. Im gleichen Moment kam er zusammen mit Phil und Tim, dem Londoner Leiter, zur Tür herein.

Jack war sichtlich überrascht, dass Rosie am Tisch saß. Kurz fing sie seinen Blick auf und bemerkte, dass sich seine Lippen zu einem kleinen Lächeln formten. Gott sei Dank hielt er sich an ihre Abmachung und setzte schnell eine ernste Miene auf. Er nahm auf dem freien Stuhl neben Patrick Platz, sodass er und Rosie sich nicht ansehen konnten. Perfekt, so konnte sie sich auf das Meeting konzentrieren. Phil und Tim setzten sich, in ein Gespräch vertieft, gegenüber hin.

Patrick räusperte sich und versuchte, ihre Aufmerksamkeit zu erlangen. »Guten Morgen, die Herren.«

Die beiden unterhielten sich weiter, und erst, als Patrick Phil direkt ansprach, kamen sie zum Ende und blickten auf.

»Phil, schön, dass Sie uns hier in London beehren. Wenn ich mich noch einmal kurz vorstellen darf: Mein Name ist Patrick Kingsley, ich bin Leiter der Marketing-Abteilung«, sagte er mit vor Stolz gereckter Brust. »Aber das wissen Sie sicher schon; Sie wohnen ja dem Bewerbungsausschuss für die Stelle des Head of Marketing global bei.«

»Es ist mir bekannt, wer Sie sind«, fuhr Phil ihm über den Mund.

Patricks aufgesetztes Zahnpastalächeln fror ein, als könnte er nach einer seiner Botox-Behandlungen seine Gesichtsmuskeln nicht mehr bewegen. Dann blickte er zu Rosie und strich sich sein viel zu kurzes Seitenhaar hinters Ohr. Ein nervöser Tick, wie sie in den letzten zwei Jahren festgestellt hatte. »Das ist Rosie Benett, meine wichtigste Mitarbeiterin«, fuhr Patrick schnell fort.

Ein noch nie da gewesenes Lob, dachte sie, gab sich aber souverän und nickte Phil zu.

Während Patrick mit seiner Präsentation begann und die ersten Grafiken zeigte, bemerkte Rosie, wie Phil sie musterte. Er lehnte auf seinem Stuhl und sah sie weiter an, anstatt nach vorne auf den Bildschirm. Den Kopf hatte er etwas gesenkt, sodass seine stahlblauen Augen direkt unter seinen schnurgeraden dunklen Augenbrauen hervorstießen, als wären sie Laserstrahler, die Rosie durchleuchteten.

Sie unterdrückte den Drang, ihre Hand als Schutzschild vor ihr Gesicht zu halten. Den Blick nach vorne gerichtet, nahm sie im Augenwinkel den Glanz von Phils pechschwarzen, nach hinten gegelten Haaren wahr. Mindestens genauso glänzte seine goldene Rolex im Morgenlicht. Endlich wandte er sich von ihr ab und Patricks Power-Point-Präsentation zu. Rosie war erleichtert. Mit Sicherheit hatte Jack bemerkt, wie unverhohlen er sie angestarrt hatte.

»Das ist ja alles schön und gut, was Sie da vorhaben, aber jetzt kommen Sie mal zu den Zahlen«, unterbrach Phil wieder und blickte zu Tim. »Wie ich heute schon mehrfach erwähnt habe, ist der Standort noch weit von seinem Quartalsziel entfernt.«

Tim rutschte auf seinem Stuhl herum und lockerte seine Krawatte.

Jack schaltete sich ein: »Jetzt warte doch mal ab, Phil! Mr. Kingsley ist noch mitten in seiner Präsentation.«

»Ich habe nicht den ganzen Morgen Zeit.« Phil hob nachgebend die Hände. »Aber schön, dann fahren Sie fort. Nur, kürzen Sie das Ganze etwas ab.«

Die Stimmung war gereizt, und Rosie sah, wie sich an Patricks Schläfe eine Schweißperle gebildet hatte, die er sich mit seiner neurotischen Geste hinters Ohr strich. Sie konnte das Gefühl kaum aushalten zuzusehen, wie Patrick immer mehr ins Schwimmen geriet. Er drückte mit zittrigen Händen auf seinem Laptop herum, während die Charts auf dem Bildschirm nur so vorbeiflogen.

Auch wenn sie sich selbst vor Phil fast in die Hose machte, musste sie ihrem Chef helfen. Die Präsentation kannte sie in- und auswendig, schließlich hatte sie sich in der letzten Woche mindestens zehn Stunden am Tag damit beschäftigt.

Sie beugte sich zu Patricks Laptop rüber, der seine Finger vom Gerät nahm und wieder sein festgefrorenes Lächeln aufsetzte. Rosie hatte mit ein paar Klicks die Charts des Zahlenteils aufgerufen und erklärte die ersten Statistiken, bis Patrick sich gesammelt hatte und den Rest der Präsentation wieder übernahm.

Rosie atmete durch, während sie die Kabel von Patricks Laptop eine halbe Stunde später wieder abstöpselte. Was für ein furchtbares Meeting! Als sie Patrick zur Tür folgte, blieben Phil und Jack sitzen. *Mist*, dachte sie. Er hatte wohl einen Anschlusstermin. Irgendwie musste sie doch mit ihm reden können, bevor es zu spät war und sie möglicherweise Felicitys Job auf dem Gewissen haben würde. Da kam ihr Reeses Idee in den Sinn.

»Patrick, geh doch schon mal nach unten. Ich frage Gretchen noch schnell, ob sie ein paar der guten Post-its für uns übrig hat. Die, die so gut kleben.«

»Gute Idee.« Wie ein gekränkter Gockel stolzierte Patrick in Richtung Aufzug. Rosie machte sich auf zu Jacks Vorzimmerdame am Ende des Gangs.

»Hi, Gretchen, schön, Sie zu sehen. Ich bräuchte einen Termin bei Mr. Walker, wenn möglich, heute Vormittag noch. Ist das möglich?«

Die Sekretärin blickte von ihrem Computer auf. »Ich sehe mal nach, worum geht es denn?«

»Ähm ... Marketing. Ich muss ihm noch ein paar ... Dinge erläutern, die im Meeting vorhin keinen Platz gefunden haben.« Sie versuchte, ihr ehrlichstes Lächeln aufzusetzen.

Während Gretchen tippte, beugte Rosie sich etwas nach vorne, um einen Blick in Jacks Terminkalender zu erhaschen. Vielleicht stand da ja irgendwo *Felicity* oder *Personalabteilung*.

Gretchen bedachte sie mit einem strengen Blick und drehte ihren Bildschirm ein wenig zur Seite, sodass Rosie nichts sehen konnte.

»Na schön, heute um zwölf kann ich Sie noch reinschieben, wenn es nicht so lange dauert. Der Chef kommt so schon kaum zum Essen, und ich versuche, ihm eine Mittagspause einzuplanen.«

»Um zwölf …« Rosie kaute auf ihrer Lippe herum. »Geht es denn gar nicht früher?«

»Nur um zwölf, tut mir leid.«

Rosie nickte. »Gut, dann nehme ich den Termin.«

Als Rosie zurück ins Büro kam, machte sie sich auf alles gefasst. Geschreie und fliegende Büroartikel waren bei Patrick genauso möglich wie stundenlanges Einsperren im Büro oder direktes Feierabendmachen. Wenn Patrick Kingsley eines nicht ertragen konnte, dann war es Kritik. Es war noch nicht oft vorgekommen, dass Rosie erlebt hatte, wie er kritisiert wurde, aber dann hatten nicht mal selbst gemachte Pralinen geholfen, ihn zu besänftigen.

Vorsichtig klopfte sie an seine offene Tür, allzeit bereit, in Deckung zu gehen.

Patrick saß an seinem Schreibtisch.

»Alles okay?«, fragte sie. »Was für ein Unsympath, dieser Phil!«

Er sah auf und wirkte erstaunlich entspannt. »Nein, nein, alles gut. War ja wirklich recht lang geraten, die Präsentation. Das sollten wir in Zukunft etwas komprimieren.«

Rosie hob eine Augenbraue. Patricks größtes Hobby war Lästern. Wenn er das nicht mehr tat, stimmte irgendetwas nicht. Nur, was war anders seit letzter Woche?

»Okay. Gut.« Sie wartete kurz ab, ob da noch etwas kam, aber Patrick war schon wieder in seinen Laptop vertieft. »Dann mache ich mich mal an die Arbeit«, sagte sie schließlich und kehrte ihm den Rücken zu. Beim Hinausgehen fiel ihr der Chefetagen-Kugelschreiber auf, der zusammen mit einem Locher und einer Handcremetube wahllos auf dem Boden verteilt lag. Ausgeflippt war er also, aber warum nicht wie sonst vor ihr?

Um punkt zwölf Uhr stand Rosie vor Gretchens leerem Schreibtisch. Anscheinend war sie schon in die Mittagspause gegangen. Sie warf einen Blick in Jacks Büro, und auch er war nicht da. Bevor sie sich wieder umdrehen konnte, umfasste jemand von hinten ihre Hüfte und zog sie an sich. Ihr Herz blieb fast stehen, doch der vertraute, herbe Duft verwandelte ihren Schreck in pure Erregung.

Sie schloss die Augen, während Jack sie am Hals küsste und in sein Büro navigierte. Die Tür fiel ins Schloss, und ein kurzes Klacken ließ vermuten, dass er sie abgesperrt hatte. Dabei ließ er sie nicht los, und auch Rosie wollte sich nicht von ihm lösen.

»Ich war überrascht, als ich deinen Namen in meinem Kalender gelesen habe«, flüsterte er ihr ins Ohr.

Jetzt drehte er sie an der Taille haltend um, und bevor sie antworten konnte, verschloss er ihre Lippen mit seinen. Seit Jack gestern Abend gegangen war, hatte sie sich den Moment herbeigesehnt, an dem sie ihn wieder spüren würde. Aber dass es sie so überwältigen würde, damit hatte sie nicht gerechnet. Alles um sie herum verschwamm. Ihr Kopf war leer, als gäbe es nur das Hier und Jetzt.

Mit einem Ruck, hob er sie hoch und setzte sie sanft auf

seinem Schreibtisch ab, ihre Lippen fest aufeinandergepresst. Durch den dünnen Stoff seines Hemdes konnte sie seine Bauchmuskeln spüren. Intuitiv griff sie nach den kleinen Knöpfen, die sich unter ihren Fingern wie von selbst durch die Knopflöcher schoben und seine warme nackte Haut frei legten.

Doch plötzlich riss Rosie die Augen auf. Ein geräuschvolles Rütteln an der Türklinke ließ sie zusammenfahren. Jack hingegen wirkte unbeeindruckt und küsste sie weiter.

»Wer ist das?«, flüsterte sie.

»Keine Ahnung, wird schon wieder weggehen. Die Tür ist ja abgeschlossen.«

»Jack, komm schon, mach die Tür auf. Ich sehe doch, dass da Licht brennt.« Die Stimme gehörte Phil Mosby.

Seufzend löste sich Jack von ihr und fuhr sich durchs Haar. »Ich versuche, ihn abzuwimmeln«, flüsterte er.

»Mach auf!«, forderte Phil weiter.

»Nein, warte«, zischte Rosie, und ihre Stimme überschlug sich zu einem hysterischen Quieken. Sie sprang auf, und ohne nachzudenken, flüchtete sie in eine Tür neben Jacks Schreibtisch. Sie schlug sie zu und lehnte sich mit dem Rücken dagegen. Ihre Brust hob und senkte sich schnell, während sie in ein luxuriöses Badezimmer mit Dusche und einem abstrakten Gemälde an der Wand blickte. Dann versuchte sie, ihren Atem zu beruhigen, und drückte ihr Ohr an die Tür. Sie hörte, wie Jack das Büro aufschloss.

»Wusste ich's doch. Wieso sperrst du ab?«

»Was willst du?« Jack hatte jetzt wieder diesen kühlen, angespannten Tonfall.

»Ich muss was mit dir besprechen«, antwortete Phil.

Anscheinend ließ Jack ihn herein, denn es näherten sich Schritte.

»Also?«

»Warum denn so forsch? Du weißt doch noch gar nicht, dass ich dir die Hölle heiß machen will.«

»Kannst du nicht ein Mal normal sagen, was Sache ist?«, erwiderte Jack.

Ein kurzes Knallen ließ Rosie zusammenzucken, und fast hätte sie laut aufgeschrien, wenn sie nicht gerade die Faust vor den Mund geballt hätte.

»Das ist Sache!«, zischte Phil.

»Was ist ›das‹?«

»Fast fünfzig Prozent der Zutatenkosten nur für die Hülle? Hast du den Verstand verloren?«

»Ahh, du sprichst also vom Choc-Energizer. Jetzt komme ich auch mit«, sagte Jack überfreundlich.

»Wer soll den Scheiß zu dem Preis kaufen, Alter?«

»Wir werden nicht mit dem Preis hochgehen. Wir verlieren zwar etwas an Marge, aber wir sind überzeugt, dass er viel besser ankommen und einen höheren Absatz schaffen wird.«

»Wer ist ›wir‹? Ich kann mich nicht erinnern, dem zugestimmt zu haben«, blaffte Phil.

»Ich und das Entwicklerteam. Ich möchte grundlegend mehr auf Qualität setzen, Phil.«

»Das kannst du nicht alleine entscheiden!«

»Die Produktentwicklung gehört zu meinem Bereich, und ich habe keine Lust mehr, den Leuten Müll zu verkaufen, nur weil er viel Geld einbringt«, erklärte Jack mit fester Stimme.

»Ich warne dich, mach keinen Scheiß! Wenn uns das die nächsten Quartalszahlen versaut, setzt du damit die Firmenbewertung für den Börsengang aufs Spiel. Apropos, Ted Wexler hat für Mittwochabend zugesagt, und er bringt seine Frau mit. Es wäre also angebracht, wenn wir auch in Begleitung kommen. Soll ich dir eine Frau mit organisieren? Wie ich dich kenne, sitzt du immer noch auf dem Trockenen, was das betrifft.«

»Das geht dich gar nichts an«, erwiderte Jack. »Außerdem habe ich jemanden.«

»Oh, schau an, Jack Walker weiß endlich, wie man *Escort-Service* googelt. Ist sie Engländerin? Ich hab gehört, die britischen Frauen ziehen sich gerne nuttig an. Das wird dem alten Wexler gefallen.«

»Du bist widerwärtig! Und jetzt verschwinde, ich habe viel zu tun«, gab Jack zurück.

»Wie auch immer. Wenn du mit dem verdammten Schokoriegel Mist baust, bist du dran.«

Die Schritte entfernten sich, und erst als Rosie das Zuknallen der Bürotür vernahm, traute sie sich, wieder zu atmen.

Jack öffnete die Badezimmertür und lächelte sie mit gefurchter Stirn an. »Die Luft ist rein.«

Sie nahm die Hand, die er ihr hinstreckte, und folgte ihm zur Sitzgruppe, wo sie Platz nahmen. »Was war das denn?«

Er seufzte. »Es tut mir leid, dass du das mitanhören musstest. Aber jetzt weißt du, warum mein Verhältnis zu ihm so angespannt ist. Er ist einfach ein Arschloch.«

»Das kann man wohl sagen«, murmelte Rosie. »War er schon immer so?«

»Ja, ich denke, das hat schon immer in ihm geschlummert, und mit jedem Cent ist noch mehr das Arschloch herausgekommen.« Er lachte spöttisch. »Es ist mittlerweile furchtbar mühselig, mit ihm zu arbeiten, und unsere Vorstellungen gehen immer weiter auseinander. Du hast ja gehört, wie scharf er darauf ist, an die Börse zu gehen. Dabei haben weder ich noch sein Vater bislang zugestimmt. Ich hoffe nur, dass Kurt sich nicht von ihm einwickeln lässt.«

Das hoffte Rosie auch. Der Gedanke daran, dass Jack und sie ein ganzer Ozean trennen würde, schmerzte. Irgendwann mussten sie mal darüber reden, doch vielleicht war es jetzt noch etwas zu früh. Sie dachte an Reeses Worte, erst einmal zu genießen, was sie beide hatten. Also wechselte sie das Thema.

»Von welcher Frau hast du da eigentlich geredet, die dich zu einem Dinner begleiten wird?« Sie sah ihn schmunzelnd an.

»Sie ist Engländerin, aber kleidet sich definitiv mit Stil.« Zärtlich nahm er ihr Gesicht in beide Hände. »Außerdem kann sie verdammt gut küssen.«

Rosie erwiderte seinen Kuss nur zögerlich.

»Mach dir keine Sorgen wegen Phil. Ich werde ihm sagen, dass er unsere Beziehung für sich behalten soll. Er hat eh kaum Kontakt zu den Leuten hier im Büro.«

Rosie entspannte sich ein wenig, und Jack sah sie warm an. »Seit ich dich fast verloren hätte, bin ich noch mehr verrückt nach dir.«

»O Gott, Felicity!« Rosie durchfuhr ein Blitz. Sie löste sich von ihm und richtete sich auf.

Jack sah sie verwirrt an.

»Hast du meine SMS noch rechtzeitig bekommen?«, fragte sie.

Er zog die Augenbrauen zusammen. »Ich habe keine Nachricht bekommen.«

Rosie zog ihr Handy hervor und stellte fest, dass sie nicht auf *Senden* gedrückt hatte. Patrick hatte sie mit seinem neuen Selbst komplett aus dem Konzept gebracht. Ihr Magen zog sich zusammen. »Hast du schon mit Felicity geredet?«

»Ja, die Sache ist geklärt«, erwiderte er kühl. »Sie wird Ende des Monats die Firma verlassen.«

»Nein!« Ihr wurde heiß und kalt zugleich. Sie hatte Jack den Instagram-Post gezeigt. Also war sie schuld, dass Felicity nun ohne Job dastand. Auch wenn die Kollegin sich wirklich unmöglich verhalten hatte, könnte Rosie sich das nicht verzeihen.

»Das war doch bestimmt nur ein doofer Scherz von ihr.

Würde da nicht eine Abmahnung oder so reichen?«, versuchte sie, Jack zu überzeugen.

Er wich zurück. »Das mag vielleicht ein Scherz gewesen sein, aber als Chef kann ich so etwas nicht dulden.« Er stand auf und ging zu seinem Schreibtisch. »Außerdem hätte sie uns fast auseinandergebracht.«

»Ich weiß, und das ist furchtbar.« Sie lief ihm hinterher. »Aber stell dir doch nur mal vor, was das jetzt für sie bedeuten mag. In einer Stadt wie London hat man verloren ohne Job.«

Er rieb sich die Stirn mit beiden Händen und wirkte gequält. Ein kurzer Hoffnungsfunke flammte in Rosie auf. Doch dann schüttelte er entschieden den Kopf, ging zur Tür und öffnete sie. »Meine Entscheidung steht fest. Es tut mir leid, ich muss jetzt zu meinem nächsten Termin.« Er sah sie an und atmete schwer aus. »Ich würde mich freuen, wenn du mich Mittwochabend begleitest. Gretchen wird dir die nötigen Infos schicken.«

Rosie schaute ihm nach, als er aus der Tür ging. Sie hatte versagt.

Kapitel 14

»Bei solchen Essen muss man seriös wirken. Wie wäre es damit?« Reese hielt eine weiße Business-Bluse am Kleiderbügel hoch und sah Rosie erwartungsvoll an.

»Auf gar keinen Fall.« Perpetua rollte mit den Augen. »Willst du, dass man sie mit der Kellnerin verwechselt?« Sie drängelte Reese samt weißer Bluse zur Seite und streckte Rosie jetzt ein rotes Etwas aus Spitze entgegen.

Sie war sich sicher, es noch nie in ihrem Kleiderschrank gesehen zu haben. Erst beim genaueren Hinsehen erkannte sie das rote Negligé, das sie von einem Typen aus der Uni geschenkt bekommen hatte.

»Gütiger Himmel, damit wäre ich tatsächlich als Escort-Dame abgestempelt.« Sie nahm Perpetua den Fummel weg und stopfte ihn wieder in die unterste Schublade ihres Kleiderschranks, wo er auch die letzten Jahre verbracht hatte. Vielleicht war es keine gute Idee gewesen, die beiden einzuladen, um ein passendes Outfit für Jacks Geschäftsessen zu finden.

»Nicht gleich so negativ; man könnte es doch mit irgendetwas darüber entschärfen.« Perpetua zuckte mit den Schultern. »Meinetwegen auch mit der spießigen Bluse, wenn man ein paar Knöpfe auflässt. So siehst du seriös aus und zeigst Jack gleichzeitig, dass du es willst.«

Rosie nahm ihr Prosecco-Glas und ließ sich nach hinten auf ihr Bett fallen. »Ich will es doch nicht beim Geschäftsessen!« Sie seufzte und kam nach einer kurzen Pause wieder hoch. »Ich hab euch beide lieb, aber was Mittwochabend betrifft, seid ihr mir gerade wirklich keine Hilfe.«

Reese schenkte sich nach und warf ein Sofakissen auf den Boden, auf dem sie es sich bequem machte.

»Liebes, du wirst das toll machen. Niemand erwartet etwas von dir. Jack kann sich glücklich schätzen, dass du überhaupt mitkommst.« Sie stieß einen tiefen Seufzer aus. »Hach, das ist so romantisch! Das ist euer erster gemeinsamer Auftritt. Und dann auch noch im *Savoy!* Ich wünschte, Alex würde mal so etwas Tolles machen.«

Reese hatte recht, es war wirklich romantisch, und sie freute sich schon richtig darauf. Nachdem Perpetua ihr allerdings erzählt hatte, dass Ted Wexler einer der einflussreichsten Investment-Banker Londons sei, war ihr ganz anders geworden. Zwei Stunden mit ihm und diesem seltsamen Phil an einem Tisch zu sitzen machte ihr Angst. Was, wenn sie eine Frage zu einem Thema gestellt bekäme, von dem sie keine Ahnung hatte? Und wie sollte sie sich Jack gegenüber verhalten? Schließlich waren sie ja offiziell noch kein Paar. Oder etwa doch?

Perpetua hatte die frisch schokolierten Himbeeren in Rosies Küche entdeckt und gesellte sich jetzt samt Proviant zu den beiden. »Weißt du, wie ich das immer mache, wenn einer dieser wichtigen Fuzzis vor meinem Empfangspult steht?«, nuschelte sie kauend und spülte die Schoko-Früchte mit einem Schluck Prosecco runter. »Ich stelle sie mir auf der Toilette vor.«

Reese verschluckte sich und schnappte hustend nach Luft.

»Ganz ehrlich, an diesem Ort sind wir doch alle gleich.« Rosie musste lachen und klopfte Reese energisch auf den Rücken, bis sie sich wieder gefangen hatte.

»Also, ich würde vorschlagen, du hältst dich einfach an die Frauen in der Runde«, krächzte Reese. »Die können wohl nicht so schlimm sein und haben bestimmt auch keine Ahnung von den Business-Themen, die da besprochen werden.«

»Wenn ich nur wüsste, was die anderen Frauen tragen werden!« Rosies Blick fiel auf eine weiße Schachtel, die oben auf ihrem Kleiderschrank stand. Sie zögerte einen Moment und stand dann doch auf. »Ich hab da noch eine Idee, bin mir aber nicht sicher, ob das der richtige Anlass ist.« Sie zog einen Küchenstuhl heran und stieg darauf.

»Was ist das?«, fragte Reese und nahm ihr die eingestaubte Schachtel ab.

Rosie spürte ein aufgeregtes Kribbeln, während sie den Deckel öffnete und ein schwarzes Kleid herauszog. Sie hielt es vor sich und blickte in den bodentiefen Spiegel auf der Innenseite der Schranktür.

»Wow«, stieß Reese aus. »Ich wusste gar nicht, dass du so etwas Tolles hast?«

Das knielange Cocktailkleid war aus schwarzem Satin, der glänzte wie die Wasseroberfläche der Themse bei Mondschein. Es hatte ein herzförmiges Dekolleté und der Rock war ab der Taille ausgestellt. Die Schultern lagen komplett frei, erst ab den Oberarmen zogen sich schmale Ärmel nach unten.

»Wieso hast du das nicht gleich hervorgeholt?« Perpetua starrte es mit offenem Mund an.

»Ich weiß nicht ... Ich habe es bislang noch nie getragen. Es hat einfach noch nicht den richtigen Anlass gegeben.« Rosie hielt es an Brust und Taille fest und betrachtete sich im Spiegel. Sie mochte, wie der Rock bei jeder Bewegung leicht schwang. »Es hat meiner Grandma gehört. Als Kind habe ich mich immer mit ihren Sachen verkleidet, aber dieses Kleid hier durfte ich nie anprobieren. Sie meinte, wenn ich irgendwann einmal Brüste habe, gehört es mir.«

»Und ob du jetzt Brüste hast, Schätzchen! Worauf wartest du? Probiere es an!« Perpetua setzte sich neben Reese aufs Bett, und beide sahen sie mit leuchtenden Augen an.

»Meint ihr nicht, das ist zu ausgeschnitten?«

»Probier es an!«, riefen sie im Chor.

Ein seltenes Bild, die beiden einmal so einig zu sehen.

»Na schön.« Rosie biss sich auf die Lippe und quiekte vor Vorfreude. Um den Überraschungseffekt zu erhöhen, ging sie zum Umziehen ins Bad. Sie zog sich aus und stieg vorsichtig in das Kleid hinein. Der Ausschnitt ließ keinen BH zu, aber es befanden sich eingenähte Körbchen im Vorderteil. Den Reißverschluss hinten konnte sie mit einer geschickten Bewegung selbst schließen.

Sie band sich die Haare nach oben und stellte sich auf die Zehenspitzen, um sich in dem kleinen Spiegel über dem Waschbecken zu begutachten. Sie sah sich an und dachte an Millie. Die ausgeprägten Schlüsselbeine hatte sie von ihr. Millie hatte im Laden meist eine weiße Arbeitsschürze getragen, da sie zwischendurch immer mal wieder in der Küche gewesen war, um neue Pralinen zu machen. Von Bildern wusste Rosie aber, dass sie sich früher gerne chic gemacht hatte.

Rosie erinnerte sich an ein Foto, auf dem Millie dieses Kleid trug. Es zeigte sie und Grandpa tanzend auf irgendeiner Veranstaltung. Sie hatte so lebhaft und glücklich auf dem Bild ausgesehen, sodass Rosie es als Kind immer wieder ansehen und die Geschichte dazu hatte hören wollen. Doch Millie hatte nicht gerne über diese Zeit gesprochen und schon gar nicht über Rosies Grandpa. Das Einzige, was sie wusste, war, dass er Millie noch in der Schwangerschaft verlassen hatte.

»Ta-daa!«

Die begeisterten Blicke der Mädels sagten alles. Rosie

schritt aus dem Badezimmer, stützte die Arme in die Taille und drehte sich vor den beiden.

»Oh mein Gott, war deine Grandma Audrey Hepburn?« Perpetua nahm zwei Finger in den Mund und gab einen lauten Pfiff von sich.

»Du siehst wunderschön aus«, stimmte Reese zu.

Und so fühlte Rosie sich auch. Zu schade, dass es seit so vielen Jahren in der Kiste gelegen hatte. Nur zu ihrem Abschlussball hatte sie es einmal anprobiert, doch damals hatte ihre Oberweite gerade mal die Hälfte der Körbchen ausgefüllt.

»Fehlen nur noch passende Schuhe.« Sie schlüpfte in ein Paar schwarze Pumps mit schwindelerregend hohen Absätzen und kam direkt ins Wanken. »O Gott, die kann ich unmöglich den ganzen Abend tragen. Moment, ich hab noch andere, die zum Kleid passen könnten.« Sie beugte sich unters Bett, um einige der Schuhkartons hervorzuholen, da klingelte es an der Tür. »Kann einer von euch aufmachen? Das wird das Essen sein.«

Plötzlich ließ Perpetua einen Schrei los, und Rosie stieß sich vor Schreck den Kopf am Bett an. »Nicht aufmachen«, schrie ihre Freundin.

Reese, die gerade den Türöffner drücken wollte, erstarrte. »Willst du, dass ich einen Herzinfarkt kriege?«

»Was ist denn los?« Rosie kroch unter dem Bett hervor und stellte sich neben Perpetua, die mit der Nase an der Fensterscheibe klebte und nach unten schaute. Auch Reese gesellte sich dazu, und alle drei blickten auf die schwarze Limousine, die vor Rosies Haus stand.

»Der Boss darf dich auf gar keinen Fall heute schon in dem Kleid sehen!«, entschied Perpetua.

Es klingelte noch einmal.

»Ist da unten etwa Jack?« fragte Reese und quetschte ihre Wange an die Scheibe, als stünde unten Prinz Harry höchstpersönlich. »Mist, ich kann ihn nicht sehen, er muss im Hauseingang sein.«

»Natürlich steht er im Hauseingang«, zischte Perpetua. »Er klingelt ja auch gerade.«

Während die beiden diskutierten, ob Reese das Fenster öffnen durfte, um einen Blick auf Jack zu erhaschen, lief Rosie zur Tür und drückte den Türöffner. Das Summen ließ die beiden Mädels erstarren.

»Was machst du da?« Sie sahen Rosie ausdruckslos an.

»Na, ich kann ihn doch nicht einfach unten stehen lassen.« Und schon gar nicht wollte sie, dass Jack wieder ging, ohne dass sie ihn sah.

Sie hörten, wie die Schritte auf der Treppe näher kamen.

»Schnell, zieh dir den drüber«, rief Reese und warf ihr einen Mantel zu. Rosie streifte ihn über und bemerkte erst beim Zubinden, dass es ihr schwarzer Lackregenmantel war. Es klopfte, und sie gab ihren Freundinnen mit einem scharfen Blick zu verstehen, dass sie sich zusammenreißen sollten, bevor sie die Tür öffnete.

Sie sah Jack freudig an und schaute dann schmunzelnd an sich herunter.

»Okay«, sagte er mit lang gezogenem O und ließ den Blick von ihrem Lackmantel über ihre nackten Beine bis hinunter zu den schwarzen Pumps gleiten.

»Es ist nicht, wonach es aussieht«, meinte sie und gab der Tür schmunzelnd einen Stups, sodass sie ganz aufging.

»Oh, Hi!«, rief Jack in die Wohnung.

»Hi«, kam es im Chor zurück. Perpetua und Reese saßen wie zwei Schulmädchen nebeneinander auf dem Bett und strahlten Jack an.

»Perpetua müsstest du ja schon kennen, sie arbeitet bei *Ostrich* am Empfang«, erklärte Rosie.

»Ja klar. Hi.« Jack hob die Hand zum Gruß, und Perpetua tat es ihm gleich.

»Und das ist Reese, meine Freundin, von der ich dir schon ein paarmal erzählt habe«, fuhr Rosie fort. »Wir sind zusammen aufgewachsen und nach London gegangen.«

Bevor er etwas sagen konnte, sprang Reese auf und stürmte auf ihn zu.

»Hi, ich bin Reese.« Sie rannte Rosie fast um und streckte ihm die Hand hin. »Wir sind zusammen aufgewachsen. Hehe, also Rosie und ich. In Bedford. Das ist da, wo wir herkommen. Hehe.«

Immer noch schüttelte Reese Jacks Hand und schmachtete ihn an. Jack sah zwischen Rosie und ihrer Freundin hin und her. Auch wenn es witzig wirkte, wollte Rosie ihn lieber erlösen. »Okay, Reese, kannst du uns vielleicht ganz kurz alleine lassen?« Sie schob ihre Freundin dezent zur Seite und machte einen Schritt zu Jack vor die Tür.

»Oh mein Gott, natürlich«, stotterte Reese. »Es hat mich sehr gefreut, Jack. Vielleicht sieht man sich ja mal wieder.«

»Bis morgen, Boss«, rief Perpetua von hinten, und Rosie zog rasch die Tür von außen zu.

»Tut mir leid, Reese ist manchmal etwas … eigen.«

»Ach was, sie war doch nett.« Jack sah sie liebevoll an und legte die Hand unter ihr Kinn. Sanft führte er es ein wenig zu sich heran und küsste sie. »Ich will euch nicht lange stören. Was auch immer ihr da drinnen macht.« Er grinste. Dann holte er eine kleine Schachtel aus seiner Manteltasche. »Ich wollte dir nur das hier geben.«

Rosie nahm die fliederfarbene Schachtel entgegen. Drumherum war eine silberne Schleife gebunden, in der eine getrocknete Lavendelblüte steckte. Auf der Schleife erkannte sie den Schriftzug *Dodora London*. »Für mich?«, fragte sie mit klopfendem Herzen.

»Ja, als Dankeschön, dass du mich morgen begleitest.«

Rosie musste schlucken und sah die Schachtel an, die gerade mal so groß war wie ihre Handfläche. Sie war so hübsch verpackt, dass sie gar nicht wusste, wie sie die Schleife entfernen sollte, ohne sie zu zerstören.

Er lächelte. »Nun mach schon auf.«

Bis auf einen erbärmlichen Strauß Blumen von der Tankstelle zu ihrem Abschlussball und das rote Synthetik-Negligé hatte sie noch nie ein Geschenk von einem Mann bekommen. Vorsichtig schob sie das Band über die Ecken, sodass die Schleife ganz blieb. Sie klappte den Deckel auf und vergaß dabei fast zu atmen. Eingebettet in einem ebenfalls fliederfarbenen Samtkissen lag ein Paar goldener Ohrringe. In der Mitte hatten sie jeweils einen braunen tropfenförmigen Stein, der von unzähligen kleinen weißen Steinchen umrandet war.

»Ich habe mich für den Rauchquarz entschieden, da er mich an dich erinnert hat. So braun wie Schokolade.«

Rosie fehlten die Worte. Sie starrte auf das makellose Funkeln.

»Gefallen sie dir nicht?«, fragte Jack nach einer Weile.

Rosie nahm ihn erst jetzt wieder wahr. Sie sah ihn an und spürte, wie ihre Augen anfingen zu brennen. Es war nicht nur die Tatsache, etwas so Schönes geschenkt zu bekommen. Es berührte sie, dass sich jemand ihretwegen so viele Gedanken gemacht hatte. Schnell blinzelte sie eine aufsteigende Träne weg und legte die Arme um seinen Hals. Sie grub ihre Nase tief in seinen Nacken und atmete seinen Duft ein.

»Sie sind wunderschön, Jack.«

Rosie blieb noch einen Moment vor ihrer Wohnungstür stehen, nachdem Jack gegangen war. Das Licht im Treppenhaus war inzwischen erloschen, und nur die Straßenlaternen, deren Schein durch das schmale Etagenfenster hineinfiel, brachen die Dunkelheit im Hausflur. Sie blickte auf die Ohrringe in ihrer Hand, die selbst in dem schwachen indirekten Licht bei jeder Bewegung funkelten.

Jack war im Moment das Beste in ihrem Leben, und es tat

ihr weh, dass sie nicht ehrlich mit ihm war. In diesem Augenblick wurde ihr der wahre Grund klar, warum sie Jack noch nichts von ihrem Vorhaben erzählt hatte. Es war nicht die Angst, dass er denken könnte, sie sei nur hinter seinem Geld her. Sie hatte es ihm noch nicht erzählt, weil sie wusste, dass es dann zwischen ihnen vorbei wäre.

Wollte sie das mit der Chocolaterie überhaupt noch? Seit Sonntag hatte sie schon den Anruf bei Mr. Graham aufgeschoben, um ihn nach einer monatlichen Ratenzahlung zu fragen. Dabei lief ihr doch eigentlich die Zeit davon.

Kreischend hüpften Perpetua und Reese um Rosie herum, die vor dem großen Spiegel stand und feststellte, wie perfekt die Ohrringe zu Millies Kleid passten. Ihre Freundinnen machten es ihr leicht, die schweren Gedanken beiseitezuschieben und sich von der Euphorie anstecken zu lassen.

»Oh mein Gott, die sind ja wirklich der Wahnsinn, Rosie!« Reese schmachtete die Ohrringe an, wie sie es vorher auch bei Jack getan hatte.

Perpetua hingegen klappte sofort Rosies Laptop auf. »Okay, wenn die hübschen Dinger wirklich von *Dodora* sind, dann müssen sie ein Vermögen gekostet haben.« Sie tippte: *Hängeohrringe, Rauchquarz,* Dodora London. *Enter.*«

»Was machst du da? Ich will den Preis auf keinen Fall wissen!«, entgegnete Rosie. Sie wusste, dass es bei *Dodora* eher hochpreisigen Schmuck gab, das war auch der Grund, warum sie noch nie einen Fuß in eine der Filialen gesetzt hatte. Perpetuas aufgerissene Augen machten sie allerdings doch neugierig.

»Ach du heilige Scheiße! Reese, das musst du dir unbedingt ansehen.« Perpetua hielt sich die Hand vor den Mund, und Reese, die jetzt wie eine Spielsüchtige den Laptop an sich riss, stieß nur ein knappes »Ha!« aus.

»Was ist?« Rosie platzte fast vor Neugier. »Sagt schon!«

Reese setzte mehrmals an, kratzte sich am Kopf und antwortete schließlich: »Du willst es ja auf keinen Fall wissen, aber sagen wir mal so: Du solltest vielleicht schon wissen, dass du diese Ohrringe unter gar keinen Umständen verlieren solltest.«

Perpetua verdrehte die Augen. »Rosie, ich sag dir einfach, wie es ist: Mit diesem Geld könntest du einen Teil der Chocolaterie bezahlen.«

Rosie war klar, dass Perpetua sie mit ihrem strengen und gleichzeitig geheimnisvollen Blick dazu bringen wollte, sich das Resultat ihrer Recherche anzuhören. Und verdammt noch mal, sie hatte gewonnen. »Wie groß?«, fragte sie.

»Achtzehn Karat Gold, zwei Rauchquarze im Cushion-Schliff, vierzig reine Diamanten im Brillant-Schliff mit insgesamt 1,54 Karat. Halt dich fest, Rosie, 5.375 *fucking* Pfund!«

»Zeig her!« Rosie konnte kaum glauben, was sie da hörte. Sie setzte sich zu ihren Freundinnen, nahm die Ohrringe ab und verglich sie mit denen auf dem Bild im Internet. Es waren definitiv die Gleichen. Sie schluckte. »Er kann mir doch nicht so etwas Teures schenken.«

»Süße, er ist stinkreich. Ich schätze, für ihn war es, als hätte er dir ein Päckchen Kaugummis geschenkt. Ich würde sie verhökern!«

Reese boxte Perpetua mit tadelndem Blick in die Seite. »Hör nicht auf sie. Er hat dir die Ohrringe geschenkt, weil du ihm etwas bedeutest. Der Preis spielt keine Rolle.«

»Das sehe ich genauso.« Rosie klappte den Laptop zu. »Da würde ich eher eine Niere verkaufen als diese zwei Schmuckstücke.« Sie legte die Ohrringe zurück in die Schachtel und schob sicherheitshalber wieder die Schleife darum. »Und jetzt lasst uns anstoßen, Mädels!«

Kapitel 15

Um das dröhnende Surren des Milchaufschäumers zu ertragen, musste Rosie die Zähne aufeinanderbeißen. Gleichzeitig ließ ihr der Pawlowsche Reflex das Wasser im Mund zusammenlaufen, denn ihr Kater verlangte nach einem großen Becher Kaffee. Sie dankte Gott, dem Interieur-Designer oder wem auch immer für die dunkle Einrichtung und das gedimmte Licht in dem Coffee-Shop.

Allein der Gedanke, gleich nach draußen und dann ins grell beleuchtete Bürogebäude zu gehen, bereitete ihr körperliche Schmerzen. Nur die Aussicht auf Kaffee und das Stück Bananenbrot, das so herrlich aus der Tüte in ihrer Hand duftete, machten diesen Morgen erträglich. Sie musste sich endlich mal merken, dass sie Prosecco nicht vertrug.

Sie stand seitlich neben dem Verkaufstresen und wartete, bis ihr Name aufgerufen wurde. Die Sporttasche, die eine tiefe Furche in ihren Unterarm schnürte, zog sie noch mehr gen Boden, als es der Kater ohnehin schon tat. Doch sie war ihr wichtigstes Accessoire für heute. Darin befand sich ihr Outfit für das Dinner am Abend.

Es war alles durchgeplant. Patrick, der ihr ja gerne nach

achtzehn Uhr noch neue Aufgaben erteilte, wollte sie erzählen, nach der Arbeit ein Probetraining in einem Fitnessstudio zu absolvieren. Dann würde sie mit der Tasche in den Aufzug steigen und sich auf der Toilette unten im Foyer umziehen.

Perpetua hatte versprochen, ihr die Haare hochzustecken und ein Taxi für halb sieben zu bestellen. Nachdem sie sich am vergangenen Abend mit einer Nachricht noch einmal bei Jack für die zauberhaften Ohrringe bedankt hatte, hatte er vorgeschlagen, sich vor dem Restaurant zu treffen. Rosie war erleichtert gewesen, denn so musste sie nicht alleine ins *Savoy*, was die ganze Sache zumindest ein Stückchen angenehmer machte.

Trotz Alkohol hatte sie kaum geschlafen vor Aufregung. Es war sogar noch schlimmer gewesen als die Nächte vor ihrem Bachelor-Abschluss oder ihrem ersten Tag bei *Ostrich*. Damals hatte sie sich mit Pralinen vollgestopft und war irgendwann beruhigt eingeschlafen. Doch letzte Nacht hätte das nicht gereicht, selbst wenn Perpetua Rosies Vorräte nicht aufgefuttert hätte.

Dieser Phil strahlte etwas Unberechenbares aus, was sie in Habachtstellung verharren ließ wie ein zitterndes Häschen, das den wartenden Fuchs vor seinem Bau riechen konnte. Ein furchtbares Gefühl, und nicht gerade das, was sie an Jacks Seite ausstrahlen wollte. Immerhin war es ihr erster offizieller gemeinsamer Auftritt. Sie wollte ihn nicht enttäuschen.

»Oh, hi, Rosie.« Wie aus dem Nichts stand Felicity neben ihr in der Kaffeeschlange. Rosie fuhr zusammen, und mit einem Schlag spürte sie wieder dieses unglaublich schlechte Gewissen. Es machte sie fertig, dass sie Jack mit der Kündigung nicht hatte aufhalten können.

»Hi«, sagte sie schwach und hoffte, dass Felicity keine Konversation anfangen würde.

Als die Sekunden der Stille sich dann doch komisch anfühlten, gab Rosie sich einen Ruck. »Wie ... geht's denn so?«

»Bestens!«

Rosie zuckte schon wieder zusammen, denn die Antwort kam schneller und lauter, als es ihr an diesem Morgen lieb war.

»Obwohl ich etwas in Stress bin. Ich werde ab Januar eine ... eine neue Position in der Firma übernehmen.«

»Ach ja?« Rosie war jetzt hellwach.

»Manchmal muss man sich einfach weiterentwickeln, weißt du?« Felicity lächelte süffisant.

»Was ist das denn für eine neue Position, wenn ich fragen darf?«

Felicity zögerte und sah Rosie nicht an, während sie antwortete. »Ich werde nach Rochester gehen. Unsere Produktionsstätte dort braucht eine kompetente Fachkraft zur Überwachung des Qualitätsstandards.«

Rosie musste schmunzeln. »Wow, das hört sich nach einer interessanten Aufgabe an.«

»Rosie und ...« Der Barista hielt zwei Becher hoch und kniff die Augen zusammen.

»Feli, das bin ich«, keifte Felicity, nahm ihren Kaffee und marschierte, ohne sich umzudrehen, zur Tür hinaus.

Rosies Schmunzeln formte sich zu einem breiten Grinsen, und ihr wurde ganz warm bei dem Gedanken an Jack.

Patrick schneite gegen halb zehn ungewöhnlich dynamisch herein. »Guten Morgen, Rosie.« Er blieb abrupt vor ihrem Schreibtisch stehen und starrte den Kaffeebecher vor ihr an. Enttäuscht ließ er die zwei Pappbecher in seinen Händen sinken. »Du hast ja schon einen«, murmelte er.

»Ähm, ja?« So wie er sie ansah, hatte sie das Gefühl, sich dafür entschuldigen zu müssen. Schnell trank sie den letzten kalten Schluck aus. »Er ist aber schon leer.«

Sein Blick erhellte sich, und er stellte ihr einen der beiden Becher hin. »Den habe ich dir mitgebracht«, verkündete er mit stolzgeschwellter Brust.

»Danke.«

Anstatt in sein Büro zu gehen, blieb er stehen und sah sie erwartungsvoll an. Da Rosie nicht verstand, was er wollte, nahm sie einen Schluck von dem neuen Kaffee. Er war zwar brütend heiß, aber sie signalisierte ihm mit einem langen »Hmmm«, dass er gut schmecke.

Patrick nickte zufrieden und verschwand dann in seinem Büro. Rosie blieb einen Moment sitzen und starrte ihm hinterher. Das war definitiv nicht der Patrick, den sie kannte. Warum verhielt er sich so merkwürdig? Sie ging ihm nach. »Hör mal, Patrick. Ist alles okay zwischen uns?«

»Na klar, was meinst du?«

»Na ja, du verhältst dich in letzter Zeit etwas … hm … ungewöhnlich. Möchtest du mir etwas sagen?«

Er sah gar nicht zu ihr auf, sondern fokussierte seine Hände, die er gerade mit einer glänzenden Schicht Handcreme einrieb. Nachdem er fertig war, schloss er die Tube und blickte Rosie an. »Möchtest *du* mir denn etwas sagen?«

Was sollte dieser Zynismus in seiner Stimme? »Ich? Nicht, dass ich wüsste.«

Sein Lächeln verschwand aus seinem Gesicht, als wäre ihm der Akku ausgegangen. »Na, dann hätten wir das ja geklärt«, fuhr er kühl fort und widmete sich seinem Bildschirm.

Rosie verstand die Welt nicht mehr und ging zurück zu ihrem Schreibtisch. Sie schüttelte den Kopf und spürte, wie ihre neuen Ohrringe an den Wangen aufschlugen. Sie griff an ihre Ohrläppchen, wie sie es heute schon sicher zwanzig Mal getan hatte, und kam auf andere Gedanken. Sie konnte es kaum erwarten, Jack heute Abend zu sehen.

Rosie zog den letzten Pinselstrich auf ihrem kleinen Fingernagel und begutachtete ihr rubinrotes Werk. Als sie hörte, dass Patrick sein Telefonat beendete, riss sie die Fenster auf, um den Nagellackgeruch zu vertreiben. Ein Blick auf ihr Handy zeigte, dass sie gleich Feierabend machen konnte. Außerdem war da noch eine Nachricht von ihrem Vater zu sehen.

> Rosie, ich wollte nur fragen, ob du an Weihnachten heimkommst? Auch wenn dein letzter Besuch nicht so verlaufen ist, wie du es dir erhofft hattest, würden wir uns sehr freuen.
> *Dad*

Da war ja was. Die Feiertage standen vor der Tür, doch dieses Jahr war Rosie nicht in Weihnachtsstimmung. Gar nicht. Normalerweise verbrachte sie die Adventszeit damit, weihnachtliche Filme zu schauen und haufenweiße Pralinen mit Zimt, Nelken, Sternanis und Vanille zu zaubern. Wegen des Trubels in den letzten Wochen war dafür aber überhaupt keine Zeit gewesen.

Sollte sie Weihnachten dieses Jahr einfach ausfallen lassen? Das Fest der Liebe und Familie fühlte sich im Moment eher wie eine Heuchelei an, aber sie wollte ihre Eltern für ihre Entscheidung gegen die Bürgschaft auch nicht bestrafen. Sie entschied sich, es noch offen zu lassen und ihrem Vater erst in den nächsten Tagen zu antworten.

Als es endlich achtzehn Uhr war, nahm sie ihre Inkognito-Sporttasche und warf einen Blick in Patricks Büro. »Ich gehe dann mal.« Sie lächelte und hielt die Tasche in die Höhe. »Habe heute ein Probetraining im Fitnessstudio.«

»Alles klar, ich muss auch gleich los. Schönen Feierabend«, sagte Patrick mit seiner neuen Freundlichkeit.

Das war ja einfach, dachte Rosie und fuhr mit dem Aufzug nach unten. Perpetua stand schon freudestrahlend neben ihrem Empfangstresen und deutete ein lautloses Händeklatschen an. Wie bei einer geheimen Mission nickte ihre Freundin mit dem Kopf Richtung Gästetoilette.

»Die Luft ist rein«, flüsterte sie, und Rosie folgte ihr durch die Tür. »Ich bin ja so aufgeregt«, quietschte Perpetua.

»O Gott, mach mich bitte nicht noch nervöser.«

»Alles klar, ich reiß mich zusammen.« Perpetua atmete tief durch. »Ich bin die entspannteste Person, die du dir vorstellen kannst. Und du wirst das heute Abend auch sein! Rate mal, welche Infos ich für dich habe.«

»Was denn für Infos?«, fragte Rosie, während sie das Kleid aus der Sporttasche nahm, es Perpetua auf einem Kleiderbügel hinhielt und sich dann aus ihrer Kleidung schälte.

»Kennst du noch Gwyneth, die Schreibkraft aus dem Einkauf? Die Kleine, mit den zwei schiefen Zähnen, die aussah wie ein Kaninchen?«

»Ich hab keine Ahnung von wem du sprichst.«

»Na, ist auch egal«, meinte Perpetua. »Auf jeden Fall ist mir eingefallen, dass sie, nachdem sie hier gekündigt hatte, für kurze Zeit bei *Universe Investment* für Ted Wexlers Büro gearbeitet hatte. Bis sie dort nach einem halben Jahr wieder gekündigt hat, weil ihre Tochter Drillinge bekommen hat, durch eine künstliche Befruchtung, und sie helfen …«

»Komm zum Punkt, Perpetua!«, unterbrach Rosie die Freundin lachend und schlüpfte in das Kleid ihrer Grandma.

»Schon gut, hetz mich nicht so.« Perpetua schloss ihr den Reißverschluss und half ihr in die schwarzen Pumps. »Was ich dir erzählen wollte, ist, dass Gwyneth mir ein paar Dinge über Ted Wexler verraten hat, mit denen du heute Abend Sympathiepunkte sammeln könntest.«

»Du bist genial!« Rosie strahlte. »Was genau hast du herausgefunden?«

»Also, erstens ist er frisch geschieden und jetzt schon wieder mit einer dreißig Jahre jüngeren verlobt. Erwähne unter keinen Umständen die Themen ›Familie‹ oder ›Kinder‹, es hat wohl eine riesengroße Schlammschlacht bei der Scheidung gegeben, und er darf seine Kinder nur einmal im Monat sehen.«

»Wieso sollte ich das Thema ›Familie‹ erwähnen? Denkst du, ich sollte das Gespräch auch mal aktiv führen?« Rosie wurde flau, während Perpetua anfing, ihr die Haare mit Klammern hochzustecken.

»Nein! Ich meine ja nur, schließlich ist nächste Woche Weihnachten, und vielleicht kommt das Thema ja auf. Halte dich da auf jeden Fall zurück.«

»Okay, wird gemacht! Was noch?«

»Er liebt Yorkshire-Tee mit einem Schuss Zitrone und trinkt vor jedem Essen eine Tasse, da er Magenprobleme hat.«

»Yorkshire-Tee mit Zitrone«, wiederholte Rosie.

»Außerdem hat er ein Faible für Fußball«, fuhr Perpetua fort. »Gwyneth meinte, er sei komplett süchtig. In seinem Büro laufen den ganzen Tag nebenbei irgendwelche Spiele im Fernsehen, weil er sich dabei entspannen kann.«

»Fußball ist gut! Da hab ich viel von meinem Dad mitbekommen.«

»Super!« Perpetua drehte Rosie jetzt zu sich um und sah sie an. »Du siehst toll aus, Süße! Ich bin mir sicher, dass du den Abend rocken wirst.«

Die beiden umarmten sich.

»Jetzt aber dalli, dalli, das Taxi ist bestimmt schon da.«

Kapitel 16

Rosies freudige Aufregung machte sie ganz hibbelig, als hätte sie drei Energy-Drinks auf einmal geext. Sie hielt ihre feuchtkalten Hände an den Lüftungsschacht in der Mittelkonsole des Taxis, und tatsächlich wirkte die warme, trockene Luft beruhigend. Als das Taxi aber langsamer wurde und der grelle *Savoy*-Schriftzug durch die beschlagene Scheibe strahlte, wurde ihr augenblicklich flau. Es lag weder am Restkater vom Vorabend noch am Stop-and-go des Londoner Feierabendverkehrs. Es war die pure Angst, an diesem Abend zu versagen.

Sie wischte mit dem Ärmel über die Fensterscheibe und linste zum Eingang des Restaurants ein paar Meter vor ihnen. Der Anblick der schick gekleideten Leute, die hineingingen, verschlimmerte das flaue Gefühl noch um einiges.

»Wir sind da«, sagte der Fahrer und sah sie freundlich im Rückspiegel an. Mit seiner braunen Schiebermütze und den grau melierten Haaren, die darunter hervorschauten, erinnerte er Rosie an ihren Dad. Auch wenn er ein völlig Fremder für sie war, war dieser vertraute Anblick genau das, was sie jetzt brauchte.

»Hören Sie, wäre es in Ordnung, wenn ich noch ein wenig

sitzen bleibe?«, fragte sie den Fahrer. »Sie können den Taxameter ruhig laufen lassen. Ich brauche nur noch einen Moment.«

»Na klar«, antwortete Taxifahrer-Dad und zwinkerte ihr väterlich zu. »Aufgeregt?«

»Hmm«, bestätigte Rosie.

»Ach, wissen Sie, Sie können da drinnen nichts falsch machen. Ich bin mittlerweile dreiundsiebzig.« Er lachte. »Das Einzige, was ich in meinem Leben bereue, sind die Dinge, die ich nicht gemacht habe.« Er stellte den Taxameter aus. »Lassen Sie sich ruhig Zeit, junge Lady.«

»Danke, das ist wirklich freundlich.«

Jacks schwarze Limousine hielt vor dem Taxi an. Die Tür wurde geöffnet, und Jack stieg aus. Er streckte eine Hand aus und half einer großen, bildschönen blonden Frau im weißen Minikleid und winteruntauglichen Sandaletten aus dem Wagen. Phil Mosby schlüpfte nach ihr aus dem Wagen, legte der Frau die Hand knapp über den Po und führte sie zum Eingang. Jack rief ihm etwas nach und schaute auf die Uhr. Das war Rosies Zeichen.

Sie tastete noch einmal nach den Ohrringen, strich sich über das Kleid und atmete dabei tief durch. Dann bedankte sie sich bei dem netten Fahrer und gab ihm ein gutes Trinkgeld.

Jack bemerkte sie gleich, als sie aus dem Taxi stieg. Mit breitem Lächeln kam er auf sie zu. »Wow, du siehst ... Wow! Rosie, du bist wunderschön«, sagte Jack und nahm ihre Hand. Seine Berührung ließ das flaue Gefühl und die Aufregung entfliehen.

»Hi«, war das Einzige, was sie antworten konnte, denn dann küsste er sie bereits.

Gemeinsam gingen sie hinein. Rosie legte ihre Hand um seinen Oberarm und ließ sich führen. Was auch immer die Zukunft bringen würde, heute Abend war sie die Frau an seiner Seite, und sie wollte ihn nicht enttäuschen.

Das Foyer war hell erleuchtet, und die Wände zierte Freskenmalerei. An der Decke hing ein prunkvoller Kronleuchter, der Rosie größer vorkam als ihre Küche und das Bad zusammen.

Ein Mann mit strengem Blick nahm ihnen die Jacken ab und zeigte ihnen den Weg zur Bar, wo Phil und seine Begleitung warteten. Als sie beobachtete, wie Phil der Frau gerade die blonden Extensions zur Seite schob und ihr etwas ins Ohr flüsterte, erschauderte Rosie. Seine pomadig glänzenden Haare und der große goldene Siegelring an seinem kleinen Finger ließen ihn heute noch mehr wie den Snob wirken, der er war. Als Phil sie beide erblickte, ließ er von der Blondine ab und sah Rosie mit einer gehobenen Augenbraue an.

»Phil, das ist Rosie Benett«, stellte Jack sie vor. »Ihr seid euch bereits in einem Meeting begegnet. Rosie arbeitet in der Marketing-Abteilung.«

»Rosie Benett! Oh ja, an Sie erinnere ich mich«, sagte er und sah sie jetzt wieder mit seinen stahlblauen Augen einen Tick zu lange und zu intensiv an.

Dieses Mal wollte sie seinem Blick standhalten, denn sie vermutete, dass das nur seine Taktik war, um die Leute einzuschüchtern. *Nicht mit mir*, dachte sie entschlossen und streckte ihm die Hand hin, ohne dabei wegzuschauen.

»Hallo, nett, Sie wiederzusehen«, erwiderte sie knapp und wandte sich dann seiner Begleitung zu. Diese saß auf einem Barhocker, stellte sich als Helena vor und begrüßte Rosie direkt mit Küsschen links und rechts.

Dabei musste Rosie ein Kratzen im Hals runterschlucken, denn Helena hatte sie mit ihrer Umarmung in eine Duftwolke aus süßlichem Parfum gehüllt, das Rosie schon beim Betreten des Raumes wahrgenommen hatte. Die herzliche Art machte die junge Frau aber sympathisch, und Rosie fragte sich, ob

Phil sie dafür bezahlte, dass sie ihn begleitete. Sie erinnerte sich daran, wie er in Jacks Büro das Thema »Escort Service« erwähnt hatte.

»Zwei Champagner und zwei Scotch«, rief Phil dem Barkeeper zu.

Jack stand neben Rosie und legte ihr die Hand auf den oberen Rücken. »Passt Champagner für dich?«

»Ach so, ich dachte, der Scotch wäre für mich«, flüsterte sie ihm zu und genoss, wie er daraufhin schmunzelte. Sie beschloss, sich nicht von Phils herablassender Art verunsichern zu lassen und stattdessen den Abend mit Jack zu genießen. Er war einfach wundervoll, und wenn sie ihn so ansah, spürte sie deutlich, dass sie ihn mehr als nur mochte.

»Also, Rosie«, unterbrach Phil ihre kurze Zweisamkeit. »Jack hatte Sie noch gar nicht erwähnt. Erzählen Sie mir doch etwas über sich.«

»Was möchten Sie denn wissen, Phil?«

Er zuckte mit den Schultern und fing wieder an zu starren. »Vielleicht, wie Sie unseren Jack um den Finger gewickelt haben?«

»Du musst ihm nicht antworten«, schaltete Jack sich ein. »Rosie hat uns beim Entwickeln des Choc-Energizers sehr geholfen, daher kennen wir uns. Sie hat ein außergewöhnliches Talent und Wissen, was das Thema ›Schokolade‹ betrifft.«

»Ach, dann steckt sie hinter deinem plötzlichen Kurswechsel?«, fragte Phil ihn und drehte sich schließlich wieder zu Rosie. »Dann haben Sie wohl einen größeren Einfluss auf ihn, als ich es habe.«

Was sollte sie denn darauf antworten? Die Luft war zum Schneiden dick, und als hätte der Barkeeper es gespürt, unterbrach er die Situation, indem er die Getränke servierte. Na, das schien ja ein heiterer Abend zu werden.

»Jack, Phil, so schnell sieht man sich wieder.« Ein Mann mit grauen Haaren, schmalen Lippen und einer jungen Frau an seiner Seite, die sich bei ihm untergehakt hatte, kam auf sie zu. Er musste Ted Wexler sein. Wobei, wenn er einen Bademantel getragen hätte, hätte er auch als Hugh Hefner durchgehen können.

Phil knöpfte sein Sakko zu und begrüßte ihn mit Handschlag und einem jovialen Klopfer auf den Oberarm. Dann nahm er die Rechte der hübschen jungen Frau und küsste ihren Handrücken.

Sie strahlte ihn mit den weißesten Zähnen an, die Rosie jemals gesehen hatte, und machte dabei einen kleinen Knicks. Es war einer dieser Fremdscham-Momente, die Rosie kaum ertragen konnte. Normalerweise hatte sie diese Gefühle nur, wenn Reese sie zwang, eine ihrer geliebten Reality-TV-Shows anzusehen, bei der irgendein Typ bereits nach einer Staffel um die Hand einer fremden Frau anhielt und sie in der letzten Folge sogar allen Ernstes heiratete. Doch Phil übertraf das gerade mit seiner Geste.

Jack begrüßte Mr. Wexler ebenfalls und stellte ihm Rosie vor. Ihr Puls beschleunigte sich wieder, doch als sie Mr. Wexler bei einem festen Händedruck in die kleinen müden Augen sah, kam er ihr gar nicht mehr Furcht einflößend vor. Im Gegenteil: Zu wissen, dass er Magenprobleme hatte, seine Kinder nur selten sah und hier mit einer Frau aufkreuzte, die locker seine Tochter sein konnte, nahm ihm seinen ehrfürchtigen Ruf als einflussreichster Investment-Banker Londons.

Da sie nun komplett waren, nahmen sie ihre Getränke und ließen sich vom Kellner in den Restaurant-Bereich geleiten. Ted Wexler und seine »Verlobte« Anastacia gingen voran. Ehe Rosie einen Schritt tun konnte, hatte Helena sich bei ihr eingehakt.

Etwas perplex ließ Rosie sich mitziehen und lächelte höflich. Vielleicht machte man das ja so als Begleitung bei einem Geschäftsessen. Vermutlich würden die Männer sich den ganzen Abend übers Business unterhalten, und mit Helena hatte sie dann immerhin schon einmal eine Verbündete am Tisch.

»Ich liebe Kleid. So weich, das Stoff.« Als Helena ihr über die rechte Brust strich, ging Rosie die Spontanfreundschaft allerdings doch etwas zu weit. »Wo hast du gekauft?«

Sie löste ihre Hand diskret aus der der anderen Frau und hoffte, dass sie beide von niemandem beobachtet wurden.

»Ich habe es geerbt, von meiner Grandma.«

»Oh, sehr schön, sehr schön. Ich habe auch Grandma, zu Hause in Bukarest.«

Während sie die Bar verließen und durch einen langen blutrot gestrichenen Gang mit Spiegeln an den Decken liefen, begann Helena zu erzählen wie ein Wasserfall. Von ihrer Familie in Rumänien und irgendwelchen Krautwickeln, die ihre Mutter immer machte, inklusive Rezeptanleitung. Als Helena beim Durchkneten des Hackfleisches angelangt war, schaltete Rosie ab, denn sie hörte, wie Phil, der ihnen mit Jack folgte, über sie redete.

»Die Marketing-Kleine also? Hätte ich dir nicht zugetraut, Jack.«

Marketing-Kleine?, dachte Rosie und hielt Phil vor ihrem geistigen Auge eine Pistole an den Kopf. Sie hasste es, wenn sich ein Mann abwertend gegenüber Frauen verhielt. Zu gerne hätte sie gehört, was Jack ihm antwortete, doch sie kamen in diesem Moment im Restaurant an, in dem eine Lautstärke wie in einer Markthalle herrschte.

Überfallen von all den Eindrücken blieb Rosie abrupt stehen. Die hohen Decken waren ebenfalls komplett verspiegelt und ließen den Raum doppelt so hoch erscheinen. An den Wänden links und rechts kamen einzelne Lichtstrahlen aus dem Boden, die eine gigantische Fläche mit Freskenmalerei beleuchteten. Es wirkte alles wie eine Mischung aus Raumschiff und Kirche; noch nie zuvor hatte Rosie so ein extravagantes Restaurant gesehen.

Im Gegensatz zu ihr schien Helena völlig unbeeindruckt zu sein und ließ sich vom Kellner den Stuhl an einem der runden Tische in der Mitte des Raumes zurechtrücken. Auch Phil ging mit gleichgültiger Miene an Rosie vorbei und gesellte sich zu Helena und den anderen beiden an den Tisch. Rosie spürte Jack hinter sich, der ihr einen Kuss in den Nacken gab.

»Eindrucksvoll, oder?«, flüsterte er ihr ins Ohr, nahm ihre Hand und führte sie zu einem freien Stuhl.

Rosie saß zwischen Jack und Helena; genau diesen Platz hätte sie sich auch ausgesucht. Während die Männer sich angeregt unterhielten, atmete Rosie durch und konnte sich zum ersten Mal an diesem Abend entspannen. Sie nahm einen Schluck von dem Wasser, das bereits auf dem Tisch stand, und sah plötzlich im Augenwinkel, dass sie jemand schräg von der Seite beobachtete. Schmächtige Figur, nervöses Tätscheln des Seitenhaars. Rosie verschluckte sich prompt an ihrem Wasser. Sie drehte sich um. Am Tisch nebenan saß Patrick.

Seine Augen funkelten, und er kräuselte die Lippen, während er seine Serviette neben den Teller legte. Er stand auf und kam auf sie zu.

Wie erkaltete Schokolade, so erstarrt, blickte Rosie ihn an und vergaß dabei fast zu atmen. Dann stand er vor ihnen – mit breitem Lächeln und aufgeplusterter Brust wie ein Wellensittich bei der Balz.

»Einen wunderschönen guten Abend, die Herrschaften«, übertönte er das laute Gemurmel der anderen Gäste im Saal. Am Tisch wurde es augenblicklich still. »Mr. Walker, Mr. Mosby, was für ein Zufall, Sie hier anzutreffen!« Er gab Jack die Hand, der ebenfalls überrascht wirkte. Beim Händeschütteln benutzte Patrick beide Hände, als wollte er seiner Begrüßung Nachdruck verleihen.

Ohne Rosie eines Blickes zu würdigen, ging er an ihr vorbei und begrüßte dann Phil mit der gleichen überschwänglichen Geste. Als dieser ihn den anderen als »Marketing-Mitarbeiter« vorstellte, kräuselten sich Patricks Lippen erneut. Es war klar, dass ihm diese Bezeichnung überhaupt nicht gefiel.

Während die Männer sich über die Vorzüge des *Savoy* unterhielten, versuchte Rosie, einen klaren Gedanken zu fassen. Was für ein verflixter Zufall, dass Patrick heute ausgerechnet hier zu Abend aß! Und sie hatte ihm auch noch gesagt, dass sie den Abend im Fitnessstudio verbringen würde. Stattdessen saß sie jetzt hier. Mit der Geschäftsführung der *Ostrich Corporation*.

»Das *Savoy* ist eben ein Garant für hochkarätige Gesellschaft«, bemerkte Patrick gerade mit einem anbiedernden Lächeln. »So, dann will ich Sie nicht weiter stören und wünsche Ihnen allen einen angenehmen Abend.«

Erst jetzt sah er Rosie an. Er kam auf sie zu. Mit jedem Schritt wirkte er größer. Seine Augen begannen wieder zu funkeln, beinahe so, als wollte er sie ermorden. Das Zahnpastalächeln war immer noch da. In diesem Moment erinnerte er Rosie an den Clown in der Neuverfilmung von Stephen Kings *Es*.

»Was für eine Überraschung, dich hier zu sehen, meine liebe Rosie.« Er blickte an ihr herunter. »Eine tolle Figur machst du in diesem Kleid. Als wärst du im Fitnessstudio gewesen.«

Rosie bewegte die Lippen, doch außer einem piepsigen »Hi« brachte sie nichts heraus.

Nach ein paar Sekunden, die sich wie eine grausame Ewigkeit anfühlten, nickte er Jack zu und klopfte auf den Tisch. »Schönen Abend.«

Rosie atmete aus. In ihrem Kopf herrschte Chaos. Reinstes Chaos. Es war eine wilde Mischung aus Schuldgefühl und Panik.

Helena stupste sie in die Seite. »Wer ist diese Typ?«, fragte sie in rauchigem Flüsterton.

»Mein Boss«, antwortete Rosie matt und sah Patrick nach.
»Oha! Diese wahnsinnige Blick ... Erinnert mich an meine Agent. Totaler Choleriker, weißt du? Am besten zu allem Ja sagen, dann gibt's keine Probleme. Mach ich immer so. Und diese Jahr er hat gesagt, wenn ich keine Probleme mache, bekomme ich sogar paar Tage Urlaub und kann nach Bukarest fahren über Weihnachten.«

Helenas Stimme rückte in Rosies Kopf immer weiter in den Hintergrund. Ihre Aufmerksamkeit galt Patrick, der, anstatt zu seinem Tisch zurückzugehen, den Raum durchquerte und in einer Tür mit der Aufschrift *Toiletten* verschwand. Sie verspürte einen Impuls, der mit jeder Sekunde stärker wurde.

»War ich ewig nicht in Bukarest, weißt du?«

Rosie lächelte Helena abwesend an. Dann rückte sie ihren Stuhl nach hinten und stand auf. »Entschuldigt mich bitte kurz.«

Jack und Mr. Wexler standen ebenfalls auf. Jack, weil er Anstand hatte. Ted Wexler, vermutlich weil er Brite war. Phil blieb sitzen, aber das interessierte Rosie jetzt nicht im Geringsten.

Wie automatisiert lief sie durch das laute Gemurmel und Gelächter. Mit Schwung drückte sie die Tür zu den Toiletten auf. Bei Patricks Anblick, direkt vor ihr im Gang, erstarrte sie. Mit hochrotem Kopf stand er da, als hätte er geahnt, dass sie ihm folgen würde. Sein Zeigefinger kam Rosie bedrohlich nahe.

»Hab ich's doch gewusst!«

Rosie machte einen Schritt zurück, bis sie die Türklinke an ihrem Rücken spürte.

»Mir war gleich klar, dass dein Nachbar nicht wie Jack Walker aussehen kann und dann auch noch im selben Wagen chauffiert wird! Für wie dumm hältst du mich?« Er schnaubte.

»Patrick ...«

»Papperlapapp«, unterbrach er sie. »Ich habe dir im Büro

die Gelegenheit gegeben, es mir zu sagen, und stattdessen hast du mich eiskalt angelogen.« Er fuchtelte mit den Händen in der Luft herum. »Und ein gutes Wort hast du auch nicht für mich eingelegt. Paul Marshall gilt als Favorit für den Job!« Jetzt riss er die Arme in die Luft. »Paul Marshall als Head of Marketing global! Arghh!« Sein Gesichtsausdruck hätte nicht theatralischer sein können.

»Moment, beim wem hätte ich ein gutes Wort für dich einlegen sollen?«

Er verdrehte die Augen. »Bei Jack Walker natürlich. Was denkst du denn, warum ich dir Kaffee mitgebracht habe?« Er begann, vor ihr auf und ab zu laufen. »Ich habe dich gepampert bis zum Geht-nicht-mehr. Ich habe dich gefördert und war dir der beste Mentor, den man sich nur vorstellen kann.«

Rosie wurde heiß und schwindlig zugleich. »Du wusstest das alles und warst nur nett zu mir, weil du gehofft hast, ich würde dann gut über dich bei Jack reden?«

Er zuckte mit den Schultern. »Manchmal muss man im Leben eben auch an sich selbst denken.«

In ihren Ohren begann es zu piepen. *Zu allem Ja sagen, dann gibt's keine Probleme*, hallte Helenas Stimme durch ihren Kopf. Rosie musste blinzeln, um wieder klar denken zu können. Ein tiefer kurzer Ton stieß aus ihr heraus, als wäre er seit langer Zeit in ihr eingeschlossen gewesen. »Ha!« Entschieden schüttelte sie den Kopf. »Manchmal? Du denkst *nur* an dich selbst!«

Patrick riss die Augen auf und atmete ruckartig ein, als wäre er minutenlang unter Wasser gewesen. »Wie kannst du so etwas sagen?! Immerhin habe ich niemandem von deinem kleinen Techtelmechtel erzählt! Und wenn du möchtest, dass das so bleibt, solltest du besser Mr. Walker heute noch mitteilen, dass es niemanden besseren für die Global-Stelle gibt als Patrick Kingsley!«

Rosie schnaubte. »Du willst mich erpressen?«

Das Funkeln in Patricks Augen wurde matter. »Ich würde es eher als einen … Deal betrachten. Aber nenne es, wie du möchtest.«

»Lass mich raten: Dass du heute Abend hier bist, ist kein Zufall, oder?«

Er grinste triumphierend. »Mit ein paar deiner Pralinen ist aus Gretchen Miller alles rauszubekommen.«

Rosie konnte nicht fassen, was sie da hörte. Ihr Herz pochte in der Geschwindigkeit eines Presslufthammers, und eine gewaltige Welle der Wut brandete in ihr auf. Dieses Mal kannte sie keinen Grund, sie zurückzuhalten. Viel zu lange war sie Patricks Marionette gewesen.

Sie machte einen Schritt auf ihn zu. Und noch einen. »Ich habe deine herrische, undankbare Art satt, Patrick. Du bist nicht nur ein Egoist, sondern auch ein Intrigant.«

Wieder schnappte er nach Luft.

Rosie setzte ihm den Zeigefinger auf die Brust. »Deine toxischen Spielchen mache ich nicht mit. Ich werde Jack rein gar nichts über dich erzählen. Und dafür kannst du mir verdammt noch mal dankbar sein.«

Patricks gekräuselte Lippen zuckten. Mit seinem von Diäten eingefallenen Gesicht und seiner hageren Figur in dem zu engen Designeranzug kam er ihr jetzt regelrecht erbärmlich vor. Er war ihr Vorgesetzter, ja. Aber mehr als einmal war er zu weit gegangen.

»Ich nehme ab morgen Urlaub«, hörte Rosie sich sagen. »Bis ins neue Jahr hinein. Habe ohnehin noch so viel Resturlaub zu nehmen.«

Patricks Augen wurden groß. »Wie … Wie meinst du das? Was ist mit den Budget-Planungen, die ich dir auf den Schreibtisch gelegt habe?«

»Mein Urlaub steht mir zu, und da ich dieses Jahr noch fast keinen Tag freigenommen habe, reiche ich ihn hiermit ein.« Sein verdattertes Gesicht hätte man fotografieren sollen. Rosie nickte zufrieden. Dann drehte sie sich um und ging.

Sie zwang sich, nicht noch einmal zurückzusehen, als sie durch die Tür ins Restaurant trat. Auf dem Weg zurück zum Tisch bemerkte sie erst, dass sie am ganzen Körper zitterte. Sie atmete tief durch und genoss das schwerelose Gefühl. Ganz von allein formten sich ihr Lippen zu einem breiten Lächeln.

»Alles okay?«, flüsterte Jack, als Rosie sich wieder setzte. »Hätte ich geahnt, dass uns jemand hier zusammen sehen könnte, hätte ich dich niemals hergebracht.«

»Alles bestens.« Sie drückte ihm einen Kuss auf den Mund. Es war das erste Mal in der Öffentlichkeit, und es fühlte sich verdammt gut an. Jack lächelte und legte seine warme Hand auf ihren Oberschenkel.

»Na, dann können wir ja endlich bestellen.« Phil winkte einem Kellner, der sogleich herantrat.

»Was möchten die Herrschaften trinken? Darf ich Ihnen einen Chateau Figeac empfehlen? Er passt hervorragend zu den Austern, die wir heute als ersten Gang servieren.«

»Ja, bringen Sie zwei Flaschen«, antwortete Phil.

Rosie unterbrach ihn: »Ich hätte lieber erst einmal eine Tasse Yorkshire-Tee mit einem Schuss Zitrone.« Es war genau das, was sie jetzt brauchte. Und dabei ging es nicht um den Tee.

Phil verspannte seinen Kiefer.

»Hervorragende Idee«, sagte Mr. Wexler. »Da schließe ich mich gleich an.« Er lehnte sich über den Tisch zu Rosie. »Ist besser für den Magen, nicht?«

»Ganz genau.«

»Wie war gleich Ihr Name?«, fragte er.

»Ich bin Rosie«, antwortete sie freundlich. Dann lehnte sie sich zurück und genoss das neue Gefühl, das sie vor wenigen Minuten erst mit an den Tisch gebracht hatte.

»Richtig, Rosie. Und aus welcher Ecke Englands stammen Sie, Rosie? Ich darf annehmen, Sie sind keine gebürtige Londonerin?«

»Ja, das stimmt. Ich komme aus Bedford, das liegt zwei Stunden nördlich von hier.«

»Bedford ...« Mr. Wexler rieb sich die Stirn. »Daher kommt doch Harry Salinger, der Torwart von ...«

»... Manchester United?«, ergänzte Rosie seinen Satz, als er nicht weitersprach. »Nein, der ist aus Boxford, das ist eine andere Ecke. Aber wir haben in der Tat einen bekannten Fußballspieler in Bedfordshire hervorgebracht. Calvin Callahan von Arsenal stammt aus einem Nachbarort.«

Ted Wexler machte eine anerkennende Geste. »Sie kennen sich wohl aus mit Fußball?«

»Es gibt zwei Dinge, bei denen man mir nichts vormachen kann, und eins davon ist Fußball.« Rosie versuchte, nicht allzu genugtuend zu grinsen. Es viel ihr schwer, denn sie hatte Perpetua vor Augen, die genau das gern tat.

»Davon wusste ich ja gar nichts.« Jack musterte sie von der Seite. »Das andere Talent aber kann ich bestätigen. Rosie ist Schokoladenexpertin und hat uns bei der Entwicklung eines neuen Energieriegels unterstützt, bei dem wir erstmals einen Schokoladenüberzug testen. Den Choc-Energizer werden wir noch im ersten Quartal auf den Markt bringen.«

Jack lächelte sie an, und ein warmer Schauer durchflutete ihren Unterleib. Ein Gefühl, das sie am liebsten für immer festhalten würde. Doch wie so oft in den letzten Tagen folgte diesem süßen Kribbeln ein Dämpfer. Das schlechte Gewissen forderte seinen Tribut und drückte in Rosies Magen wie ein Geschwür. Während Jack weiterredete, griff sie intuitiv an ihr Ohrläppchen und ließ die glatt geschliffenen Steine der Ohrringe durch ihre Finger gleiten.

»Woher hast du Ohrringe?«, flüsterte Helena und betrachtete sie mit zusammengekniffenen Augen. »Sehen teuer aus.

Wenn du verkaufen willst – ich kenne Händler, der macht gute Preis und stellt keine Fragen.«

Rosie drehte sich entsetzt zu ihr. Was hatten denn nur alle mit dem Verkaufen ihrer Ohrringe? »Die sind nicht verkäuflich«, stellte sie klar. »Die sind von Jack«, fügte sie fast schon patzig hinzu.

»Ahhh …« Helena nickte und lächelte wissend. »Habe ich gleich gedacht, dass du bist kein Escort, so wie er dich ansieht. Hast du Glück gehabt.« Sie leerte ihr Champagnerglas, dann wandte sie sich wieder Phil zu. Pflichtschuldigst. Rosie hoffte, dass er wenigstens Helena gut behandelte.

Als Jack erzählte, dass er einen Kurswechsel bezüglich der Qualität der *Ostrich*-Produkte plante, bemerkte Rosie ein kaum hörbares Klopfen. Es kam von Phil. Er starrte Jack an und trommelte mit seinem Siegelring rhythmisch gegen die Tischplatte.

»Wenn der Choc-Energizer gut ankommt, werden wir weitere Schokoriegel auf den Markt bringen«, sagte Jack stolz.

Phil schnaubte nur. Dann zischte er: »Das ist nur ein klitzekleines Experiment, Ted. Absolut noch nicht der Rede wert.«

Am liebsten hätte Rosie sich auf Phil gestürzt und ihn zu Boden gerissen. Jack vermutlich auch.

Das ließ er sich aber nicht anmerken. Mit klarer Stimme hielt er dagegen: »Das würde ich so nicht bezeichnen. Ich sehe großes Potenzial.«

»Wenn Sie einen Wechsel ihrer Ausrichtung planen, müssen Sie mich informieren.« Mr. Wexler sah zwischen den beiden Geschäftspartnern hin und her. »Schokolade in den sonst so gesunden *Ostrich*-Produkten, das hört sich für mich etwas abwegig an.«

»Da liegen Sie falsch, Mr. Wexler.« Bei diesem Thema schien sich Rosies Stimme jedes Mal zu verselbstständigen. Sie ignorierte Phils finsteres Gesicht. Das konnte sie so nicht stehen lassen. »Wahrscheinlich haben Sie bei dem Wort ›Schokolade‹ eine Süßigkeit im Kopf, und herkömmliche Schokoriegel sind ja auch ungesund. Was daran dick macht, ist der Zucker. Das trifft bei dem Choc-Energizer nicht zu.«

»Ach, nein?«, fragte Wexler.

»Purer Kakao ist sogar sehr gesund, er ist entzündungshemmend und reich an Antioxidantien. Der Choc-Energizer hat einen sehr hohen Kakaoanteil, lediglich fünfundzwanzig Prozent machen weitere Zutaten aus, nämlich Kakaobutter und Kokosblütenzucker. Wir haben uns für einen besonderen Edelkakao entschieden. Die hochwertigsten Sorten stammen von kleinen Kakao-Farmen in Südamerika. Ich hatte leider noch nicht die Ehre, eine zu besichtigen, aber es gibt einen klaren Qualitätsunterschied zwischen den Bohnen.«

Jack drückte unter dem Tisch ihren Oberschenkel. »Wir sind überzeugt, dass unsere Zielgruppe auch …«

»Wie schon gesagt«, fiel Phil ihm wieder ins Wort. »Es ist nur ein kleiner Test und für die Firmenbewertung vorerst nicht relevant.« Er knurrte regelrecht.

Jack mahlte mit dem Kiefer. Doch wie immer blieb er beherrscht.

»Also, meine Herren, ich rate Ihnen, das intern noch einmal zu besprechen.« Mr. Wexler presste seine Zitrone in den Yorkshire-Tee. »Sie sollten sich schon einig sein. Vor allem, weil ich Ihnen gute Neuigkeiten mitgebracht habe.« Voller Inbrunst wartete Mr. Wexler ab, bis auch das letzte Tröpfchen aus der Zitrone in seine Tasse geperlt war. Er nahm einen Schluck, und erst nachdem er sie abgestellt und samt Untertasse zur Seite geschoben hatte, kam er zur Sache.

»Ich habe mit Goldman Sachs aus New York telefoniert.« Wieder machte er eine Pause. »Heute Morgen ist ihr Angebot für die Umsetzung des Börsengangs auf meinem Schreibtisch gelandet. Und was soll ich sagen? In meiner bisherigen Laufzeit ist mir noch nicht so ein gutes Angebot auf Anhieb untergekommen. Ich gratuliere Ihnen, meine Herren.«

Phil ballte die Faust und stieß ein unterdrücktes »Yes« aus. Rosie überkam augenblicklich ein ungutes Gefühl. Sie blickte zu Jack. Er fuhr sich nervös durchs Haar. »Verstehen Sie mich bitte nicht falsch, Ted, aber ich dachte, wir sprechen heute Abend erst einmal darüber, welche Banken überhaupt infrage kommen.«

»Phil hat mich gebeten, die Fühler schon einmal auszustrecken. Dass Goldman Sachs so schnell anbeißt, hätte keiner ahnen könne. Haben Sie denn noch Bedenken, was den Börsengang betrifft, Jack?«, erwiderte Ted.

»Natürlich nicht«, schaltete sich Phil ein.

»Ich kann für mich selbst sprechen.« Jack sah Phil entschlossen an. »Weder Kurt noch ich haben bislang zugestimmt. Wir sind beide der Meinung, dass wir es nicht übereilen sollten.«

»Jack, seien sie nicht töricht. Dieses Angebot wird nicht ewig gelten«, gab Ted zurück.

»Wenn dieses Angebot schon so gut ist, werden auch noch andere Banken Interesse haben. Wir sollten nicht gleich das erstbeste annehmen.«

»Sie haben mich als Berater engagiert, und ich kann Ihnen nur ans Herz legen, dieses Angebot nicht zu unterschätzen. Dennoch verstehe ich ihren Punkt. Wenn Sie möchten, holen wir noch weitere Offerten ein. Das kann sich allerdings Wochen, wenn nicht Monate hinziehen, und da ich die Strategie von Goldman Sachs ziemlich gute kenne, bin ich mir sicher, dass sie nicht so lange warten werden.«

»Das ist nicht nötig«, knurrte Phil. »Es ist einfach nur dumm, wenn wir nicht sofort zuschlagen.«

Es herrschte Stille am Tisch. Einzig das leise Klopfen war wieder zu vernehmen. Jack und Phil sahen sich wortlos an.

Hätte jemand ein Streichholz angezündet, der ganze Saal wäre in die Luft geflogen.

Rosie schluckte die Worte runter, die sie diesem arroganten Idioten am liebsten an den Kopf geworfen hätte. Es war Jacks Kampf, und er musste ihn allein austragen. Also legte sie unter dem Tisch einfach nur die Hand auf seine.

Anastacia begutachtete ihre Nägel, Helena versuchte, mit gespitzten Lippen noch einen letzten Tropfen des Weins aus ihrem Glas zu saugen. Lediglich Ted Wexler sah gespannt zwischen Jack und Phil hin und her.

Es dauerte einen Moment, dann fuhr Jack fort: »Ted, ich denke, es ist das Beste, wenn wir erst einmal mit Kurt darüber reden und uns dann bei Ihnen melden. Danke schon einmal für Ihre Bemühungen.«

»Machen Sie das. Ich versuche, Goldman hinzuhalten, falls sie sich melden, bevor ich von Ihnen gehört habe. Spätestens nach den Weihnachtsfeiertagen sollten Sie mir aber eine Tendenz geben.«

»Allerspätestens«, murrte Phil und kippte sein Glas Figeac auf ex herunter.

Der Kellner trat an den Tisch und servierte die Austern. Eine willkommene Unterbrechung. Andererseits: Beim Gedanken, Austern zu probieren, war Rosie auch nicht ganz wohl. Sie starrte auf die Muscheln auf ihrem Teller. Wie sollte sie die nur herunterbekommen? *Das schmeckt wie salziger Schleim, und die reichen Schnösel in rosa Polohemden tun so, als wäre es etwas Besonderes*, hatte ihr Vater einmal gesagt.

Selbst hatte sie Austern noch nie probiert. Um Zeit zu gewinnen, nestelte sie an den Muscheln herum und beobachtete, wie Mr. Wexler eine der schlammfarbenen Schalen ansetzte und den labbrigen Inhalt schlürfte. Er bemerkte ihren Blick, nahm sich eine neue Hälfte und prostete ihr damit zu.

Jetzt hatte Rosie wohl keine Wahl mehr. Sie träufelte Zitrone auf eine Auster, wie es die anderen taten, und setzte sie an die Lippe. Neben der Zitrusnote roch es nach Meer. Kurz schloss sie die Augen und kippte dann den Inhalt runter. Es war in der Tat salzig. Und glibberig. Aber sie war überrascht, wie herrlich frisch es schmeckte.

Eine knappe Stunde später verabschiedeten sie sich draußen vor dem Eingang des *Savoy* von Mr. Wexler und seiner Begleitung. Die frische Luft wirkte wie ein Schlafmittel, das eine dumpfe Müdigkeit und Erschöpfung in Rosie verbreitete. Der Abend war befreiend gewesen, aber auch anstrengend. Während die drei Männer Höflichkeitsfloskeln zur Verabschiedung austauschten, strich Rosie über ihr Kleid. Grandma Millie wäre heute Abend stolz auf sie gewesen. Ganz sicher.

Die Autotür schlug zu, und der silberne Rolls-Royce mit Ted und Anastacia brauste in die kalte Nachtluft davon. Rosie erstarrte, als Phils aufgesetztes Lächeln augenblicklich gefror.

»Was zur Hölle ist in dich gefahren?«, fuhr er Jack an.

Jack legte eine Hand auf Phils Arm. »Bitte entschuldigt uns einen Moment«, sagte er zu Rosie und Helena und zog Phil ein paar Meter zur Seite.

Helena hakte sich wieder bei Rosie ein. »Das könnte jetzt spannend werden«, murmelte sie.

»Was denkst du denn, was nun passiert?« Rosie überkam ein mulmiges Gefühl.

»Ich weiß nicht, aber wenn zwei ... Wie sagt man? Wenn zwei Alphatiere streiten, ist das besser als Fernsehen.«

Die Männer standen etwas abseits, trotzdem konnte man sie problemlos hören.

»Lass es uns in Ruhe mit Kurt besprechen, und dann entscheiden wir gemeinsam, was wir machen«, sagte Jack ein weiteres Mal.

Phil schüttelte seine Hand ab. »Wann bist du eigentlich so feige geworden, Jack Walker? Ich schätze, mein Vater hat dich durch seine ständige Hätschelei verweichlicht.«

Er antwortete nicht. Stand nur da und sah in den schwarzen Himmel hinauf, die Hände in den Hosentaschen.

»Wärst du ein richtiger Mann, würdest du nicht bei jeder Entscheidung zu ihm rennen wie ein zwölfjähriger Junge.«

»Er ist Teilhaber unserer Firma«, erwiderte Jack ruhig.

»Wären wir beide uns einig, bräuchten wir ihn nicht, um diesen Schritt zu gehen. Aber ihr beide steckt unter einer Decke. Das war schon immer so.«

»Was soll das jetzt?« Jacks Stimme klang noch immer beherrscht.

»Euer ach so gutes Verhältnis ist doch nur Heuchelei! Das habe ich schon lange durchschaut«, ätzte Phil.

Jack schnaubte. Jetzt wirkte er gereizt. »Wovon redest du?«

»Wäre mein Vater nicht, wärst du jetzt ein Nichts. Ein Niemand.«

»Jetzt kommt diese Leier wieder. Du bist betrunken, ich rufe dir ein Taxi, das dich zurück ins Hotel bringt.«

Phils Stimme war zwar klar, aber als er ein paar Schritte auf Jack zumachte, wankte er tatsächlich. »Ohne ihn würdest du heute die Teller reicher Leute waschen.« Er stach Jack mit dem Finger in die Brust. »Genau wie deine Mutter.«

Jacks ganzer Körper verspannte sich. »Ich warne dich: Lass meine Mutter aus dem Spiel. Ich weiß, was Kurt für mich getan hat, und dafür bin ich sehr dankbar.« Er drehte sich um und winkte ein Taxi heran, das auch sofort neben ihnen stehen blieb.

»Hast du dich nie gefragt, warum er das getan hat? Warum er dir mehr ein Vater war als mir?«

»Worauf willst du hinaus?«, fragte Jack und öffnete die Taxitür.

»Ich hätte da eine Erklärung, warum er dir so in den Arsch kriecht.« Phil lachte spöttisch, und zündete sich eine Zigarette an. »Wer weiß, was deine Mutter vor dreiunddreißig Jahren mit ihm getrieben hat, nachdem sie seinen Schreibtisch aufgeräumt und Staub gewischt hat.«

Jack hielt inne. Noch während Phil den Rauch ausstieß, holte er aus und schlug ihm ins Gesicht.

Rosie stieß einen kurzen Schrei aus. Dabei krallte sie ihre Finger in Helenas Arm.

»*Fuck*«, fluchte Jack und hielt sich die Faust mit der anderen Hand.

Leute blieben stehen und tuschelten aufgeregt miteinander Rosie wagte kaum zu atmen.

Phil wischte sich über seinen blutigen Mundwinkel, die Augen konstant auf Jack gerichtet. Mit abfälligem Blick spuckte er etwas Blut auf den Boden. Dann schnippte er seine Zigarette weg. Nach ein paar Sekunden, die sich wie eine Ewigkeit anfühlten, wandte er sich von Jack ab und gab Helena mit einem Kopfnicken zu verstehen, dass sie ihm in das Taxi folgen sollte.

Während er einstieg, atmete Rosie aus. Sie sah in Helenas blaugrüne Augen, die ihr in der kurzen Zeit des Abends ans Herz gewachsen waren. Wortlos formte diese mit den Lippen ein »Mach's gut« und löste Rosies Hand aus ihrem Arm.

Jack schloss die Autotür hinter ihr. Als das Taxi abfuhr, stand er reglos da. Rosie ging langsam auf ihn zu, dann hob er den Blick. In seinen Augen glänzte Reue. Sie schlang die Arme um ihn, und als er sich in ihre Umarmung fallen ließ, sagte er: »Das hätte nicht passieren dürfen.«

Rosie kuschelte sich in das eingesessene Samtsofa und strich über die Armlehne, wo der rosarote Flor bereits abgewetzt war, während sie wartete, dass Jack aus der Toilette kam. Das *Chocolate Tree Café* war eines ihrer Lieblingsorte in London. Auf dem Samtsofa am Fenster schmeckte Harriets Kakao mit Schuss am besten.

Die Besitzerin des Cafés verstand es eben, Kulinarik mit

einer Wohlfühlumgebung zu vereinen. Die Backsteinwände waren moosgrün gestrichen; die Farbe war hier und da etwas abgeblättert. Die Möbel waren alle unterschiedlich, und zusammen mit dem großen Bücherregal, einigen Zimmerpflanzen und den verschieden großen Bilderrahmen an der Wand hatte man das Gefühl, im Wohnzimmer einer älteren Dame zu sitzen, was Harriet ja auch war.

Sie stand in ihrer geblümten Schürze hinter dem Tresen und säuberte gerade die wuchtige Siebträgermaschine. Zu hören waren nur das gelegentliche Klirren von Tassen und die rauchige Stimme einer Jazzsängerin aus dem Lautsprecher. Um diese Uhrzeit war fast nichts mehr los.

Rosie sah aus dem Fenster in die dunkle Nacht und bemerkte, dass es gerade anfing zu schneien. Es war das erste Mal in diesem Jahr. Umso mehr genoss sie die warme, trockene Luft, die aus dem silbernen Lüftungsrohr an der Decke auf ihre nackte Schulter herabströmte.

Millies schwarzes Cocktailkleid passte perfekt zur Einrichtung, einige der Möbelstücke schienen auch aus den Sechzigerjahren zu sein. Zumindest bei dem Sofa, auf dem Rosie saß, und der Stehlampe daneben war sie sich sicher. Genauso eine Lampe mit Lampenschirm aus Satin und Fransen am unteren Rand hatte ihre Grandma im Wohnzimmer stehen gehabt. Wie Millie sich damals wohl in diesem Kleid gefühlt hatte? Wie gern würde sie sie fragen!

Als Kind hatte Rosie ihre Grandma ständig ausgefragt, weil sie alles so spannend gefunden hatte, was sie ihr erzählt hatte. Heute, als erwachsene Frau, waren es ganz andere Fragen, die sie ihr gerne gestellt hätte. Wie es für Millie gewesen war, als sie sich in ihren Grandpa verliebt hatte. Wie sie ihre Ehe erlebt hatte. Wie sie sich gefühlt hatte, als sie in der Schwangerschaft sitzen gelassen worden war, und wie sie *Millie's Chocolates* ganz allein aufgebaut hatte. Überhaupt sehnte sich Rosie manchmal danach, mit einer vertrauten Frau zu sprechen, die die Lebensphase, in der sie sich befand, schon längst hinter sich hatte. Mit ihrer Mutter konnte sie über solche Dinge nicht reden. Es ging nicht.

Zum Glück habe ich meine Freundinnen, dachte Rosie und nahm ihr Handy von dem dunkelbraunen Beistelltischchen vor sich und tippte:

> Der Abend war eine Katastrophe!

Keine zehn Sekunden später kamen ein Fragezeichen und ein erschrockenes Emoji von Perpetua zurück. Rosie begann zu antworten, bis ihr klar wurde, dass es viel zu viele Einzelheiten waren, die diesen Abend merkwürdig gemacht hatten. Sie löschte den angefangenen Text wieder und schrieb ihrer Freundin, dass sie sie morgen anrufen würde, um alles zu erzählen. Kurz darauf klingelte ihr Handy. Schmunzelnd nahm Rosie ab. »Ich wusste, dass du es nicht bis morgen aushalten würdest, Perpetua.«

»Du kannst mich nicht erst locken und mir dann das Futter verweigern. Was zur Hölle ist passiert?«

»Es ist total absurd. Ich würde dir gerne alle Einzelheiten erzählen, aber Jack kommt gleich von der Toilette zurück. Er wollte nur schnell seine Hand unter kaltes Wasser halten, seine Knöchel sind ziemlich angeschwollen.«

»Oh mein Gott, was habt ihr getan? Lass mich raten, einer dieser piekfeinen *Savoy*-Typen hat dich angebaggert, und Jack ist aufgestanden und hat seine Karate-Moves ausgepackt?«

»Ähm ... nein.«

»Hat er denn Karate-Moves drauf?«, fragte Perpetua.

Rosie sah, wie Jack aus der Toilettentür kam und auf sie zukam. »Nein ... Ich meine, keine Ahnung. Hör zu, Perpetua, ich muss jetzt aufhören. Ich verspreche dir, ich rufe dich morgen an. Ich komme nämlich nicht ins Büro.«

»Was? Wieso nicht?«

»Um es in deinen Worten auszudrücken: Ich habe Patrick in den Arsch getreten. Wie du es mir schon so oft geraten hast«, antwortete Rosie.

»Du hast *was?*«

»Das erzähle ich dir auch morgen. Ich muss jetzt wirklich Schluss machen, ich rufe dich an.«

»Warte mal! Rosie! Das gibt's doch nicht, jetzt macht sie es schon wieder …«, hörte sie Perpetua durch das Telefon kreischen, bevor sie auflegte.

Jack lächelte, als er vor ihr stand. Es war nicht wirklich ein Lächeln, sondern mehr eine höfliche Geste, das merkte sie, weil er seine Mundwinkel kurz darauf wieder fallen ließ. Es schien ihm nicht gut zu gehen. Absolut verständlich. Sie rutschte ein Stück zur Seite und klopfte neben sich aufs Sofa.

»Wie geht es deiner Hand?«, fragte sie, nachdem er sich gesetzt hatte. Sie strich behutsam über die geröteten Knöchel.

»Geht schon.« Wieder zog er die Mundwinkel für einen Moment nach oben. Auf dem Weg zum *Chocolate Tree Café* hatte Jack kaum geredet. Da es gleich um die Ecke des *Savoy* lag, hatte Rosie ihn hierhergebracht in der Hoffnung, die Situation bei einer Tasse Kakao etwas zu entspannen. Zumindest half das bei ihr immer.

»Es tut mir leid, dass du das vorhin mitansehen musstest.« Er nahm die Getränkekarte; sein starrer Blick verriet jedoch, dass er ins Leere sah.

»Schon okay. Ich schätze, Phil hat es verdient.«

Er schüttelte den Kopf. »Es ist meine Schuld. Ich hätte mich nicht von ihm provozieren lassen dürfen. Ich kenne Phil. Er verlässt immer die sachliche Ebene, wenn er nicht weiterkommt. Aber dass er so über meine Mutter spricht … Das ist selbst für ihn ein neues Niveau an Erbärmlichkeit.«

Rosies hatte von Anfang an ein ungutes Gefühl bei Phil gehabt. Das Verhalten passte zu ihm. Sie fragte sich jedoch, ob an der Aussage über Jacks Mutter etwas dran war. Als hätte er ihre Gedanken gelesen, gab Jack ihr die Antwort: »Als Teenager hatte ich eine Zeit ähnliche Gedanken. Da meine Mutter nie über meinen Vater gesprochen hat und Kurt mich immer wie einen eigenen Sohn behandelt hat, hatte ich mir eingebildet, Ähnlichkeiten zwischen ihm und mir zu erkennen.«

Jack schnaubte und fixierte immer noch die Getränkekarte. »Ich hatte mich richtig reingesteigert und jede Gestik und Mimik von Kurt und mir verglichen. Bis ich an meinem achtzehnten Geburtstag einen Brief erhalten habe. Er war vom Jugendamt.«

»Was für einen Brief?«, hakte sie behutsam nach.

»Darin wurde ich über den Tod meines leiblichen Vaters informiert.«

»Das tut mir leid, Jack.«

Mit einem warmen Blick bedankte er sich. »Komischerweise hatte es mich nicht so sehr getroffen wie die Tatsache, dass Kurt nicht mein Vater ist. Ich war am Boden zerstört.« Er legte die Karte weg und sah sie an. »Du musst mir glauben, dass mir so etwas wie vorhin noch nie passiert ist. Es muss furchtbar gewesen sein, das mitanzusehen.«

Es berührte Rosie, dass er sich um sie Sorgen machte, obwohl er gerade ganz andere Probleme hatte. »Mach dir meinetwegen bitte keine Gedanken.«

Für einen Moment schwiegen beide. Dann richtete Rosie sich auf. »Phil konnte noch stehen, und die Nase ist auch noch dran. Glaub mir, da hab ich im *Old Horse Pub* in Bedford schon schlimmere Prügeleien gesehen.«

Endlich lachte er.

»Ich bestelle uns jetzt etwas, was wir gut gebrauchen können. Ich bin gleich zurück.« Rosie stand auf und ging zu Harriet an den Tresen.

Kurze Zeit später kam sie zurück. In der Hand zwei Tassen heiße Schokolade, die so gut duftete, dass Rosie den zartherben Geruch am liebsten in einen Parfumflacon einschließen wollte. Harriet hatte jeweils einen Extraschuss Baileys beigemischt, der das Ganze schön sahnig machte.

»Probier mal. Es ist ein Zaubertrank, danach scheint alles nicht mehr so wild zu sein.« Sie grinste und nippte selbst an ihrer Tasse. »Zumindest hat das meine Grandma immer gesagt.«

»Na, wenn das so ist.« Jack trank auch einen Schluck und kommentierte mit einem übertrieben lang gezogenen »Mhhhhh«. Über seiner Oberlippe hing ein kleiner Kakaobart. Natürlich konnte Rosie nicht widerstehen und küsste Jack.

»Ich hoffe, deine Grandma hat recht«, flüsterte er an ihren Lippen.

Rosie hätte in diesem Kuss versinken können, doch die Besorgnis in seiner Stimme brachte wieder das ungute Gefühl in ihr hervor, wie sie es vorhin beim Essen schon gespürt hatte, als die Männer über die Investmentbank und den Börsengang gesprochen hatten. Sie hielt inne.

»Was ist?«, fragte er.

Sie senkte den Blick und strich mit dem Finger über die Glieder seiner Armbanduhr. Angesichts ihres Geheimnisses hatte sie doch kein Recht darauf, ihn zu fragen, wie es nach dem heutigen Abend um seinen Aufenthalt in London stand. Aber dennoch musste sie es wissen.

»Ich … Ich frage mich, wie schnell so ein Börsengang über die Bühne geht. Wie lange so etwas geplant wird. Wie lange du noch hier sein wirst.«

Er hob ihr Kinn an. »Mach dir wegen Phils Auftritt vorhin keine Gedanken. Er wirkt mächtiger, als er in Wirklichkeit ist. Ich habe heute erst mit Kurt gesprochen. Er ist meiner Meinung. Er will es auch langsam angehen lassen und die richtige Investmentbank finden. Alles mit Bedacht vorbereiten. Das kann noch viele Monate dauern. Und wer weiß, was bis dahin ist.«

Rosie zwang sich zu lächeln und blickte dann aus dem Fenster. Dicke Flocken stürzten sich in Scharen vom Himmel und blieben reglos liegen. Die Lichterkette mit den kleinen Zuckerstangen, die einen Buchsbaum vor dem Café schmückten, blinkte mittlerweile kläglich durch eine dünne weiße Schneedecke hindurch. Rosie hatte ihrem Vater noch gar nicht geantwortet, was die bevorstehenden Feiertage anging. Sie sah zu Jack, und dabei kam ihr ein Gedanke. »Hast du schon Pläne für Weihnachten?«

»Nicht wirklich. Ich denke, ich werde in London bleiben und arbeiten«, antwortete er.

»Hättest du Lust, mich nach Bedford zu begleiten?«

Er legte den Kopf schief. »Zu deinen Eltern?«

»Ja. Alleine würde ich es dieses Jahr nicht überstehen«, antwortete sie. »Aber mit dir zusammen könnte es sogar schön werden.«

Er rieb mit der flachen Hand seinen Bartschatten. »Ich muss gestehen, ich habe keine Ahnung von britischen Weihnachtstraditionen. Ich schätze, ich bin allgemein nicht sehr gut in diesen Dingen.«

»Bei uns gibt's da nicht viel zu beachten. Solange sich alle positiv über den Truthahn und den Plumpudding äußern und meine Mutter immer genug Gin Tonic in ihrem Glas hat, sind alle happy.«

Er lachte und schien einen Moment zu überlegen. Dann zog er sie an sich. »Wenn das so ist, würde ich sehr gern mitkommen.«

Kapitel 17

Hallend knallte der Koffer, den Rosie hinter sich herzog, Stufe für Stufe die Treppe ihres Wohnhauses hinunter. Er war einfach zu schwer. Eigentlich hatte sie gar nicht so viel mitnehmen wollen, aber nun, da sie unverhofft an Urlaub gekommen war, hatte sie überlegt, länger in Bedford zu bleiben. Jack hatte vor, am ersten Weihnachtsfeiertag zurück nach London zu fahren. So würde sie danach ein paar Tage Zeit haben, um noch einmal mit Mr. Graham zu sprechen und ihn von einer Ratenzahlung zu überzeugen. Vorausgesetzt, sie würde es so lange bei ihren Eltern aushalten.

Jack wusste nichts von dem Streitgespräch mit Patrick. Rosie gehörte einfach nicht zu den Menschen, die andere verpetzten. Nachdem sie ihren Urlaub am vergangenen Tag schriftlich eingereicht hatte, hatte Patrick ihn über das Zeiterfassungs-Tool kommentarlos bestätigt. Es fühlte sich merkwürdige an, einfach so freizuhaben. Zudem wusste sie noch gar nicht, wie es nach ihrem Urlaub weitergehen würde. Ob sie je wieder ein Vertrauensverhältnis zu ihm würde aufbauen können?

Bis dahin war zum Glück noch etwas Zeit, und sie hatte

ihren Freundinnen versprochen, die Weihnachtsfeiertage mit Jack zu genießen, nachdem sie Perpetua und Reese am Tag zuvor alles über die Ereignisse am Mittwochabend erzählt hatte. Genießen. Genau das machte sie jetzt auch. Es war Freitagnachmittag, und Jack wollte sie gleich abholen, um gemeinsam nach Bedford zu fahren.

Als sie unten im Hausflur ankam, vibrierte das Handy in ihrer Handtasche. Sie blieb stehen, holte es heraus und blickte auf das Display. Eine Londoner Telefonnummer, die sie nicht kannte. Wer würde sie denn am Vierundzwanzigsten nachmittags anrufen? Es musste wichtig sein, also nahm sie ab.

»Ms. Benett, wie schön, Sie noch vor den Feiertagen zu erwischen«, hörte Rosie einen Mann sagen. Die näselnde Stimme erkannte sie sofort. Ein Schauer durchströmte ihren Oberkörper und verebbte in ihren Knien. Sie wurden augenblicklich weich.

»Holmes von der Golden Central Bank«, bestätigte er ihre Annahme.

»Mr. Holmes, was für eine Überraschung!«

»Ja, eine Überraschung habe ich in der Tat für Sie, Ms. Benett. Pünktlich zum Weihnachtsfest darf ich Ihnen mitteilen, dass wir Ihren Kreditantrag genehmigt haben«, sagte er.

Rosie erstarrte. Tausend Gedanken schossen ihr durch den Kopf. Keiner davon verweilte.

»Ms. Benett, sind Sie noch da?«

»Ja!«, rief sie, und der Hall durchflutete das gesamte Treppenhaus. »Ja, ich bin hier! Ich bin nur etwas … überrascht, da Sie mir keine Chancen eingeräumt hatten.«

»Nun ja, mit der Bürgschaft hat die Bank jetzt genügend Sicherheiten.«

»Der Bürgschaft?« Rosie verstand nicht. »Welche Bürgschaft?«

Nun schwieg Mr. Holmes einen Augenblick. »Wissen Sie denn gar nichts davon?«

Rosie spürte, wie der Puls in ihren Ohren pochte. In ihrem Kopf tobten Bilder umher. Die Chocolaterie, Mr. Graham, Millie, Jack, ihre Eltern …

»Doch, klar weiß ich Bescheid«, flunkerte sie. »Ich bin wirklich so dankbar, dass mir so ein Vertrauen entgegengebracht wird von … von na ja, von dem Bürgen, also von …«

Papier raschelte.

»Von Mr. Archie Benett«, ergänzte Mr. Holmes ihren Satz.

»Von Archie Benett, ja, sicher. Von meinem Vater.« Rosie schloss die Augen und ließ den Brustkorb sinken. *Dad*, dachte sie und spürte das vertraute warme Gefühl, das nach Millies Tod von ihrer Familie nur noch er in ihr auslösen konnte.

»Nun ja, ich kann Ihnen jedenfalls gratulieren und hoffe, dass Sie mit Ihrem Schokoladenladen erfolgreich sein werden. Jetzt brauche ich nur noch ein paar Unterschriften. Ich sende Ihnen die Unterlagen per Mail zu. Lesen Sie sich die Rahmenbedingungen des Kredits in Ruhe durch. Wenn Sie alles unterschrieben haben, bringen Sie es am besten persönlich vorbei, dann besprechen wir alles Weitere.«

Mr. Holmes' Stimme wurde immer leiser. Stattdessen hallten die Worte ihrer Großmutter durch ihren Kopf. *Kümmere dich um den Laden.* Ungläubig starrte Rosie auf das rautenförmige Muster der Glasscheibe in der Eingangstür. Endlich würde sie ihr Versprechen einlösen! Das, wonach sie sich ihr halbes Leben gesehnt hatte, würde jetzt eintreten.

Wie oft hatte sie beim Einschlafen daran gedacht, wie sich dieser Moment wohl anfühlen würde! Sie hatte sich dann immer vorgestellt, dass sie einen Jubelschrei ausstoßen und sofort Reese anrufen würde, um mit ihr die Korken knallen zu lassen. Doch jetzt, wo es so weit war, war da nichts. Nur dieser Kloß im Magen, der sich anfühlte wie ein vor sich hin gärender roher Hefeteig.

Rosie blinzelte, als sich das Ornamentglas verdunkelte. Das Schlagen einer Autotür holte sie zurück ins Hier und Jetzt.

»Ich wünsche Ihnen ein frohes Weihnachtsfest, Ms. Benett«, ertönte Mr. Holmes' Stimme.

»Danke, das wünsche ich Ihnen auch«, hauchte Rosie und ließ das Telefon sinken.

Rosie atmete tief durch. Sie zwang sich, ein Lächeln aufzusetzen, und zog die schwere Eingangstür auf.

Mit strahlenden Augen eilte Jack auf sie zu und nahm ihr den Koffer ab. Er gab ihr einen Kuss, schlang einen Arm um ihre Taille und zog sie an sich. Der Duft seines herben Parfums löste augenblicklich wieder diesen unsäglichen Schmerz des schlechten Gewissens in Rosie aus. Tränen stiegen auf und brachten ihre Augen zum Brennen. Sie hielt sie fest geschlossen, in der Hoffnung, dass sie wieder verebbten. Doch seine Worte machten alles nur schlimmer: »Ich freu mich so, dich zu sehen«, flüsterte er.

Mit einer neuen Welle der Tränen zog sie ihn dichter an sich. Es gab jetzt kein Zurück mehr, sie musste ihm die Wahrheit sagen. Das Wochenende in Bedford war der richtige Zeitpunkt. Sie würde ihm am nächsten Tag die Chocolaterie zeigen und ihm erzählen, dass sie schon in einem Monat London verlassen und hinter dem Tresen von *Millie's Chocolates* stehen würde, um Pralinen zu verkaufen. Vielleicht würde er sie verstehen. Und ihr verzeihen.

Rosie schluckte und wisperte in sein Ohr: »Ich mich auch.« Es war die Wahrheit. In diesem Moment war es das Einzige, was zählte.

Als Eddie ihr seine in lupenreine weiße Handschuhe gehüllte Hand zum Einsteigen hinhielt, hatte Rosie nur einen Gedanken: Wie sollte sie ihren Eltern das mit dem Chauffeur erklären? Und der Limousine? Sie kannte doch ihren Vater und seine Meinung über die »Kapitalisten aus der City«. Und sie kannte Mrs. O'Sullivan von gegenüber, die den Mund nicht halten konnte. Wenn sie sehen würde, wie Rosie aus einer Limousine mit Chauffeur stieg, wäre die Gerüchteküche am Brodeln. Wie damals, als die ganze Straße noch vor Rosie selbst gewusst hatte, dass sie an der Uni in London angenommen worden war.

Mrs. O'Sullivan hatte den Brief entgegengenommen, als Rosie in der Schule gewesen war, und vermutlich gegen das Licht gehalten. Gerüchte konnte sie aber jetzt angesichts ihrer Pläne mit der Chocolaterie wirklich nicht gebrauchen. Sie seufzte leise. Während sich der Wagen in Bewegung setzte, klappte Jack seinen Laptop auf dem Schoß auf. »Ich muss noch ein paar Dinge erledigen, ich hoffe, das ist okay?«

»Na klar«, antwortete sie und ließ sich in den bequemen Ledersitz sinken. Dann kam ihr eine Idee. Sie drückte auf den kleinen Knopf an der Decke des Wagens, wie Jack es immer tat. »Können Sie mich hören, Eddie?«

Die Weihnachtsedition von *Love Is All Around* tönte aus der Sprechanlage. »Ja, Ms. Benett?«

Beeindruckend, wie schalldicht dieses Fenster zwischen ihnen und dem Fahrer war.

Wieder drückte Rosie den Knopf. »Wenn wir in Bedford sind, vielleicht können Sie dann Ecke Longworth Street und York Road halten.« So würden sie nicht direkt in die Straße ihrer Eltern hineinfahren. »Dort können Sie am besten wenden.«

»Wie Sie wünschen, Ms. Benett.«

Erleichtert lehnte sie sich zurück. Sie sah Jack an, der konzentriert in seinen Laptop starrte. Dann betätigte sie noch einmal die Sprechanlage: »Ach, und, Eddie?«

»Ja, Ms. Benett?«

»Schalten Sie doch bitte die Musik auch zu uns nach hinten.« Sie beide konnten ein bisschen Weihnachtsstimmung vertragen.

»Wird gemacht«, antwortete der Fahrer, und die weihnachtlichen Klänge ertönten.

Jetzt sah Jack auf und hob eine Augenbraue. Rosie schenkte ihm ein Lächeln, und endlich klappte er den Laptop zu.

Zu *Driving Home For Christmas* und Co. ließen sie die Großstadt hinter sich, und mit jeder Meile verwandelte sich die Landschaft mehr in eine winterliche Kulisse. Die schneebedeckten, hell beleuchteten Häuschen huschten an ihnen vorbei und wirkten in der Dämmerung wie Orte der Glückseligkeit. Rosie war gespannt, wie Jack auf ihre Eltern und den Ort ihrer Kindheit reagieren würde.

Mit dem Daumen streichelte sie seine Hand, die auf ihrer lag. Er trug eine Rolex. Schlicht, mit braunem Lederband. Nicht so ein protziges Modell wie das von Phil. Dazu einen dunkelblauen Kaschmirpullover über einem weißen Hemd. Ihr Blick wanderte hoch zu seinem makellosen Gesicht, zumindest war es das in ihren Augen. Den Bart trug er wie immer gestutzt, akkurat, bis hinunter zum Ansatz seiner silbern schimmernden Krawatte. Er würde nie nach Bedford passen.

Rosie sieg aus und streckte sich. Den Blick in den mittlerweile dunklen Himmel gerichtet, sog sie die vertraute kalte Luft in sich ein. Sie waren da.

»Wo möchten Sie denn, dass ich die Spirituosen hinbringe, Mr. Walker?«

Rosie blickte zum Kofferraum. Jack und Eddie standen davor und starrten hinein. Sie gesellte sich zu den beiden und runzelte die Stirn, als sie die Kiste mit Flaschen sah, die mehr als die Hälfte des Kofferraums einnahm. »Was ist das?«

Jack strich sich über Mund und Wange. »Ich wusste nicht genau, was ich als Gastgeschenk mitbringen sollte. Mag dein Dad Scotch?« Er nahm eine Flasche heraus, legte sie wieder hinein und griff nach einer anderen. »Ich war in einer Spirituosenhandlung und hatte keine Ahnung, welchen ich nehmen sollte. Also habe ich den Verkäufer vier unterschiedliche aussuchen lassen, die seiner Meinung nach die besten sind. Dann habe ich mich aber erinnert, dass du erwähnt hast, dass deine Mutter Gin Tonic trinkt. Darum habe ich noch drei unterschiedliche Gins gekauft. Und Blumen.« Er zuckte mit den Schultern. »Jetzt ist jedenfalls der Kofferraum voll von Hochprozentigem, und deine Eltern werden mich für einen Alkoholiker halten.«

Rosie überlegte einen Moment, ob sie es nur süß oder süß und witzig finden sollte, und entschied sich dann für Letzteres. Sie prustete los vor Lachen. Eddie stimmte mit ein, wenn auch diskret zur Seite geneigt und mit vorgehaltenem Handschuh.

»Macht euch nur über mich lustig.« Jack verschränkte die Arme.

Rosie nahm jeweils eine Flasche Scotch und Gin und packte sie in die Geschenktüte, die Eddie ihr aufhielt. Den Blumenstrauß gab sie Jack in die Hand. »Das ist perfekt! Sie werden dich lieben.«

Eddie war gefahren. Jetzt gab es kein Zurück mehr. In wenigen Minuten würde Jack auf ihre Eltern treffen, und so langsam keimte das Gefühl in ihr, dass es alles noch komplizierter machen würde. Mit vor Anstrengung zusammengepressten Lippen zog sie ihren Koffer den schneebedeckten Bürgersteig entlang. Sie fühlte sich wie ein Zugpferd, woran sie selbst schuld war. Wenn sie die Limousine schon nicht vor der Tür parken lassen wollte, musste sie ihr Gepäck wenigstens alleine ziehen, dachte sie.

»Soll ich den Koffer wirklich nicht übernehmen?«, wollte Jack wissen.

»Wir sind gleich da«, presste Rosie hervor und spürte, wie

ihr Top am Rücken zu kleben begann. Glücklicherweise waren die furchtbar hässlichen Rentiere schon zu sehen, die wie jedes Jahr vor dem Haus ihrer Eltern grell blinkten. Noch nie zuvor war sie für diesen Anblick so dankbar gewesen, doch im gleichen Moment erreichte etwas anderes ihre Aufmerksamkeit.

Mrs. O'Sullivan trat aus der Haustür gegenüber und winkte überschwänglich, als erblickte sie nach Tagen auf hoher See ein Rettungsschiff. Oh nein, dachte Rosie. Sie versuchte, das Tempo zu erhöhen. Das war nicht gerade einfach, denn der Schnee der letzten fünfzig Meter hatte sich zwischen Boden und Koffer gesammelt, sodass sich das Gewicht verdoppelt haben musste. Gefühlt zumindest.

»Huuuhuuu, Rosemary!«, flötete Mrs. O'Sullivan und sprintete los, mit Unheil verkündendem Ehrgeiz im Blick.

Rosie zog noch kräftiger an ihrem Koffer. Vielleicht würden sie es ins Haus schaffen oder zumindest in die Einfahrt. Dank Mrs. O'Sullivans Gesundheits-Schlappen hatten sie eine reale Chance.

»Du heißt Rosemary?« Jack blieb augenblicklich stehen und grinste.

Die Chance war dahin.

»Nein, heiße ich nicht«, antwortete sie und schielte in Mrs. O'Sullivans Richtung. Es trennten sie nur noch drei Autolängen. »Die Nachbarin meiner Eltern nennt mich schon immer so, weil sie der Meinung ist, dass Abkürzungen keine richtigen Namen sind«, flüsterte Rosie weiter und schnitt eine Grimasse. Als Mrs. O'Sullivans Keuchen immer näher kam, setzte sie ein Lächeln auf und wandte sich ihr zu.

»Hab ich dich doch gleich erkannt!« Mrs. O'Sullivan strahlte mit den Rentieren um die Wette. »Unsere kleine Rosemary aus der großen Stadt!« Bevor Rosie etwas sagen konnte, drückte Mrs. O'Sullivan sie an ihren weichen, ausladenden

Busen. Ein paar Stacheln der Lockenwickler bohrten sich in Rosies Wange.

»Tut mir leid für meine Aufmachung, ich bin mitten in meinen kosmetischen Weihnachtsvorbereitungen.« Sie lachte schallend auf. Nach einem kurzen Rütteln gab sie Rosie frei und ließ den Blick an Jack hinunterwandern. »Und wer ist der junge Mann hier an deiner Seite?«

»Das ist Jack. Jack, das ist Mrs. O'Sullivan, sie wohnt schon seit über zwanzig Jahren gegenüber von meinen Eltern.«

»Seit dreiundzwanzig, um genau zu sein«, flötete die Nachbarin und nahm Jacks Hand, die er ihr höflich hinhielt.

»Freut mich sehr, Sie kennenzulernen, Mrs. O'Sullivan.«

»Die Freude ist ganz meinerseits«, antwortete sie und zwinkerte Rosie zu. »Ich hoffe, du wirst ihn mitbringen, wenn du wieder … Ich meine, wenn du wieder hierher …«

Rosie zog ruckartig an ihrem Koffer, dessen Kante sich in Jacks rechten Oberschenkel bohrte.

»Argh!«, stieß er mit schmerzverzerrtem Gesicht aus.

»Ach herrje, geht es Ihnen gut?«, erkundigte sich Mrs. O'Sullivan.

Rosie tätschelte seinen Oberarm. »Tut mir leid, der Griff ist mir einfach aus der Hand gerutscht.«

»Ich sagte doch, dass er zu schwer für dich ist.« Jack rieb sich das Bein und nahm Rosie den Koffer ab. »Lass ihn mich wenigstens die letzten Meter ziehen. Bitte.«

Widerwillig ließ Rosie den Koffer los.

»Was für ein Gentleman! Ach, Rosemary, was ich dich eigentlich fragen wollte.« Mrs. O'Sullivan senkte die Stimme. »Ich möchte ja nicht unhöflich sein, aber hast du dieses Jahr wieder deine Spekulatius-Pralinen dabei?« Ihr erwartungsvolles Strahlen stellte die Rentiere in den Schatten.

»Da muss ich Sie leider enttäuschen, ich bin in den letzten Wochen einfach nicht dazu gekommen.«

Mrs. O'Sullivans Mundwinkel sanken ins Bodenlose. »Oh.«

»Aber vielleicht schaffe ich es in den nächsten Tagen, ich gebe Ihnen Bescheid. Wir müssen jetzt aber wirklich reingehen, Mum und Dad warten sicher schon. Ich wünsche Ihnen ein frohes Weihnachtsfest.« Rosie schob Jack mit leichtem Nachdruck an Mrs. O'Sullivan vorbei und hoffte, dass diese nicht noch einmal auf ihre Rückkehr zu sprechen kommen würde. Woher wusste sie überhaupt davon?

»Oh ja, natürlich! Sagt Archie und Virginia ganz liebe Grüße, ich sehe sie ja sicherlich morgen in der Kirche.«

Rosie nickte winkend und deutete Jack den Weg zum Haus.

Was hatte sie sich hier nur eingebrockt? Rosie stand neben Jack auf der untersten Treppenstufe und drückte auf die Klingel, während sie betete, dass das Wochenende kein komplettes Desaster werden würde. Sie hoffte, dass er ihre Anspannung nicht bemerkte, und warf ihm ein kurzes Lächeln zu.

Jack schien es aber nicht anders zu gehen. Er wippte auf den Füßen vor und zurück und räusperte sich. Ein paarmal streckte er den Blumenstrauß in seiner linken Hand immer wieder von sich, als kontrollierte er, ob die Blüten auch alle noch frisch aussahen. Rosie nahm seine kalte Hand und drückte sie, woraufhin er hörbar den Atem ausstieß. Gleich darauf vernahm sie dumpf die Stimmen ihrer Eltern. Der Dialog kam Rosie nur allzu bekannt vor.

»Archie, wieso machst du denn nicht auf?«

»Na, ich warte auf dich.«

»Also ehrlich«, schimpfte ihre Mutter, »du benimmst dich wie ein kleiner Junge.«

Ruckartig wurde die Tür geöffnet. Mit großen Augen standen ihre Eltern im Türrahmen. Binnen einer halben Sekunde verformte sich der Mund ihrer Mutter von einem faltigen Schmollmund zu einem strahlenden Lächeln. Der Blick ihres

Vaters blieb starr. Beide schauten zwischen Rosie und Jack hin und her.

»Wie hab ich mich auf diesen Moment gefreut!« Rosies Mutter schlug die Hände vor der Brust zusammen.

»Schön, dass ihr da seid«, stimmte ihr Vater etwas verhalten mit ein und musterte Jack.

»Mum, Dad, das ist Jack«, erklärte Rosie.

»Jack«, wiederholte ihre Mutter, als wäre es der Titel eines schnulzigen Beatles-Songs.

»Mrs. Benett, ich freue mich wirklich, Sie kennenzulernen.«

»Ach, nennen Sie mich doch Virginia«, hauchte ihre Mutter und tätschelte Rosies Schulter zur Begrüßung, ohne sie dabei anzusehen. Stattdessen fixierte sie Jack mit einem Blick, als wäre sie high. Marihuana rauchte ihre Mutter bestimmt nicht.

»Der ist für Sie.« Jack gab ihr den Blumenstrauß.

»Für mich?« Sie nahm ihn entgegen und wandte sich mit offen stehendem Mund zu ihrem Mann. »Das ist ja … Also, das ist … Archie, nun sieh dir nur mal diese Blumen an. So einen riesigen Strauß habe ich ja noch nie bekommen!«

Rosies Vater warf einen grimmigen Blick in Jacks Richtung, dann streckte er ihm die Hand hin. »Archie Benett. Frohe Weihnachten!«

»Frohe Weihnachten, Sir! Für Sie habe ich auch eine Kleinigkeit.« Jack gab ihm die Geschenktüte mit den Flaschen darin.

Rosies Dad bedankte sich, ohne einen Blick in die Tüte zu werfen. Schließlich schob er sich damit an seiner Frau vorbei, die ihr Gesicht in den Blüten vergraben hatte und ein lang gezogenes »Hmmm« von sich gab. Er drückte Rosie einen Kuss auf die Wange und nahm Jack den Koffer ab. »Nun kommt doch erst mal rein, es ist aber auch kalt heute.«

»Oh ja, natürlich!« Rosies Mutter schien aus ihrem floralen Delirium zu erwachen. »Kommt rein und frohe Weihnachten!«

Sie folgten ihren Eltern ins Warme. Während sie ihre Mäntel und Schuhe auszogen, brachte Rosies Vater das Gepäck nach oben. Ihre Mutter plapperte irgendetwas von Schnittblumenpflege und verschwand in der Küche, aus der der Duft von Bratensoße in den Flur strömte. Normalerweise gab es am vierundzwanzigsten Kartoffelbrei und Würstchen, und das große Festessen folgte erst am Tag darauf.

Wir können deinen Freund doch nicht mit Kartoffelpüree und Brühwürstchen begrüßen«, hatte Rosies Mutter am Telefon gesagt, also gab es heute schon den Weihnachtsbraten nach Grandma Millies altem Rezept. Die Nelke war klar herauszuriechen. Die Zartbitter-Komponente, wie es im Originalrezept vorgesehen war, fehlte aber mit Sicherheit. Wie jedes Jahr. Vielleicht würde Rosie die Weihnachtstradition eines Tages übernehmen und das Rezept für ihre eigene Familie kochen. Aber natürlich mit der Zartbitterschokolade.

Sie nahm Jack den Mantel ab und verstaute alles in der Garderobe neben der Eingangstür. Dabei warf sie einen Blick in den Spiegel hinter der Tür und zupfte ihre Bluse zurecht. Zum Glück hatte sie die Autofahrt weitestgehend knitterfrei überstanden.

»Jack, wie toll, dass Sie so groß sind«, schwärmte ihre Mutter und schob ihn direkt ins Wohnzimmer. »Ich brauche Sie gleich mal hier am Weihnachtsbaum, ich komme einfach nicht an die Spitze ran.«

»Ja, natürlich.« Jack warf noch einen Blick über die Schulter.

Rosie zwinkerte ihm zu. Sie schmunzelte, denn sie hatte schon erwartet, dass er gleich in Beschlag genommen würde. Sie war sich zwar nicht sicher, ob es eine gute Idee war, die beiden allein zu lassen, aber die Gelegenheit bot sich an, um mit ihrem Vater zu sprechen.

»Ich bin gleich wieder da«, rief sie ins Wohnzimmer. Die beiden hantierten am Christbaum und schienen sie gar nicht gehört zu haben. Schnell lief sie die Treppe nach oben, um ihren Vater in ihrem alten Kinderzimmer abzufangen, wohin er ihren Koffer gebracht hatte. Er kam gerade durch die Tür.

»Wir müssen reden, Dad.« Sie schob ihn zurück in das Zimmer, vergewisserte sich noch einmal, ob die Stimmen unten beschäftigt klangen, und schloss die Tür hinter sich.

Ihr Dad sah sie wissend an. »Du möchtest über die Bürgschaft sprechen.« Seine Stimme war ruhig und gelassen, wie eigentlich immer. Er setzte sich auf das Bett und klopfte auf den Platz neben sich.

»Die Bank hat mich vorhin angerufen, Dad. Wieso hast du mir denn nichts gesagt? Und wie konntest du Mum überhaupt überreden?« Sie setzte sich, auch wenn sie den Drang hatte, lieber auf und ab zu laufen.

»Deine Mutter weiß nichts davon.«

»Was?« Rosie sprang sogleich wieder auf.

»Und das muss sie vorerst auch nicht.«

»Dad!«

»Weißt du, Liebes, bei deinem letzten Besuch ist mir etwas klar geworden.« Er sah zum Fenster hinüber, seufzte und senkte den Blick. »Ich glaube, du musst es tun.«

Rosie ließ sich wieder neben ihn sinken.

»Du warst damals noch so jung, du warst ein Kind. Als deine Grandma …« Er stockte und legte seine raue Hand auf ihre. »Ich meine, als sie von uns gegangen ist … Es war das erste Mal, dass ich mir Sorgen um dich gemacht habe.« Er sah zu ihr auf. »Wir haben dich damals nicht gut genug aufgefangen. Ich kann mir gar nicht vorstellen, wie hart es für dich gewesen sein muss. Ihr standet euch so nah, deine Grandma und du. Es tut mir leid, Rosie.«

Sie lehnte den Kopf an seine Schulter. »Dad, du musst dich nicht entschuldigen. Es ...«

»Doch!«, unterbrach er sie, und Rosie merkte, dass er sich innerlich wand.

»Wenn ich eines im Leben bereue, dann ist es, dass wir damals nicht erkannt haben, wie viel dir die Chocolaterie bedeutet hat. Wir hätten sie nicht so schnell verkaufen dürfen. Aber die vielen Schulden ... Deine Grandma war wirklich eine miserable Geschäftsfrau.« Er schüttelte den Kopf. »Ich erinnere mich noch an das jährliche Straßenfest. Du musst damals etwa sechs oder sieben Jahre alt gewesen sein. Deine Mutter und ich wollten dich am Nachmittag bei deiner Grandma abholen. Wir kamen zur Chocolaterie, und draußen vor dem Laden hattet ihr einen kleinen Stand aufgebaut. Daneben stand ein Pappschild, auf das Millie mit Edding *Pralinen für alle – heute kostenlos* geschrieben hatte. Als deine Mutter das Schild aus der Ferne entdeckte, hat sie einen Schrei von sich gegeben. Ich weiß es noch, als wäre es gestern gewesen. Sie war fuchsteufelswild.« Er lachte. »Aber ihr beide, du und deine Grandma, ihr hattet den größten Spaß.«

Rosies Mund formte sich zu einem Lächeln. Gleichzeitig spürte sie einen Kloß im Hals. Sie erinnerte sich genau an diesen Tag.

»Ihr habt beide freudestrahlend hinter dem Tischchen gestanden, umringt von einer Traube Menschen, und habt Pralinen verteilt.« Rosies Vater sah sie liebevoll an. »Ich weiß, dass du erst deinen Frieden finden wirst, wenn du den Laden wiedereröffnet hast. Aber ich hoffe, du führst das Geschäft besser, als Millie es getan hat. Wenn du versagst, verlieren wir wohl das Haus.«

»Dad, Betriebswirtschaft ist eine meiner Stärken. Ich war Drittbeste in meinem Jahrgang. Ich krieg das hin.«

Er nickte.

»Ich kriege das hin«, wiederholte sie und schluckte beim

Gedanken an das, was auf dem Spiel stand, wenn sie es nicht »hinkriegte«.

»Das weiß ich doch, Prinzessin«, sagte ihr Vater, legte einen Arm um sie und ließ den Kopf auf ihren sinken.

»Danke, Dad.«

Nach einer Weile seufzte er, löste sich von ihr und stand auf. »Wir behalten das aber erst mal für uns. Das mit deiner Mutter kläre ich schon. Nur nicht unbedingt an Weihnachten, du kennst sie ja.«

»Oh ja!« Rosie seufzte ebenfalls. »Ach, und, Dad«, rief sie, als er schon dabei war, das Zimmer zu verlassen. »Weiß sonst irgendjemand davon? Mrs. O' Sullivan hatte vorhin auf der Straße so eine merkwürdige Bemerkung gemacht.«

»Hmm, von der Bürgschaft weiß sie sicher nichts. Wahrscheinlich hat sie mitbekommen, dass Mr. Graham sich zur Ruhe setzen will, und ihn ausgequetscht, was mit dem Laden passieren soll. Die alte Tratschtante.« Er stand im Türrahmen und schnitt eine Grimasse. »Ich geh dann schon mal runter und sehe nach, ob deine Mutter noch etwas von deinem Freund übrig lässt. Auf den ersten Eindruck sieht er nicht gerade so aus, als könnte er sich wehren.«

Jetzt schnitt Rosie eine Grimasse. »Ich komme gleich nach.«

Sie blieb noch einen Moment auf dem Bett sitzen. Das Gespräch klang in ihrem Kopf nach. Langsam fühlte es sich immer realer an. Die Chocolaterie. Bedford. Als sie Jack unten lachen hörte, ließ sie sich nach hinten aufs Bett fallen und schloss die Augen. Was würde sie nur dafür geben, wenn sie beides haben könnte.

Als Rosie ins Wohnzimmer kam, blickte sie auf einen fertig geschmückten Weihnachtsbaum. Wie jedes Jahr hingen an den Zweigen goldfarbene Kugeln und kleine Anhänger aus Stroh. Die Engelsfigur thronte auf der Spitze des Baumes. Als die unteren Äste wackelten, bemerkte sie, dass ihr Vater hinter dem Baum auf allen vieren mit einem Kabel hantierte. Es klackte, und im gleichen Moment erstrahlte die Lichterkette am Baum in einem warmen Gelbton.

»Wo ist Jack?«

Ihr Vater kroch rückwärts unter dem Baum hervor. »Brennen die Lichter?«

»Ja, sie sind an«, antwortete Rosie.

»Gut.« Er kam hoch. »Dein Freund ist draußen. Holt Holz.«

»Er macht was?« Ohne auf eine Antwort zu warten, ging Rosie zur Hintertür, die aus der Küche in den Garten führte, und riss sie auf. Im Schuppen brannte Licht. Das Lachen ihrer Mutter war zu hören. *Oh Gott*, dachte Rosie. Sie schlüpfte in die Gartenschlappen auf dem Teppich vor sich und hüpfte durch den Schnee. Die Arme wärmend vor der Brust verschränkt, streckte sie den Kopf in den Schuppen. »Mum! Was macht ihr denn da?«

Rosies Mutter stand vor einer Leiter, die sie fest umklammert hielt, und sah nach oben. Rosie folgte ihrem Blick. Auf der Leiter balancierte Jack in seiner schicken Anzughose und zurückgekrempelten Ärmeln. Er hievte Holzscheite vom Dachboden des Schuppens und stapelte sie in einen Korb. Als er Rosie sah, grinste er zu ihr herunter.

»Jack war so gut, mir beim Holzholen zu helfen.«

»Das kann doch Dad machen!«, erwiderte Rosie.

»Ach, dein Vater und Leitern ... Ich dachte mir, wir nehmen heute mal das Holz von ganz oben, das ist schön trocken, so lange, wie das da schon lagert.«

»Mum, Jack ist doch nicht hier, um zu arbeiten.«

»Das macht mir nichts aus, wirklich«, rief er ihr zu und strahlte dabei, als verrichtete er eine gemeinnützige Arbeit.

»Wir sind ja auch schon fertig«, entgegnete Rosies Mutter.

»Jack, vielen Dank für Ihre Hilfe. Wenn Sie mir den Korb noch ins Haus tragen würden …«

»Ist doch selbstverständlich.« Jack kam die Leiter herunter, nahm den Korb hoch, als wäre er gefüllt mit Federn, und folgte Rosies Mutter aus dem Schuppen. Beim Vorbeigehen zuckte er lächelnd mit den Schultern und gab Rosie einen schnellen Kuss.

Nicht zu fassen, dachte sie, löschte das Licht und stapfte auch durch die Dunkelheit wieder zum Haus hinüber.

Wieder im Warmen, gab Rosies Mutter Jack Anweisungen für den Kamin. Rosie ließ die beiden machen. Sie schüttelte sich die Schneeflocken aus dem Haar und schaute, wo sie in der Küche helfen konnte. Der große Esstisch war bereits mit Tannenzweigen, Kerzen, roten Platzsets und weihnachtlich gemusterten Papierservietten dekoriert. Nur das Geschirr fehlte. Sie nahm Gläser, Besteck und die guten Porzellanteller aus den Schränken und richtete alles hübsch an. Währenddessen kam ihre Mutter herein. Sie ging zum Herd und rührte in den dampfenden Töpfen.

Rosie spürte ihren Blick auf sich. »Was ist?«, fragte sie nach einer Weile.

»Nichts, Schatz.«

Rosie wusste, dass etwas war, und sie musste nicht lange warten.

»Hübsche Ohrringe, sind die neu?«, fragte ihre Mutter da auch schon.

Rosie griff automatisch nach den braunen Rauchquarzen und ließ die Finger über die kleinen Diamanten gleiten. Sie trug sie fast jeden Tag. »Ja, Jack hat sie mir geschenkt.«

Ihre Mutter kam herüber und nahm die Ohrringe in die Hand. »Wirklich hübsch, aber sie machen dich etwas blass.« Dann strich sie Rosie ein paar Haare hinters Ohr und begutachtete sie. »Für den besonderen Anlass heute hättest du dir doch mal einen ordentlichen Zopf binden können.«

Rosie verdrehte die Augen und entwand sich den Händen ihrer Mutter. »Mum! Bitte nicht jetzt.« Sie wandte sich wieder der Tischdeko zu. »Nicht vor Jack«, murmelte sie und linste durch die Tür ins Wohnzimmer.

Ihr Vater stand am Fenster neben dem Kaminsims. Er bekam immer größere Augen, während Jack auf den beigegrauen Sessel vor dem Kamin zusteuerte. *Oh nein*, dachte Rosie, und ihr wurde heiß. Sie kannte diesen Blick. Mit gerunzelter Stirn beobachtete sie, wie ihr Vater sich die Fernbedienung auf der Sitzfläche seines Sessels schnappte, blitzschnell wie die Zunge einer Echse nach einer Fliege. Jack, der sich gerade auf besagten Sessel setzen wollte, kam abrupt wieder hoch.

»Die Massagefunktion ist sehr sensibel, wissen Sie? Die Fernbedienung auch«, hörte Rosie ihren Vater sagen. Er hielt ebendieses Technik-Ding fest an seine Brust gepresst.

»Oh, tut mir leid, Sir, ich wusste nicht, dass das ein Stuhl mit Funktion ist.«

Beide Männer starrten auf den Sessel.

»Das ist kein Stuhl, das ist ein Massagesessel«, erklärte ihr Vater und stemmte die Arme in die Hüften. »Der *Relax 200 deluxe.*«

Der Massagesessel, der wie eine Mischung aus Opa-Lehnsessel und Zeitmaschine aussah und einen Großteil des Raumes einnahm, war Archie Benetts neuestes Heiligtum. Er hatte ihn sich zum Renteneintritt gegönnt, als Belohnung für einundfünfzig Jahre Arbeit. Die Auflagen, die man erfüllen musste, um darauf Platz nehmen zu dürfen, waren streng. Angesichts Jacks ratloser Miene schüttelte Rosie grinsend den Kopf. Am besten, sie erlöste ihn.

Ihre Mutter hielt sie jedoch auf: »Nett, dein Jack.«

Rosie blieb stehen. »Ja, das ist er.« Sie hielt die Luft an und wartete auf den obligatorischen Kommentar. Drei, zwei, eins …

»Er wird dich bestimmt auf andere Gedanken bringen.«

Rosie stieß die Luft hörbar aus. Da war er. Sie drehte sich zu ihrer Mutter, die sich gerade die Topfhandschuhe anzog, um den Truthahn aus dem Ofen zu holen. »Mum, ich habe euch gebeten, dieses Wochenende nicht über die Chocolaterie zu sprechen. Jack ist …« Sie zögerte. »Er arbeitet in der gleichen Firma wie ich. Lass uns das Thema für die Weihnachtsfeiertage einfach ausschließen.«

»Sei doch nicht gleich so aggressiv, ich meine ja bloß«, sagte ihre Mutter und öffnete die Ofentür, aus der ein Schwall Dampf strömte. »Wunderbar! Die Kruste ist perfekt geworden.«

Wunderbar fühlte Rosie sich überhaupt nicht. Im Gegenteil, so langsam lief ihr der Schweiß den Rücken hinunter, und dafür war nicht der Dampf verantwortlich, der die Küche geflutet hatte. Mit hektischen Bewegungen lüftete sie ihre Bluse und öffnete dann die obersten Knöpfe vorne. Was hatte sie sich nur dabei gedacht, Jack mit herzubringen? Sie atmete tief durch und strich sich eine feuchte Strähne aus dem Gesicht. »Ich sag den Männern Bescheid, dass das Essen fertig ist.«

Die beiden standen mit hochgezogenen Schultern und Händen in den Hosentaschen vor dem Massagesessel und fixierten das Feuer im Kamin.

»Ach, Dad, lass Jack doch mal probesitzen in deinem Sessel. Er könnte bestimmt eine Massage gebrauchen.«

Rosies Vater verzog die Mundwinkel und sah sie so fassungslos an, als verlangte sie, Jack eine Unterhose oder etwas ähnlich Intimes zu leihen.

»Nein, nein, schon gut«, sagte Jack sofort. »Ich weiß gar nicht, warum ich mich überhaupt hinsetzen wollte.« Er lächelte verlegen. Rosies Vater schwieg.

»Ich sehe, ihr habt Feuer gemacht«, versuchte Rosie, das Thema zu wechseln.

»Dein Freund hat Feuer gemacht«, stellte ihr Vater klar.

»Das war Teamwork! Sie haben mir assistiert.« Jack lächelte unsicher.

»Wir haben doch recht unterschiedliche Ansätze beim Feuermachen, aber letztendlich brennt es ja.« Mit diesen Worten ging ihr Vater in die Küche. Die Fernbedienung nahm er mit.

Rosie verdrehte die Augen. Ihr Vater hielt Männer, für die sie sich interessierte, grundsätzlich nicht für gut genug, was ziemlich nervte. Sie schlang die Arme um Jacks Oberkörper und schmiegte sich an seine Brust. »Ich hätte dich vorwarnen sollen: Meine Eltern sind nicht gerade einfach.«

»Ach, Unsinn.« Jack drückte ihr einen Kuss auf den Scheitel. »Sie sind wirklich liebenswert. Ich bin froh, dass du mich mitgenommen hast.«

Seit Rosie ihn kannte, hatte er nie ein schlechtes Wort über jemanden verloren. Abgesehen von Phil, der es definitiv verdient hatte. Es war ein Wesenszug, den sie sehr schätzte. Sie kuschelte sich ein bisschen mehr an seine warme Brust und lauschte dem leisen Knistern des Feuers. Warum war nur alles so kompliziert?

»Wow, das schmeckt wirklich hervorragend, Virginia.«

Rosies Mutter strahlte Jack über ihr Weinglas hinweg an. Die Farbe ihrer Wangen ähnelte der des Rotweins. Vielleicht hätte Rosie den Platz ihr gegenüber wählen sollen, dann wäre Jack den schmachtenden Blicken ihrer Mutter nicht so ausgeliefert. Andererseits säße er dann direkt im Blickfeld ihres Vaters, das war im Augenblick auch nicht besser.

Ihr Dad räusperte sich. »Also, Jack, Rosie meinte, Sie würden auch bei *Ostrich Corporation* arbeiten. In welcher Abteilung?«

Nicht dieses Thema, dachte Rosie. Ihr wurde schon wieder

heiß. Jack hatte sich gerade ein großes Stück Braten mit Rotkohl in den Mund geschoben, diese Chance musste sie nutzen. »Jack ist in einer leitenden Position. Produktentwicklung und so.« Bewusst spielte sie die Wahrheit etwas herunter, ohne dabei zu lügen. Wenn ihr Vater erfahren würde, dass *Ostrich Corporation* Jack gehörte, würde er mit seiner Meinung über »die Kapitalisten« und deren Ausbeutung der Arbeitnehmer bestimmt nicht hinterm Berg halten können.

In den Neunzigerjahren waren in seiner Firma einige Angestellte durch Maschinen ersetzt worden. Er hatte damals Glück gehabt, aber wahrscheinlich hatte er zu der Zeit große Existenzängste gehabt, denn er sprach heute noch mit viel Groll über diese Umstrukturierung. Am häufigsten schimpfte er über seinen damaligen Chef, der nach seinen Aussagen *außer den ganzen Tag im Chefsessel zu sitzen und Kette zu rauchen* nichts draufgehabt hatte. Ihr Vater nickte und holte zu einer Antwort aus.

»Erzähl doch mal von deinem neuen Hobby, Dad. Dem Fitnessstudio«, versuchte Rosie abzulenken.

Ihr Vater ignorierte sie. »Ha!«, stieß er aus. »Da haben wir etwas gemeinsam, Jack. Ich war fünfundzwanzig Jahre Vorarbeiter für Logistik und Spedition. Also leitender Angestellter. Von ganz unten habe ich mich hochgearbeitet.«

Rosie fing den Blick ihrer Mutter ein. Beide mussten schmunzeln.

»Einige meiner Kollegen wurden aussortiert wie abgelaufene Ware und von Maschinen ersetzt.«

»Nur ich war nicht ersetzbar«, vollendeten Rosie, und ihre Mutter seinen Satz im Chor. Sie kicherten. Dieser kleine Scherz zwischen ihnen, darüber, dass ihr Vater die Geschichte seiner Karriere zu gern und immer auf die gleiche Weise erzählte, war eines der wenigen Dinge, die sie verband.

»Bitte jetzt nicht die ganze Leier von vorne bis hinten, Archie«, sagte ihre Mutter und gab allen Soße nach.

Klirrend legte ihr Vater das Besteck auf seinen Teller und verschränkte die Arme vor der Brust.

Jack, der endlich den Bissen in seinem Mund geschluckt hatte, sah zwischen ihnen allen hin und her. »Vielleicht, möchten Sie mir ihren Werdegang ja später unter Männern erzählen, Mr. Benett. Ihre Karriere interessiert mich sehr.«

Mit einem brummenden »Hmm« stimmte Rosies Vater zu und nahm sein Besteck wieder auf. Nach einem kurzen Moment des Schweigens ging die Fragerei weiter. »Ihr Akzent klingt amerikanisch«, stellte ihr Vater fest.

»Ja, ich bin waschechter New Yorker.« Jack warf Rosie einen kurzen Blick zu. »Ich lebe eigentlich auch da.«

»Ach so?«, fragte ihre Mutter mit einer Mischung aus Entsetzen und Enttäuschung in der Stimme. »Das heißt, Sie sind nur kurzzeitig in England?«

»Ich weiß noch nicht genau, wie lange ich bleibe, aber einige Zeit wird es schon noch sein.«

Ihre Mutter sah ihn immer noch wie versteinert an, dann erhellte sich ihre Miene, als wäre ihr gerade eine Erleuchtung gekommen. »Na, das ist doch wunderbar!«, stieß sie aus und gestikulierte mit dem Messer in der Hand. »Rosie, New York! Ich meine, London ist zwar toll, doch stell dir vor, du hättest die Chance, nach New York zu gehen. Denk nur mal nach, was das für deine Karriere bedeuten könnte.«

Mist, jetzt hatte Rosie den Mund voll. Und dieses Mal antwortete Jack an ihrer Stelle. Allerdings nicht das, was sie hätte sagen wollen:

»Oh ja, wir könnten Rosies Talent gut im Headquarter gebrauchen. Außerdem hat die Stadt wirklich viel zu bieten. Waren Sie schon einmal dort?«

»Nein, nein, wir sind nie weiter als bis nach Dublin gekommen.« Die Euphorie in Virginias Stimme wich einem verbitterten Unterton.

»Dann sollten Sie es unbedingt einmal versuchen. Ich würde mich freuen, Sie in New York als meine Gäste willkommen zu heißen.«

Und schon war das Leuchten in den Augen ihrer Mutter wieder da. »Archie! Unsere Tochter in New York – und wir gehen die beiden besuchen. Ist das nicht eine wunderbare Vorstellung?«

Rosie verfluchte das zähe Stück Fleisch in ihrem Mund und kaute, als wollte sie ein Hotdog-Wettessen gewinnen. »Ich glaube nicht, dass Patrick auf mich verzichten würde«, nuschelte sie.

Ihre Mutter starrte sie an. »Na, für die Chocolaterie würdest du doch auch kündigen.«

Rosies Herz blieb stehen, für mindestens zwei Sekunden. Schweiß schoss aus jeder Pore ihres Körpers.

»Die Chocolaterie?« Jack sah sie fragend an.

Sie lachte schrill auf. »Ach, das war nur mal so eine flüchtige Idee.«

Im gleichen Moment legte ihr Vater wieder sein Besteck klirrend auf dem Teller ab. Er funkelte sie wütend an.

Verdammt, ist das heiß hier drin, dachte Rosie, und plötzlich ertönte ein dröhnendes »Peeeeeeep ...« Weil dieses Geräusch mit einem stechenden Schmerz in ihrem Ohr einherging, dachte Rosie für den Bruchteil einer Sekunde, ihr wäre ein Tinnitus eingeschossen vor Stress. Doch auch die anderen drei verzogen das Gesicht und hielten sich die Ohren zu.

»Feuer!«, schrie ihr Vater mit aufgerissenen Augen und sprang auf.

Jack tat es ihm gleich und warf dabei seinen Stuhl um. Beide stürmten ins Wohnzimmer. Alles ging ganz schnell. Beißender Rauch drängte in die Küche und flutete den Raum, sodass Rosie die Augen zukneifen musste. Sie blinzelte und erkannte durch die Rauchwand lodernde Flammen in Form eines Tannenbaumes im Wohnzimmer.

Der kratzende Reiz im Hals zwang sie, heftig zu husten,

woraufhin sie ihre kreischende Mutter am Arm packte und mit ihr durch die Hintertür in den Garten flüchtete. Sie hielten einander fest, als zu dem schmerzenden Piepton ein Rauschen ertönte. Das musste der Feuerlöscher sein. Kurze Zeit später wurde der Rauch weniger. Dann hörte auch das Piepsen auf.

Jack kam mit dem Feuermelder in der Hand nach draußen. »Alles okay?«, fragte er besorgt.

Rosies Vater war ihm gefolgt und stützte keuchend seine Hände auf die Knie. »Ich wusste doch, dass ihr Amerikaner kein anständiges Feuer machen könnt!«

»Was ist denn passiert?«, rief Rosie alarmiert.

»Ein Funke ist auf den Baum übergesprungen.« Ihr Vater richtete sich auf und klopfte den Ruß von seinem Hemd, dann zeigte er mit dem Finger auf Jack. »Weil Sie das Holz zu hoch geschichtet haben!«

»Ich ...« Jack hob beide Hände. »Ich weiß nicht, wie das hätte passieren sollen, Sir.«

»Bist du sicher, Archie?«, fragte Rosies Mutter mit zitternder Stimme »Der Baum stand doch mindestens zwei Meter vom Kamin weg.«

»Natürlich bin ich sicher. Was hätte denn sonst das Feuer auslösen sollen?«

Rosie fuhr sich mit der Haarbürste ein letztes Mal durch das frisch gewaschene Haar. Es roch immer noch ein bisschen nach Rauch. Sie blickte in den Badezimmerspiegel, ihre Augenlider hingen müde herunter. Das Grün ihrer Iris hingegen strahlte im grellen Licht des Badezimmerspiegels. Außen bildeten sie einen olivgrünen Rand, der in ein klares Grün überging. Zur Mitte hin mischte sich ein warmer Bernsteinton dazu, der die tiefschwarze Pupille wie Sonnenstrahlen umschloss.

Grandmas Augen, dachte sie. Das Spiegelbild wurde glasig,

bis schließlich alles verschwamm. Sie blinzelte, und plötzlich sah sie tatsächlich die Augen ihrer Großmutter vor sich. Mit tiefen Falten umrandet, von Angst erfüllt.

Kümmere dich um den Laden, Rosie, hörte sie Millies Stimme. Krächzend. Erschöpft. Und dann diesen letzten tiefen Atemzug, dem nichts mehr gefolgt war. Die gleiche unsägliche Ohnmacht wie damals ergriff Besitz von Rosie. Sie hatte nichts tun können. Nichts. Als drohte sie zu ersticken, riss Rosie den Mund auf und holte Luft. Sie stützte sich auf das Waschbecken und keuchte. Für einige Zeit herrschte nur Leere in ihrem Kopf.

Nachdem sich ihr Atem langsam beruhigt hatte und sich ihr Brustkorb wieder in einem friedlichen Rhythmus bewegte, schüttelte sie den Kopf. Das muss aufhören, *Rosie*, ermahnte sie sich. Du warst ein Kind!

Sie richtete sich wieder auf und sah sich im Spiegel an. Sie hatte ihre Grandma damals nicht retten können, aber jetzt hatte sie die Gelegenheit, ihr wenigstens ihren letzten großen Wunsch zu erfüllen. Rosie sah sich noch einen Moment an, dann seufzte sie, stellte den Wasserhahn an und spritzte sich kaltes Wasser ins Gesicht. Blind griff sie nach einem Handtuch neben dem Waschbecken und vergrub ihr Gesicht darin. Es war bereits nass.

Der vertraute Duft nach Jacks herbem Männerduschgel strömte in ihren Körper und ließ ihre Knie augenblicklich weich werden. Diese verdammte Sehnsucht nach ihm machte sie noch wahnsinnig. Sie stopfte es zurück in die Wandhalterung, knipste das Badezimmerlicht aus und trat hinaus auf den dunklen Flur.

Nur das Licht aus dem Türschlitz ihres alten Kinderzimmers brachte ein bisschen Helligkeit in das obere Stockwerk. Jack war also noch wach. Bestimmt wartete er auf sie, in ihrem schmalen Jugendbett. Eine Vorstellung, die ihr eigentlich gefallen müsste, aber zum ersten Mal, seit sie ihm begegnet war, konnte sie die Vorstellung seiner Nähe nicht ertragen. Er hatte etwas Besseres verdient als eine Frau, die nicht aufrichtig zu ihm war.

Aus dem Treppenhaus strömte eine rauchige, trockene Kälte herauf und heftete sich auf Rosies nackte Arme und Beine. Sie griff nach dem pinkfarbenen Plüschmorgenmantel ihrer Mutter, der auf einer Kommode im Flur lag. Auf Zehenspitzen stieg sie die Treppen hinunter und knotete den Gürtel fest zu.

Die Fenster im Wohnzimmer waren bereits geschlossen, aber der kalte Rauchgeruch hing noch penetrant in der Luft. Einen Teil der Stechpalmenzweige über dem Kamin und ein paar Weihnachtssocken hatte es auch erwischt. Die übrigen hingen trostlos an ihrem Haken. Rosie bemerkte, dass in der Küche Licht brannte. Sie überlegte einen Moment, doch nicht hineinzugehen. Sie konnte an diesem Abend niemanden mehr ertragen. Nicht einmal sich selbst. Aber eine Tasse heißer Kakao war jetzt unerlässlich.

Als sie die Küche betrat, stand ihr Vater neben dem Kühlschrank, einen Fuß auf dem Tretpedal des geöffneten Mülleimers, und starrte auf ein weißgraues Plastikteil in seiner Hand.

»Was hast du da, Dad?«

Er sah nicht auf. »Steckdosenleiste«, brummte er und ließ das Teil mit einem Knall in den Mülleimer fallen.

»Ist sie auch im Feuer kaputtgegangen?«

Er ließ die Schultern hängen und seufzte. »Ich muss mich wohl bei deinem Freund entschuldigen.«

Rosie legte den Kopf schief.

Jetzt sah er sie an. »Kurzschluss. Das alte Ding hat den Brand ausgelöst.« Er hielt einen Moment inne, dann schlurfte er in seinem karierten Pyjama und in Fellpantoffeln an Rosie vorbei. »Gute Nacht, Prinzessin.«

»Gute Nacht, Dad«, sagte Rosie.

Das Schlurfen verstummte, und ihr Vater drehte sich noch einmal zu ihr um. »Wie kann es eigentlich sein, dass dein Freund noch gar nichts von deinen Plänen weiß?«

Sie biss sich auf die Lippe. »Es ... Es war einfach noch nicht der richtige Zeitpunkt«, antwortete sie.

»Bei dem Risiko, das wir für den Kredit eingehen, kannst du dir so eine Gefühlsduselei nicht leisten.«

Sie nickte stumm. Dann ging er.

Langsam und ebenmäßig glitt der Kakao in die Tasse. Rosie stellte den Topf ins Spülbecken, schlüpfte in die Schlappen, die neben der Hintertür standen, und nahm die dampfende Tasse mit hinaus in den Garten. Es hatte aufgehört zu schneien. Die klare eisige Luft war herrlich. Sie atmete tief ein, und beim Ausatmen vermischte sich der weiße Dampf des Kakaos mit ihrer Atemluft; gemeinsam stiegen sie hinauf in den Himmel.

Rosie sah ihm nach, während sie mit beiden Händen die warme Tasse umklammerte. *Was für ein Tag*, dachte sie und nahm dann einen Schluck. Und noch einen. Der bittersüße Kakao floss ihre Kehle hinunter und verbreitete seine heilsame Wärme im ganzen Körper. Wie immer. Nur das drückende Gefühl in ihrem Magen konnte er nicht heilen. Das Gespräch mit Jack am nächsten Tag lag darin wie ein tonnenschwerer Stein. Sie hasste sich jetzt schon dafür. Dabei hatte sie doch keine andere Wahl.

»Hey.« Rosie schlüpfte zu Jack unter die Bettdecke. »Ich dachte, du schläfst schon«, sagte sie matt.

»Ich hab mich gut unterhalten.« Er deutete schmunzelnd mit dem Kopf auf das vergilbte Boyband-Poster an der Wand neben dem Bett und legte sein Handy weg.

Rosie grinste, doch es fiel ihr schwer, die Mundwinkel oben zu halten. Wie ihren Blick. Sie konnte Jack einfach nicht ansehen. Stattdessen kuschelte sie sich mit dem Rücken an seine Brust. Jack zog Rosie an sich und schlang die Arme um sie. »Ich bin wirklich untröstlich, was den Brand angeht.«

»Es war die Steckdosenleiste.«

»Was meinst du?«, fragte er irritiert.

»Es gab einen Kurzschluss, mein Dad hat sie mir gerade gezeigt. Es ist mir furchtbar unangenehm, dass er dich so angeschnauzt hat. Er wird sich morgen bestimmt bei dir entschuldigen.«

Jack atmete hörbar aus. »O Gott, bin ich erleichtert! Ich meine, ich wäre natürlich für den Schaden aufgekommen, aber dein Vater sah so wütend aus. Ich dachte, er würde mich jeden Moment aus dem Haus werfen.«

»Nein, denk so was nicht. Er mag dich, ganz bestimmt. Das war nur der Affekt«, versuchte sie ihn zu beruhigen.

Er stieß einen Seufzer aus. »Bin ich froh!«

Als er anfing, ihren Nacken zu küssen und sich langsam den Hals nach oben arbeitete, begannen Rosies Augen zu brennen. Bevor die Tränen überfließen konnten, schloss sie die Lider und spürte, wie der erdrückende Magenschmerz langsam die Kehle heraufstieg.

»Ist alles okay?«, flüsterte er.

Rosie schluckte und versuchte, das Gefühl mit aller Gewalt wieder hinunterzudrücken. »Hmm«, presste sie hervor. Ihr Tonfall war schrill. Sie schluckte. »Ich bin ziemlich erledigt und müde.« Schnell knipste sie das Licht auf ihrem alten Nachttisch aus.

Jack streichelte ihre Schulter und zog dann die Decke darüber. »Dann ruh dich aus. Schlaf gut.«

»Du auch.«

Als Rosie dachte zu fallen, riss sie die Augen auf. Das Zimmer lag im Dunkeln da. Nur an den Seiten der Vorhänge schien das Licht der Straßenlaternen schwach herein. Ihr Rücken fühlte sich kalt an. Sie drehte sich um und tastete nach Jack.

Er lag nun mit dem Rücken zu ihr, dicht an die Wand am anderen Bettende gedrängt. Die Kluft zwischen ihnen, über die die gemeinsame Decke spannte, war wie eine Schlucht, durch die eine eisige Kälte pfiff. Rosie rutschte näher an ihn heran, und als sie ihren Arm um seinen nackten Oberkörper schlang, spürte sie, dass auch seine Haut kalt war.

Mit jeder weiteren Sekunde, der sie ihm nah war, breitete sich eine wohlige Wärme zwischen ihnen aus. Sie vergrub die Nase in seinen Haaransatz und berührte dabei mit den Lippen seinen Nacken. Tief atmete sie seinen Duft ein und füllte damit nicht nur ihre Lungen, sondern ihren gesamten Körper. Ein warmes Kribbeln durchflutete ihre Brust und strömte unaufhaltsam hinunter, zwischen ihre Schenkel.

Ihre Hand auf Jacks Brustkorb hob und senkte sich in gleichmäßigem Rhythmus. Langsam strich sie seinen Bauch hinunter und hielt erst inne, als er zuckte. Tief atmete er ein, dann legte er seine Hand auf ihre. Er fuhr mit seinen Fingern zwischen ihre, drückte sie zu einer Faust.

Rosie küsste seinen Nacken, bis er sich umdrehte. Seine dunklen Augen glänzten im Licht des Fensters. Jetzt hielt sie seinem Blick stand. Sein Atem streifte ihre Lippen. Immer und immer wieder. Mit jeder Sekunde, die verstrich, wuchs das Kribbeln zwischen ihren Beinen mehr und mehr zu einem Vibrieren heran. Rosie legte die Stirn an seine. Sie ließ die Nasen aufeinandertreffen. Und schließlich die Lippen.

Mit einer Hand griff er in ihren Nacken und zog sie an sich. Mit seiner Zunge öffnete er ihren Mund und drang tief in ihn ein. Rosie stöhnte auf, während sein Kuss sie wie eine Welle überrollte. Ein Teil in ihr wollte sich mitreißen lassen. Ein anderer wehrte sich heftig dagegen. Es war wie eine Wut, ein Zorn. Dieser verdammte Zwiespalt löste eine ungehaltene Kraft in ihr aus, die sich immer mehr aufbäumte. Ohne sich von seinem Mund zu trennen, stützte sie sich auf. Sie drückte ihn auf den Rücken und schob ein Knie über ihn.

Erst jetzt holte sie Luft und setzte sich auf. Keuchend blickte sie ihn an. Sie konnte hören, wie der Puls in ihren Ohren pochte. Seine Erektion pulsierte unter ihr. Die Konturen seines ebenmäßigen Gesichts glänzten in der Dunkelheit. Sie ließ den Blick seinen Körper hinabwandern. Seine nackte Brust, die breiten Schultern, die starken Arme und Hände, die ihre Schenkel umklammerten. Und plötzlich überkam sie diese tiefe Sehnsucht nach diesem Mann, die so stark war, dass sie schmerzte.

»*Fuck*«, keuchte sie und streifte sich ihr Tanktop über den Kopf. Jack kam nach oben, sodass sich ihre nackten Oberkörper berührten. Er drückte sie mit einer Hand sanft gegen seinen Schoß, strich mit der anderen über ihre Brust hinauf zu ihrem Hals, in ihren Nacken und zog ihren Kopf zu sich hinunter.

Sie ließ es zu. Gab sich hin, voll und ganz.

Die angekokelten Dielen mussten ausgetauscht werden, sonst würde der Rauchgeruch nie verfliegen. Rosie riss die Fenster im Wohnzimmer zum Stoßlüften auf. Im Vorübergehen blickte sie auf die kleine Pendeluhr, die auf dem Kaminsims stand. Sieben Uhr morgens. Das Haus lag still da, nur das Brummen des Kühlschranks in der Küche nebenan war zu vernehmen.

Die letzten ein, zwei Stunden hatte sie sich im Bett herumgewälzt, dann war sie aufgestanden. Was den fiesen Geruch anging, war ihr eine Idee gekommen: der Duft von frisch gebackenen Schoko-Zimt-Crinkles. Der würde die angeknackste Stimmung vielleicht sogar wieder etwas weihnachtlicher werden lassen. Wenn das überhaupt möglich war.

Rosie ging in die Küche, legte sich die rot karierte Schürze ihrer Mutter um und band ihre Haare zu einem schnellen Dutt. Als Erstes spähte sie in den Vorratsschrank und fand hinter einer Packung Spülmaschinensalz die angefangene

Zartbitterkuvertüre, die sie bei ihrem letzten Besuch hiergelassen hatte. Sie war übrig geblieben von den Whiskey-Trüffeln zu Grandma Millies Todestag.

Was für ein Glück, dass sie noch da war! Angesichts der Abneigung ihrer Mutter gegen Schokolade und des Streites, den sie gehabt hatten, hatte Rosie nicht damit gerechnet. Sie nahm die restliche Kuvertüre aus der Packung und zerkleinerte sie mit einem großen Messer. Das vertraute Knacken hob Rosies Laune. Parallel erhitzte sie etwas Wasser in einem großen Topf. Sobald ein paar Bläschen aufstiegen, schaltete sie den Herd klein, platzierte einen kleineren Topf in dem Wasserbad und füllte die zerbröckelten Schokostücke hinein. Eine halbe Packung Butter dazu, und jetzt hieß es abwarten.

Behutsam rührte sie mit einem Schneebesen im Kreis. Wenn Schokolade mit etwas anderem verschmolz, Sahne oder Butter, machte sich in Rosie eine tiefe Zufriedenheit breit. Das war schon immer so gewesen. Nach einiger Zeit glänzte die Masse gleichmäßig braun. Während sie abkühlte, verrührte Rosie Eier und Zucker. Anschließend gab sie Mehl, Backpulver, eine große Prise Zimt und das Schoko-Butter-Gemisch dazu. Sie bearbeitete die Masse mit einem Handbesen statt einer Küchenmaschine, um Jack und ihre Eltern nicht zu wecken.

Sobald der Teig fest wurde, knetete sie ihn mit der Hand weiter und stellte die Schüssel zur Hintertür hinaus in den frischen Neuschnee, damit der Teig aushärten konnte. In der Zwischenzeit machte sie sich an das Küchenchaos.

Als alles wieder glänzte, betrachtete Rosie ihr Werk. Kein einziger Schoko- oder Mehlrest war mehr zu sehen. Trotzdem seufzte sie. Ihre Mutter würde ohnehin einen Grund finden, an ihr herumzumäkeln. Auch etwas, was unbedingt aufhören musste. Zumal sie vermutlich schon in kurzer Zeit wieder mit ihren Eltern unter einem Dach leben würde, bis sie etwas Eigenes in Bedford gefunden hatte. Der Gedanke daran ließ sie erschaudern.

Rosie schaltete die Kaffeemaschine ein und holte den Teig aus dem Schnee herein. Dann teilte sie den großen kalten Klumpen in kleine Kugeln, rollte sie in Puderzucker und schob alles auf einem Blech in den Ofen. Mittlerweile mischte sich unter den kalten Rauchgeruch der Duft von Kaffee, und bald würden auch die Schoko-Zimt-Crinkles ihr Übriges tun.

Zufrieden schenkte sie sich einen Kaffee ein und genoss den ersten Schluck. Sie nahm die Tasse mit ins Wohnzimmer, schloss alle Fenster und wickelte sich auf der Couch in eine Wolldecke ein. Dabei blieb ihr Blick an den Bilderrahmen an der gegenüberliegenden Wand neben dem Kamin hängen.

Glücklicherweise waren sie vom Feuer verschont geblieben. Eine Ewigkeit hatte sie die Fotos schon nicht mehr betrachtet. Eines zeigte Rosie als kleines Mädchen, neben ihrer Mutter sitzend. Ihre braunen Haare waren streng nach hinten gebunden, der Pony akkurat geschnitten. Um den Hals trug sie einen weißen Spitzenkragen, den sie immer zu besonderen Anlässen getragen hatte. Das Foto war am Tag ihrer Einschulung entstanden. Ihre Mutter stand hinter ihr, beide Hände auf ihre Schultern gelegt.

Rosie betrachtete das Bild einen Moment und versuchte, sich an eine Situation zu erinnern, in der ihre Mutter stolz auf sie gewesen war. Natürlich hatte sie sie hier und da gelobt, beispielsweise bei guten Noten. Ansonsten hatte Rosie sich immer gefühlt, als wäre sie eine Enttäuschung für ihre Mutter. Als hätte sich ihre Mutter vor sechsundzwanzig Jahren auf ein kleines Mädchen gefreut, doch nach der Geburt festgestellt, dass es nicht das richtige Mädchen war. Ein dumpfes Gefühl der Traurigkeit machte sich in Rosie breit.

»Guten Morgen, Schatz.«

Eben noch versunken in ihren Gedanken, fuhr Rosie herum. Ihre Mutter betrat das Wohnzimmer. Sie trug ihr rotes Feiertagskostüm und begann, die Fenster wieder zu öffnen.

»Hi, Mum. Guten Morgen.«

»Das ganze Haus riecht nach Schokolade, Schatz. Hast du wenigstens die Küche wieder sauber gemacht?« Sie tätschelte im Vorbeigehen Rosies Schulter.

»Natürlich.« Ihre Mutter war einer der wenigen Menschen, die es binnen Sekunden schaffte, in Rosie Wut hervorzurufen. Es war wie ein Schalter, der nach gewissen Worten automatisch umgelegt wurde.

»Nun schau dir das Desaster nur mal an.« Ihre Mutter bückte sich und wischte mit den Fingern über den schwarz verkohlten Boden.

»Kaffee ist schon durchgelaufen«, sagte Rosie, weil sie wusste, dass es keinen Sinn hatte, sich aufzuregen. Besser war es, die Situation vorsorglich zu deeskalieren, wie sie es ihr Leben lang gelernt und perfektioniert hatte.

»Wo ist Jack?«, fragte ihre Mutter, ohne auf den erwähnten Kaffee einzugehen.

»Der schläft noch.«

»Na, möchtest du ihn denn nicht wecken? Wir gehen doch gleich in die Kirche.«

»Mum, ich gehe seit Jahren nicht mehr in die Kirche, das weißt du doch«, erwiderte sie.

Ihre Mutter zog einen Schmollmund. Nach Rosies Kirchenaustritt vor zwei Jahren hatte sie ein paar Wochen nicht mehr mit ihr geredet. »Vielleicht möchte Jack ja gerne mitkommen.«

»Ich denke nicht.« Rosie wusste zwar nicht, ob Jack gläubig war, doch sie konnte ihn auf keinen Fall mit ihren Eltern allein lassen. »Ehrlich gesagt wollte ich ihn schlafen lassen, damit er sich mal richtig ausruht. Er arbeitet viel zu viel und schläft zu wenig.«

»Na, das wird die Zeitverschiebung sein. New York, Moment …« Die Augen ihrer Mutter verengten sich zu schmalen Schlitzen. »Da müsste es jetzt fünf oder sechs Stunden zurück sein.« Dann riss sie sie wieder auf. »Stell dir nur mal vor, Rosie! Du in New York – und dein Vater und ich kommen euch besuchen.«

»Mum!« Rosie versuchte, bewusst auszuatmen.

»Ich frage mal Mr. Cooper nach seinem Sohn, der lebt auch in den USA, und ihr könntet euch …«

»Mum!«, rief Rosie jetzt so laut, dass sie selbst erschrak.

Ihre Mutter zuckte auch zusammen und starrte sie an.

»Ich werde nicht nach New York ziehen.« Erst jetzt merkte Rosie, dass sie die Hände zu Fäusten geballt hatte.

Ihre Mutter starrte sie nur an. Dann seufzte sie und schüttelte den Kopf. »Dass du immer noch nicht vernünftig geworden bist, Rosie. Jack scheint ein erfolgreicher Mann zu sein. Du glaubst doch nicht, dass er in dieses gottverdammte Kaff hier mit dir ziehen würde?« Sie wartete gar nicht auf eine Antwort. »Und du würdest ihn doch nicht für dein Hirngespinst von Mums altem Laden verlassen?« In ihren Augen lagen Entsetzen und Verzweiflung gleichermaßen.

Rosies gab sich Mühe, ihrem normalen Drang zu widerstehen. Normalerweise wäre sie jetzt wutentbrannt aus dem Zimmer gelaufen. Stattdessen zwang sie sich jetzt, dem Blick ihrer Mutter standzuhalten. Gegen das übliche Brennen in ihren Augen kam sie nicht an. *Bitte nicht jetzt, nicht dieses Mal*, dachte sie und schluckte, um Zeit zu gewinnen, bis sich die sich anbahnenden Tränen ergießen würden.

»Mum«, sagte sie schließlich mit klarem Tonfall. »Ich weiß, ich entspreche nicht deinen Vorstellungen. Und das ist okay.« Ihre Stimme zitterte kaum merklich. »Aber wenn du mich nicht so akzeptieren kannst, wie ich bin, wirst du immer wieder enttäuscht werden. Es ist deine Entscheidung.« Während sie den Blickkontakt nach wie vor hielt, löste sie langsam die Fäuste.

Jetzt war es ihre Mutter, die den Blick abwandte. Sie ließ die Augen hektisch blinzelnd über den Boden gleiten, als wäre sie auf der Suche nach etwas. »Ich … Ich mache mich für den Gottesdienst fertig«, stotterte sie und drehte sich wie desorientiert zuerst nach links, dann nach rechts und verließ schließlich den Raum.

Rosie stand noch einen Moment da. Geräuschvoll atmete sie aus. So standhaft sie gerade gewesen war, so dringend musste sie jetzt weg. Am besten ganz raus. Sie lief die Treppe hoch und öffnete vorsichtig die Tür zu ihrem alten Zimmer. Jack lag bis zu den Schulterblättern bedeckt auf dem Bauch, den Kopf halb unter dem Kissen, das Gesicht zur Wand gedreht.

Sie ging zu ihrem Koffer und fuhr mit einer Hand unter den Stapel Klamotten, um so leise wie möglich das kleine Geschenktütchen mit dem Rentiermuster herauszuziehen. Als Jack sich im Bett bewegte, hielt sie inne. Sie biss sich auf die Lippe und wagte es nicht hinüberzusehen. Mit einem Ruck zog sie die Tüte gänzlich heraus, wartete einen Moment, und als sich nichts rührte, verließ sie das Zimmer auf Zehenspitzen.

»Guten Morgen, Prinzessin. Wo willst du denn so früh hin?« Ihr Vater kam, gefolgt von einer altbackenen Aftershave-Wolke, aus dem Bad.

»Morgen«, flüsterte sie. »Jack schläft noch, bitte seid leise! Ich gehe kurz zu den Clarks rüber. Reese ist auch über die Feiertage zu Hause. Ich bin zurück, bevor ihr in die Kirche geht.«

»Na gut«, antwortete ihr Vater in einem versuchten Flüsterton. »Dann grüß recht schön.«

Die klirrend kalte Luft flutete Rosies Lunge. So musste sich die Frau in der bekannten Kaugummiwerbung fühlen. Auch wenn es vor Kälte fast wehtat einzuatmen, war es doch irgendwie befreiend. Eine makellose Schneedecke lag über den Rentieren im Vorgarten. Glitzernde Eiskristalle bedeckten die mageren Bäume.

Rosie trat in den Schnee und lauschte dem Knirschen unter ihren Füßen, während sie die Straße hinauflief. Die Welt sah wie ein Gemälde aus, nur der Rauch, der aus den Kaminen in den blassgrauen Himmel hinaufstieg, zeugte davon, dass sie echt war. In ein paar Häusern brannte bereits Licht. Hoffentlich war Reese auch schon wach. Rosie brauchte sie jetzt.

Wie erwartet herrschte im Hause Clark schon reges Treiben. Rosie blieb vor dem Gartenzaun stehen und blickte durch das Fenster ins Wohnzimmer. Reeses Mutter Lydia und ihre Tante Dolores waren zu sehen, umringt von Reeses kleinen Cousins und Cousinen, die auf der Couch herumhüpften und sich gegenseitig ihre prall gefüllten Weihnachtsstrümpfe über die Köpfe zogen.

Rosie sah hinauf zum Fenster von Reeses altem Kinderzimmer. Die Vorhänge waren geschlossen. Sie nahm eine Hand voll Schnee von den Zaunspitzen, formte ihn zu einer Kugel und warf sie hinauf. Erstaunlicherweise hatte sie es nicht verlernt. Der Vorhang begann zu wackeln. Kurz darauf steckte Reese den Kopf durch den Vorhangschlitz. Nachdem sie ihre Brille aufgesetzt hatte, erhellte sich ihr Blick. Mit einem Knarzen, das als Echo durch die Straße hallte, öffnete sie das alte Fenster und strahlte Rosie an.

»Was machst du denn hier?« Reese zog sich ihre Daunendecke über den Kopf, sodass nur ihr Gesicht herausschaute.

Rosie hielt das Geschenktütchen in die Luft. »Kann ich reinkommen?« Beide grinsten.

»Na klar, warte.« Während Reese das Fenster wieder schloss, ging im gleichen Moment die Haustür auf.

»Rosie Benett!« Reeses Vater stand in Fellschlappen und

Frotteemorgenmantel, der zu Rosies Entsetzen über dem blau gestreiften Pyjama offen stand, im Türrahmen. Seine Augen strahlten durch die flaschenbodendicken Brillengläser. »Ich dachte mir doch, dass ich etwas gehört habe. Frohe Weihnachten, mein Mädchen!«

»Frohe Weihnachten, Mr. Clark!« Rosie wusste nicht so recht, wo sie hinsehen sollte. Reese hatte zwar erzählt, dass sich ihr Vater verändert hatte, seitdem er in Rente war, aber im Vergleich zu seinem sonst so adretten Anzug-Look war dieses Outfit etwas befremdlich. Zumal der Gottesdienst doch schon bald beginnen würde. »Gehen Sie denn gar nicht in die Kirche?«

Ächzend winkte er ab. »Das habe ich aufgegeben. In manchen Dingen seid ihr jungen Leute uns einfach voraus. Komm doch rein.«

Aus dem Haus drangen wild durcheinanderredende Stimmen und Gelächter. Rosie nickte schmunzelnd und folgte seiner einladenden Geste ins Haus.

Reese kam die Treppen herunter und schlüpfte währenddessen in einen dicken Rollkragenpullover. Sie schmiegte sich kurz an ihren Vater, wie ein kleines Mädchen. »Fröhliche Weihnachten, Daddy!«

Er gab ihr einen Kuss auf den Scheitel. »Na, endlich kommst du auch mal aus den Federn. Aber ich kann es dir nicht verübeln, vielleicht gehe ich auch wieder ins Bett. Bei dem Geschrei da drüben wird man ja wahnsinnig.« Er deutete mit dem Kopf zum Wohnzimmer. Dann ließ er Reese und Rosie allein.

Rosie sank in die ausgebreiteten Arme ihrer Freundin. »Frohe Weihnachten! Sie zog Reese fest an sich und spürte, wie gut ihr das tat.

Reese hielt sie fest. Als wüsste sie, was in ihr vorging, sagte sie: »Komm, lass uns in die Küche gehen, und du erzählst mir, was dich gerade belastet.«

»Möchtest du auch eine Tasse Tee mit Schuss?«

Rosie ließ sich auf der gemütlichen Eckbank in der Küche nieder und schmunzelte. »Mit Schuss? So früh am Morgen?«

»Was auch immer du trinkst, ich brauche das jetzt! Ich muss Tante Dolores' Stimme und das Geschrei ihrer drei Blagen noch das ganze Wochenende ertragen.«

Reese setzte Wasser auf und nahm auf der anderen Seite des Tisches platz.

»Also, mit Schuss oder ohne?«

Rosie seufzte. »Tee mit Schuss könnte ich auch gebrauchen, aber ich sollte auf nüchternen Magen lieber keinen Schnaps trinken, bei all dem, was mir heute noch bevorsteht.«

»Was meinst du? Und wo ist überhaupt Jack? Ist er doch nicht mitgekommen?«

»Doch, er schläft noch. Hoffe ich zumindest.«

Reese riss die Augen auf. »Du hast ihn allein bei deinen Eltern gelassen? Hältst du das für eine gute Idee? Denk nur mal daran, wie dein Dad Jerry Taylor vergrault hat.« Sie gluckste. »Der Arme konnte sich nicht mal die Schuhe anziehen, da hatte er ihn schon zur Haustür rausgescheucht.«

Rosie schlug die Hände vor das Gesicht. »Erinnere mich bloß nicht daran.« Es war mindestens neun Jahre her. »Bei Jack mache ich mir eher andere Sorgen. Mum ist total vernarrt in ihn.«

»Ernsthaft?«

»Ja. Am liebsten wäre es ihr, wenn ich die Chocolaterie vergessen und mit ihm nach New York ziehen würde.« Allein, es auszusprechen, fühlte sich verräterisch an. Zumindest der erste Teil.

»Was?« Reese ließ die flache Hand auf den Tisch knallen. »Steht das denn zur Debatte? Du kannst nicht nach New York ziehen! Und du kannst nicht deinen Traum aufgeben!«

»Nein, tue ich ja nicht!« Rosie stand auf und fing an, in der Küche auf und ab zu laufen, als könnte sie so vor dem zerrissenen Gefühl in ihrer Brust davonlaufen. »Niemals«, fügte sie bekräftigend hinzu. Doch es half nichts, gleich darauf vernebelten ihr die Tränen die Sicht und liefen über, bevor sie sie aufhalten konnte.

»O Gott, Süße, hab ich etwas Falsches gesagt?« Reese stand sofort auf und nahm sie in den Arm.

Alles verschwamm, und außer bitterlichem Schluchzen brachte Rosie nichts hervor. Liebevoll streichelte Reese ihr über den Rücken, woraufhin Rosie alles rausließ, was sich die letzten Tage in ihr angestaut hatte.

Es dauerte eine Weile, bis sie sich langsam beruhigte. »Tut mir leid, ich habe deinen Pulli ganz nass gemacht.«

»Das ist doch egal, jetzt setz dich erst mal.« Reese reichte ihr ein Stück Küchenpapier und schob sie behutsam zurück auf die Eckbank.

»Es ist so furchtbar«, wimmerte Rosie. »Die Bank hat mir gestern den Kredit bestätigt. Mein Vater hat die Bürgschaft eingereicht. Ich werde die Chocolaterie zurückkaufen.«

»Aber das ist doch wunderbar, Süße!«

Rosies Schluchzen flammte auf.

Reese riss erschrocken die Augen auf. »O Gott, ist es nicht?«

Rosie schnäuzte sich ins Taschentuch, dann gab sie sich alle Mühe, ein paarmal tief ein- und wieder auszuatmen, bis sie ihre Tränendrüsen wieder unter Kontrolle hatte. »Jack habe ich immer noch nichts erzählt. Ich habe es mir für heute vorgenommen. Aber ich weiß einfach nicht, wie ich es über mich bringen soll.« Rosie stützte den Kopf in die Hände und starrte auf das Tannenbaum-Muster der PVC-Tischdecke.

Langsam legte sich die heilsame Ruhe über ihren Körper, die sie immer verspürte, wenn sie das Weinen vollkommen zugelassen hatte. »Er ist so ...« Sie suchte nach den passenden Worten. »Er tut mir einfach gut. Bei ihm fühle ich mich besonders. Er schätzt mich. Seit dem Tod meiner Grandma ist er der Erste, der mein Können so richtig sieht. Der *mich* richtig sieht. Klar, jeder liebt meine Pralinen, aber das, was dahintersteckt ... das Wissen, die Leidenschaft ...«

Rosie sah Jack vor sich, wie er bei dem Geschäftsessen vor ein paar Tagen von ihr geschwärmt hatte. Die leuchtenden Augen. Der liebevolle Blick. Ein Lächeln legte sich auf ihre Lippen. »Er ist klug und stark und sexy.« Seufzend senkte sie den Kopf.

»Rosie?« Reese beugte sich vor und hob Rosies Kinn an, sodass sie sie ansehen musste. »Du bist so was von verliebt!« Ihre Freundin grinste, als wollte sie sie ermuntern, endlich einzusehen, was ohnehin offensichtlich war.

Doch Rosie schloss die Augen, lehnte den Kopf zurück und seufzte. »Er ist so toll, und ich bin ein furchtbarer Mensch. Ich weiß einfach nicht, wie ich ihm die Wahrheit sagen soll, wo doch klar ist, dass ich ihn dadurch verliere.«

»Willst du es denn noch? Willst du *Millie's Chocolates* noch?«

Rosie kam mit dem Kopf wieder nach vorne und fixierte das Muster der Tischdecke. Es verschwamm schon wieder leicht vor ihren Augen. Ihre Gedanken sprangen wild durcheinander. Jack, Grandma Millie, Mr. Graham, Mr. Holmes aus der Bank, ihr Dad ...

Plötzliches Kindergeschrei riss Rosie aus ihren inneren Bildern. Reeses Cousins und Cousinen waren hereingeplatzt und blieben abrupt vor dem Küchentisch stehen.

»Wieso weint sie?« Einer der Jungen zeigte mit dem Finger auf sie.

Hastig wischte Rosie sich die Tränen aus dem Gesicht.

»Raus! Sofort!« Reese sprang auf und scheuchte die Kinder aus der Küche.

Im gleichen Moment kam Reeses Tante Dolores herein. »Rosie, das ist ja eine Überraschung!«

Rosie lächelte hektisch.

»Und herzlichen Glückwunsch! Margret O'Sullivan hat mir erzählt, dass du dem alten Graham den Laden abkaufen und *Millie's Chocolates* wiedereröffnen willst.« Sie beugte sich über den Tisch und tätschelte Rosies Hand. »Wunderbar, diese Idee! Ich kann es kaum erwarten. Millies Pralinen waren einfach unverwechselbar. Du wirst in große Fußstapfen treten, meine Liebe.«

»Oh, Rosie, frohe Weihnachten!« Auch Reeses Mutter gesellte sich dazu.

Reese rollte mit den Augen und machte einen entschuldigenden Gesichtsausdruck. »Müsst ihr nicht langsam los in die Kirche?«

»Ach du heilige Güte! Dolores, Kinder, anziehen!« Reeses Mutter scheuchte alle in den Flur hinaus. »Reese, sorg bitte dafür, dass dein Vater sich endlich etwas anzieht. Die Nachbarn reden schon.«

»Ich werde mir etwas anziehen, wann ich es für richtig halte«, tönte es aus dem Treppenhaus.

»Oh, Mist, ich muss zurück«, fluchte Rosie. Es war wirklich schon spät.

Reese schloss schnell die Küchentür, bevor Rosie den anderen folgen konnte, und packte sie an beiden Oberarmen. »Süße, hör mir zu! Du bist kein furchtbarer Mensch. Und du musst Jack nichts sagen, bis du nicht weißt, was du wirklich willst.«

Rosie schüttelte müde den Kopf. »Es ist klar, was ich tun muss, Reese. Schokolade ist mein Leben. Die Geheimnistuerei muss ein Ende haben. Ich kann ihm nicht mal mehr in die Augen schauen.«

Reese nickte und drückte ihre Arme noch einmal. »Aber versprich mir, egal, wie du dich entscheidest, tu es für *dich*.«

Jetzt nickte Rosie.

»Und ... wer weiß, vielleicht gibt es ja doch eine Lösung. Immerhin ist er der Firmenchef, er wird doch selbst entscheiden können, von wo aus er arbeitet. Vielleicht zieht er ja für dich ganz nach London, London – Bedford ist eine machbare Distanz für eine Fernbeziehung.«

Rosie lächelte müde. Sie liebte ihre Freundin für ihren Optimismus, aber nach all den Tränen hatte sie jetzt keine Kraft mehr, etwas zu erklären. Die Chocolaterie zu führen bedeutete, dass sie von früh bis spät im Laden stehen und nach Ladenschluss neue Ware produzieren würde, auch an den Samstagen. Und Jack war genauso ein Workaholic. Die Arbeit war sein Leben. Rosie hatte jetzt die Chance, ihr Versprechen einzulösen. Außerdem liebte sie es, mit Schokolade zu arbeiten, sie konnte ihr Leben nicht weiter im Marketing verschwenden.

Das war ihr einmal mehr klar geworden, als sie bei der Entwicklung des Choc-Energizers mitgearbeitet hatte. Mit *Millie's Chocolates* konnte sie alles vereinen, was ihr wichtig war.

Rosie umarmte ihre Freundin noch einmal, und nachdem im Flur nichts mehr zu hören war, öffnete sie die Küchentür. Während sie die Jacke anzog, fiel ihr wieder das Geschenk für Reese ein, das sie in der Tüte neben ihren Schuhen abgestellt hatte. »Das ist übrigens für dich«, sagte sie und überreichte es der Freundin.

»Oh mein Gott, danke!«

»Du kannst es jetzt auspacken oder bis zur Bescherung unter den Baum legen. Immerhin habt ihr noch einen. Unserer ist gestern abgebrannt.« Sie zuckte mit den Schultern, zu absurd war der gestrige Abend gewesen.

Reese schüttelte ungläubig den Kopf. »Bitte *was?*«

»Ja, erst hat Dad Jack die Schuld daran gegeben, dann hat sich herausgestellt, dass eine alte Steckdosenleiste die Ursache war. Es war ein riesen Tohuwabohu, und jetzt müssen wir wohl ohne Baum feiern.«

»Moment.« Reese stellte ihr Geschenktütchen ab, verschwand im Wohnzimmer und kam kurze Zeit später mit einer riesigen Zimmerpflanze im Arm zurück. Es musste eine Art Palme sein. Oder zumindest das, was von ihr übrig geblieben war. Sie stand in einem roten Blumentopf, die Blätter waren mit violett glänzenden Plastikschleifen und goldenem Lametta geschmückt.

»Nimm die hier.« Reese wuchtete den Blumentopf samt Pflanze in Rosies Arme, die sogleich etwas in die Knie gehen musste.

»O Gott, das Ding wiegt mindestens fünfzehn Kilo«, presste Rosie hervor, während sie versuchte, das Gleichgewicht zu halten. »Was ist das überhaupt?«

»Tante Dolores war der Meinung, es wäre der perfekte Christbaum für Großstadtbewohner. Abgesehen davon, dass ich nicht wüsste, wie ich dieses Ding mit der Bahn zurück nach London bringen sollte, würde Alex mich damit auch gar nicht in unsere Wohnung lassen. Außerdem habe ich vergessen, dir ein Weihnachtsgeschenk zu kaufen.« Reese biss die Zähne zusammen und grinste.

Rosie hob eine Augenbraue und nickte. »Wirklich hübsch.«

»Ich weiß, was du denkst. Vielleicht macht ihr einfach das Lametta weg und tauscht die Schleifen gegen schöne Kugeln aus.« Sie machte mit den Händen eine Geste, als wäre sie eine Moderatorin beim Teleshopping. »Fertig ist die perfekte Lösung für euer Weihnachtsbaum-Desaster.«

»Du brauchst gar nicht so zu grinsen«, warnte Rosie. »Ein Weihnachtsgeschenk besorgst du mir trotzdem noch.« Sie schmunzelte und drückte ihrer Freundin einen Kuss auf die Wange, so gut es mit dem Baum ging.

Die letzten Meter zur Haustür kickte Rosie eine der lilafarbenen Plastikschleifen vor sich her, die in den Schnee gefallen war. Wenn sie die Zimmerpflanze nicht gleich abstellen konnte, würde sie zusammenbrechen.

Am Haus ihrer Eltern angekommen, tastete sie sich die drei Stufen zur Haustür hinauf und drückte dann mit dem Ellenbogen auf die Klingel. Sie wusste nicht so recht, wie ihre Mutter sich ihr gegenüber verhalten würde nach ihrer Auseinandersetzung früher am Morgen. Sie nahm sich aber vor, für alles offenzubleiben.

Die Tür ging auf. Der entsetzte Gesichtsausdruck ihrer Mutter war sogar durch die behängten Palmenblätter hindurch zu erkennen. »Du liebe Güte«, fauchte sie, räusperte sich dann aber. »Ich meine ... hübsch. Wo hast du das denn so schnell aufgetrieben, Schatz?«

»Von Reese, ein Geschenk ihrer Tante. Immerhin besser, als an Weihnachten ganz ohne Baum dazustehen, meinst du nicht?«

Ihre Mutter lächelte verlegen, packte aber gleich mit an, während Rosie einen Fuß vor den anderen stellte und balancierend aus ihren Fellstiefeln herausschlüpfte.

Rosie schmunzelte, als sie sah, wie ihre Mutter die Pflanze musterte, ohne dabei nur einen abschätzigen Kommentar abzulassen. Rosies klare Ansage am Morgen war wohl längst überfällig gewesen für ihre Beziehung.

»Du kannst es ruhig sagen, Mum, die Schleifen sind furchtbar.«

Das verlegene Lächeln schien im Gesicht ihrer Mutter festgefroren zu sein. »Nun ja, die Farbkombination sieht Dolores ganz ähnlich.«

Gemeinsam hievten sie den neuen Weihnachtsbaum ins Wohnzimmer und stellten ihn auf dem Couchtisch ab.

»Guten Morgen«, sagte eine vertraute Stimme.

Rosie drehte sich um. Jack lag in dem nach hinten gekippten Massagesessel ihres Vaters. Er zwinkerte und sah sie liebevoll an. Heute trug er einen engen schwarzen Rollkragenpullover, dazu eine blaue Jeans mit Ledergürtel.

Rosies Bauch zog sich angenehm zusammen beim Gedanken an die letzte Nacht. »Guten Morgen«, antwortete sie.

Als Jack aufstehen wollte, kam Rosies Vater gerade herein und drückte ihn zurück in den Sessel. »Sie bleiben schön sitzen. Hier haben Sie eine Tasse Kaffee. Vielleicht noch eine Decke über die Füße?«

»Nein, nein, danke!«, wehrte Jack ab.

Rosie legte den Kopf schief.

Jack grinste und zuckte mit einer Schulter.

»Oh, sehr schöner Baum.« Rosies Vater kam herüber, stupste ein Palmenblatt an, sodass es zurückfederte, und umfasste dann Rosies Oberarm. »Kann ich dich für einen Moment sprechen?« Ohne auf eine Antwort zu warten, schob er sie in den Flur hinaus und schloss die Wohnzimmertür hinter sich. »Wieso hast du uns nicht gesagt, dass Jack die Firma gehört, in der du arbeitest?«, zischte er.

O Gott, dachte Rosie und zog erst einmal ihre Jacke aus. »Dad, verrate du mir lieber, was hier los ist. Gestern noch hast du Jack erst wie einen ungebetenen Gast, dann wie einen Brandstifter behandelt, und jetzt bringst du ihm Kaffee an deinen heißgeliebten Massagesessel?«

Ihr Vater fuchtelte mit den Händen in der Luft herum. »Ich habe mich natürlich entschuldigt für die Verdächtigung. Dann haben wir geplaudert, und es hat sich herausgestellt, dass er dein Chef ist! Kannst du dir vorstellen, wie dumm ich mir vorgekommen bin?«

»Wegen der Steckdosenleiste?«

»Nein! Du hättest es uns erzählen müssen!« Er stemmte die Hände in die Hüften. Waren das da etwa Schweißperlen auf seiner Stirn? »Ich habe ihm breit und ausführlich von meiner Beförderung zum Logistik-Leiter erzählt. Ich meine, der Mann hat Hunderte von Mitarbeitern unter sich. Für ihn muss ich so was von lächerlich geklungen haben.«

»So würde Jack nie denken.«

»Rosie.« Er schüttelte nachdenklich den Kopf. »Du solltest das Ganze noch mal überdenken. Du kannst den Kredit ja immer noch ablehnen.«

»Bitte was?« Waren jetzt alle verrückt geworden?

»Ich meine ja nur, dass du zumindest in Erwägung ziehen solltest, mit Jack nach New York zu gehen. Er ist ein solider Mann. Ein Mann für die Zukunft, verstehst du?«

Rosie schnaubte ungläubig. »Erstens ist überhaupt nicht die Rede davon, nach New York zu gehen. Jack und ich haben noch nicht mit einem Ton über irgendetwas dergleichen gesprochen. Mum hat dieses Hirngespinst gestern aufgebracht. Und zweitens dachte ich, du unterstützt mich in dem, was ich möchte. Das hast du zumindest gestern Abend noch gesagt, falls du dich daran erinnerst. Du weißt, was das Einzige ist, was ich möchte!« Wütend funkelte sie ihren Vater an.

»Ich ... ich dachte nur ...« Er hielt inne, dann nickte er. »Es tut mir leid, Prinzessin. Natürlich stehe ich hinter dir.«

»Gut!« Rosie atmete aus. »Dann hätten wir das ja geklärt.« Sie deutete auf die Haustür. »Pater McCay wartet bestimmt nicht mit seiner Predigt auf euch.«

»Hey.« Rosie ging auf Jack zu, nachdem die Haustür hinter ihren Eltern endlich ins Schloss gefallen war.

Er streckte eine Hand nach ihr aus und zog sie auf seinen Schoß. »Guten Morgen«, wiederholte er und gab ihr einen langen sanften Kuss. »Ist alles okay? Du wirkst gestresst«, flüsterte er.

Rosie hielt die Augen geschlossen und suchte wieder den Kontakt zu seinen Lippen.

Nach einer Weile beendete er den Kuss und sah erwartungsvoll zu ihr auf. Sie spürte, dass er auf eine Antwort wartete.

»Ich war einfach nur früh wach.«

»Du hättest mich wecken können«, erwiderte er.

»Nein, es … war viel zu früh. Du hattest den Schlaf nötig.«

»Ich glaube, so tief wie letzte Nacht habe ich schon lange nicht mehr geschlafen. Das liegt bestimmt an der Landluft. Und an dir.«

Rosie spielte am Kragen seines Pullovers herum, merkte aber, dass er sie beobachtete.

»Ist wirklich alles okay?«, fragte er.

Sie rang sich durch, ihn anzusehen. »Ich könnte ein bisschen frische Luft gebrauchen. Wollen wir einen Spaziergang machen? Ich möchte dir etwas zeigen.«

Rosie vergrub die Hände in den Manteltaschen, während sie nebeneinander durch die verschneiten Straßen Bedfords spazierten. Am liebsten hätte sie seine Hand genommen, aber angesichts dessen, was sie ihm gleich sagen würde, erschien ihr der Abstand angebracht. Jack musterte sie immer wieder von der Seite. Es machte sie nervöser, als sie ohnehin schon war, deshalb versuchte sie, sich abzulenken, indem sie Belangloses über die Kleinstadt erzählte.

Als sie endlich in die Market Street einbogen, vibrierte Jacks Handy in seiner Manteltasche. Er sah kurz aufs Display und steckte das Telefon wieder ein. Als es aufgehört hatte und nach dreißig Sekunden wieder anfing zu vibrieren, sagte er schließlich: »Ist es in Ordnung, wenn ich da kurz rangehe?«

»Nur zu.«

Langsam liefen sie weiter, während Jack abnahm. »Kurt! Wenn ich mich nicht täusche, müsste es an der Ostküste mitten in der Nacht sein.«

Eine Männerstimme war zu hören, jedoch nicht laut genug, um etwas zu verstehen.

»Danke, das wünsche ich dir und Lauren auch. Oh, das tut mir leid! Wann ist sie ausgezogen? Verstehe, dann hoffe ich, dass es dieses Mal nicht wieder so eine Schlammschlacht wird. Hätte ich gewusst, dass du Weihnachten alleine bist ...« Jack blieb stehen. »Phil ist bei dir, klar.« Er fuhr sich durchs Haar, seine Miene verdunkelte sich. »Kann das nicht bis morgen warten? Im Moment ist es schlecht.«

Rosie verspürte dieses ungute Gefühl, das sie immer befiel, wenn es um Phil ging.

»Das kann er nicht tun. Hol ihn mir ans Telefon, oder hört er gerade mit? Dann musst du ihm ins Gewissen reden!« Er schob den Ärmel seines Mantels zurück und schaute auf die Uhr. »Pass auf, du legst dich jetzt aufs Ohr, und wir sprechen in ... sagen wir, vier Stunden. Bis dahin versuche ich, Wexler zu erreichen.«

Jack wartete ab und nickte schließlich. »Ist gut.« Dann senkte er die Stimme. »Ich kann mich doch noch auf dich verlassen, Kurt?«

Kurz darauf war das Gespräch beendet. Jack seufzte. In seinem Gesicht lag Bedauern. »Es tut mir leid, Rosie, ich muss heute schon etwas früher als geplant nach London zurück.«

»Okay«, antwortete sie, bemüht, ihre Enttäuschung zu verbergen. »Was ist? Macht Phil wieder Ärger?«

»Er versucht es zumindest. Deshalb muss ich ein paar Gespräche führen.« Er nahm ihre Hand. »Aber das ist später dran. Jetzt will ich wissen, was du mir zeigen wolltest.«

Sie gingen weiter, und Rosie war sich sicher, dass er bemerkte, wie feucht ihre Hände waren.

»Das hier«, sagte sie, als sie vor dem Gebäude der ehemaligen Chocolaterie ankamen.

»Den Candy Shop?«

»Ja ... also nein, nicht das *Candy Paradise*, sondern den Laden an sich.« Während Jack auf das mit Kunstschnee verzierte Schaufenster zuging und mit beiden Händen an den Schläfen durch die Scheibe blickte, wischte Rosie sich die Hände an ihrem Mantel trocken. Sie atmete tief durch. »Es ist ein besonderer Ort für mich. Bevor der Süßigkeitenladen hier eingezogen ist, gehörte dieses Geschäft meiner Grandma.« Sie musste lächeln. »*Millie's Chocolates* war in ganz Bedfordshire beliebt.«

Jack ging ein paar Schritte rückwärts und betrachtete die verwitterte Fassade des Hauses, bis er neben Rosie stand. »Dann ist das der Ort, an dem dein Talent entstanden ist?«

»Ja.« Sie nahm allen Mut zusammen und sah ihm direkt in die Augen. »Hier habe ich alles über Schokolade gelernt. Hier habe ich meine Kindheit verbracht. Jeden einzelnen Tag davon.« Sie schluckte, denn sein liebevoller Blick bereitete ihr Höllenqualen. Bevor sie fortfahren konnte, nahm er ihre Hand. Mit der anderen griff er in die Innentasche seines Mantels. »Dann ist das der richtige Ort, um dir mein Weihnachtsgeschenk zu geben.«

Er zog einen Umschlag heraus. »Das ist für dich.« Seine Augen leuchteten. Rosie war so vor den Kopf gestoßen, dass sie überhaupt nicht wusste, was sie sagen sollte. Sie nahm den Umschlag entgegen und betrachtete ihn von beiden Seiten. Es stand nichts darauf. Mit leicht zittrigen Händen öffnete sie ihn und zog ein Flugticket heraus.

»*Pereira*«, las sie verwundert. Von dem Ort hatte sie noch nie gehört. »Wo ist das?«

»Du hattest in dem Gespräch mit Wexler bedauert, noch nie eine Kakaoplantage besichtigt zu haben.«

Mit offenem Mund blickte sie zu ihm auf. »Das hast du dir gemerkt?«

»Ja klar. Um ehrlich zu sein, hat es mich inspiriert. *Du* hast mich inspiriert. Seit ich dich das erste Mal mit dieser Leidenschaft über Schokolade reden gehört habe, hat mich das Thema nicht mehr losgelassen.«

Rosies Herz begann zu rasen. Wieder blickte sie auf das Ticket.

»Pereira liegt in Kolumbien, ungefähr fünfzig Kilometer entfernt gibt es eine Plantage, auf der Criollo angebaut wird. Ich habe mit einem Lieferanten gesprochen, und er hat den Kontakt zu dem Bauern hergestellt. Es ist ein Familienbetrieb, faire Arbeitsbedingungen, der Kakao soll himmlisch sein.«

Ein Schnauben entfuhr ihr. »Wow!«

»Rosie, ich habe in den letzten Tagen eine Entscheidung getroffen. Die Zeit bei *Ostrich* ist für mich vorbei.«

Sie sah zu ihm auf. »Was? Wie meinst du das? Die Firma ist doch dein Leben!«

»Geschäfte machen, das ist mein Leben.« Er nahm ihre Hand. »Ich habe es satt, Produkte zu verkaufen, die den Menschen das Gefühl geben, sie wären noch nicht genug. Und es ist Zeit, mich von Kurt und Phil zu trennen. Ich muss mein eigenes Ding machen. Der Börsengang in ein paar Monaten ist meine einzige Chance, sauber auszusteigen. Bis dahin habe ich noch Zeit, die Weichen zu stellen.«

Der Druck seiner Hände wurde kräftiger. »Rosie, ich möchte dich bei dieser Reise dabeihaben. Und ich meine damit nicht nur den kurzen Urlaub. Mit deinem Talent könnten wir etwas ganz Großes erschaffen. Die Schokoladenindustrie revolutionieren.«

Rosie steckte das Ticket wieder zurück in den Umschlag, um Zeit zu gewinnen. Sie wusste nicht, wo ihr der Kopf stand. Ein Teil von ihr kribbelte vor Aufregung und Freude, ein anderer zog sich zusammen wie bei einer üblen Magenverstimmung.

»Ich … Das kommt alles etwas überraschend.«

»Ich weiß, das ist viel auf einmal. Lass uns die Tage auf der Plantage nutzen, um die Idee einfach mal auf uns wirken zu lassen. Schauen, wie es sich anfühlt, wo es uns hinbringt …«

»Ja, gute Idee«, sagte sie abwesend.

Jack deutete auf das Schaufenster des *Candy Paradise*. »Danke, dass du mir den Ort deiner Kindheit gezeigt hast.«

Immer noch perplex folgte sie seinem Blick. Die Fassade, nein, das ganze Haus wirkte jetzt noch schäbiger als zuvor. Sie setzte ein Lächeln auf, dann machten sie sich auf den Rückweg.

»Ein toller Mann«, seufzte Rosies Mutter und winkte der schwarzen Limousine hinterher, die mit Jack zurück nach London fuhr. »Ich brauche jetzt einen Gin Tonic.«

»Ich auch«, brummte ihr Vater. Er legte den Arm um seine Frau und führte sie zurück ins Haus, als kämen sie von einer Beerdigung.

Rosie rieb sich mit zittrigen Händen die Schläfen, während sie wartete, bis der Wagen am Ende der Straße um die Ecke gebogen war. In ihren Ohren pochten die Worte ihrer Grandma. Es war, als würde sie langsam verrückt werden bei dem ganzen Hin und Her.

Jacks Angebot, auch wenn es noch unkonkret war, hatte ihren Plänen, ihm endlich von der Chocolaterie zu erzählen, gewaltig in den Hintern getreten. Aber nicht nur das, es war, als hätten seine Worte und das gesamte Wochenende mit ihm die Karten neu gemischt. Sie konnte es nicht erklären, doch der Gedanke daran, mit ihm eine Kakaoplantage zu besuchen, löste jedes Mal ein freudiges Kribbeln in ihr aus. Eine echte Kakaofrucht in der Hand zu halten, die Herstellungsprozesse mit eigenen Augen zu sehen … mit ihm zusammen zu sein.

Aber jedes Mal, wenn sie die Gedanken und das Kribbeln zuließ, hörte sie Grandma Millies Stimme. Vermutlich war sie bereits verrückt geworden. Oder aber es war Zeit für ein Zwiegespräch.

Kapitel 18

Als Rosie mit den Händen über Millies Grabstein wischte, sodass der Schriftzug unter der Schneedecke zum Vorschein kam, bemerkte sie erst, wie ihre Hände schmerzten. Die eisige Kälte hatte sie auf dem Weg zum Friedhof gar nicht wahrgenommen, als hätte das Adrenalin ihre Sinne getrübt.

»Hey, Grandma«, flüsterte sie mit mattem Lächeln. »Frohe Weihnachten!«

Sie lauschte einen Moment der Stille. Der Wind ließ die Schneeflocken tanzen und bescherte Rosie jedes Mal eine Gänsehaut, wenn er stoßweiße durch die Grabsteine hindurchgeschossen kam.

Der Friedhof war menschenleer, dennoch wusste Rosie, dass sie nicht allein war. Sie holte tief Luft und flüsterte: »Stell dir vor, Mum hat das Weihnachtsessen vorverlegt. Dein köstliches Braten-Rezept gab es schon gestern. Natürlich fehlte die Schokoladen-Komponente, du kennst Mum ja. Nun, jedenfalls, der Grund dafür war, dass ich gestern jemanden mitgebracht habe. Jack, er ist Amerikaner. Mum mag ihn sehr. *Ich mag ihn sehr.*«

Sie machte eine Pause. »Woher weiß man, was das Richtige ist, Grandma? Da muss es doch eine Formel geben oder irgendetwas.« Sie seufzte und sah auf ihre vor Kälte roten Finger. »Das ist bestimmt auch eines der Dinge, die du mich noch gelernt hättest.«

Nachdem Millie gestorben war, hatte Rosie sich manchmal vorgestellt, dass sie ihr vom Himmel aus Aufgaben stellte, damit sie bestimmte Dinge lernte. Kleinigkeiten. Zum Beispiel, wenn ihr Schokolade im Topf anbrannte, dachte sie, dass Millie ihr damit sagen wollte, dass sie sich beim Ganache-Kochen besser konzentrieren musste. War Jack vielleicht auch eine Aufgabe? Um ihre Loyalität zu testen? Der Gedanke schmerzte.

Rosie schüttelte den Kopf. »Grandma, du musst mir klarere Zeichen geben. Bitte! Ich weiß, ich habe dir etwas versprochen, und ich werde es auch halten, wenn du das immer noch möchtest. Aber wenn da irgendwie auch nur die geringste Chance besteht, dass ich dein Erbe auch anders weitertragen kann, dass ich es mit Jack vereinen kann, dann lass es mich bitte wissen. Lass den Kredit platzen oder lass Mr. Grahams Lungen heilen, sodass er doch nicht verkaufen möchte … irgendein Zeichen.«

Dumpfes Gelächter drang vom Parkplatz des Friedhofes herüber. Im gleichen Moment kam sie sich dumm vor. Naiv. Schließlich war sie eine erwachsene Frau. Wieder seufzte sie, dann küsste sie ihren Zeigefinger und drückte ihn auf den Grabstein. »Meine fordernde Art tut mir leid, entschuldige, Grandma. Ich krieg das schon hin.«

Rosie wollte nichts mehr, als nach London zurückkehren. Besser heute als morgen. Raus aus ihrer Kindheit, zurück in ihr erwachsenes Leben. Auf dem Weg zurück zum Haus überlegte sie, was sie ihren Eltern erzählen könnte. Das Gespräch mit Mr. Graham über eine mögliche Ratenzahlung, das sie sich für die Tage nach Weihnachten vorgenommen hatte, war mit der Bürgschaft ihres Vaters hinfällig. Somit hielt sie nichts in Bedford.

Außerdem musste sie unbedingt checken, ob ihr Reisepass noch gültig war. Und packen, schon am Donnerstag würde es losgehen. Kolumbien, dachte sie, und ein freudiges Kitzeln rieselte durch ihren Bauch. Die Reise mit Jack würde sie auf jeden Fall machen. Es war eine einmalige Gelegenheit, und vielleicht würde sie ihr Klarheit bringen.

Ihren Eltern erzählte sie aber besser erst mal nichts. Das Letzte, was sie jetzt brauchte, waren noch mehr Meinungen und Druck von außen. Der Kredit lief ihr nicht davon, und die Anzahlung, die sie bei Mr. Graham bereits getätigt hatte, hielt ihr alles offen. Zufrieden mit ihrer Entscheidung nickte sie und lief ein bisschen schneller.

Was für ein Klima herrschte in Kolumbien überhaupt? Eine weitere Glückswelle rollte durch ihren Körper. Rosie quiekte und biss sich auf die Lippe.

»Scheiße, ist dein Leben kompliziert.« Umhüllt von lautem Gemurmel dröhnte Perpetuas Stimme aus Rosies Handy. »Aber weißt du, was noch schlimmer ist? Eine verschenkte Weihnachtsnacht in London! Du wirfst dich jetzt in dein bitchigstes Outfit und schwingst deinen süßen Hintern in den *Duke Pub*, immerhin war gestern Jesus' Geburtstag. Bis du da bist, besorge ich uns schon mal ein paar Drinks zum Anstoßen.«

Rosie lachte, die Idee war spitze. »Ich bin schon unterwegs!« Nachdem sie aufgelegt hatte, packte sie schnell ihren Koffer aus. Bevor ihr Vater sie zum Bahnhof gefahren hatte, hatte er darauf bestanden, den Kredit-Vertrag, den ihr der Bankberater zugemailt hatte, auszudrucken und einmal mit ihr gemeinsam durchzugehen. Sie hatte ihm versprochen, ein paar Nächte über ihre Entscheidung zu schlafen. Das kam ihr ohnehin gelegen.

Entgegen Perpetuas Outfit-Tipp schlüpfte sie in ein schlichtes weißes Tanktop und eine Highwaist-Jeans. Dazu gold glitzernde, spitze Pumps – passend zu Weihnachten. In diesen Klamotten fühlte sie sich wohl, außerdem bekam sie in Jeans für gewöhnlich die meisten Komplimente. Nicht dass es sie derzeit interessierte, aber in dieser Hinsicht hatte sie die Männerwelt durchschaut.

Auch bei Jack war ihr schon aufgefallen, dass er sie in Jeans und Shirt am meisten begehrenswert fand. Beim Gedanken an ihn spürte sie, wie sehr sie ihn bereits vermisste, obwohl sie erst ein paar Stunden getrennt waren. Sie zückte ihr Handy und schrieb ihm, dass sie auch zurück in London war. Sie hatte damit gewartet, um nicht den Eindruck zu erwecken, dass sie seinetwegen zurückgefahren war. Jetzt war es einundzwanzig Uhr. Er hatte sich den ganzen Nachmittag nicht gemeldet, und sie fragte sich, was er machte.

Die Haare wollte sie heute offen tragen. Sie nahm ein bisschen Haargel und fuhr sich damit durch die unteren Strähnen, das brachte ihre hellbraunen Haarsträhnen so schön hervor. Ihre Wangenknochen betonte sie mit einem bronzefarbenen Rouge, die Wimpern tuschte sie nur ein wenig. Zum Abschluss trug sie einen knallroten Lippenstift auf und tupfte durchsichtigen Lipgloss darüber. Fertig, dachte sie, nahm Jacke, Handy und Tasche und zog die Wohnungstür hinter sich zu.

Der *The Duke Pub* quoll fast über, damit hatte sie nicht gerechnet. Weihnachten war sie noch nie in der Stadt gewesen. Schon von der gegenüberliegenden Straßenseite aus erkannte sie Perpetuas funkelndes Paillettenkleid, das sie auch auf der *Ostrich*-Weihnachtsfeier getragen hatte. Sie unterhielt sich rauchend mit dem Türsteher.

Bevor Rosie die Straße überquerte, warf sie einen Blick auf ihr Handy und entdeckte eine Nachricht von Jack.

> Du bist zurück? Ich hab euch doch nicht etwa die Stimmung verdorben?

Schnell tippte sie eine Antwort:

> Nein, Quatsch! Mit dir war Weihnachten bei meiner Familie seit Langem wieder etwas Besonderes ...

Als sie das Handy zurück in die Tasche stecken wollte, vibrierte es.

> Ich bin noch im Büro. Wenn du möchtest, komme ich bei dir vorbei.

Rosie seufzte schmunzelnd. Es war Samstagabend, und der erste Weihnachtsfeiertag. Dieser Mann war wirklich ambitioniert, was das Business betraf. Sie schrieb:

> Da sollte ich mir wohl ein Beispiel an meinem fleißigen Boss nehmen ;) Stattdessen bin ich gerade auf dem Weg in eine Bar.

Sie wartete. Nichts kam zurück. Als sie sah, wie Perpetua ihre Zigarette austrat, schickte sie noch schnell eine Nachricht hinterher:

> Ich bin im Duke Pub in der Britton Street, falls du Lust hast auszugehen.

Sie steckte das Handy zurück in die Tasche und überquerte die Straße.

Perpetua wackelte mit den Augenbrauen und machte mit

der Hand eine divenhafte Geste, als sie Rosie sah. »Sieh an, wer heute mit Big Mama einen draufmacht! Scheiß auf das Fest der Liebe, heute feiern wir uns!« Sie breitete die Arme aus und zog Rosie an sich. »Hey, Girl! Du siehst toll aus!«

»Du aber auch«, gab Rosie zurück. »Wo sind die Drinks? Ich kann jetzt dringend einen gebrauchen.«

Perpetua grinste mit zusammengebissenen Zähnen. »Tut mir leid, Süße, da hab ich mich mal wieder selbst überschätzt. Die zwei Shots haben nicht lange in meinen Händen überlebt.« Rosie boxte sie in die Seite. »Dann geht die zweite Runde eben auch auf dich!«

Die Tür wurde geöffnet, und der dröhnende Mix aus Gelächter, Unterhaltungen und der kaum zu verstehenden Musik übertönte Perpetuas Stimme. »Direkt an die Bar«, schrie sie Rosie ins Ohr und schob sie in das Getümmel.

Die ausgelassene Stimmung ergriff sofort Besitz von Rosie. Die Leute lachten, grölten mit erhobenen Gläsern, und die meisten trugen traditionelle Papierhütchen oder -kronen.

Rosie sog den Geruch von verschüttetem Bier und das Potpourri aus Schweiß und Parfum auf. Gott, wie hatte sie das Londoner Nachtleben in den letzten Wochen vermisst! Sie genoss es sogar, ständig angerempelt zu werden, während sie sich, Perpetua an der Hand, den Weg zur Bar bahnte. Dort angekommen, entdeckte sie Herb hinter dem Tresen und warf ihm eine Kusshand zu.

Er zwinkerte und formte mit den Lippen ein »Frohe Weihnachten«. Dann deutete er auf die Wodka-Flasche in seiner Hand. Rosie hob zwei Finger. Er nickte, schenkte drei Shots ein und schob zwei davon über den Tresen.

Rosie nahm sich ein Glas und hielt es feierlich in die Luft. »Auf uns!«

»Und auf Jesus«, fügte Perpetua hinzu. Die drei Gläser klirrten aneinander. Dann legte Rosie den Kopf in den Nacken und genoss das Brennen, das ihre Kehle hinunterrann.

»Brrr!« Sie schüttelte sich und knallte das Glas auf den Tresen. »Noch einen.«

Perpetua jubelte. »So gefällst du mir, Girl.«

Nach einem weiteren Shot fühlte Rosie sich einfach nur gut. Sie ließ den Blick durch den Raum schweifen und gab sich der Musik hin. Nach und nach verbreitete der Alkohol eine wohlige Wärme in ihrem Körper. Die verspannten Muskeln in ihrem Rücken und Nacken wurden immer weicher. Langsam bewegte sie die Hüften, nahm die Arme dazu und schloss die Augen. Sie ließ sich von den Klängen aus den Lautsprecherboxen treiben. Die dicht gedrängt stehenden Leute um sie herum waren ihr Halt. Verdammt, tat das gut!

»Süße, hast du ein Pfefferminzbonbon dabei?«, riss Perpetua Rosie ein paar Songs später aus ihrer Trance.

»Was? Nein, sorry.«

»*Fuck*, ich muss dringend pinkeln und wollte auf dem Rückweg bei Lenny vorbei, das ist der Neue an der Garderobe. Oh – mein – Gott, sag ich nur. Der hat einen Bizeps, wie ein junger Adonis. Kommst du mit?«

Rosie runzelte die Stirn. »Ich denke, ich verzichte.«

»Alles klar. Aber nicht sauer sein, wenn ich eine Zeit unterwegs bin.« Perpetua schüttelte die Schultern, sodass ihr Kleid funkelte wie eine Diskokugel. Ihr Busen wogte im Dekolleté.

»Nun geh schon«, lachte Rosie und gab ihrer Freundin einen Klaps auf den Hintern. Als Perpetua in der Menge verschwunden war, kramte Rosie ihr Handy aus der Tasche. Beim Anblick des leeren Displays war sie enttäuscht. Sie wusste, wenn sie sich jetzt von diesem Gefühl mitreißen lassen würde, wäre der Abend gelaufen. Das wollte sie auf keinen Fall. Heute war ihr Abend.

Sie steckte das Handy weg, bestellte sich ein Bier, und als *I gotta Feeling* von The Black Eyed Peas ertönte, mischte sie sich wieder in die mitgrölende Menge und tanzte sich jegliche Last vom Leib.

Völlig verschwitzt stützte Rosie die Ellenbogen auf die Bar und wartete geduldig, bis Herb einen großen Schwung durstiger Gäste versorgt hatte. Mittlerweile hatte sich der Raum etwas geleert, sodass Rosie über den Tresen hinweg bis zur Garderobe blicken konnte. Perpetua lehnte über der Jacken-Ausgabe und knutschte, als gäbe es kein Morgen mehr. Sie schien ihren jungen Adonis förmlich zu verschlingen. Rosie freute sich für ihre Freundin.

»Noch einen Shot?«, fragte Herb.

Rosie schüttelte den Kopf. »Ich nehme lieber ein Bier.« Ihre Kehle war trocken vom Tanzen, und der Gedanke an eine kühle Erfrischung ließ ihr das Wasser im Mund zusammenlaufen. Als Herb ihr das Bier hinstellte, nahm sie ein paar durstige Schlucke und lächelte zufrieden. Zurück nach London und hierherzukommen war die beste Entscheidung, die sie heute getroffen hatte.

Herb warf sich das Geschirrhandtuch über die Schulter und kam zu ihr herüber. Er setzte sich auf die Kante des Waschbeckens unterhalb des Tresens, sodass sie sich unterhalten konnten. »Na, Schönheit, wie stehen die Aktien?«

»Pfff«, machte Rosie und hob die Augenbrauen. »Der Kurs ist eingebrochen.«

»Oha, dann solltest du aber auf keinen Fall verkaufen.«

Rosie nahm einen weiteren Schluck. »Abwarten, bis der Markt sich beruhigt hat, was?«

»Sie ist nicht nur schön, sondern auch noch klug.« Er lachte, hob sein Bier und stieß mit ihr an. »Ich verstehe zwar nicht viel von dem Kram, aber keine voreiligen Entscheidungen zu treffen scheint mir in jeder Lebenslage ein guter Plan zu sein.«

Rosie nickte und sah hinunter auf die Bierflasche in ihrer Hand.

»Willst du darüber reden?«, fragte er.

Sie schaute ihn an und lächelte. »Es ist das Letzte, was ich heute Abend will.«

»Dachte ich's mir doch. Dann werde ich dir eine Geschichte aus meinem Leben erzählen, die deinen Mist mit Sicherheit übertrifft.«

»O ja, her damit. Bitte«, flehte sie. »Wobei ich mir nur schwer vorstellen kann, dass es ein größeres Dilemma als meines ist.«

»Also gut, du darfst mich aber nicht bewerten. Ihr Frauen könnt das ja nicht lassen«, meinte er.

»Was? Dann macht es doch überhaupt keinen Spaß. Komm schon, du gibst mir eine Einschätzung auf einer Skala von eins bis zehn, wie groß dein Mist ist. Und sobald du mir die Geschichte erzählt hast, sag ich dir, bei welcher Zahl du wirklich liegst.« Sie zwinkerte und streckte ihm die Hand hin. »Ich bleibe neutral, versprochen.«

Spielerisch schlug er ihre Hand weg, nahm einen großen Schluck aus seiner Flasche und begann: »Du kennst doch Mindy, die mal 'ne Zeit lang hier hinter der Bar ausgeholfen hat.«

»Die hübsche Mexikanerin?«

»Genau die. Sie hat mich neulich gedrängt, einen Kaffee mit ihr zu trinken.«

Rosie zuckte die Schultern. »Na und? Dafür gibt es keinen Punkt auf der Mist-Skala.«

»Jetzt hat sie mir einen verdammten Schwangerschaftstest unter die Nase gehalten.«

Rosie riss den Mund auf. »Oh mein Gott, das ist eine glatte Zehn!«

Er fing an zu grinsen, presste die Lippen zusammen, als müsste er ein Lachen unterdrücken. Als er es anscheinend nicht mehr aufhalten konnte, platzte ein fröhliches Gelächter hervor.

»Du!« Rosie zeigte mit dem Zeigefinger auf ihn. »Du hast mich reingelegt.« Laut glucksend beugte sie sich über den Tresen und wuschelte ihm durchs Haar, wie bei einem frechen Schuljungen.

Herb kringelte sich vor Lachen und versuchte, Rosies Hand abzuwehren. Plötzlich hielt er inne und sah geradewegs über Rosie hinweg. Dann deutete er mit dem Kopf hinter sie. »Gehört der Typ zu dir?«

»Ja, das tut er«, hörte Rosie Jacks Stimme, bevor sie sich umdrehen konnte. Es war ein seltsam abschätziger Unterton.

Sofort drehte sie sich um. »Hey«, begrüßte sie Jack überrascht. »Ich hätte nicht gedacht, dass du kommst.«

»Hier bin ich«, sagte er kühl. »Falls ich aber störe, gehe ich wieder.«

»Was? Nein!« Wieso hatte er so miese Laune? »Was ist denn los?« Da er mit mahlendem Kiefer wieder Herb fixierte, begriff sie. Sie nahm seine Hand und zog ihn ein Stück weg vom Tresen zu einem freien Barhocker an der Wand.

»Wer ist der Kerl?«, fragte Jack.

»Herb, ein alter Bekannter.«

»Ein alter Bekannter? Ah!« Die Ironie in seiner Stimme war nicht zu überhören.

Rosie schnaubte. Er hatte sich unmöglich Herb gegenüber verhalten. »Ja, er ist einfach nur ein alter Bekannter«, wiederholte sie mit Nachdruck. So kannte sie Jack gar nicht.

Als er nichts darauf erwiderte, reichte es ihr. »Denkst du ernsthaft, du kannst mich ein paar Stunden auf deine Antwort warten lassen und dann überraschend hier auftauchen, um sauer zu sein, weil ich mich mit einem alten Bekannten unterhalte?«

Sie standen sich gegenüber und funkelten einander an. Keiner sagte etwas. Rosies Atem ging schnell, so wütend war sie. Seine Nasenflügel zuckten. So aufgebracht hatte sie ihn nur ein Mal erlebt, als er Phil geschlagen hatte. Rosie sah ihm ins Gesicht. Der Lärm der Leute und das Wummern der Bässe rückten in den Hintergrund.

Seine kakaobraunen Augen zeigten Entschlossenheit. Dann mischte sich langsam etwas anderes darunter. Sein Blick wurde sanfter. Er fuhr sich durchs Haar. »Verdammt«, fluchte er und seufzte. »Es tut mir leid.«

Rosie nickte und strich mit dem Daumen über seine Hand, die sie immer noch festhielt. Je länger sie ihn anblickte, desto klarer wurde ihr, dass Herb und sie in Wirklichkeit nicht das Problem waren. Irgendetwas anderes hatte Jack so aufgebracht. Sie sahen sich direkt in die Augen und schwiegen. In Rosie wuchs ein Ziehen tief unten in ihrem Unterleib.

Langsam ließ er den Blick an ihrem Körper hinabgleiten. Dann hakte er zwei Finger vorne in ihre Jeans ein und zog sie an sich. »Lass uns von hier verschwinden.«

Kapitel 19

Keuchend sank Rosie ins Kissen. Ihr ganzer Körper kribbelte, und jegliche Muskulatur schien augenblicklich zu versagen. Ihre Beine, die gerade noch um Jacks Hüften geschlungen gewesen waren, sackten haltlos auf die Matratze.

Jack grinste. Von seiner Schläfe rann eine Schweißperle hinab. Dann drückte er ihr einen Kuss aufs Schlüsselbein und legte den Kopf erschöpft auf ihrer Brust ab. Eine Weile lagen sie nur so da. Gelegentlich mischte sich dumpfes Autohupen unter das beruhigende Geräusch von Jacks Atem.

Rosie fuhr ihm mit den Fingern durchs Haar. »Was war vorhin eigentlich los?« Als er nicht antwortete, hakte sie nach: »Warst du wirklich nur so aufgebracht, weil du mich mit Herb lachen gesehen hast?« Da er Linien auf ihren Oberarm malte, wusste sie, dass er nicht schlief. »Hat es irgendwas mit dem Telefonat heute Vormittag in Bedford zu tun? Mit Phil?«

Er atmete schwer aus und stützte sich links und rechts neben ihrem Oberkörper auf den Ellenbogen ab. »Ich will jetzt wirklich nicht über Phil reden.« Er klang genervt, und gleichzeitig war da auch eine Härte in seiner Stimme.

Rosie ließ es gut sein, auch wenn es ihr nicht gefiel, dass

dieser Widerling von Phil ihn schon wieder belastete. »Okay«, sagte sie schließlich, lächelte ihn an und reckte ihr Kinn nach oben, um ihn zu küssen. »Ein bisschen hat es mir gefallen, dich eifersüchtig zu sehen.«

»Ein bisschen?« Er hob eine Augenbraue. »Ich glaube, das, was hier gerade eben passiert ist, hat gezeigt, dass es dir sehr gefallen hat.« Sie lachte auf und küsste ihn wieder, bis sich Jack von ihr löste. Er sah sie an und wirkte nachdenklich. »Vielleicht sollten wir das hier definieren.« Mit dem Finger zeigte er zwischen ihnen beiden hin und her. »Dann würde so etwas wie heute Abend vermutlich nicht mehr passieren.«

Eine warme Welle der Energie brachte die Lebensgeister zurück in Rosies Körper, sie schob sich unter ihm empor und setzte sich auf. »Wie wäre denn deine Definition?«

Er rollte zur Seite und stützte den Kopf auf einer Hand ab. Mit der anderen strich er langsam ihre Taille hinab.

Rosie erschauderte.

»Ich weiß nicht.« Er blickte zu ihr auf. »Du bist im Moment das Beste in meinem Leben.«

Noch nie zuvor hatte ihr jemand so etwas gesagt. Noch nie zuvor hatte Rosie jemanden gekannt, bei dem es ihr so viel bedeutete. »Du für mich auch«, flüsterte sie. Sie beugte sich zu ihm herunter und versank in einem Kuss, der den Rausch dieser Nacht ins Unermessliche trieb.

Jacks Handy vibrierte dumpf auf dem Holzboden in Rosies Wohnung. Sie rieb sich die geschwollenen Lippen, während Jack sich von ihr löste und nach dem Telefon tastete.

Er blickte darauf und seufzte. »Heute Nacht kann ich nicht hierbleiben. Ich treffe mich morgen früh mit Ted Wexler und muss noch ein paar Dinge durchgehen.«

»An Weihnachten? Ist das so ein amerikanisches Ding, dass ihr alle an den Feiertagen arbeitet?«

»Nein, das ist kein amerikanisches Ding«, antwortete er

jetzt wieder mit dieser kühlen Härte in der Stimme und stand auf. Wortlos sah Rosie ihm dabei zu, wie er sich Boxershorts und Hose anzog. Danach schlüpfte er in sein Hemd und knöpfte es zu.

»Dann sehen wir uns vor Donnerstag noch mal?« Sie setzte sich auf.

»Bestimmt.«

»Gut.« Sie verspürte den dringenden Wunsch, die plötzlich unterkühlte Stimmung wieder zu erwärmen. »Brauche ich eigentlich einen Bikini?«, fragte sie und ließ die Decke, in die sie eingehüllt war, über ihre nackten Brüste hinunterrutschen.

»Die Plantage liegt im Busch«, antwortete er, ohne dabei aufzusehen. »Ich denke, eher nicht.«

Während er seinen Gürtel schloss und in die Schuhe schlüpfte, herrschte eine bedrückende Stille. Dann beugte er sich zu ihr runter. »Schlaf gut, Baby«, flüsterte er und gab Rosie einen Abschiedskuss.

Brutal, wie der Rückstoß einer Waffe, hatte Rosie der Sonntagmorgen auf den Boden der Tatsachen zurückkatapultiert. Das berauschende Gefühl der Unbeschwertheit von letzter Nacht war verflogen wie ein billiges Parfum. Sie stocherte in ihrem Rührei herum. Ihr Magen knurrte zwar, aber so richtig Appetit hatte sie nicht.

Rosie saß auf dem Fensterbrett, eingehüllt in einen flauschigen Wollpulli. Nach einer Weile stellte sie lustlos den halb vollen Teller weg. Sie lehnte den Kopf an die kühle Fensterscheibe und blickte hinaus. Statt zu schneien, regnete es in London.

Ihr Atem kondensierte kreisrund an der Scheibe. Mit dem Finger malte sie ein lachendes Smiley hinein, was rein gar nichts an ihrer Laune veränderte. Es war nicht nur, dass Jack nicht über Nacht geblieben war, sondern auch, wie er sich gestern verhalten hatte. Vielleicht würde er sich ihr auf der

Reise öffnen. Schließlich hatten sie vier Tage vor Ort und die lange Flugzeit.

Beim Gedanken daran änderte sich doch etwas an ihrem Gemütszustand. »Die Schokoladenindustrie revolutionieren«, flüsterte Rosie, und endlich legte sich ein Lächeln auf ihr Gesicht. Was auch immer Jack vorhatte, sie wäre dumm, wenn sie es es nicht zumindest in Erwägung ziehen würde. Es war erst Ende Dezember, Mr. Graham hatte ihr für den Rest der Zahlung bis Ende Januar Zeit eingeräumt.

Apropos, dachte sie und ging hinüber zu ihrem Bett, wo ihr Handy lag. Natürlich war sie realistisch genug, um nicht darauf zu warten, ein Zeichen aus dem Totenreich zu bekommen, um das sie gebeten hatte. Dafür aktualisierte sie ihr E-Mail-Postfach. Nur für alle Fälle. Das Blumensymbol kreiste und kreiste. Und dann: nichts.

Seufzend kroch sie mit dem Handy unter die noch warme Bettdecke. Auf YouTube entdeckte sie eine Dokumentation über den Kakaoanbau in Südamerika. Sie drückte auf *Start* und zog sich die Decke über den Kopf.

»An den meisten Kakaoprodukten klebt also ebenso viel Blut wie an Diamanten.«

Rosie riss die Augen auf und kniff sie sofort wieder zu, geblendet von dem hell leuchtenden Handy-Display, aus dem die Männerstimme drang. Ihr Atem ging schnell, ihr ganzer Körper war nass geschwitzt. Erst nach ein paar Sekunden gelang ihr die Orientierung, und sie zerrte sich die Bettdecke vom Kopf.

Sie setzte sich auf und spürte die angenehme Kühle auf ihrer Haut, die in ihrer Wohnung herrschte. Draußen hatte die Dämmerung bereits eingesetzt. Sie blickte auf ihr Handy und las den Titel der Doku, die nach dem vorherigen Film offenbar automatisch abgespielt worden war, während sie geschlafen hatte.

Kinderarbeit und miserable Verhältnisse: Schokolade – was wirklich hinter der süßen Verführung steckt.

Rosie erschauderte und strich sich eine feuchte Haarsträhne aus dem Gesicht. Dann tippte sie eine Nachricht an Jack, den ganzen Tag hatte sie nichts von ihm gehört.

> Hey, wie ist dein Gespräch mit Mr. Wexler gelaufen? Verbringe den Tag im Bett und hätte nichts dagegen, wenn du mir Gesellschaft leistest ;)

Ihr Pulli klebte am Körper, und allmählich fröstelte sie. Auf dem Weg zum Bad zog sie ihn aus und freute sich auf eine ausgiebige Dusche.

Mit frisch gewaschenen Haaren und etwas neuer Lebensenergie setzte Rosie Milch für eine Tasse Kakao auf. Als ihr Handy vibrierte, lief sie zum Bett hinüber und schaute darauf. Die Nachricht war von Perpetua. Sie entschuldigte sich, dass sie mit ihrem Adonis ins Knutsch-Delirium gefallen war und dabei Zeit und Raum vergessen hatte.

Rosie schmunzelte. *Musst du mir morgen alles genau erzählen*, tippte sie als Antwort, bis ihr klar wurde, dass sie am nächsten Tag gar nicht im Büro sein würde. Die ganze Woche nicht. Es fühlte sich seltsam an. Hätte sie nicht das große Highlight mit der Reise ab Donnerstag, würde sie jetzt höchstwahrscheinlich in ein Loch fallen, das einem einmal im Jahr aufzeigte, dass man außer der Arbeit nicht viel im Leben hatte.

Aber zu diesen Menschen gehörte sie nun nicht mehr. Sie hatte Jack. Und sie hatte eine vielversprechende Zukunft vor sich, ob mit ihm in einem neuen Unternehmen oder in der

Chocolaterie. *Ostrich Corporation* würde jedenfalls nicht mehr dazugehören.

Ihr Handy vibrierte, endlich eine Nachricht von Jack!

> Gerade viel zu tun, mach's dir gemütlich.

Am nächsten Tag hatte Rosie ausgeschlafen und als Erstes angefangen zu packen. Shorts, T-Shirts, Unterwäsche, Sandalen, festes Schuhwerk für die Plantage und einen Hoodie, falls es abends etwas kühler sein würde. Danach hatte sie in der Apotheke ein Mückenschutzspray speziell für die Tropen gekauft und anschließend einen Kakao mit Schuss im *Chocolate Tree Café* getrunken.

Harriet, die Inhaberin, war vor Neid erblasst, als Rosie ihr erzählt hatte, dass sie eine echte Kakaoplantage besichtigen würde. Sie musste ihr hoch und heilig versprechen, ein paar frisch geröstete Criollo-Bohnen mitzubringen.

Als Rosie gegen sechzehn Uhr an diesem Montag nach Hause kam und noch immer nichts von Jack gehört hatte, wurde sie langsam unruhig. Sie wollte nicht wie eine Glucke wirken, aber den Drang, ihm zu schreiben, konnte sie auch nicht unterdrücken.

> Alles o.k. bei dir? Hoffe, du hast nicht zu viel Stress vor unserer Reise. Kann es kaum erwarten.

Um 22.30 Uhr, als Rosie ins Bett ging, war noch keine Antwort gekommen. Und auch nicht, als sie um drei Uhr morgens aufgewacht war. Den Rest der Nacht hatte sie sich von einer Seite auf die andere gewälzt und fieberhaft überlegt, was nur los sein könnte. An ihr konnte es nicht liegen, schließlich war Jack es gewesen, der das zwischen ihnen Samstagnacht hatte definieren wollen.

Sie schob den Gedanken beiseite. Nein, ihr Gefühl war ein anderes. Es musste mit der Firma zu tun haben. Vielleicht war bei dem Gespräch mit Ted Wexler oder den Mosbys etwas schiefgelaufen. Möglicherweise war er deshalb so beschäftigt. Das ungute Gefühl in ihrem Magen hatte sie kein Auge mehr zumachen lassen. Wenn Jack in einer solch schwierigen Situation war, sollte sie ihm doch eigentlich helfen. Und wenn es nur das Bauen einer Powerpoint-Präsentation oder Ähnliches war. Jack könnte es entlasten.

Als es draußen langsam heller wurde, stand sie auf. Ohne sich wie üblich erst einen Kaffee aufzubrühen, ging Rosie direkt ins Bad und putzte sich die Zähne. Sie band sich die Haare zu einem hohen Pferdeschwanz zusammen und legte ein schnelles Tages-Make-up auf. Wie sie Jack kannte, war er mit Sicherheit schon früh morgens im Büro, wenn er zwischendurch überhaupt ins Hotel gegangen war.

Sie schlüpfte in eine weiße Arbeitsbluse und wählte einen schwarzen Bleistiftrock und dunkelgraue Wildlederstiefel dazu. Um diese Uhrzeit würde sie es bestimmt schaffen, unbemerkt von den Kollegen in den vierundzwanzigsten Stock zu gelangen. Patrick kreuzte sowieso nie vor zehn Uhr auf.

Kapitel 20

Als Rosie die Treppen der U-Bahn hochstieg, war ihr richtig flau im Magen. Sie versuchte, die Übelkeit zu ignorieren, so wie sie die letzten beiden Jahre jegliche Befindlichkeit ignoriert hatte, sobald sie das *Ostrich*-Gebäude betreten hatte, um ganz für Patrick Kingsley da zu sein. Diese Zeiten waren vorbei. Jetzt wollte sie für Jack da sein. Oben angekommen, lief sie strammen Schrittes auf das Firmengebäude zu. Ein paar Meter vor der Eingangstür entdeckte sie ein bekanntes Gesicht. Rosie stoppte abrupt.

Felicity trug einen Karton vor ihrer Brust, aus dem eine Schreibtischlampe und ein Aktenordner ragten. Ihre Lippen waren geschürzt, die Augenbrauen zusammengezogen. Als sie Rosie erblickte, reckte sie das Kinn vor und blickte stur geradeaus.

»Felicity?«

Die Kollegin stöhnte und blieb stehen, den Blick immer noch an Rosie vorbeigerichtet. Dann setzte sie ein Lächeln auf und wandte sich zu ihr um. »Hi«, sagte sie knapp.

»Hey. Ist heute dein letzter Tag?«, fragte Rosie vorsichtig.

»Richtig.« Ihre Augen funkelten düster, die Wangen erröteten leicht.

»Oh, dann … dann wünsche ich dir einen guten Start in Rochester. Dort warten bestimmt interessante Aufga…«

»Spar dir dein schleimiges Gerede«, unterbrach Felicity sie. »Rochester ist scheiße, das wissen wir beide.« Sie reckte ihr Kinn hoch. »Aber lange werde ich dort eh nicht bleiben. Da *Ostrich* ja jetzt an die Börse geht, wird Jack Walker mich bald zu sich nach New York holen. Europäische Fachkräfte sind nun mal ein Werteargument.«

Rosie durchschoss ein Adrenalin-Stoß. Von null auf hundert hämmerte ihr Herz los, als wollte es ihr jeden Moment aus der Brust springen. Sie taumelte leicht. »Wie meinst du das? An die Börse?«

»Na, an die Börse.« Felicity sah sie an, als wäre sie begriffsstutzig. »Aktien, Dow Jones, die Walstreet?«

Rosie blinzelte, um wieder klar denken zu können. »Natürlich weiß ich, was die Börse ist. Aber *Ostrich* …«

»Der Börsengang ist durch.« Felicity schnaubte verächtlich. »Das weiß doch *jeder*.«

»Ja … klar.« Rosie nickte. »Das weiß doch jeder.«

»Wie auch immer, ich muss jetzt los«, keifte Felicity, drehte sich um und marschierte davon.

Als stünde Felicitys Geist noch auf der Stelle, starrte Rosie vor sich hin. *Der Börsengang ist durch*, was hatte das zu bedeuten? Wieder blinzelte sie und nahm ihr Handy heraus. Sie scrollte durch Jacks alte Nachrichten, in der Hoffnung, eine davon übersehen zu haben. Aber da war nichts. Die letzte Nachricht war die gestrige von ihr, noch immer unbeantwortet. Wie konnte es sein, dass Jack ihr nichts davon erzählt hatte? Und das, obwohl alle anderen offensichtlich Bescheid wussten?

Ihr Puls nahm weiter an Fahrt auf. Je schneller ihre Halsader pulsierte, desto mehr wuchs die Wut in ihr. Sie stopfte das Handy zurück in die Tasche und lief auf das Gebäude zu. Die Eingangstür, die sie sonst mit Mühe aufdrücken musste, stieß sie jetzt auf, als wäre es eine Schwingtür.

Perpetuas Empfangstresen war noch leer. Dann würde sie jetzt selbst herausfinden, was hier los war. Ihre Absätze klackerten über den glänzenden Boden wie ein Maschinengewehr. Am Aufzug angekommen, hämmerte sie auf den Rufknopf ein. »Es wird sich sicher gleich alles als Missverständnis herausstellen«, versuchte sie, sich zu beruhigen. »Es wird sich gleich alles aufklären.«

Oben angekommen, schritt Rosie den Flur entlang. Je näher sie Jacks Büro kam, desto mehr verkrampfte sich ihr Magen.

Gretchen war schon da. Sie lächelte höflich wie immer.

»Guten Morgen, Gretchen. Ist er da?«, fragte Rosie und zeigte auf Jacks Büro. Ohne auf Antwort zu warten, steuerte sie geradewegs auf die geschlossene Tür zu, um anzuklopfen.

Gretchen stellte sich ihr in den Weg. »Tut mir leid, meine Liebe, Mr. Walker ist in einer wichtigen Besprechung.«

Rosie sah sie prüfend an. Sie war sich sicher, dass man ihren hämmernden Puls hören konnte. Von Jack wusste sie, dass er Gretchen manchmal beauftragte, die Leute abzuweisen, um in Ruhe arbeiten zu können. Eine Besprechung vor acht Uhr morgens war ziemlich unwahrscheinlich.

»Ich denke, er würde mich sprechen wollen, wenn er wüsste, dass ich da bin«, erwiderte sie und hoffte, dass sich ihre stete Freundlichkeit Gretchen gegenüber jetzt bezahlt machte.

»Mr. Mosby ist bei ihm. Ich denke, das dauert noch eine Weile.«

Phil?, fragte Rosie sich. Als Jack mit Kurt vor der Chocolaterie telefoniert hatte, war Phil doch noch in den USA gewesen. »Verstehe«, murmelte sie und wandte sich mit hängenden Schultern ab.

»Wenn Sie möchten, informiere ich Mr. Walker gleich danach, dass Sie da waren, Ms. Benett.«

»Danke.« Rosie zwang sich zu einem Lächeln und nickte ihr über die Schulter hinweg zu.

Während sie auf den Aufzug wartete, gingen ihr tausend Sachen durch den Kopf. Sie verstand das alles nicht. Sie hatten sich doch am Samstag erst gesehen. Heute war Dienstag, so viel hatte doch nicht in diesen drei Tagen passieren können. Oder hatte Jack von dem Börsengang gewusst und es ihr nicht gesagt? Rosies Magen hob sich. Sie lockerte ihren Schal und musste mit geschlossenen Augen ganz tief durchatmen, um den Brechreiz niederzukämpfen.

»Ping«, machte es, und die Fahrstuhltüren öffneten sich. Rosie schlug die Augen wieder auf und zuckte zusammen. Sie starrte geradewegs in Phils versnobtes Gesicht.

Hatte Gretchen sie angelogen?

»Na, wen haben wir denn da?«, fragte er und ließ den Blick seiner eiskalten blauen Augen an ihrem Körper hinabgleiten.

Widerling.

Rosie wartete, dass er ausstieg, aber das tat er nicht. Im Gegenteil, er deutete auf den Fahrstuhlboden. »Wollen Sie nicht einsteigen, *Rosie?*«

Die Art, wie er ihren Namen betonte, ließ sie erschaudern. Wie automatisiert ging sie die zwei Schritte hinein. Sie stellte sich neben ihn, den Blick wie er geradeaus gerichtet. Mit einem Ruckeln schlossen sich die Türen. Warum nur waren diese verdammten Fahrstühle so eng? Und warum fuhr er überhaupt wieder mit ihr nach unten?

»So früh schon bei der Arbeit? Das hätte ich den Engländern gar nicht zugetraut.«

»Ich habe eigentlich Urlaub«, presste Rosie hervor und verfluchte sich im gleichen Moment dafür. Das ging ihn nichts an.

»Und was machen Sie dann hier?« Er blickte sie von der Seite an und verzog einen Mundwinkel zu einem schmierigen Schmunzeln.

Dieser Typ – ekelhaft. »Ich wollte zu Jack.«

Er seufzte abschätzig. »›Wenn du einen Freund brauchst, kauf dir einen Hund.‹ Von wem stammt dieses Zitat?«

»Wie bitte?« Rosie starrte ihn an.

»Gordon Gekko, aus dem Film *Wallstreet*.«

»Nie gesehen«, erwiderte sie kühl. »Kann man Hunde auch mieten? Zum Beispiel für ein Abendessen?«

»Touché.« Phil lachte. Dann wurde sein Tonfall wieder ernst. »Sie sind frustriert, dass Sie Ihren Freund gerade nicht angetroffen haben.«

»Das geht Sie nichts an.«

»Dann wird es wohl ganz schön wehtun zu erfahren, dass Sie beide sich eine lange Zeit nicht sehen werden, da Jack doch heute noch mit meinem Vater und mir abreist.«

Rosie glaubte nicht, was sie da hörte. Übermorgen ging doch ihr Flug nach Pereira. »Wohin abreisen?«

»Na, zurück nach New York. Morgen findet die Gesellschafterversammlung statt, in der wir den Börsengang endlich besiegeln. Die nächsten Wochen werden der reinste Marathon«, meinte er.

Der Aufzug blieb stehen.

»Sie schauen ja gerade so, als wüssten sie nichts davon.«

Rosies Mund war trocken, wie gepulverter Kakao.

»Warten Sie. Jack hat es Ihnen gar nicht erzählt?«

Sie schluckte. Wie von allein entfuhr ihr ein mattes »Nein«. Oder hatte sie das nur gedacht?

Phil grinste sie von oben herab an. »Dachte ich's mir doch, Sie waren für ihn nur ein netter Zeitvertreib während seines Einsatzes hier in London. Dieser Lustmolch.«

»Sie sind ein Arschloch.« Rosie wartete gar nicht, bis die Aufzugtüren komplett geöffnet waren. Mit bebendem Brustkorb drängte sie sich durch den Schlitz zwischen den sich öffnenden Türen und stürzte davon. Höhnisches Lachen aus dem Fahrstuhl mischte sich unter das Klackern ihrer Absätze.

Doch dann erklang eine vertraute Stimme: »Rosie?«

Im Augenwinkel nahm sie Perpetua hinter ihrem Empfangstresen wahr.

»Ich muss hier weg!«, keuchte Rosie und rannte die letzten Meter bis zur Tür. Nichts und niemand konnte sie jetzt stoppen.

Kaum hatte sie es ins Freie geschafft, traf sie ein so plötzlicher dumpfer Schlag gegen die rechte Brust, dass ihr für einen Moment die Luft wegblieb. Taumelnd entschuldigte sie sich bei dem Mann, mit dem sie zusammengestoßen war, den Blick starr auf die große Straße gerichtet, die es zu erreichen galt.

Ohne zu zögern lief sie weiter über den Vorplatz des Gebäudes und am U-Bahn-Aufgang vorbei. Dabei wich sie Kollegen und Fremden aus, als wären sie Hindernisse auf einem Parcours. An der Straße angekommen, erblickte sie Eddie. Er lehnte an Jacks schwarzer Limousine und las Zeitung. Als er sie erkannte, hob er die Hand zum Gruß und lächelte erfreut.

Rosie rannte noch schneller, sie konnte einfach nicht anders. Die Straße hinunter. Weg. Einfach nur weg …

Erst als Rosie den Park ein paar Blocks weiter erreichte, verlangsamte sie ihre Schritte. An diesem trüben Dienstagmorgen war kaum jemand unterwegs. Im Schutz der Bäume ließ sie ihren Tränen freien Lauf. Immer noch außer Atem vom Laufen, war es ein nach Luft ringendes Schluchzen. Sie konnte das bitterliche Geräusch selbst kaum ertragen. Ihre Fußballen brannten.

Unter einer kahlen, ausgewachsenen Buche entdeckte sie eine Parkbank, auf der sie Platz nahm. Sie blickte ins Leere, die Sicht ohnehin vernebelt von Tränen. Das Schluchzen ebbte langsam ab. Nun nahm Rosie wieder die mit Verkehrsgeräuschen unterlegte Stille wahr, wie es sie nur in einer Großstadt wie London gab. Die Stille erfasste allmählich ihren Körper und schließlich ihr Inneres. Mit einem Mal fühlte sie sich völlig leer.

Nach einer Weile zog sie ihr Handy aus der Tasche und öffnete Jacks Kontakt. Mit dem Finger kreiste sie über dem Anruf-Symbol. Sie wollte von ihm hören, was hier vor sich ging. Wenn Phil das alles angezettelt hatte, warum hatte Jack sie dann nicht eingeweiht? Stattdessen hatte er sie ignoriert und seine Abreise und seine Zukunft ohne sie geplant.

Sie kam sich plötzlich so lächerlich vor. Wie hatte sie ernsthaft glauben können, dass das zwischen ihnen etwas Besonderes war. Sie hätte sogar fast die Chocolaterie für Jack aufgeben. Die Welle der Wut bäumte sich erneut auf. Wenn stimmte, was Phil gesagt hatte, würde Jack ihr nicht so leicht davonkommen. Sie hatte eine Erklärung verdient.

Mit zitterndem Finger drückte sie auf den grünen Hörer. Als sie das erste Tuten vernahm, hielt sie die Luft an. Es tutete noch einmal und ein weiteres Mal. Und plötzlich: Besetzt.

Rosie starrte fassungslos auf das Display. Hatte er sie etwa *weggedrückt?* Im gleichen Moment erschien eine Push-Nachricht, die sie über den Eingang einer neuen E-Mail informierte. Völlig abwesend tippte Rosie darauf. Der Absender jedoch erlangte ihre Aufmerksamkeit. Die Mail war von Charles Graham. Rosie blinzelte. »Grandma«, flüsterte sie. Dann wanderten ihre Augen auf den Text:

Ms. Benett,
haben Sie Interesse, den Internet-Anschluss zu übernehmen? Bitte geben Sie Bescheid, sonst würde ich ihn noch vor dem 31. kündigen.
Mit freundlichen Grüßen
C. Graham

Der Park verschwamm um sie herum, und die Welt fing an, sich langsam zu drehen. Rosie las die Nachricht noch einmal. Sie hielt einen Moment inne. Dann blickte sie in den grauen Himmel hinauf. War das Millies Zeichen, um das sie sie gebeten hatte? Plötzlich ergab alles Sinn. Das, was sie in der letzten Stunde über Jack erfahren hatte, und diese E-Mail.

Mit voller Wucht durchflutete sie ein grausames Gefühl der Reue. Sie schämte sich entsetzlich. Wie hatte sie nur an dem zweifeln können, was ihr ureigener Plan gewesen war? An ihrer Bestimmung? Ihrem Versprechen? Und mit einem Mal wusste Rosie genau, was jetzt zu tun war.

Kapitel 21

»Guten Morgen, was kann ich für Sie tun?«

Rosie führte ihr Gesicht etwas näher an die Sprachlöcher der Plexiglasscheibe am Bankschalter. »Mein Name ist Rosie Benett. Ich würde gerne zu Mr. Holmes.« Sie holte tief Luft. »Ich komme wegen einer Unterschrift.«

»Natürlich«, sagte die Bankangestellte und griff nach dem Hörer. »Eine Ms. Benett ist hier, es geht um eine Unterschrift. Haben Sie gerade Zeit?« Die Dame nickte und bat Rosie, an der Seite zu warten.

Es herrschte eine trockene Wärme, dennoch waren Rosies Hände schweißnass, während sie wartete. Nach wenigen Minuten erblickte sie Mr. Holmes, der seine Krawatte richtete und auf sie zukam. Er räusperte sich. »Ms. Benett, einen schönen guten Morgen.«

»Guten Morgen, Mr. Holmes.«

Er schüttelte ihre Hand, kurz und kräftig. »So schnell habe ich Sie gar nicht erwartet, da haben Sie die Feiertage wohl mit Papierkram verbracht, was?« Er grunzte.

Rosie zwang ein Lächeln auf ihre Lippen und nickte.

»Nun ja, dann kommen Sie doch mal mit in mein Büro.«
Während Rosie ihm folgte, rieb sie sich den Nacken. Auch ihre Schultern schmerzten vor Anspannung. Sie nahm auf dem Stuhl vor Mr. Holmes Schreibtisch Platz. Den kannte sie ja bereits.

»So, dann geben Sie mir doch mal die unterschriebenen Unterlagen.«

Mist, dachte Rosie und schenkte ihm ihr breitestes Lächeln. »Wissen Sie, ich dachte mir, Sie könnten sie vielleicht ausdrucken und ich unterschreibe sie direkt hier bei Ihnen.« Mr. Holmes rümpfte die Nase und zögerte einen Moment. »Nun ja, dann machen wir es eben so.«

Er klickte in seinem Computer herum, und schon nach kurzer Zeit, kamen nach und nach die Seiten aus dem Drucker hinter ihm. Schließlich schob er ihr die Papiere herüber und deutete auf die Halterung mit dem silberglänzenden Kugelschreiber. Rosie richtete sich auf dem Stuhl auf. Einen letzten Gedanken an Jack schlug sie weg, wie eine lästige Fliege. Sie wischte sich die Hände an ihrem Rock ab, nahm ohne Zögern den Stift und unterzeichnete auf drei verschiedenen Seiten. Jetzt war sie Geschäftsfrau.

Rosies Schultern fühlten sich zum ersten Mal seit Langem wieder leicht an, als sie auf die Straße trat. Endlich waren die Dinge geklärt, die Entscheidungen gefallen. Ab jetzt sollte ihr Leben nur noch geradlinig verlaufen. Jemand wie Jack hatte darin keinen Platz mehr.

Ihr Magen grummelte, und ihr Körper, in dem sich gerade eine wohlige Erschöpfung breitmachte, verlangte nach Energie. Gegenüber der Bank erblickte sie einen Coffee-Shop. Sie brauchte jetzt einen Kaffee und etwas zu essen.

Kurze Zeit später setzte Rosie sich mit einem dampfenden Becher und einem Stück Bananenbrot auf einen der Barhocker am Fenster. »Auf dich, Rosie!«, flüsterte sie. Dann nahm sie ein paar große Schlucke und verschlang den Industriekuchen, als hätte sie wochenlang gehungert. Sie saß noch eine ganze Weile einfach nur da und beobachtete das hektische Treiben auf der Straße. In ihr drin war es still geworden, wie die Ruhe nach einem tosenden Sturm.

Rosies Fußballen brannten immer noch, dennoch lief sie zu Fuß nach Hause. Die Luft war wie Balsam für sie. Außerdem führte der Weg an einer Markthalle vorbei, wo es die besten frischen Datteln gab. Die Früchte aus Israel eigneten sich besonders gut für ihre Dattel-Marzipan-Kreation. Sie nahm gleich ein ganzes Kilo, so konnte sie den restlichen Tag in der Küche stehen und das machen, was sie am meisten liebte. Beim Pralinenherstellen würde sie nachdenken können. Realisieren, was heute passiert war, und entscheiden, was die nächsten Schritte sein würden.

Zu Hause angekommen, sprang sie mit einer lange vermissten Leichtigkeit die Treppen hinauf, bevor sie abrupt stehen blieb.

»Rosie.«

Ein stromartiger Blitz schoss durch ihren Körper, als hätte sie in eine Steckdose gelangt. Jack saß auf der obersten Stufe vor ihrer Wohnung.

Mit besorgtem Blick sah er sie an, während er aufstand. Sein Gesicht war reglos, der Mund schmal. »Wo warst du?«, fragte er heiser. Er kam ihr zwei Stufen entgegen. Blieb dann aber stehen, als Rosie einen Schritt zurückwich. Ihr Herz hatte immer einen freudigen Sprung gemacht, wenn sie ihn gesehen hatte. Heute fühlte sie nur Wut. Die Zacken des Wohnungsschlüssels bohrten sich in ihre zur Faust geballte Hand.

Ernsthaft?, dachte sie, während ihr Atem immer schneller wurde. Er hatte sich seit Samstagnacht nicht mehr gemeldet und fragte jetzt allen Ernstes, wo sie gewesen war? Ohne zu antworten, stieg Rosie die letzten Treppenstufen hinauf und ging geradewegs an ihm vorbei zu ihrer Wohnungstür.

»Rosie, wir müssen reden.«

»Ach ja?«, platzte es aus ihr heraus. Das Schlüsselloch bekam ihre geballte Wut zu spüren, bis sie schließlich in die Wohnung stolperte.

Jack folgte ihr, bevor sie die Tür zuknallen konnte. »Wo warst du? Ich hab dich mehrmals angerufen. Eddie hat dich vor der Firma gesehen, wir haben die ganze Gegend nach dir abgesucht.«

Rosie riss sich den Schal und ihren Mantel herunter und pfefferte alles aufs Bett.

»Entschuldige, dass *ich* nicht erreichbar war«, fauchte sie. »Ich war unterwegs und habe dir eine Gratulations-Karte gekauft. *Herzlichen Glückwunsch zum Börsengang* steht darauf!«

Er ließ die Augenlider sinken und fuhr sich durchs Haar. »Rosie, lass es mich …«

»Wann wolltest du mir mitteilen, dass du zurück nach New York gehst?«, unterbrach sie ihn. »Vor ein paar Tagen hast du mir ein verfluchtes Ticket in eine neue Zukunft geschenkt, und dann muss ich von Phil heute Morgen erfahren, dass wir überhaupt keine gemeinsame Zukunft haben?«

Sobald Rosie es ausgesprochen hatte, dämmerte ihr, wie verlogen ihr Vorwurf war. Sie war es, die ihm von Anfang an etwas verheimlicht hatte. All die Zeit über hatte sie sich eingeredet, sie würde das Richtige tun. Wie lächerlich. Sie knallte das halbe Kilo Datteln auf den Küchentisch. Die Wut galt jetzt nicht mehr nur ihm, sondern auch ihr selbst.

Ein paar Sekunden herrschte Stille.

»Bist du jetzt fertig?«, fragte er bestimmt. »Phil hat mich reingelegt. Er hat seinen Vater manipuliert. Ich habe die letzten Tage alles versucht. Vergeblich. Sie haben mich überstimmt.«

Rosie atmete schwer. Bei dem Gedanken an Phil verspürte

sie den Drang, etwas kaputtzuschlagen. Dieses miese Arschloch, dachte sie. Sie sah in Jacks resigniertes Gesicht. »Du wolltest dich ohnehin von ihnen trennen.«

»Rosie, mir sind die Hände gebunden. Wenn ich jetzt, nachdem der verdammte Börsengang beschlossen ist, als Geschäftsführer aussteige, verlieren die zukünftigen Aktionäre das Vertrauen, und die Firma verliert Millionen.«

Sie schnaubte.

»Du verstehst nicht, das könnte *Ostrich* die ganze Existenz kosten.«

Rosie blickte zum Fenster hinaus. Dass er immer noch nur an die Firma dachte, obwohl seine Geschäftspartner ihn über den Tisch gezogen hatten, machte sie noch mehr wütend.

»Verachte mich nicht. Du weißt nicht, wie das ist, wenn man schon sein Leben lang abhängig von jemandem ist.«

Am liebsten hätte Rosie jetzt wieder geschnaubt. Und ob ich das weiß, dachte sie. Aber ihre Solidarität galt immerhin einer Frau, die stets bedingungsloses Wohlwollen für sie empfunden hatte.

»Und was ist dann mit deinem Traum?«, fragte sie und suchte seinen Blick. Die sonst so stolze und kraftvolle Haltung war aus seinem Körper gewichen. Die Schultern hingen herab, und er stützte sich mit einer Hand auf die Stuhllehne.

»Ich weiß es nicht«, antwortete er und schüttelte langsam den Kopf. »*Fuck*, ich weiß es wirklich nicht. Bis heute Morgen habe ich gedacht, noch alles retten zu können. Bis Kurt mir mitgeteilt hat, wie seine Stimme ausfällt.«

Rosie zog die Augenbrauen zusammen. »Heute Morgen hattest du erst die Gewissheit? Ich dachte, die ganze Firma weiß Bescheid.«

»Nein, noch niemand weiß davon.«

»Doch, Felicity weiß es! Ich habe sie heute gleich in der Früh getroffen, und sie meinte, dass schon jeder wüsste, dass

Ostrich an die Börse geht.« Rosie sah wieder hinaus. »Jeder. Außer mir«, fügte sie hinzu.

»Nein, auf keinen Fall.« Jack kam auf sie zu und nahm ihre Hand. »Rosie, niemand weiß davon. Entweder hat Felicity geblufft oder …« Er atmete scharf aus. »Phil.«

»Das heißt, es war die letzten Tage noch gar nicht klar? Wieso hast du mir nicht erzählt, was du durchmachst? Ich hätte dir doch irgendwie helfen können.«

»Ich wollte dich nicht mit etwas beunruhigen, was ich noch geglaubt habe verhindern zu können. Ich habe Tag und Nacht Gespräche geführt und an einer Strategie gearbeitet. Deshalb habe ich mich nicht gemeldet. Es tut mir so leid, Rosie.«

Sie blickte auf seine Hand, die ihre streichelte.

»Komm mit mit mir nach New York«, flüsterte er.

Rosie schluckte. Ihr Atem wurde schneller, als sie in seine wunderschönen kakaobraunen Augen sah. Es war Zeit. Jetzt war sie an der Reihe, ihm *alles* zu sagen. »Jack«, begann sie mit trockenem Mund. »Ich werde auch die Stadt verlassen.«

Er legte den Kopf schief. »Was meinst du?«

»Ich werde die Chocolaterie meiner Grandma wiedereröffnen. Heute habe ich die Papiere für den Kredit bei der Bank unterzeichnet.«

»Wovon redest du?«

»Ich werde morgen bei *Ostrich* kündigen und gehe zurück nach Bedford«, sagte sie.

Er blinzelte. Dann ließ er ihre Hände los. Sie fühlten sich augenblicklich kalt an.

»Du … Ich meine … wow, aber … so was muss doch geplant sein, und wie hast du so schnell alles auf die Beine …« Er hielt inne und wich einen Schritt zurück. »Moment, wie lange weißt du das schon? Seit wann planst du diesen Schritt?«

Es war, als bliebe ihr die Luft weg. »Es tut mir so leid, Jack«, krächzte sie.

Der Schmerz in seinen Augen nahm ihr vollends den Atem.

»Ich verstehe.« Er nickte. »Dann habe ich mich wohl getäuscht, was das zwischen uns betrifft.«

Kapitel 22

Nachdem Jack die Tür hinter sich zugezogen und sich dabei nicht einmal mehr umgedreht hatte, war Rosie zusammengebrochen.

Das Ganze war nun auf den Tag genau vier Wochen her. Ein schmerzhafter Schauer durchfuhr sie jedes Mal, wenn sie daran zurückdachte. Deshalb tat sie alles, um nicht in Erinnerungen zu verfallen.

Gerade stapelte sie mit der Zange die letzten beiden Irish Cream Trüffel auf eine Etagere und stülpte die Glasglocke darüber. Sie pustete sich eine Strähne aus dem Gesicht und sah auf die Uhr über der Ladentür. Die Zeit raste nur so. Die Tage bis zur Eröffnung konnte man mittlerweile an einer Hand abzählen. Samstag war es so weit. Der Großteil war geschafft. Ihr blieben drei Tage, um die teils noch leeren Regale und Etageren mit Ware zu bestücken und um dem Laden den letzten Schliff zu verpassen.

Da waren zum Beispiel noch Grandma Millies antike Spiegel, die an der frisch gestrichenen lavendelfarbenen Wand angebracht werden mussten. Die alte Registrierkasse musste sie aus der Reparaturwerkstatt holen, die Schaufenster dekorieren und natürlich den hellen Fleck draußen über der Eingangstür, den das grelle *Candy-Paradise*-Schild hinterlassen hatte, mit *Millie's Chocolates* ersetzen. Endlich.

»Wo genau sollen die denn jetzt hin?« Rosies Vater balancierte zwei der drei antiken Spiegel durch den schmalen Gang im hinteren Laden.

»Vorsicht!« Rosie nahm ihm einen davon ab. »Die sind wirklich wertvoll.« Zumindest was den emotionalen Wert betraf. Sie bedeuteten Rosie die Welt. Ohne diese Spiegel wäre *Millie's Chocolates* nicht das Gleiche.

»Also, wohin nun?«

»Na, an die Wand hinter dem Tresen, Dad. Genau da, wo sie früher auch waren.«

»Wieso frag ich noch?«, murmelte ihr Vater.

Das fragte Rosie sich auch, das Ziel ihrer Renovierung war ja nun wirklich klar: *Millie's Chocolates* genau so wiederherzustellen, wie es damals war. Zum Glück gab es von diesem Teil des Ladens einige Fotografien, Sie lagen ausgebreitet auf dem Verkaufstresen. Was die Details betraf, waren sie wirklich hilfreich, denn Rosie hatte mit Erschrecken festgestellt, dass ihre Erinnerungen langsam verblassten. Eine Tatsache, für die sie sich schämte.

»Hier links ist die Steckdose«, presste Rosie hervor, während sie einen der schweren Spiegel mit gestreckten Armen vor sich an die Wand hielt und auf die Vorlage schielte, um die korrekte Position zu finden. »Dann müssten es etwa zwanzig oder dreißig Zentimeter nach oben sein.«

»Lass mich mal.« Ihr Vater nahm ihr den Spiegel ab und hielt ihn an die Wand. Rosies Arme schmerzten. Sie ging ein paar Schritte zurück und gab millimetergenaue Anweisungen. Eine Viertelstunde später war es vollbracht. Die Spiegel hingen, einer neben dem anderen. Rosie folgte mit den Augen den fein aufpolierten, gemusterten Silberrahmen und nickte zufrieden. »So, und jetzt noch das Schild für draußen«, sagte ihr Vater und steuerte die Kellertür an.

»Halt! Das hol ich.« Rosie drängte sich an ihrem Vater vorbei. Es hatte sie ganze drei Tage gekostet, das Original nachzubauen. Sie wollte auf keinen Fall einen Kratzer riskieren. Am liebsten würde sie alles allein machen, aber das wäre in dem kurzen Zeitrahmen utopisch gewesen.

Rosie trat mit dem hölzernen Schriftzug auf die Straße und zog vorsichtig das weiße Laken herunter, das sie drumherum gewickelt hatte.

Ihr Vater stand bereits auf der Leiter. »Also, ich glaube immer noch, dass du von einem Stahlkonstrukt länger etwas hättest.«

Rosie reichte ihm das Schild nach oben und seufzte. Sie wusste, dass er es nur gut meinte mit seinen besserwisserischen Tipps. Die ganze Renovierung kostete ihn viele Nerven. Er konnte seit Tagen kaum schlafen vor Aufregung, das wusste Rosie so genau, weil sie ihn schon zwei Mal gegen vier Uhr morgens in der Küche angetroffen hatte. Ihre Mutter hielt sich erstaunlicherweise zurück, was Ratschläge betraf. Sie half zwar auch mit, wo sie nur konnte, ging Rosie aber eher aus dem Weg, seit sie wieder zu Hause eingezogen war.

»Ich hab hier ja nichts zu sagen«, murmelte ihr Vater.

Rosie schmunzelte und hielt die Leiter fest.

Die Straße war menschenleer, was an dem miesen Wetter liegen musste. Trist und kalt, das hielt die Leute vom Einkaufen ab. Hoffentlich änderte sich das bis zur Eröffnung am Wochenende.

»Archie!« Rosies Mutter tauchte hinter ihnen auf. »Ob das so eine gute Idee ist? Du und Leitern!« In der Hand hielt sie einen Korb mit Zutaten, die Rosie noch für diverse Pralinensorten gefehlt hatten. »Lasst das doch lieber einen richtigen Handwerker machen.«

»Hi, Mum.« Rosie nahm ihr den Korb aus der Hand. »Hier, halte du mal die Leiter, bitte.«

»Ich?« Ihre Mutter sah sie entsetzt an. »Ich weiß ja nicht, wäre es denn nicht besser, einen Handwerker …«

»Mum«, unterbrach Rosie sie und deutete mit dem Kopf auf die Leiter. »Einfach nur festhalten. Ein Handwerker ist zu teuer, das weißt du doch.«

»Genau!«, tönte es von oben. »Und entgegen deiner Vermutung, kann ich das hier sehr gut, Virginia.«

»Ich muss jetzt wirklich mit den Karibik-Schnitten weitermachen, sonst schaffe ich es nicht, bis Samstag die Regale zu füllen.« Rosie ließ die beiden allein.

Sie brachte die Zutaten in die Küche, verstaute alles in den Schränken und stellte den Korb beiseite. Mit einem Lappen wischte sie über die weiß-grau gesprenkelte Marmorarbeitsplatte, die sie neu angeschafft hatte. Sie war ihr ganzer Stolz. Rosie träufelte etwas Öl auf die Platte, verteilte es mit den Fingern und legte eine rechteckige Folie darüber. Wegen des Öls verrutschte die Folie nicht, ein Trick von Grandma Millie.

In einem der Temperierbecken, die sie auch ausgetauscht hatte, ruhte geschmolzene Vollmilchschokolade bei idealen fünfundvierzig Grad. Mit einer Kelle nahm Rosie einen großen Schwung heraus und verteilte die hellbraune Masse in einem Längsstreifen auf der Folie. Mit einem Kunststoffstab strich sie die Schokolade zu einer hauchdünnen glänzenden Schicht, in der Rosie sogar ihr Spiegelbild erkannte.

Perfekt, dachte sie und holte den Gießrahmen, den sie um das Schokoladenrechteck legte. Er sorgte dafür, dass die Schnittpralinen alle gleich hoch werden würden. In einem kleinen Topf hatte Rosie am Nachmittag schon Mangopüree mit Zuckersirup und frisch gepresstem Limettensaft vereint. Die Masse musste jetzt nur noch auf die richtige Temperatur gebracht werden, was Rosie mit einem kleinen Küchenthermometer kontrollierte.

Währenddessen nahm sie ein paar Schöpfkellen Zartbitter-Ganache aus einem zweiten Temperierbecken und mischte sie mit der Mango-Zucker-Limetten-Masse zu einer herrlich fruchtigen Füllung. Butter dazu und alles behutsam verrühren.

»Rosie?« Ihr Vater kam herein und schaute Rosie über die Schulter. Gerade als er seinen Finger in den Topf stecken wollte, zog sie ihn rechtzeitig beiseite.

»Finger weg! Du darfst sie testen, wenn sie fertig sind.«

»Na gut.« Ihr Vater ließ die Mundwinkel hängen. »Ich wollte nur sagen, dass das Schild jetzt hängt. Kommst du es dir angucken? Deine Mutter und ich wollen nach Hause.«

Rosies Augen leuchteten auf. »Unbedingt! Hier, übernimm bitte mal.« Sie deutete auf den Topf, in dem sich die Butter noch nicht ganz aufgelöst hatte. »Die Masse muss konstant in Bewegung bleiben, sonst bilden sich Klümpchen.« Sie warf ihm einen scharfen Blick zu. »Auf gar keinen Fall aufhören zu rühren.«

»Ich gebe mein Bestes.«

Rosie übergab ihrem Vater den Schneebesen, wischte sich die Hände an ihrer Schürze ab und hüpfte aufgeregt durch den Laden nach draußen auf die Straße. Ihre Mutter gesellte sich zu ihr, und gemeinsam blickten sie nach oben auf den Schriftzug über der Eingangstür.

»*Millie's Chocolates*«, las ihre Mutter versonnen. Rosie atmete tief durch. Die kleinen feinen Härchen auf ihrem Arm stellten sich auf, während sie die goldfarbenen geschwungenen Lettern mit den Augen nachzeichnete. Um den Namen rankten Zweige, an denen zwei halb geöffnete Kakaofrüchte hingen.

»Ich hätte nie gedacht, dass du es so hinbekommst wie das Original, Liebes. Sie wäre stolz auf dich.«

Rosie nahm ein Glitzern in den Augen ihrer Mutter wahr.

Hinter ihren eigenen Lidern begann es ebenfalls zu brennen. Ein warmes Gefühl der Dankbarkeit machte sich in ihr breit.

»Ich habe nicht eine Sekunde aufgehört zu rühren«, verkündete Rosies Vater, als sie den Schneebesen wieder übernahm.

»Danke, Dad.« Sie gab ihm einen Kuss auf die Wange. »Und danke für eure Hilfe heute. Macht euch einen schönen Abend.«

»Ist doch klar. Mach du aber auch nicht mehr so lange«, antwortete er und verließ die Küche. »Absperren!«, rief er noch aus dem Verkaufsraum, bevor die Glocke der Ladentür klingelte und es mucksmäuschenstill wurde.

»Mach du auch nicht mehr so lange«, wiederholte Rosie und seufzte. An Feierabend war für sie noch lange nicht zu denken. Heute wollte sie die Basis für mindestens noch zwei weitere Sorten schaffen, schließlich war die Kakaomasse schon auf Temperatur. So langsam kam sie an ihre Grenzen, das spürte sie an ihrem steifen Nacken und den schmerzenden Schultern. Die Vorbereitungen dauerten ja jetzt schon zwei Wochen an.

Nachdem sie bei *Ostrich* gekündigt hatte, hatte sie gerade mal eine Woche Zeit gehabt, um ihr Londoner Leben in Kartons zu packen und nach Bedford zu bringen. Mitte Januar hatte Mr. Graham ihr dann die Schlüssel übergeben. Er war dankbar gewesen, dass es doch schneller geklappt hatte als geplant.

Seitdem hatte Rosie jeden Tag bis tief in die Nacht geschuftet. Sie mochte die Ruhe am späten Abend. Mit ihren Eltern wieder unter einem Dach zu wohnen war zwar angenehmer als befürchtet, doch erst abends, wenn sie alleine war, konnte sie sich ein wenig entspannen und an neuen Pralinensorten tüfteln.

Um dabei nicht an Jack zu denken, hörte Rosie sich Interviews mit großen Chocolatiers an. Mittlerweile war sie Meisterin darin, die Gedanken an Jack zu verdrängen. Es funktionierte gut, solange sie im Laden zu tun hatte. Gegen die Träume von ihm konnte sie nichts tun. Auch ein Grund, warum sie bis tief in die Nacht arbeitete und wenig schlief.

Die Schoko-Mango-Ganache hatte die richtige Konsistenz erreicht, und das Thermometer zeigte die perfekte Temperatur an. Rosie goss sie in den Rahmen, auf die hauchdünne Schicht Vollmilchschokolade. Mit einem Abstreifgerät, verteilte sie die dunkle Masse gleichmäßig. Das Ganze musste jetzt bei Raumtemperatur aushärten, für mindestens zwölf Stunden. Dafür stellte sie den gefüllten Rahmen in eines der Küchenregale, die sie extra für diesen Zweck leer gelassen hatte.

Für die Fertigstellung der Karibik-Schnitten bereitete sie schon einmal die Pralinenharfe vor. Mit diesem Gerät, was aussah wie ein überdimensionierter Eierschneider, wollte sie die Schnittpralinen am nächsten Morgen in gleichmäßige zweimal zwei Zentimeter große Stücke portionieren.

Als es bereits zweiundzwanzig Uhr war, röstete Rosie noch schnell Haselnüsse, damit sie ihr volles Aroma erreichten. Während sie abkühlten, bereitete sie eine Nougat-Ganache vor, füllte sie in vorgefertigte Hohlkugeln aus dunkler Schokolade und drückte in jede eine Haselnuss hinein. Sie konnte die Nougat-Trüffel erst überziehen, wenn sie ausgehärtet waren, also stellte Rosie sie auch in das Regal.

Erschöpft legte sie ihre schokoladenverschmierte Schürze ab und ließ sich auf dem Hocker hinter dem Verkaufstresen nieder. Mit schweren Augenlidern machte sie den Entwurf für die Flyer zur Eröffnung fertig und sandte ihn an den Copy-Shop schräg gegenüber. Die Ladenbesitzer in der Straße waren wirklich hilfsbereit, ein paar kannte Rosie noch von früher. Mr. Raji aus dem Kiosk hatte beim Streichen geholfen. Ms. Hughes aus der Drogerie machte fleißig Werbung für *Millie's Chocolates.*

Kapitel 23

Rosie knotete die letzten kristallenen Eiszapfen mit pastellblauen Geschenkbändern an einen im Schaufenster hängenden Birkenzweig. Die Idee war ihr spontan gekommen, als sie im Weihnachtsausverkauf nach Deko Ausschau gehalten hatte. Die Kristallzapfen funkelten im Schaufensterlicht und warfen ein hübsches Muster auf die unterschiedlichen Pralinensorten, die Rosie darunter zu akkuraten Pyramiden drapiert hatte.

Es war Samstagmorgen, und mit dem Schaufenster war das Gröbste geschafft. Rosie rieb sich die eiskalten Hände und betrachtete ihr Werk. Beim Gedanken daran, dass sie heute Nachmittag schon die erste Praline verkaufen würde, erschauderte sie. Es war ein warmer Schauder, eine Mischung aus Aufregung, Stolz und Vorfreude.

Ihr Blick blieb an einer Praline hängen, die mit den anderen ihrer Art pyramidenförmig aufgetürmt und ganz oben als Spitze platziert war. Das Muster der Safran-Sahne-Trüffel zeigte nicht in die gleiche Richtung wie der Rest der Sorte, also beugte Rosie sich ins Schaufenster und drehte die Praline ein wenig. Fast hätte sie die gesamte Pyramide umgerissen, als sich die Glasscheibe vor ihr verdunkelte. Sie blickte auf.

Reese und Perpetua grinsten durch die Scheibe. Rosie entfuhr ein freudiges Quieken. Sie klatschte in die Hände und sprang schnell auf, um ihre Freundinnen an der Tür zu empfangen. Alle drei kreischten und fielen sich um den Hals. Viel zu lange hatte Rosie die beiden nicht gesehen. Seit ihrem Umzug war sie nicht mehr in London gewesen. Umso glücklicher machte es sie, dass sowohl Reese als auch Perpetua darauf bestanden hatten, ihr bei der Eröffnung beizustehen.

»Oh mein Gott, ich glaub es kaum, dass ihr hier seid!«, rief Rosie und gab jeder einen Kuss auf die Wange.

»Nur fürs Protokoll«, antwortete Perpetua mit strengem Blick. »Für die Anreise in dieses gottverlassene Kaff hasse ich dich.« Dann grinste sie und klimperte mit den künstlichen Wimpern. »Aber dieses Event wollte ich auf gar keinen Fall verpassen! Ich bin so stolz auf dich, Süße!«

Rosie drückte sie noch einmal und ließ die beiden eintreten.

»Wow, wie irre!«, stieß Reese hervor, während sie mit offen stehendem Mund den Verkaufsraum inspizierte. »Ich fühl mich in meine Kindheit zurückversetzt. Wie hast du das gemacht? Hattest du das alles noch genau so in deinem Kopf?«

Rosie strahlte. »Größtenteils. Ich habe aber auch noch alte Bilder gefunden. Die Wandfarbe zum Beispiel habe ich nach Vorlage mischen lassen.«

»Irre«, wiederholte Reese und strich im Gehen über die mit Ware gefüllten Regale.

»Das ist sie also, deine Chocolaterie.« Perpetua drehte sich einmal im Kreis, dann sah sie Rosie an. »Wie geht's dir?«

Rosie hielt Perpetuas Blick nur einen kurzen Moment stand. »Gut«, antwortete sie knapp und ging dann hinter den Tresen. Seit einer langen Zeit schon hatte sie nicht darüber nachgedacht, wie es ihr ging. »Jemand Tee?«, fragte sie, um das Thema zu wechseln. Reese und Perpetua nickten. Während Rosie Wasser in den Teekessel füllte, sah sie, wie ihre Freundinnen sich Blicke zuwarfen. Perpetua zog ihre Jacke aus und nahm auf einem der Barhocker am Tresen Platz. Reese folgte ihr.

»Hast du mal etwas von ihm gehört?«, fragte Reese mit Vorsicht in der Stimme.

Rosies Schultern verspannten sich, während sie je zwei Löffel Darjeeling in die kleinen Teesiebe füllte. »Von wem?« Sie fokussierte sich stur auf den Tee. Natürlich wusste sie, dass es um Jack ging. Als niemand etwas sagte, sah sie doch von der Teedose auf.

Perpetua hob eine Augenbraue, und Reese biss sich auf die Unterlippe.

Rosie stöhnte und ließ die Schultern hängen. »Nein, habe ich nicht. Und ich wüsste auch nicht, warum er sich melden sollte.«

Perpetua räusperte sich. »In der Firma erzählt man sich …«

»Stopp!« Rosie hielt die Hand hoch und versuchte, die aufsteigende Hitzewallung zu ignorieren. »Ich möchte nichts davon wissen, bitte!«

Perpetua hob die Hände entwaffnend in die Luft. Wieder ein Blickwechsel mit Reese.

»Das habe ich gesehen.« Rosie zeigte mit dem Zeigefinger zwischen den beiden hin und her.

»Tut uns leid, Rosie«, seufzte Reese. »Ich frage mich nur immer wieder, wie das so schnell vorbei sein konnte, wo ihr doch so verliebt ineinander wart. Und du trägst ja auch noch seine Ohrringe.«

Reflexartig griff Rosie sich an die Ohrläppchen und spürte dabei einen Stich in ihrer Brust. Ihr Gesicht wurde immer heißer. »Die Ohrringe können ja wohl mal überhaupt nichts dafür, dass es vorbei ist«, verteidigte sie sich. »Es wäre eine Schande, sie im Schmuckkästchen verrotten zu lassen.«

Sie ließ einen der Rauchquarze durch ihre Finger gleiten. Sie kannte jede einzelne Kante des Diamantschliffs. Als sie den Blick ihrer Freundinnen bemerkte, nahm sie den Teekessel und goss das Wasser auf, obwohl es noch gar nicht kochte. Mit einer Pralinenzange legte sie je einen selbst gemachten Schokokeks auf die Untertassen und schob sie ihren Freundinnen über den Tresen. »Heute ist die Eröffnung. Ich möchte mich einfach freuen und stolz sein und in die Zukunft blicken, versteht ihr?«

»Okay«, sagte Reese, und Perpetua nickte.

Rosie setzte ein Lächeln auf. »Ich denke, wir sollten loslegen, schließlich ist noch einiges zu tun, bis die ersten Leute kommen.« Sie holte drei Kartons aus dem Flur und stellte sie auf den Tresen. »Die Prosecco-Gläser habe ich für heute gemietet. Sie sollten schon gewaschen sein, aber vielleicht könnt ihr sie alle einmal durchgucken und etwa die Hälfte schon mal auf den Tabletts verteilen.« Aus dem Regal zu ihren Füßen nahm Rosie zwei von Millies Silbertabletts, die sie am Vortag schon poliert hatte.

Reese griff danach. »Wird gemacht.«

Perpetua deutete auf die Glasvitrine neben sich. »Und wann dürfen wir ein paar hiervon probieren?« Ihre perfekt nachgezogenen Augenbrauen wackelten. »Die sollten schon getestet werden, bevor deine Gäste kommen.«

»Schlechter Versuch.« Rosie lachte. »Aber du hast recht, ihr müsst unbedingt ein paar probieren. Gerade bei der letzten Sorte habe ich das Gefühl, da stimmt etwas nicht.«

Perpetua rieb sich die Hände. »Kein Problem, ich teste sie alle.«

Schmunzelnd ging Rosie nach hinten und holte ein paar der optisch verunglückten. Die konnte sie nicht mehr verkaufen, der Geschmack war aber gleich.

Als sie mit einer Schüssel voll B-Ware zurückkam, hörte sie die Ladenglocke. Ihre Eltern kamen zum Helfen. Reese kannten sie natürlich, aber auch Perpetua hatte Rosie ihnen schon einmal vorgestellt. Das war vor drei Wochen gewesen, bei ihrem Wegzug aus London.

»Na, Mr. B., sind sie aufgeregt?« Perpetua schlug Rosies Vater auf den Rücken, woraufhin ihm seine karierte Schiebermütze ins Gesicht rutschte.

Er nahm sie herunter und musterte Perpetua argwöhnisch.

»Archie macht mich schon seit Wochen verrückt«, antwortete Rosies Mutter für ihren Mann. »Aber die Baldrianpillen von Margret möchte er ja nicht nehmen.«

»Die sollten Sie wirklich einnehmen, Mr. B. Oder Sie essen ein paar von diesen hier.« Perpetua deutete auf die Schüssel mit der B-Ware. »Rosies Pralinen wirken auf mich wie stimmungsaufhellende Drogen.«

Rosie reichte ihr die Schüssel. »Hier, die könnt ihr alle essen.«

In Perpetuas Mund landete als Erstes einer der Amarula-Sahne-Trüffel. Dann griffen Reese und Rosies Vater zu. Rosies Mutter lehnte wie erwartet ab.

»Und, was sagt ihr? Merkt ihr auch, dass da etwas nicht stimmt mit dem Geschmack?« Rosie sah gespannt zu, wie die drei Testesser kauten.

»Also, ich weiß nicht, wovon du sprichst«, nuschelte Perpetua.

Rosies Vater griff noch einmal in die Schale. »Köstlich wie immer, würde ich sagen.«

Rosie nahm sich jetzt selbst eine Praline heraus und biss die Hälfte ab. Sie versuchte, sich mit allen Sinnen darauf zu konzentrieren, was anders war als sonst. »Nein«, sagte sie und schüttelte den Kopf. Es war ganz klar. Der Kakao schmeckte bitterer als sonst, sodass sich die Muskeln in ihrem Mund zusammenzogen. Außerdem war die Konsistenz irgendwie bröckelig.

»Bitter und bröckelig!«, fluchte sie. »Außerdem kommt der Amarula-Geschmack überhaupt nicht klar heraus.« Sie stieg auf das Fußpedal des Mülleimers unter dem Tresen und spuckte das Gekaute hinein. Noch nie hatte sie eine ihrer Pralinen wieder ausgespuckt, aber diesen Mist konnte man doch nicht essen. Sie stemmte die Hände in die Hüften. »Verdammt noch mal, ich hab doch nichts anders gemacht als sonst.«

Dann griff sie in die Schublade mit den Lieferscheinen. »Ich muss den Kakao-Lieferanten kontaktieren.« Hektisch schob sie die losen Zettel in der Schublade hin und her und verfluchte sich dafür, dass sie sie noch nicht sortiert und abgeheftet hatte. Sie wollte das mit der Buchhaltung doch besser machen als ihre Grandma Millie.

Ein plötzlicher Schmerz am Nagelbett ihres Zeigefingers ließ sie zusammenzucken. »*Verdammt!*«, stieß sie zwischen zusammengebissenen Zähnen aus und presste die Lippen auf den Schnitt.

»Geht's?« Reese trat zu ihr und schob die Schublade wieder zu. »Jetzt komm doch erst mal runter. Ich finde auch, dass die Pralinen wie immer schmecken.«

»Ja, absolut gelungen, wie immer«, bekräftigte Rosies Vater noch einmal. Perpetua schob sich zwei aneinanderklebende Schokoklumpen in den Mund und nickte nachdrücklich.

Rosie zog ein Taschentuch aus ihrer Hosentasche und wickelte ihren blutenden Finger darin ein. Die erkannten einfach nicht den Unterschied.

»Im Ernst, Rosie, du hast jetzt keine Zeit für so etwas«, sagte Reese. »Vertraue uns, dass sie gut sind. Richtig gut.«

Rosie löste langsam ihren Kiefer und nickte. Was das mit der Zeit anging, hatte Reese recht. Sie sah zu ihrer Mutter hinüber, die bisher noch nichts gesagt hatte. Ihr Blick war seltsam.

»Jetzt sollten wir uns lieber auf die Eröffnung fokussieren.« Ihr Vater tippte auf seine Armbanduhr. »In einer Stunde möchtest du aufsperren. Was ist denn noch alles zu tun?«

»Also gut.« Rosie holte tief Luft. »Dann auf in den Endspurt!«

»Auf in den Endspurt!«, wiederholten Reese und Perpetua.

Endlich war es so weit. Rosies Freundinnen hatten sich um die Welcome-Drinks aus Prosecco und Orangensaft gekümmert, ihre Mutter hatte den Boden gewischt und ihr Vater die Gurken-Sandwiches aus der örtlichen Bäckerei abgeholt.

Rosies Hände zitterten, als sie das Schild an der Ladentür umdrehte, sodass das Wort *geöffnet* nach draußen zeigte. Die entspannte Lounge-Musik aus den Lautsprechern hatte leider rein gar keine Wirkung auf sie. Wenn es nicht sofort losginge, würde sie noch wahnsinnig werden vor Aufregung.

Rosie blickte in den grauen Himmel hinauf, zum Glück hatte es aufgehört zu regnen. Ich hoffe, ich bin würdig, in deine Fußstapfen zu treten, Grandma, dachte sie. Anstatt Millies Gesicht im Geiste vor sich zu sehen, kam ihr Jack in den Sinn. Seine kakaobraunen Augen, der volle Mund ... Rosie blinzelte das Bild weg. Dann setzte sie ein Lächeln auf und drehte sich zu ihren Lieben. »Lasst uns anstoßen!«

»Sehr gute Idee!« Reese nahm ein paar Gläser vom Tablett und verteilte sie.

»Auf dich, Rosie!«, sagte ihr Vater und erhob sein Glas. »Auf deine Willenskraft und deinen Mut! Und auf *Millie's Chocolates* natürlich!«

»Auf Rosie!«, sagte ihre Mutter, und alle ließen ihre Gläser in der Mitte aneinanderklirren.

Rosie schluckte vor Rührung. »Auf *Millie's Chocolates* und auch auf euch, ihr seid mir eine Riesenhilfe«, sagte sie und nippte an ihrem Prosecco. Sie brachte kaum einen Schluck herunter.

Mr. Raji aus dem Kiosk nebenan war der Erste. Er brachte Rosie ein Paket, das er für sie angenommen hatte. Ob er nur deshalb gekommen war? Rosie wusste es nicht. Offensichtlich schien er sich aber wohlzufühlen. Perpetua hatte ihn direkt in Beschlag genommen und genötigt, ein paar Pralinen zu kosten. Jetzt unterhielten sie sich angeregt.

Als Nächstes kam Margret O'Sullivan mit ihrem Mann Carl herein, gefolgt von Reeses Eltern und einer weiteren Nachbarin.

Rosie hieß alle willkommen, dann bereitete sie heißen Kakao vor, verteilte ihn auf Millies gute Porzellantassen und versah sie mit einem Schuss Baileys. Sie schielte über die Schulter, als die Ladenglocke wieder bimmelte. Die beiden Damen, die hereinkamen, kannte sie nicht. Möglicherweise war das ihre erste Kundschaft. Rosie straffte die Schultern, schnappte sich das Tablett mit den dampfenden Tassen und ging zu ihnen hinüber.

»Willkommen bei *Millie's Chocolates*, ich bin Rosie. Darf ich Ihnen eine Tasse Kakao mit Schuss anbieten?«

»Oh, wie das duftet! Gerne«, sagte die kleinere der Damen und nahm zwei Tassen vom Tablett.

»Falls Sie Pralinen verkosten möchten oder Fragen zum Sortiment haben, scheuen Sie sich nicht, mich zu fragen.«

Die beiden nickten lächelnd und nippten an ihrem Kakao. »Hmmm.«

Rosie verteilte auch an die anderen Gäste Kakao, die in Grüppchen um den mit Schokoladentafeln dekorierten Tisch in der Mitte des Ladens standen. Eine Tasse war übrig. Rosie wollte sie gerade selbst trinken und sich zu ihren Eltern und den O'Sullivans gesellen, da hörte sie, wie Margret mit verstellter Stimme einen Spruch ihrer Grandma zum Besten gab, und überlegte es sich anders. Sie hatte sich zwar darauf eingestellt, heute Geschichten und Anekdoten über Millie zu hören, aber sie musste sich dem ja nicht auch noch freiwillig aussetzen.

Einfach tief durchatmen, dachte sie und entdeckte den alten Lincoln aus der Buchhandlung vor dem Schaufenster. Trotz seiner dicken Brillengläser kniff er die Augen zusammen und starrte herein. Rosie stellte die Tasse, von der sie noch nicht getrunken hatte, zurück auf das Tablett und öffnete ihm die Tür. »Mr. Lincoln, wie schön, dass Sie auch vorbeischauen.«

Er zog die Nase kraus und sah sich suchend um.

»Mr. Lincoln, hier bin ich.« Rosie machte einen Schritt aus der Tür und winkte.

Endlich erblickte sie der alte Mann und nickte.

»Kommen Sie doch herein, möchten Sie eine Tasse Kakao?«

»Ja, na gut«, brummte er und zog sich mit einer Hand am Treppengeländer die drei Stufen hinauf. In der anderen Hand hielt er ein in Zeitungspapier eingewickeltes Rechteck. »Das ist für dich, Mädchen.«

Rosie stützte die Tür mit der Schulter und nahm das Geschenk entgegen, während sie das Tablett mit der heißen Schokolade balancierte. »Vielen lieben Dank. Der Kakao ist für Sie«, sagte sie, nahm das Päckchen entgegen und reichte ihm dafür die Tasse.

Sie klemmte sich das Tablett unter den Arm und wickelte das Zeitungspapier ab. Heraus kam ein Buch. Es war *Alice im Wunderland*, die Ausgabe aus ihrer Kindheit. Ergriffen legte Rosie die Hand auf ihr Herz. Dann strich sie über das vertraute Cover und sah den alten Lincoln an. Einen kurzen Moment überlegte sie, ob sie ihn umarmen sollte.

»Das habe ich noch im Lager gefunden. Hast du ja schon

an die hundert Mal gelesen, war nur symbolisch gedacht«, murrte er und schlürfte seinen Kakao.

»Es ist ein wunderbares Geschenk, Mr. Lincoln, wirklich. Vielen, vielen Dank dafür!«

»Ja, ja.« Er winkte ab. Dann sah er sich im Raum um. »Als wäre keine Zeit vergangen«, sagte er. »Als wäre sie noch hier, die gute Millie.«

Rosie lächelte. *Tief ein- und ausatmen.* »Sehen sie sich ruhig um, Mr. Lincoln. Und probieren Sie ein paar Pralinen.« Rosie schob ihn sanft zu den anderen Gästen und gab dann vor, etwas in der Küche holen zu müssen. Dort angekommen, ließ sie sich mit dem Rücken gegen die Tür zu der kleinen Vorratskammer fallen. Den Kopf legte sie in den Nacken und stieß hörbar die Luft aus.

»Alles in Ordnung?« Ihre Mutter war ihr gefolgt und stand jetzt im Türrahmen zur Manufakturküche.

»Ja, klar.« Rosie richtete sich schnell wieder auf. Dem Blick ihrer Mutter wich sie aus. Sie deutete auf den rot leuchtenden Schalter an einem der Temperiergeräte. »Mir war nur eingefallen, dass der hier noch an ist«, behauptete sie und legte den Schalter um.

»Pling.« Die alte Registrierkasse sprang auf.

»Das macht genau achtzehn Pfund.« Rosie lächelte die Frau ihr gegenüber an und stellte das Tütchen mit Pralinen und die Dose Trinkkakao in eine ihrer gebrandeten Papiertaschen. Die Henkel band sie mit einer Schleife zusammen, die den gleichen frischen Fliederton hatte wie die Wandfarbe hinter ihr. Sie nahm das Geld an und überreichte der Dame die Tüte. »Lassen Sie es sich schmecken und kommen Sie bald wieder.«

Es war ein noch schöneres Gefühl, ihre eigenen Pralinen zu verkaufen, als sie es sich je hätte vorstellen können, auch wenn die Leute hier in Bedford etwas steifer und wortkarger waren als die Londoner. Sie blickte der Frau bis zur Tür nach. Es war draußen inzwischen dunkel geworden. Ein paar Gäste waren noch da.

»Psst, Rosie!« Perpetua marschierte am Verkaufstresen vorbei und deutete mit dem Kopf in Richtung Flur. Hinter ihr stand Reese. Ihre Augen funkelten schelmisch. »Komm schon, Rosie.«

Rosie folgte den beiden. Vor der Hintertür, die in den Hof hinaus führte, machten sie halt. »Was ist denn? Ich muss jetzt dringend mit dem Gläserspülen anfangen.«

»Du musst jetzt gar nichts«, entgegnete Perpetua. »Ich hab nämlich das hier dabei.« Breit grinsend zog sie einen Joint aus ihrem Ausschnitt.

»Auf gar keinen Fall!« Rosie drehte sich prompt um und ging. Leider kam sie nicht weit. Eine der beiden hielt sie hinten an ihrer Schürze fest und zog sie zurück. Es war Reese.

»Oh doch!«, zischte ihre Freundin. »Du wirst dich jetzt mal locker machen, Fräulein. Das hast du dringend nötig.«

Rosie klappte den Mund auf, schloss ihn dann aber wieder. Wahrscheinlich hatte sie recht. »Aber nur einen Zug. Oder zwei«, sagte sie und schielte zum Verkaufsraum. »Meine Eltern dürfen das auf keinen Fall mitkriegen.«

»Nun mach dir mal nicht ins Höschen. Deine Eltern sind cooler, als du denkst«, nuschelte Perpetua mit dem Joint zwischen den Zähnen. »Hab mich gerade ausführlich mit ihnen unterhalten, und dein Dad ... Wusstest du, dass er ein riesen Stones-Fan war? In dieser Zeit war er mit Sicherheit ständig high.« Sie entzündete ein pinkes Feuerzeug und hielt den Joint in die Flamme.

Rosie grunzte bei dem Bild ihres Vaters, das ihre Freundin da zeichnete.

Als das Ding glühte, nahm Perpetua einen Zug und verfiel in heftiges Husten.

Rosie übernahm. Sie hatte seit ihrer Jugend nicht mehr

Marihuana geraucht. Damals hatte sie im Gegensatz zu ihren Freunden nie eine große Wirkung gespürt. Bis auf einen Heulkrampf, aber zu der Zeit hatte sie auch ihre Periode bekommen und war nach Millies Tod ohnehin in einer schwierigen Phase gewesen. Heute könnte sie ein Let-Loose-Gefühl gut gebrauchen, ein Versuch war es wert.

Sie sog den Rauch tief ein und schloss dabei die Augen. Für einen Moment hielt sie inne und schaffte es sogar, an nichts zu denken. Es war herrlich.

Mrs. O'Sullivans schrille Stimme zerstörte den Augenblick. »Rosemary!«, schallte es aus dem Verkaufsraum. Danach eine Oktave höher: »Rosemary! Kind, wo steckst du denn?«

»Kind?«, wiederholte Perpetua.

Rosie rollte mit den Augen.

»Wenn du hier aufgewachsen bist, bleibst du einfach immer ein Kind«, erklärte Reese und übernahm den Joint. »Und wenn du bis Ende zwanzig nicht verheiratet bist, wirst du direkt weiter in den Ordner ›seltsames Kind‹ abgeheftet. Rosie und ich sind auf dem besten Weg dahin.«

»Und in welchem Ordner wäre *ich* dann abgeheftet?«, fragte Perpetua verständnislos.

»›Verlorenes Kind‹«, antworteten Rosie und Reese im Chor.

Alle drei prusteten vor Lachen. In diesem Moment kam Margret O'Sullivan in den Gang getreten.

»Schnell, pack das Ding weg«, zischte Rosie und öffnete die Hintertür, in der Hoffnung, dass der Rauch rasch hinauszog.

»Mrs. O'Sullivan, dieser Bereich ist eigentlich nicht für Kunden gedacht.« Rosie nahm sie bei den Schultern, drehte sie um und schob sie sanft in die Richtung, aus der sie gekommen war. Dabei drang ihr ein Altfrauenparfum gepaart mit süßlichem Prosecco-Atem entgegen.

Mrs. O'Sullivan wankte. An der Art, wie sie sprach, war

unschwer zu erkennen, dass die Gute einen im Tee hatte beziehungsweise im Kakao.

»Rosemary, ich wollte dich nur für deine heiße Schokolade loben«, lallte sie. »Die ist köstlich, anders kann man es nicht sagen.«

»Danke, das freut mich natürlich zu hören«, antwortete Rosie.

Im Verkaufsraum standen nur noch ihre Eltern und Carl. Mit erhobenem Zeigefinger blieb Mrs. O'Sullivan abrupt stehen, sodass Rosie Mühe hatte, ihr nicht hinten in die Hacken zu steigen.

»Den gut aussehenden Mann von neulich«, fuhr sie fort. »Den habe ich heute ja gar nicht gesehen. War er nicht hier?«

Rosie spürte ein Stechen in der Brust. Ein verdammt schmerzhaftes Stechen. Weil sie nicht wusste, was sie sagen sollte, lächelte sie. »Ähm, das ist so …«, setzte sie an.

Da erschien die Hand ihrer Mutter auf Mrs. O'Sullivans Schulter. »Margret, ich glaube, es ist langsam Zeit. Ihr lasst am besten euer Auto stehen. Archie fährt euch nach Hause.«

Zur Antwort entfuhr Mrs. O'Sullivan ein Hicksen. Dann ließ sie sich von Rosies Mutter ihre Jacke über die Schulter hängen und gemeinsam mit den Männern zur Tür führen. Offenbar hatte sie ihre eigene Frage schon wieder vergessen. Rosie sah erleichtert zu, wie ihr Vater die Nachbarn ins Auto verfrachtete. Als ihre Mutter zurück in den Laden kam, sah sie Rosie wieder mit diesem seltsamen Blick an.

»Danke, Mum.«

»Nicht dafür. Das geht sie nun wirklich nichts an, das alte Tratschweib.« Ihre Mutter nahm ein paar der leeren Gläser vom Verkaufstresen. »Ich fang schon mal mit dem Abspülen an.«

Reese und Perpetua kamen aus dem Gang, in dem Rosies Mutter verschwand.

Rosie streckte die Arme aus und zog ihre Freundinnen an sich. Sie seufzte. »Könnt ihr nicht einfach hierbleiben?«

Reese legte ihr den Kopf auf die Schulter. »Du schaffst das schon. Ich weiß das.«

Wie gerne würde Rosie jetzt mit den beiden zurück nach London fahren. Sie vermisste die Stadt so sehr! Und ihr geliebtes kleines Apartment, in dem jetzt eine junge Japanerin wohnte. Sie schluckte.

»Wir müssen jetzt los, Süße«, sagte Perpetua und löste die Umarmung. »Nimm es mir nicht übel, aber ich will auf keinen Fall den letzten Zug verpassen. Ich wette in diesem Kaff hier gibt es nicht mal so etwas wie eine Bar. Das wäre mein Untergang.«

»Doch, na klar!«, hielt Reese dagegen. »Es gibt den *Old Horse Pub*. Dort kannst du nach Feierabend mit den Fabrikarbeitern einen draufmachen.«

Perpetuas Augen blitzen auf. »Wenn sie heiß sind …«

Rosie lachte. »Wohl eher alt und zahnlos. Nein, nein, ihr beide fahrt jetzt schön zurück und stürzt euch heute Abend ins Londoner Nachtleben. Tut es für mich mit.« Mit einem Mal überfiel Rosie eine tiefe Traurigkeit. Schnell schluckte sie den aufsteigenden Kloß im Hals hinunter und setzte ein Lächeln auf.

»Wann immer du die Großstadt vermisst oder dich einsam fühlst, setzt du dich in den Zug und bist schwuppdiwupp wieder bei uns«, sagte Reese und holte ihre Jacken und Taschen hinter dem Tresen hervor.

Rosie nickte, wusste aber genau, dass es nicht so einfach sein würde. Ein laufendes Geschäft konnte man nicht allein lassen. Millie war nie verreist, obwohl sie so gerne einmal gesehen hätte, wo die Kakaobohnen herkamen. Rosie hatte fast die Chance dazu gehabt.

Nachdem Rosie hinter ihren Freundinnen abgeschlossen hatte, brachte sie ihrer Mutter das restliche Schmutzgeschirr auf einem Tablett in die Küche. Dann richtete sie den Verkaufsraum wieder her, rückte die Barhocker vor dem Tresen zurecht, ordnete ein paar verrutschte Schokoladentafeln auf dem Tisch in der Mitte des Raumes, schaltete die Musik ab und drehte schließlich das Schild im Fenster der Ladentür um. Die Eröffnung war geschafft.

Rosie streckte sich und ließ den Blick durch den Raum schweifen. Kaum zu glauben, dachte sie. Es kam ihr so vor, als wäre sie erst gestern mit all ihren Sachen hierhergekommen. Seit der Schlüsselübergabe waren die Wochen wie im Flug vergangen. Alles war wieder in seiner alten Ordnung. »Alles wie früher«, flüsterte sie. Ihr Magen grummelte und drückte ein wenig. Schwindelig war ihr auch. Wahrscheinlich hatte sie wieder das Essen vergessen, nicht mal eines der Gurken-Sandwiches hatte sie probiert.

Sie lehnte sich mit dem Rücken an die Kühlvitrine und rieb ihren Bauch. Wenn sie so recht überlegte, war dieses unangenehme Drücken schon ein paar Tage da. Sie hatte es auf die Aufregung geschoben und ignoriert. Doch jetzt war es regelrecht penetrant und fast schon schmerzhaft. Und überhaupt, sie fühlte sich plötzlich gar nicht gut. Ausgerechnet jetzt, da sie endlich alles geschafft hatte. »Verdammt noch mal«, fluchte sie und krümmte sich. Warum konnte nicht einfach mal alles gut sein.

Mit der immer stärker werdenden Übelkeit wuchs ihre Wut. Ihr Atem ging schneller, die Hände zitterten. Und mit einem Mal zuckte sie zusammen, als die alte Siebträgermaschine hinter ihr zischte. Das Geräusch, das sie schon seit ihrer Kindheit kannte, wummerte in ihrem Kopf. Alles begann, sich zu drehen. Der Druck in ihrem Magen wurde fast unerträglich.

Keuchend sank Rosie in die Knie, sie klammerte sich an einem der Hocker fest, um nicht zu fallen, und presste die Augen zu. Im gleichen Moment riss sie sie wieder auf, denn das, was sie vor den geschlossenen Lidern gesehen hatte, war nicht zu ertragen. Sie japste nach Luft, als die Bilder sich auch vor ihrem geöffneten Auge zeigten.

Grandma, gellte ihre kindliche Stimme in ihren Ohren. *Grandma!* Immer und immer wieder. Wie damals sah sie ihre Grandma vor sich auf dem Boden liegen. Ihre kleinen Kinderhände, die sich in Millies Strickjacke krampften. Und ohne Vorwarnung stieg ihr der Geruch von Kaffeeatem und vertrautem Waschmittel in die Nase. Ihr Magen verkrampfte so heftig, sodass sie nur noch nach dem Prosecco-Kühler neben dem Tresen greifen konnte und sich übergab.

Rosie keuchte. Sie sah zurück auf den Boden vor sich. Jetzt war da niemand mehr. Sie schloss ihre Augen, aus denen nun Tränen strömten.

»Rosie, was ist?« Während ihr die Tränen über die Wangen liefen, spürte sie die warmen Hände ihrer Mutter auf dem Rücken. Dann öffnete sie die Augen und sah in das sorgenvolle Gesicht ihrer Mutter.

»Sie ist tot«, wimmerte Rosie völlig kraftlos.

Da füllten sich auch die Augen ihrer Mutter mit Tränen. Sie zog Rosie ein Stück hoch. Hielt sie fest. Küsste ihren Kopf.

Rosie schluchzte, ihr Gesicht an die Brust ihrer Mutter gedrückt. Sie weinte über diesen unbändigen Schmerz der Ohnmacht. Die Wut. Das Warum. Die Erbärmlichkeit des Lebens. Das Leben selbst.

Nach einer Weile ließ sich Rosies Mutter von den Knien auch auf den Boden sinken. Sie ließ sich neben Rosie nieder und lehnte sich ebenfalls an die Vitrine. Rosie schnäuzte sich in eine Papierserviette und wischte sich den Tränenschleier aus den Augen. Die Erschöpfung, die sich in ihr breitmachte, war angenehm, wie ein Betäubungsmittel.

»Manchmal war ich neidisch«, sagte Rosies Mutter nach

einiger Zeit. Ihre Finger spielten mit dem Stoff ihrer Strickjacke. »Eigentlich immer. Ihr wart ein Herz und eine Seele.« Sie seufzte leise. »Und ich ... Ich konnte nicht über den Dingen stehen. Ich konnte es nicht ertragen, dass Mum dir das gegeben hat, was ich mir immer von ihr gewünscht hatte.«

»Mum, das tut mir so leid.« Rosie legte ihre Hand auf die ihrer Mutter.

»Nein! Nein, du kannst doch gar nichts dafür. Es wäre meine Aufgabe gewesen. Heute glaube ich sogar, dass es meine Seelenaufgabe war.«

Rosie sah sie an.

Ihre Mutter lächelte sanft. »Jede Seele hat eine Aufgabe hier auf der Welt. Es sind die Dinge, die uns am meisten wachsen lassen. Die uns Frieden bringen.« Sie ließ von ihrer Strickjacke ab und verschränkte die Finger mit Rosies. »Das, was du an Weihnachten zu mir gesagt hast ... dass ich immer wieder enttäuscht sein werde, wenn ich dich nicht so akzeptieren kann, wie du bist. Das hat mir die Augen geöffnet. Ich liebe dich, wie du bist, Rosie. Du bist wunderbar. Und ich sollte auch Mum lieben, wie sie war. Und das, was ich mir immer von ihr gewünscht habe, dass sie mehr für mich da ist, anstatt für die Chocolaterie, das ist wahrscheinlich das, was man sich selbst geben muss, um glücklich zu sein.«

Rosies Augen wurden wieder glasig, sie lehnte den Kopf an die Schulter ihrer Mutter. Es fühlte sich weich und warm an. Eine Weile saßen sie einfach nur so da. Lauschten dem Summen der Vitrine. Dann stand ihre Mutter auf, ging um den Tresen herum und kam mit einer Untertasse zurück. Darauf lagen zwei Pralinen. Sie setzte sich wieder neben Rosie und stöhnte, als sie die Beine zu einem Schneidersitz formte.

»Ich weiß nicht, wann ich das letzte Mal auf dem Boden gesessen habe.« Dann hielt sie Rosie den Teller hin, sodass sie sich eine Praline herunternehmen konnte. Die andere nahm Rosies Mutter selbst zwischen Daumen und Zeigefinger. »Wie ich Schokolade gehasst habe!«, sagte sie, während sie die matt glänzende Kugel begutachtete. »Meine Mutter hat ihr immer mehr Aufmerksamkeit geschenkt als mir.«

»Willst du das wirklich tun?« Rosie konnte kaum glauben, was sie da sah.

»Es ist Zeit, das Alte hinter sich zu lassen«, antwortete ihre Mutter, roch an der Kugel und biss die Hälfte ab. Sie lehnte den Kopf nach hinten und schloss die Augen.

Rosie wartete gespannt auf eine Reaktion.

»Hmmm«, stöhnte ihre Mutter. »Die schmeckt wirklich richtig gut, Rosie.« Sie öffnete ein Auge und blickte sie von der Seite an. Dann grinsten beide.

Schließlich nahm auch Rosie einen Bissen. Der köstliche Geschmack von dunkler Schokolade und Blätterkrokant entfaltete sich in ihrem Mund. Und mit ihm eine süße Erinnerung. Sie seufzte tief.

»Was ist?«, fragte ihre Mutter.

»Edelkakao-Trüffel mit Blätterkrokant.« Rosie sah auf die zweite Hälfte in ihrer Hand. »Jack hat sie probiert, als wir uns das erste Mal geküsst haben.«

Ihre Mutter nickte ruhig, legte den Kopf wieder in den Nacken und aß den Rest ihrer Praline.

Nach einer Weile sagte Rosie: »Ich habe heute auch etwas begriffen.« In diesem Moment wurde es ihr erst so richtig klar. »Ich habe an etwas festgehalten, was nun mal einfach nicht mehr da ist. Ich wollte es all die Zeit über nicht wahrhaben.«

»Dafür weißt du jetzt, dass du mit deinem Willen Berge versetzen kannst. Du hast dir vorgenommen, *Millie's Chocolates* wieder aufzubauen, und sieh dich um: Du hast es geschafft.«

»Ja.« Rosie ließ den Blick durch den Raum schweifen. »Schließlich habe ich es ihr versprochen.«

Ihre Mutter legte den Kopf schief. »Wen meinst du damit?«

»Na ›Grandma. Ihr letzter Wunsch.«

Ihre Mutter schien nicht zu verstehen.

»Du weißt doch, das Versprechen.«

»Davon hast du mir nie erzählt.« Ihre Mutter drehte den Kopf und sah wieder geradeaus. Konnte es wirklich sein, dass sie nie darüber gesprochen hatten? Rosie hatte fast niemandem davon erzählt, aber doch bestimmt ihrer Mutter. Oder? Sie setzte sich auf. »Es waren Grandmas letzte Worte gewesen«, sagte sie vorsichtig. »Es tut mir leid, Mum, ich dachte, du hättest es gewusst.« Sie schwiegen einen Moment. »Ich schätze ich bin nicht gerade die beste Tochter«, sagte Rosie schließlich.

»Von wem hättest du es denn lernen sollen?«, antwortete ihre Mutter und tätschelte Rosies Knie. »Was waren denn Mutters letzte Worte? Was genau hast du ihr versprochen?«

»›Kümmere dich um den Laden, Rosie.‹ Das war, noch bevor der Notarzt da war.«

Ihre Mutter nickte. Nach einer Weile stand sie auf und hob den Prosecco-Kühler vom Boden auf. »Den leere ich mal besser aus.« Dann hielt sie inne und drehte sich zu Rosie um. »Irgendwie passt das gar nicht zu Mum.«

»Wieso? Die Chocolaterie war ihr Ein und Alles, und ich war die Einzige, die all ihre Rezepte kannte.«

»Nein, im Ernst, Rosie.« Ihre Mutter schüttelte langsam den Kopf. »Sie hätte doch niemals über deine Zukunft bestimmen wollen.«

Rosie stand ebenfalls auf.

»Niemals«, beharrte ihre Mutter. »Ihr war doch selbst die Freiheit und Unabhängigkeit so wichtig.«

»Was willst du damit sagen, Mum?«

Ihre Mutter stellte den übel riechenden Kübel auf dem Tresen ab und verschränkte die Arme vor der Brust. »Kümmere dich um den Laden‹«, wiederholte sie. »Mum war gewissenhaft, aber niemals bevormundend.« Sie kam herüber und umfasste Rosies Oberarme. »Rosie, denk doch mal nach. Du warst gerade mal zwölf. Vielleicht hast du das falsch verstanden. ›Kümmere dich um den Laden.‹ So wie ich Mutter einschätze, wollte sie, dass du an dem Tag dafür sorgst, dass er abgesperrt wird. Dass du die Maschinen ausschaltest, das *Geöffnet*-Schild umdrehst.«

Rosie löste sich von ihr und trat einen Schritt zurück. Der Boden begann sich wieder zu drehen.

»Rosie?«

Gott, war ihr schwindelig! *Kümmere dich um den Laden, Rosie*, hallte Grandmas Stimme durch ihren Kopf. Der Boden kam bedrohlich nahe. Immer näher. Und dann war alles schwarz.

Kapitel 24

Das Säuseln, das Rosie vernahm, klang wie ein Tiergeräusch. Wie zwei Hasen. Säuseln Hasen? Nein, es war mehr ein Zischen. Vielleicht eine Schlange? Sie schlug die Augen auf. Es war dunkel. Von irgendwoher kam ein wenig Licht. Das Zischen verwandelte sich in ein Flüstern, es wurde immer klarer.

»Wie meinst du das, Virginia?« Es war die Stimme ihres Vaters. »Sie hat einen Laden zu führen! Bestimmt muss sie neue Ware produzieren. Du musst sie aufwecken!«

»Pssst!«, hörte Rosie ihre Mutter. »Das Letzte, was Rosie jetzt gebrauchen kann, ist, wenn du ihr Druck machst. Sie steckt in einer Krise.«

»Es ist jetzt keine Zeit für eine Krise. Oder möchtest du, dass wir unser Haus an eine Bank verlieren?« Beim letzten Wort ging seine Stimme dramatisch nach oben.

»Ich kann euch hören«, rief Rosie.

Nach einer kurzen Stille erhellte sich der Raum. Ihre Eltern standen in der Tür, beide mit sorgenvoller Miene. Rosie setzte sich auf, ihr Hinterkopf tat weh. Der Rücken auch.

»Rosie, du machst vielleicht Sachen! Wie geht es dir, Prinzessin?« Ihr Vater kam herüber und gab ihr einen Kuss auf die Stirn. Ihre Mutter riss die Vorhänge auf. Die plötzliche Helligkeit ließ Rosie zurück aufs Kissen taumeln.

»Ahh, mein Kopf.« Der Schmerz war dumpf und stechend zugleich.

»Dr. Albin sagt, es ist nur eine kleine Gehirnerschütterung. Du kannst heute auf jeden Fall wieder aufstehen.«

Rosies Mutter rammte ihrem Mann den Ellenbogen in die Seite. »Du bleibst so lange liegen, bis du dich besser fühlst«, erklärte sie.

Langsam dämmerte Rosie, was passiert war. »Ich bin umgekippt«, sagte sie ausdruckslos. Dann sah sie sich um. »Wie viel Uhr ist es denn?« Voller Panik schlug sie die Decke zurück. »Ich muss den Laden aufmachen.«

Ihre Mutter deckte sie wieder zu. »Du musst jetzt gar nichts, Rosie. Es ist Sonntagnachmittag.«

Sie rieb sich die Augen. Plötzlich kam ihr die Unterhaltung wieder in den Sinn, die sie mit ihrer Mutter geführt hatte, bevor alles schwarz um sie geworden war. *Den Laden abschließen. Um den Laden kümmern.* Sie sah ihre Mutter an. »Mum?«

Diese schien sofort zu verstehen. »Archie, sei so gut, lass uns doch mal für einen Moment allein.«

»Wieso das denn?«

»Rosie und ich haben etwas zu besprechen.«

»Rosie erzählt mir immer alles«, wandte er ein.

»Archie, bitte!« Nun klang ihre Mutter unerbittlich.

Er schnaubte und strich Rosie übers Haar.

»Nimm es nicht persönlich, Dad.«

Als er die Tür hinter sich geschlossen hatte, setzte sich ihre Mutter auf den Bettrand.

»Das, was du gestern gesagt hast, Mum: Denkst du wirklich, Grandma wollte nur, dass ich mich an *diesem* Tag um den Laden kümmere? Ich meine, das kann doch nicht …«

Der neue Blickwinkel auf das, was Rosie die letzten vierzehn Jahre als Wahrheit angesehen hatte, fühlte sich zwiespältig an. Einerseits wie Verrat. Andererseits irgendwie ... befreiend.

»Weißt du, Rosie, wir werden nie wissen, wie es gemeint war. Aber das spielt keine Rolle, verstehst du? Letztlich bist du es, die entscheiden muss, was für dich richtig ist.«

Rosie setzte sich wieder auf. »Mum, was redest du denn da? Ich kann doch nicht einfach alles über den Haufen werfen.«

»Du kannst aber auch nicht für den Rest deines Lebens etwas tun, nur weil du denkst, du wärst es deiner Großmutter schuldig. Das kann ich nicht zulassen.«

Rosie schüttelte langsam den Kopf. »Wenn das stimmt, was du sagst, Mum, dann ... dann macht nichts mehr einen Sinn.« Ein heißer Schauer lief ihr über den Rücken, gleichzeitig fror sie. »Dann hätte ich doch London nie verlassen.« Rosie schluckte. »Dann hätte ich Jack nie gehen lassen.« Ihre Nase kitzelte, gleich darauf perlte eine Träne auf die Bettdecke und verschmolz mit dem Stoff. Rosie starrte den kleinen nassen Fleck an. »Ich weiß überhaupt nicht mehr, was richtig ist.«

»Vielleicht ist das ja deine Seelenaufgabe, Schatz«, sagte ihre Mutter mit sanfter Stimme. »Vielleicht geht es genau darum, dass du herausfindest, was *du* wirklich willst.«

Rosie schloss die Augen. Die Beule an ihrem Hinterkopf pochte. Sie liebte es, mit Schokolade zu arbeiten, Pralinen herzustellen, alles, was dazugehörte. Der Laden ... Sie seufzte. Der Laden war nicht das, was sie sich erhofft hatte. Die Vorstellung, ihre eigenen Kreationen zu verkaufen, glomm immer noch in ihrem Herzen. Aber nicht in Bedford, nicht dieser Laden. *Millie's Chocolates* gehörte in die Vergangenheit. Zum ersten Mal konnte sie das sehen.

Die Tränen drückten durch ihre geschlossenen Lider und

tropften dumpf auf die Bettdecke. Sie atmete tief durch und machte die Augen wieder auf. »Ich dachte, ich könnte das. Ich dachte, ich würde mich schon daran gewöhnen.« Sie sah ihre Mutter an. »Aber ich vermisse London. Und …« Eine überwältigende Traurigkeit und Sehnsucht überrollte sie. »Ich vermisse Jack so sehr, Mum.«

Ihre Mutter lächelte. Es auszusprechen war so eine Erleichterung.

»Er fehlt mir einfach, und ich kann den Gedanken kaum ertragen, dass er enttäuscht ist von mir.«

»Dann ruf ihn doch an.«

Rosie erstarrte. »Er will bestimmt nie wieder mit mir reden. Außerdem ist er zurück in New York und lebt sein Leben weiter. Wahrscheinlich hat er mich schon längst vergessen.«

»Das weißt du doch gar nicht.«

Die leuchtenden Augen ihrer Mutter ließen Rosies Herz schneller klopfen. Dann erfasste sie eine ungewohnte Energie. »Perpetua«, flüsterte sie. Rosie sprang aus dem Bett. »Mein Handy, wo ist mein Handy?«

»Das hat dein Vater in die Nachttischschublade gelegt.«

Rosie hastete zu dem Tischchen neben ihrem Bett und riss die Schublade auf. Sie warf ein paar Zeitschriften heraus und fand das Telefon. Mit zittrigen Fingern wählte sie Perpetuas Nummer. »Mailbox, Mist!«

Sonntags war Perpetua so gut wie nie am Handy zu erreichen. Aber sie musste mit ihr sprechen.

»Was hast du vor?« Ihre Mutter stand auf und sah Rosie dabei zu, wie sie sich ihr Schlafshirt abstreifte, den nächstbesten Pullover vom Stuhl griff und ihn überzog.

»Mum, kannst du mir einen Riesengefallen tun?« Sie schnappte sich ein paar Sachen und stopfte alles in ihre große Handtasche. Handyladekabel, Unterwäsche, etwas Make-up …

»Ähm, kommt darauf an.« Ihre Mutter sah verwirrt aus.

»Halte Dad hin. Bitte. Für ein oder zwei Tage. Ich muss nach London.«

»Nach London?«, wiederholte ihre Mutter verwundert.

»Ich werde es dir erklären, versprochen. Aber jetzt muss ich dringend zum Bahnhof.« Rosie schlüpfte in eine Jeans und holte sich ihre Zahnbürste aus dem Bad. Dann polterte sie die Treppe nach unten, wo ihr Vater im Gang auf und ab lief.

Abrupt blieb er stehen. »Was ist denn jetzt los?«

»Dad, vertrau mir. Bitte fahr mich zum Bahnhof.« Sie sah ihn flehend an.

Ihre Mutter kam ebenfalls die Treppen herunter. »Hier, nimm mein Auto, es ist zwar nicht das schnellste, aber besser als der Zug.« Sie warf Rosie die Autoschlüssel zu.

Ihr Vater sah ratlos von ihr zu ihrer Mutter. »Virginia, was ist hier los?«

»Danke, Mum.« Rosie fing sie auf und wollte gerade hinausstürmen. Dann drehte sie sich noch einmal um und umarmte ihre Eltern. »Gebt mir ein oder zwei Tage. Ich liebe euch.«

Der Motor heulte auf, als Rosie aus der Straße ihrer Eltern bog. Als sie die Umgehungsstraße erreichte, trat sie das Gaspedal bis zum Anschlag durch, und dennoch ging es ihr nicht schnell genug. Sie musste Perpetua fragen, was sie ihr gestern bei der Eröffnung über Jack hatte erzählen wollen, bevor sie, Rosie, ihr den Mund verboten hatte. Sie musste wissen, was man sich in der Firma über ihn erzählte. Ob es ihm wohl gut ging, nach all dem, was Phil ihm angetan hatte?

Gott, wie sie ihn vermisste! Seit sie es zuließ, wurde diese Sehnsucht immer stärker. Ihre Finger gingen wie automatisch an ihr rechtes Ohrläppchen und fuhren den Schliff des Rauchquarzes ab. Danach wanderten sie über jeden einzelnen der Diamanten.

Die eineinhalb Stunden bis zu Perpetuas Wohnung hatte

Rosie sich unaufhörlich den Kopf darüber zerbrochen, ob sie es wagen konnte, Jack anzurufen. Ob er überhaupt mit ihr sprechen würde. Ob er auch noch an sie dachte. Und ob sie überhaupt den Mut dazu haben würde, nachdem er so enttäuscht von ihr gewesen war. Zu Recht.

Etwas umständlich und definitiv zu schräg parkte sie vor dem Häuserblock in Brixton ein. Sie schnappte sich ihre Tasche und lief zur Eingangstür. Auf dem Klingelschild standen an die achtzig Namen. »Winfrey, Winfrey, Winfrey …« Ungeduldig fuhr Rosie mit dem Finger über die Tasten. Sie hatte Perpetua noch nie zu Hause besucht, nur ein paarmal mit dem Taxi unten abgesetzt, nachdem sie ausgegangen waren.

»Da!« Sie drückte auf die Klingel. Dann trommelte sie mit den Fingern gegen den Türrahmen, bis ein Summen ertönte. Sie stemmte sich gegen die Eingangstür und sprang in den offenen Fahrstuhl im Inneren des Gebäudes. Im neunten Stock angekommen, erblickte sie eine halb geöffnete Wohnungstür. Perpetuas Stimme drang keifend heraus.

»Hallo?«, rief Rosie und klopfte zaghaft.

»Bobbi Ray, du bringst mir jetzt sofort mein Handtuch zurück, sonst hänge ich dich kopfüber aus dem Fenster und lasse dich da baumeln, bis dich das Jugendamt abholt.«

Ein kleiner Junge mit Afrofrisur tauchte hinter der Tür auf und grinste Rosie an. »Bist du das Jugendamt?«

»Ähm, nein«, antwortete sie und lächelte.

»Schade.« Der kleine Junge zuckte mit den Schultern und verschwand wieder.

Rosie blinzelte verwirrt, dann wagte sie noch einen Versuch. »Perpetua?«, rief sie jetzt etwas lauter.

Drinnen knallte etwas zu Boden.

»Ich fress 'nen Besen!« Rosies Freundin riss die Tür auf. Mit leuchtenden Augen und nur in ein Handtuch gewickelt starrte Perpetua sie an. »Hab ich was verpasst? Was machst du denn hier?«

»Hey, darf ich reinkommen? Ich muss dringend mit dir reden.«

»Na klar, Süße.«

Vorbei am Wohnzimmer, in dem eine ältere Frau im rosafarbenen Kittel auf einem Sessel schlief, führte Perpetua Rosie in die kleine, aber gemütliche Küche. Die Arbeitsflächen waren vollgestellt mit Geschirr, Einkäufen und Krimskrams. Der Tisch in der Mitte hingegen war hübsch hergerichtet, mit einer bunten Tischdecke und einem gelben Blümchen in der Vase.

»Setz dich doch erst mal. Ich zieh mir nur schnell was an. Ist letzte Nacht etwas länger geworden, schade, dass du nicht dabei warst. Möchtest du etwas trinken?«

»Ja, gerne«, antwortete Rosie und ließ sich auf einem Stuhl nieder. Perpetua holte ihr eine Wasserflasche aus dem Kühlschrank und ging dann aus der Küche. Rosie nahm einen Schluck, ihr Magen knurrte. Sie hatte seit sicher vierundzwanzig Stunden nichts zu sich genommen. Sie sah zum Fenster hinüber, wo es draußen bereits dunkel wurde. Dabei bemerkte sie, dass ihr Kopf bei jeder Bewegung noch ganz schön wehtat. Das Adrenalin hatte die Schmerzen während der Autofahrt vernebelt.

Perpetua kam im lilafarbenen Nickie-Anzug zurück und zog sich ebenfalls einen Stuhl heran. »Jetzt erzähl mal, wieso du hier bist? Ist was passiert?«

Rosie holte tief Luft. »Ich habe doch gestern gesagt, dass ich nicht wissen möchte, was du über Jack weißt.« Sie machte eine Pause, woraufhin Perpetua die Stirn runzelte. »Und?«

»Na, jetzt will ich es eben doch wissen.«

Perpetua schnaubte. »Und wie kommt dein plötzlicher Sinneswandel?«

Rosie erzählte alles über die Gespräche mit ihrer Mutter und darüber, wie sich die Dinge von heute auf morgen gewandelt hatten. »Weißt du, ich denke, ich habe Grandmas Tod all die Jahre über nicht richtig verarbeitet.«

»Du warst so jung, und ihr habt euch so nah gestanden. Vermutlich wäre es anders gekommen, hättest du damals jemanden zum Reden gehabt.«

»Möglicherweise. Aber meinen Eltern mache ich keinen Vorwurf mehr. Ich denke, es war für sie auch nicht leicht, mit mir umzugehen in dieser Situation, zumal ich mich damals komplett verschlossen hatte. All die Jahre habe ich geglaubt zu wissen, was ich will. Aber es war aus den falschen Beweggründen heraus. Das, was ich damit erreichen wollte, wäre ohnehin nicht eingetreten.«

Perpetua nickte verständnisvoll. Zum ersten Mal, seit sie sich kannten, sagte sie mal nichts.

»Hätte ich doch nur früher schon einmal mit meiner Mutter darüber geredet!«, murmelte Rosie.

»Du solltest es eben auf die harte Tour lernen, Süße. Und jetzt musst du zusehen, dass du herausfindest, was *du* wirklich willst.«

Rosie huschte ein kaum merkliches Grinsen übers Gesicht. »Das weiß ich schon.« Ein warmes Gefühl breitete sich in ihrer Brust aus.

»Ach ja?« Perpetua richtete sich auf.

»Der Grund, warum ich hier bin, ist folgender: Was weißt du über Jack? Was wolltest du mir bei der Eröffnung sagen?«

Perpetua klatschte in die Hände. »Hab ich's doch gewusst! Es ist noch nicht vorbei zwischen dir und dem Boss.« Sie sprang auf und ließ die Hüften kreisen. »Ich wusste, dass du noch etwas für ihn empfindest, das hatte ich im Urin, sag ich dir.«

»Okay, gut – du hattest recht«, gestand Rosie und zog ihre Freundin wieder auf den Stuhl. »Aber das sind nur meine Gefühle. Wer weiß, was in ihm vorgeht? Das Mindeste, was ich tun will, ist, mich bei ihm zu entschuldigen. Und jetzt sag schon, was weißt du?«

»Na schön.« Perpetua rückte ihren Stuhl näher und beugte sich nach vorne. »Also wenn die Gerüchte wahr sind, müsste ich mittlerweile ›Ex-Boss‹ sagen. Hillary aus dem New Yorker Büro hat erzählt, dass Jack nach der Rückkehr aus London bis heute nicht im Headquarter aufgetaucht ist.«

»Was? Wieso das denn?«, fragte Rosie.

»Es heißt, dass er und Phil Mosby sich in die Haare bekommen haben.«

Da war es wieder, dieses ungute Phil-Mosby-Gefühl. »Und er ist wirklich nicht im Headquarter erschienen? Es ist doch schon über vier Wochen her, seit er London verlassen hat.«

Perpetua zuckte mit den Schultern. »Keine Ahnung. Vielleicht haben sie sich so heftig gestritten, dass sich ihre Wege getrennt haben. Wobei dann wirklich der Falsche gegangen ist.«

Rosie dachte sofort daran, dass Jack bei ihrer letzten Begegnung davon gesprochen hatte, dass Phil ihn reingelegt hatte. Und sie hatte seine Worte einfach ignoriert. »Und der Börsengang?«

»Der ist in vollem Gange, denke ich. Davon hat man nichts mehr gehört, nachdem es am Einunddreißigsten offiziell verkündet wurde.«

»Offiziell. Aber du hast es doch auch schon vorher gewusst, oder?«, wollte Rosie wissen.

»Nein, wie kommst du darauf?«

Rosies Finger wurden schwitzig. Sie hatte Jack in so vielerlei Hinsicht unrecht getan.

Perpetua seufzte. »Wieso rufst du ihn denn nicht einfach an?«

Rosies Herz machte einen Sprung. »Nein.« Sie schüttelte vehement den Kopf. »Nein, das geht nicht. Ich kann doch nicht einfach mit der Tür ins Haus fallen. Wenn ich nicht weiß, wo er ist oder wie es um ihn steht, kann ich nicht einfach sagen: ›Hallo, hier bin ich. *Auch wenn du gerade einen Haufen anderer Probleme hast, kannst du mir vielleicht verzeihen?‹* Niemals!« Allein der Gedanke daran, ihn einfach anzurufen, überforderte sie.

»Schon gut, schon gut. Krieg mal keine Schnappatmung.« Perpetua trommelte mit ihren Plastiknägeln auf dem Tisch. »Lass mich nachdenken. Ich könnte morgen Stephanie anrufen, du weißt schon, die kleine Rothaarige, die vor zwei Jahren nach New York gewechselt ist, weil sie so scharf auf Karriere war.«

Rosie kniff die Augen zusammen.

»Die, die sich die Eizellen extra hat einfrieren lassen.«

»Hä?« *Von wem sprach Perpetua?*

Perpetua winkte ab. »Auf dem Planeten, auf dem du lebst, muss es wirklich schön sein. Ist ja auch egal, auf jeden Fall könnte ich sie anrufen und vielleicht etwas herausfinden. Ich muss mir nur noch einen Vorwand einfallen lassen.«

»Das wäre genial, Perpetua. Ich wäre dir so dankbar!«

Die Freundin überlegte. »Na schön, aber das geht frühestens morgen Mittag. Du weißt ja, die Zeitverschiebung.«

»Mist, stimmt ja.« Dieses klitzekleine Detail hatte Rosie glatt vergessen. Wie sollte sie das nur so lange aushalten?

»Wenn du heute nicht mehr zurückfahren möchtest, kannst du gerne hier schlafen. Für dich würde ich sogar mit meinem Neffen ein Zimmer teilen.«

Rosie ließ den Kopf auf Perpetuas Arme sinken. »Das würdest du wirklich tun?«

Perpetua seufzte. »Na klar, Kleines.«

»Danke, danke, danke.« Sie drückte ihre Freundin. »Dafür mache ich dir eine ganze Ladung Amarula-Sahne-Trüffel.«

»Deal! Apropos, was hast du denn jetzt vor mit der Chocolaterie? Auch wenn sich die Dinge jetzt anders darstellen, liebst du doch die Arbeit mit Schokolade?«

Rosie atmete schwer. »Ich hab keine Ahnung. Meine Eltern haben mir ein paar Tage Bedenkzeit zugestanden. Na ja, eigentlich blieb ihnen nichts anderes übrig, als ich heute Hals über Kopf gefahren bin. Der Kredit läuft natürlich und muss abbezahlt werden. Jeder Tag, an dem ich keine Pralinen verkaufe, ist ein finanzielles Desaster. Ich muss mir definitiv irgendwas einfallen lassen. Aber wenn es nur einen Funken Hoffnung gibt, dass Jack mir verzeiht und es vielleicht eine zweite Chance für uns gibt, muss ich sie jetzt nutzen.«

Perpetua ballte die Hände zu Fäusten und hob eine in die Luft. »Richtig so! Das ist meine Rosie! Und jetzt bestellen wir uns erst einmal etwas zu essen.« Sie deutete mit dem Zeigefinger an Rosie hinab. »Du bist aber auch dürr geworden, seit du aus London weggegangen bist! So kann das nicht weitergehen.«

Rosie wälzte sich von einer Seite auf die andere. Es lag weder an dem fremden Bett noch daran, dass man Perpetua durch die Wand nebenan schnarchen hören konnte. Es waren ihre Gedanken, die keine Ruhe gaben. Es musste zwischen Jack und Phil erneut eskaliert sein. Aber wo war Jack jetzt? Wie ging es ihm? Der Gedanke, dass es ihm nicht gut gehen könnte, war kaum auszuhalten. Sollte sie es doch wagen, ihn einfach anzurufen?

Sie stützte sich auf und tastete nach ihrem Handy auf dem Boden. Das grelle Display leuchtete auf, und sie kniff die Augen zusammen. Es war drei Uhr morgens. In New York musste es also zehn Uhr abends sein. Einen Moment lang pochte ihr Herz schneller. Aber was sollte sie ihm sagen?

Rosie legte das Handy zurück auf den Boden und ließ den Kopf ins Kissen sinken. Das rhythmische Schnarchen wurde nach einer Weile dumpfer, bis Rosie endlich einschlief.

Irgendetwas hämmerte immer und immer wieder an die Zimmertür. Dem lauten Brummen nach zu urteilen, musste es ein Staubsauger sein. Perpetua hatte sie vorgewarnt, dass ihre Mutter montags für gewöhnlich die Wohnung putzte. Rosie griff nach ihrem Handy. Eine Nachricht von Perpetua war eingegangen:

> Guten Morgen, ruf mich an, wenn du wach bist.

Sofort drückte Rosie auf das Anrufsymbol. Perpetua meldete sich nach dem zweiten Freizeichen.

»Guten Morgen, Süße. Na, gut ausgeschlafen?«

»Guten Morgen, geht so«, antwortete Rosie. »Deine Mum ist schon voll bei der Sache.«

»Hab ich dir doch gesagt. Aber immerhin ist es inzwischen halb elf.«

Rosie nahm das Handy vom Ohr und starrte darauf. Tatsächlich. Sofort stand sie auf und schlüpfte in ihre Klamotten. Bis sie merkte, dass sie gar keinen Plan hatte, was sie unternehmen sollte.

»Sag schon, hast du etwas rausgefunden?«, fragte sie, das Handy zwischen Ohr und Schulter geklemmt, während sie ihre Jeans zuknöpfte.

»Rosie, schläfst du noch? An der Ostküste ist es doch gerade mal halb sechs, da musst du dich schon noch ein paar Stunden gedulden.«

Rosie sank aufs Bett zurück. »Es macht mich verrückt, nichts tun zu können.«

»Ich wiederhole mich ja nur ungern, aber da du …«

»Ja, ja, ich weiß, ich kann ihn selbst anrufen.« Wie Rosie Jack kannte, würde er wahrscheinlich sogar schon wach sein. »Ich muss jetzt erst mal an die frische Luft.« Sie verstaute ihre persönlichen Sachen in der Handtasche. »Tausend Dank, dass ich hier übernachten durfte. Melde dich, sobald du was weißt, ja?«

»Clerkenwell«, seufzte Rosie und parkte direkt vor dem *Chocolate Tree Café* ein. Endlich konnte sie auch die Sehnsucht nach ihrem alten Viertel zulassen. Am liebsten hätte sie sich auf den Boden geworfen und jeden einzelnen der Pflastersteine geküsst.

Eine bessere Idee war es, sich eine heiße Schokolade und einen von Harriets köstlichen Scones zu holen. Sie stieg aus und ging in das Café, es duftete nach frisch gemahlenem Kaffee. Hinter dem Tresen stand eine junge Frau, also schien Harriet heute nicht zu arbeiten.

Rosie war ein wenig erleichtert, denn sie hatte ihr ja versprochen, ihr frisch geröstete Criollo-Bohnen aus Südamerika mitzubringen. Auf eine Erklärung, warum die Reise nicht stattfand, hatte sie gerade überhaupt keine Lust.

Fünf Minuten später, schlenderte Rosie durch Clerkenwell, biss genüsslich in ihren Scone und trank einen heißen Kakao-to-go. Der Autolärm und die heulenden Sirenen waren wie Musik in ihren Ohren. Mit einem zwiespältigen Gefühl zog es sie in ihre alte Straße.

Vor dem Haus, in dem sie noch vor etwas mehr als einem Monat gewohnt hatte, blieb sie stehen. Die hübschen rosafarbenen Vorhänge an den Fenstern im zweiten Stock waren jetzt schwarzen Jalousien gewichen. Oh Rosie, dachte sie und kämpfte mal wieder gegen die aufsteigenden Tränen an. In den letzten Monaten hatte sie so viel geweint! Gleichzeitig war sie aber auch noch nie so glücklich gewesen. Mit Jack hatte sie sich lebendig gefühlt.

Rosie setzte sich auf die Stufen vor dem Haus und trank ihren Kakao. Eine Weile starrte sie auf den Gehweg und erinnerte sich an den Moment, in dem sie und Jack sich hier fast zum ersten Mal geküsst hätten. Damals hatte sie nicht den Mut gehabt, es zuzulassen. Doch ein paar Momente später hatte sie ihre zweite Chance genutzt. Sie hatte allen Mut zusammengenommen und Jack mit nach oben gebeten. Wer weiß, wie es gekommen wäre, wenn sie es nicht gewagt hätte?

Vielleicht würde sie auch jetzt so eine zweite Chance bekommen. Sie musste nur wieder allen Mut zusammenfassen.

Rosie stellte den Pappbecher neben sich und zog ihr Handy hervor. Es war bereits halb acht in New York. Ihre Hände begannen zu zittern, während sie Jacks Nummer heraussuchte. Dann drückte sie entschlossen auf das Anrufsymbol. Sie biss sich auf die Lippe und wagte kaum zu atmen. Zweimal, dreimal klingelte es. Und dann:

»*Ostrich Corporation*, was kann ich für Sie tun?«

Rosie erstarrte. Jacks Stimme war das nicht. Im Gegenteil. Sie war weiblich, und Rosie erkannte sie. »Gretchen?«, fragte sie vorsichtig.

»Ja, mit wem spreche ich denn bitte?«

»Gretchen, ich bin es: Rosie Benett aus London. Erinnern Sie sich an mich?«

»Oh ... ja«, sagte sie knapp.

Rosie wartete, aber nichts weiter kam. »Ähm, ja, also, ich wollte eigentlich mit Jack, also mit Mr. Walker sprechen. Das ist doch seine Handynummer, oder nicht?«

»Mr. Walker ist leider aus der Firma ausgeschieden. Diese Nummer existiert nur noch vorübergehend, tut mir leid.« Gretchen wirkte reserviert, das passte gar nicht zu ihr. »Kann ich Ihnen sonst irgendwie weiterhelfen?«

»Verstehe.« Rosie räusperte sich, um Zeit zu gewinnen. Was sollte sie denn jetzt machen? »Nein ... nein, danke«, antwortete sie schließlich.

Gretchen verabschiedete sich. Kurz darauf brach die Verbindung ab.

Rosies starrte auf das Display. Das also war ihre zweite Chance gewesen? Völlig perplex sammelte sie den leeren Pappbecher und die Scones-Tüte ein. Plötzlich klingelte ihr

Handy. Es war eine ihr unbekannte amerikanische Nummer. Ohne zu zögern, meldete sie sich. »Hallo?«

»Ja, Gretchen Miller hier noch einmal«, flüsterte die Stimme. »Rosie, ich musste Sie jetzt noch einmal von meinem privaten Telefon zurückrufen, denn das kann ich so nicht stehen lassen. Bitte verzeihen sie mir, aber Mr. Mosby kann meine Gespräche von seinem Schreibtisch aus hören. Jetzt bin ich in der Damentoilette, deshalb flüstere ich.«

Mit offen stehendem Mund lauschte Rosie Gretchens Worten.

»Das mache ich nur, weil ich weiß, dass Sie für Mr. Walker jemand ganz Besonderes sind«, fuhr sie fort. »Auch wenn ich nicht weiß, was zwischen Ihnen beiden vorgefallen ist, und es steht mir natürlich auch nicht zu, aber als sie damals in sein Leben getreten sind, hat das einiges mit Mr. Walker gemacht. Zum Positiven, das habe ich sofort gemerkt.«

Rosie schluckte. »Wissen Sie denn, wo er jetzt ist?«

»Ja, deshalb rufe ich Sie an. Ich arbeite noch für ihn, inoffiziell, muss ich gestehen, und ich hoffe, dass er mir dieses Telefonat nicht übel nehmen wird.« Sie holte tief Luft. »Im Vertrauen gebe ich Ihnen seine neue Nummer, aber dort werden Sie ihn heute nicht mehr erreichen, denn Mr. Walker ist auf dem Weg nach Kolumbien.«

Rosie stand augenblicklich auf, der Pappbecher kullerte die Stufen hinunter. »Nach Pereira?«

»Ganz genau.« Gretchen seufzte. »Damals habe ich die Flüge für Sie beide gebucht. Jammerschade, dass Sie die Reise nicht antreten konnten.«

Einen Moment herrschte Stille, Rosie fand keine Worte.

»Wie gesagt, ich sende Ihnen die Mobilnummer gleich durch. Falls Sie ihn dort nicht erreichen, er wird in der Hacienda Hernández in El Jazmin wohnen. Herrgott, jetzt habe ich aber auch schon viel zu viel gesagt.«

»Danke, Gretchen! Vielen, vielen Dank! Wirklich, Sie wissen gar nicht, wie viel mir das bedeutet.«

»Gern geschehen, ich wünsche Ihnen viel Glück, was auch immer Sie vorhaben.«

»Danke! Sie sind ein Schatz.« Rosie legte auf. So schnell sie konnte, tippte sie den Namen der Unterkunft und den Ort in das Handy ein und sprang ins Auto ihrer Mutter.

Kapitel 25

»Mist!« In einem haarscharfen Manöver riss Rosie das Lenkrad nach rechts und wich einem Paketlieferanten aus, der unerwartet auf die enge Straße getreten war. Möglicherweise hatte sie ihn aber nur nicht gesehen, weil sie beim Fahren gleichzeitig auf ihrem Handy getippt hatte.

Reese meldete sich nicht, also versuchte Rosie, die Nummer des Reisebüros zu googeln, in dem ihre Freundin arbeitete. Als sie das nächste Mal vom Display aufblickte, leuchteten vor ihr zwei rote Bremslichter auf, wie die Augen des Teufels höchstpersönlich. Sie sprang auf die Bremse und brachte das Auto mit quietschenden Reifen zum Stehen.

»Okay, Rosie, konzentrier dich!«, ermahnte sie sich und atmete ein paarmal tief durch. Dann sammelte sie ihre Handtasche samt herausgepurzeltem Inhalt vom Fußraum des Beifahrersitzes wieder auf. Als die Ampel auf Grün schaltete, klingelte endlich ihr Handy. Rosie drückte auf das Lautsprechersymbol. »Reese!«, stieß sie aus. »Du musst mir unbedingt einen Flug buchen! Wann geht die nächste Maschine nach Pereira, Kolumbien?«

»Was?«, dröhnte es aus dem Lautsprecher. »Willst du zu dieser Kakaoplantage? Was ist mit dem Laden?«

Rosie gab ihrer Freundin ein Update der chaotischen Lage. Die Kurzversion natürlich.

»Den Rest erzähle ich dir irgendwann in Ruhe. Reese, es ist vielleicht meine einzige Chance, Jack zu beweisen, dass es mir wirklich leidtut und dass ich ihn zurückhaben will.«

»O Gott, ist das romantisch!«, schniefte Reese. »Da kommen mir gleich die Kullerränchen. Wo bist du denn jetzt? Das Gehupe hört sich nicht nach Bedford an.«

»Ich bin in London«, erklärte Rosie.

»Okay, pass auf, dann komm doch jetzt hier im Reisebüro vorbei. Meine Chefin ist gerade erst in die Mittagspause gegangen.«

»Super!« Rosie riss wieder das Lenkrad herum und macht zum lautstarken Ärgernis einiger Verkehrsteilnehmer mitten auf der Kreuzung einen U-Turn. »Ich bin in zehn Minuten da.«

Kurze Zeit später saß Rosie neben Reese am Schreibtisch im Reisebüro und rutschte ungeduldig auf dem gepolsterten Stuhl hin und her. Beide starrten in den Computer vor sich. Im Hintergrund liefen hawaiianische Klänge zu Meeresrauschen.

»Da!« Reese zeigte mit ihrem Kugelschreiber auf den Bildschirm. »Hab ich's mir doch gedacht. Es gibt keine Direktflüge, du musst in der Hauptstadt umsteigen. Bogotá.«

Rosie kräuselte die Nase. »Okay, wenn es nicht anders möglich ist.«

»Der nächste Flug geht …«

Die Spannung, während Reese tippte, war kaum auszuhalten. Dann erschienen die Sucherergebnisse.

»Bingo! Heute Abend um 21.40 Uhr.«

Rosie riss die Augen auf. »Perfekt!«, jubelte sie und drückte die Freundin überschwänglich an sich.

»Oh, oh!«, Reese versteifte sich.

»Was ist?« Rosie blickte auf den Bildschirm und sah selbst, was ihre Freundin meinte. »1.500 Pfund? Verdammt!« Sie ließ sich zurück an die Stuhllehne sinken.

Reese sah sie mit zusammengebissenen Zähnen an. »Mit wie viel hast du denn gerechnet?«

Rosie schloss die Augen und massierte ihre Schläfen. Sie hatte mit gar nichts gerechnet, denn sie hatte in all der Hektik noch keine einzige Sekunde daran gedacht, wie viel ein Flug nach Südamerika kosten könnte. Sie zog ihr Handy hervor und warf einen Blick auf ihren Kontostand in der Bank-App. Der Preis überstieg bei Weitem das, was noch auf ihrem Konto war. Zudem war in ein paar Tagen schon die erste Kreditrate fällig. »Das war's.«

»Ich würde dir ja gerne etwas leihen, aber ich bin auch blank. Tut mir wirklich leid, Liebes.«

»Da kannst du doch nichts dafür«, sagte Rosie und stand auf. Sie ging zum Fenster und sah stumm hinaus auf die Straße. Als sie sich bewegte, viel ihr Blick auf ihr Spiegelbild in der Scheibe. Warum nur ging alles schief, was sie anpackte? Das Schlimmste war, dass sie dabei auch noch andere Menschen verletzte. Jack hatte mehr verdient als nur ein einfaches Telefonat.

Ihre Finger tasteten nach den Ohrringen, die sie im Fenster blinken sah. Wie immer fuhr sie den Schliff des Rauchquarzes nach. Und plötzlich kam ihr ein Gedanke, der sich wie ein Blitz in ihrem ganzen Körper entlud. »Die Ohrringe!«, rief sie und drehte sich zu Reese um.

»Was meinst du?«

Rosie öffnete den Verschluss beider Ohrhänger und ging zurück an den Schreibtisch.

»Das kannst du nicht machen«, raunte Reese. »Du liebst diese Ohrringe!«

Rosie betrachtete die funkelnden Steine in ihrer Handfläche und schüttelte den Kopf. »Nein«, sagte sie entschlossen. »Ohne ihn sind sie für mich nicht mehr als eine schmerzhafte Erinnerung.«

Kapitel 26

Reese hatte die Tickets für zwei Stunden reservieren können. Das sollte reichen. Rosie nahm die Schultern zurück, strich sich die Haare hinters Ohr und drückte die Tür des Pfandleihhauses in der Aylesbury Street auf. Hellwach und mit einer klaren Mission ging sie auf den Mann hinter dem antiken Schreibtisch zu. Sie räusperte sich, und endlich blickte er über seine randlose Brille hinweg auf.

»Was bringen Sie mir?«, fragte er ohne Umschweife, und ohne auf Rosies Gruß einzugehen.

Sie zog das Taschentuch aus ihrer Handtasche, in das sie die Ohrringe eingewickelt hatte. Sie schlug den Zellstoff auf und schob ihn über den Tisch. »Sehen Sie selbst«, gab sie knapp zurück.

Er hob eine seiner buschigen grauen Augenbrauen. Dann öffnete er gemächlich wie eine Schildkröte die Schublade neben sich und holte eine Lupe heraus. Immer wieder hielt er die Ohrringe gegen das Licht und untersuchte sie mit einer Sorgfalt, die Sherlock Holmes Ehre gemacht hätte.

»Kaufbeleg dabei?«, brummte er.

»Nein, sie waren ein Geschenk.«

»Von wem?«

Rosie runzelte die Stirn. »Bei allem Respekt, Sir, aber, das geht Sie nichts an.«

Jetzt sah er auf. Langsam ließ er den Blick an ihr heruntergleiten und dann wieder nach oben. Rosie folgte seinem Blick. *Verdammt.* Ihr schlabberiger Kapuzenpullover hatte einen Kakaofleck. Ihre Haare waren ohnehin ungewaschen.

»Ich rate Ihnen eins, Mädchen.« Er faltete das Taschentuch wieder zusammen und schob es samt Ohrringe über den Tisch zurück. »An Ihrer Stelle würde ich sofort dieses Geschäft verlassen, bevor ich die Polizei rufe.«

»Entschuldigen Sie mal«, entgegnete Rosie empört.

»Von Ohrringen dieses Kalibers ohne Kaufbeleg oder Zertifikat lasse ich grundsätzlich die Finger.«

Rosie schnaubte. »Gibt es hier in der Nähe noch ein anderes Pfandleihhaus oder irgendetwas Derartiges?«

»Bei den Kollegen wird es Ihnen nicht anders ergehen.« Er lachte spöttisch. »Da müssten Sie sich schon an eine zwielichtige Adresse wenden. Und jetzt raus hier.«

»Frechheit«, murmelte Rosies, schnappte sich ihre Ohrringe und stürmte hinaus. Vor dem Pfandleihhaus verstaute sie ihren Schatz wieder in der Tasche und hielt abrupt inne, als ihr ein Gedanke kam. »›Zwielichtige Adresse‹«, wiederholte sie die Worte des Alten. Helena, die hübsche Rumänin, die Phil zu dem Geschäftsessen begleitet hatte, bei dem Rosie mit Jack gewesen war, hatte von einem Händler gesprochen, der keine Fragen stellen würde.

Genial, dachte sie. Doch wie kam sie an den heran? Sie hatte weder Helenas Nummer, noch wusste sie sonst etwas über sie. Schnell holte Rosie ihr Handy heraus und öffnete die Suchseite im Internet. *Escort Service London*, gab sie ein und wartete gespannt.

Beim Anblick der Ergebnisliste von 39.400 Treffern verließ ihre neu gewonnene Hoffnung sie gleich wieder. Wie sollte sie denn dann herausfinden, wo Helena arbeitete? Mit ein paar Schlagwörtern, die Helenas Herkunft sowie ihr Äußeres beschrieben, verringerten sich die Suchergebnisse um ein Vielfaches. Sie klickte auf die Website des ersten Escort Services und scrollte durch die Bilder. Alleine hier waren es schon an die vierzig Frauen. Die Gesichter waren auf den Bildern abgeschnitten oder von einem schwarzen Balken verdeckt.

So kam sie definitiv nicht weiter. Rosie kaute am Fingernagel ihres Daumens. Dann drückte sie auf *Kontakt* und schließlich auf das Anrufsymbol. Es half nichts, sie musste persönlich nachfragen.

»Herzlich willkommen bei Diamond Escort, Ihrem Garant für erstklassige Begleitung und sinnliche Stunden. Wie können wir Sie glücklich machen?«, sagte eine lieblich klingende Frauenstimme.

Rosie konnte sich das Grinsen nicht verkneifen beim Gedanken daran, wie Phil Mosby einen dieser Services kontaktierte. »Hi, das wäre im Prinzip ganz einfach«, griff sie die Frage der Dame auf. »Mein Name ist Rosie Benett, kennen Sie vielleicht eine Rumänin namens Helena? Blond, groß, top Figur, recht gutes Englisch.«

»Der Name spielt im Prinzip keine Rolle, unsere Damen können jeden Namen annehmen, den sie sich wünschen. Bezüglich des Akzentes lässt sich mit Sicherheit auch etwas machen. Welche Buchungsklasse darf es denn sein? Gold, Platin oder Diamant?«

»Nein, nein, ich suche jemand Bestimmtes«, sagte Rosie mit Nachdruck.

»Und wir finden die richtige Dame für Sie. Fangen wir doch anders an, was sind Ihre optischen Vorlieben? Blond, sagten Sie ja bereits.«

Rosie begann zu schwitzen. »Hören Sie, Sie verstehen mich falsch. Ich möchte keine Dame buchen. Ich …«

»Ah, jetzt verstehe ich!«, unterbrach die Stimme sie. »Sie

möchten sich bewerben. Da senden Sie uns am besten erst einmal Ganzkörperbilder von sich.«

Rosie seufzte. Das Gespräch lief definitiv nicht in die Richtung, die Sie sich vorgestellt hatte. Hier halfen nur klare Worte: »Nein!«

»Nein?« Nun klang die Frau am Telefon verwirrt.

»Nein. Der Grund, aus dem ich anrufe, ist folgender: Ich bin auf der Suche nach einer …« Schnell suchte sie nach dem richtigen Wort. »… nach einer Bekannten. Helena. Sie war als Begleitung für ein Geschäftsessen gebucht, an dem ich auch teilgenommen habe. Na, jedenfalls muss ich dringend mit ihr sprechen, verstehen Sie?«

»Tut mir leid, wir geben keine persönlichen Daten unserer Damen heraus.«

»Das heißt, Sie kennen sie?«, wollte Rosie atemlos wissen.

»Kommt darauf an, worum geht es denn?«

Rosie rollte mit den Augen. »Im Grunde geht es um …« Sie hielt im Satz inne. Worum ging es denn »im Grunde« überhaupt? Im Grunde ging es um ihre zweite Chance. Und dann? Was war dann? Was würde werden, wenn Jack ihr verzieh und sie wieder zusammenkommen würden? Eigentlich war die Entscheidung gefallen: *Millies Chocolates* und Bedford, das funktionierte nicht. Sie musste sich etwas anderes einfallen lassen, aber wo würde sie mit Jack zusammen sein? Und was war mit seiner Idee, die Schokoladenindustrie zu revolutionieren?

»Im Grunde geht es um mein Leben«, antwortete Rosie aufrichtig und spürte das große Gewicht, das in ihren Worten lag, am ganzen Körper. Es war ein mächtiges Gefühl, aber es war keine Last. Es war eine Art Ehrfurcht und Respekt, denn sie erkannte in diesem Moment, in was für einer Lage sie sich befand: Sie hatte die Wahl. Ihr Leben war stets vorherbestimmt gewesen, das hatte sie zumindest gedacht und es all die Jahre nicht infrage gestellt. Die Klarheit über ihre Zukunft hatte ihr immer eine Richtung vorgegeben, doch gleichzeitig hatte sie Rosie auch ihren freien Willen genommen.

»Na, wenn das so ist«, sagte die Frau am anderen Ende der Leitung belustigt. »Ich sehe mal in unserer Kartei nach.«

Ein Song mit rauchiger Frauenstimme ertönte und wurde schon nach zwei Sekunden wieder unterbrochen.

Wieder erklang ein spöttisches Lachen. »Nein, tut mir leid. So eine Helena wie die beschriebene haben wir nicht.«

Nachdem Rosie aufgelegt hatte, scrollte sie wieder durch die Suchergebnisse im Internet, merkte aber schnell, dass sie so nicht vorankommen würde. *Verdammt*, dachte sie, es war bereits eine Stunde vergangen. Die Zeit rannte, und sie war kein Stück weitergekommen. Als hätte sie Rosies stummen Hilfeschrei gehört, rief Perpetua an.

»Dich schickt der Himmel«, sagte Rosie. »Die Gerüchte sind tatsächlich wahr, ich habe mit Gretchen Miller telefoniert. Jack ist raus bei *Ostrich*. Die genaueren Details weiß ich noch immer nicht, aber was ich weiß, ist, dass er gerade auf dem Weg zu der Kakaoplantage ist, zu der er mit mir reisen wollte. Ich hab keine Ahnung, warum, doch ich schätze, es hat etwas mit seiner neuen Geschäftsidee zu tun. Reese hat mir schon einen Flug reserviert, aber der ist sündhaft teuer.«

Sie stöhnte, ohne ihren Redeschwall zu unterbrechen. »Mit dem Haufen Schulden am Bein habe ich natürlich keine Kohle dafür. Deshalb versuche ich gerade, die Ohrringe zu verhökern, die Jack mir geschenkt hat.« Rosie holte Luft, was Perpetua für einen Kommentar nutzte:

»Fick die Henne!«

»Da sagst du was! Erinnerst du dich daran, dass ich dir von der Escort-Dame erzählt habe, die Phil Mosby zu dem Dinner mitgebracht hatte? Ich muss irgendwie an sie herankommen, denn sie weiß, wie ich die Ohrringe schnell zu Geld machen könnte.« Rosies Stimme wurde immer schriller. »Nur leider sind anscheinend der Großteil der Männer in dieser Stadt verdammt noch mal nicht in der Lage, eine Frau davon zu überzeugen, freiwillig mit ihnen auszugehen, weshalb es Hunderte von Escort-Service-Agenturen gibt.«

Perpetua seufzte. »Jesus, dein Leben hat aber auch ein Tempo drauf! Da ist meins ja dagegen ein Kaffeeklatsch.«

»Perpetua, der Flug geht in ein paar Stunden!«

»Schon gut, schon gut. Wo bist du denn jetzt?«, fragte die Freundin.

»Ich stehe vor einem Pfandleihaus, das mich abgewiesen hat, in der Aylesbury Street.« Rosie raufte sich die Haare. »Fällt dir irgendwas ein, wie ich an Helena herankommen kann?«

»Hmm, lass mich nachdenken. Hat diese Helena bei dem Boss-Dinner irgendwas über sich erzählt?«

»Nein …« Rosie versuchte, sich krampfhaft an den Abend zu erinnern. Außer dem Gespräch über die Ohrringe und das rumänische Hackbällchen-Rezept fiel ihr einfach nichts ein. Im Gegenteil, je mehr sie es versuchte, desto farbloser und leerer wurde die Erinnerung. Doch dann: »Der Wagen!«, platzte es aus ihr heraus. »Helena war aus demselben Wagen gestiegen, mit dem Jack und Phil gekommen waren.«

»Eddie!«, riefen sie beide gleichzeitig.

»Moment, ich ruf dich gleich zurück«, meinte Perpetua. »Heute Morgen hat er Mr. Geoffrey gefahren. Er müsste noch draußen stehen.«

»Aber Eddie wird bestimmt nicht reden. Er ist so loyal wie die Corgis der Queen.«

»Überlass das mal mir, Süße. Ich träume schon lange davon, ihm den Stock aus seinem heißen britischen Arsch zu ziehen.«

Rosie riss die Augen auf. Dann lachte sie kopfschüttelnd und legte auf.

Zehn Minuten später hatte Rosie jeden einzelnen Kieselstein vom Bürgersteig auf die Straße gekickt. Sie fuhr herum, als die Reifen eines Autos quietschten, das ein bisschen zu rasant um die Ecke gebogen kam. Der Motor heulte auf, nur um kurze Zeit später mit voller Kraft wieder abgebremst zu werden. Direkt vor ihren Füßen, sodass sie einen Schritt zurückspringen musste.

»Was zum Teufel!«, schimpfte sie, bis sie Perpetua am Beifahrersitz erkannte. Die ließ das Fenster herunter und streckte ihren Afrolockenkopf heraus. »Steig ein, Kleines«, sagte sie mit funkelnden Augen und hielt die Hand zum High Five hoch.

Rosie schmunzelte und schlug ein. »Ich liebe dich, weißt du das?« Dann beugte sie sich hinunter, um Eddie anzusehen. »Und Sie liebe ich auch, Eddie! Ihr seid genial.«

Eddie lächelte verlegen und nickte, während er das Lenkrad mit seinen weißen Stoffhandschuhen umklammerte wie bei einem Autorennen. »Ich werde meine Dienstwürde verlieren, aber wenn es um die große Liebe geht …« Er zuckte mit den Schultern. Dann ließ er den Motor im Leerlauf aufheulen.

»Rein mit dir«, befahl Perpetua, und Rosie kletterte auf den Rücksitz. Bevor sie die Tür zugezogen hatte, wurde sie auch schon in den Sitz gedrückt. Mühsam rutschte sie in die Mitte der Rückbank und zog sich an den vorderen Kopfstützen hoch. »Okay, wo fahren wir hin?«

»Wenn mich nicht alles täuscht, habe ich die Gnädige in der East Street in Walworth abgeholt.«

Rosie klammerte sich an den Kopfstützen fest, während Eddie über eine dunkelorangefarbene Ampel bretterte und links abbog. In ihr tanzte eine Mischung aus Wahnsinn und dem Gefühl von Unsterblichkeit.

»Ich wusste gar nicht, dass sie das Schätzchen so treten können.« Perpetua spreizte sich mit allen vieren ein und warf

Eddie einen lustvollen Blick zu. Im Rückspiegel sah Rosie, dass dieser errötete, und musste grinsen.

Die nächsten zwanzig Minuten waren die reinste Achterbahnfahrt. Rosie war sich sicher, dass die Reifen einmal sogar die Bodenhaftung verloren hatten, als sie über die Blackfriars Bridge gerast waren.

Vor einem Wohnhaus mit indischem Minimarkt im Erdgeschoss kam die Limousine zum Stehen. Etwas wackelig auf den Beinen stieg Rosie aus und hastete zur Eingangstür. Perpetua folgte ihr.

Das Klingelschild zeigte mindestens zwölf Namen. Jeder davon hätte irgendwie rumänisch klingen können. »Wieso zur Hölle wohnen hier so viele Leute?«

»Das haben wir gleich!« Perpetua schob Rosie zur Seite und drückte mit der flachen Hand auf das komplette Klingelfeld. Die Gegensprechanlage klickte mehrmals, und der Türöffner summte. Perpetua nickte zufrieden. Schnell drückte Rosie die Tür auf und hastete zum Treppenaufgang. »Helena? Wohnt hier eine Helena?«, rief sie mit voller Stimmkraft.

Mehrere Köpfe erschienen im Schacht zwischen dem Treppengeländer, auf unterschiedlichen Etagen. Einer davon war bildschön, mit wasserstoffblonden Haaren.

Rosie fing Helenas Blick ein und strahlte vor Freude. »Helena, ich bin es, Rosie. Ich muss unbedingt mit dir reden.«

Kurze Zeit später, saß Helena in ihrer knapp geschnittenen lila-metallic glänzenden Daunenjacke neben Rosie auf der Rückbank. Sie hatte darauf bestanden, sie persönlich zu ihrem Bekannten Adrian zu begleiten. Er handelte wohl nicht nur mit Schmuck. Helena wollte nicht damit herausrücken, womit er noch Geld machte, aber es schien irgendetwas Illegales zu sein, also hatte Rosie eingewilligt und hoffte, dass es sich nicht um Waffen oder solch gruselige Dinge handelte.

Helena hatte sich bei Rosie eingehakt, und gemeinsam

rutschten sie bei jeder Kurve von links nach rechts und von rechts nach links, wie in einem deutschen Bierzelt.

»Soll ich Sie vielleicht besser hineinbegleiten, Ms. Benett?«, fragte Eddie, als sie wenig später alle vier durch die Fensterscheiben auf das Haus starrten, neben dem sie angehalten hatten. Es war zwei Etagen hoch, und die metallenen Rollläden waren überall heruntergelassen. Die Fassade sah so schäbig aus, dass man sich kaum vorstellen konnte, dass darin überhaupt jemand lebte.

»Keine Problem«, sagte Helena mit ihrem rumänischen Akzent. »Ich mach das.« Sie hielt die Hand auf und sah Rosie erwartungsvoll an.

Es dauerte einen Moment, bis Rosie begriff. »Du meinst, du möchtest alleine hineingehen?«

Helena machte eine auffordernde Geste mit den Händen. »Ja, ja, gib mir den Ohrringe. Ich weiß, wie man mit rumänischen Männern verhandelt. Dich würden sie nur über den Tisch ... Wie sagt man?«

»Ziehen«, vervollständigten Eddie und Perpetua den Satz, woraufhin Eddie schon wieder rot wurde.

»Über den Tisch ziehen«, wiederholte Helena und schnipste mit den Fingern.

»Also gut.« Rosie griff etwas widerwillig in ihre Handtasche und holte das Taschentuch mit den Ohrringen heraus. Sie wickelte sie aus, um noch einen letzten Blick darauf zu werfen. Jack hatte diese wunderschönen Schmuckstücke ausgesucht. Sie erinnerte sich noch genau an die Zuneigung in seinen Augen, als er sie ihr geschenkt hatte.

»Dinge sind nur eine ... Illusion«, sagte Helena und nickte Rosie ermutigend zu.

Sie hatte recht, und das wusste Rosie. Die Ohrringe waren nur Gegenstände und nicht die Gefühle, die Rosie damit verband. Sie dienten jetzt einem höheren Zweck. »Hier«, sagte sie und übergab Helena die Schmuckstücke. »Versuch, das meiste herauszuholen, aber verkaufe auf jeden Fall, denn ich brauche jetzt das Geld.«

»Du wirst es nicht bereuen.« Mit diesen Worten stieg Helena aus dem Wagen. Mit beneidenswertem Selbstbewusstsein marschierte sie auf das Haus zu und klopfte an der schmalen Holztür.

Eddie, Perpetua und Rosie sahen gebannt aus dem Fenster. Keiner wagte, etwas zu sagen.

Dann ging die Holztür auf. Ein stämmiger Mann, der Helena in ihren High Heels sogar noch überragte, ließ sie eintreten. Bevor er die Tür wieder schloss, sah er sich nach links und rechts um, als wollte er sich vergewissern, dass niemand ihr gefolgt war. Sein Blick war düster und blieb an Eddies Wagen hängen.

»Schaut weg«, zischte Perpetua, und sofort stierten alle drei geradeaus auf die Straße.

»Soll ich den Wagen, starten? Nur für alle Fälle?«, flüsterte Eddie, die Hände fest um das Lenkrad gekrallt.

Rosie sah wieder zum Haus hinüber, denn die Fensterscheiben im Fond der Limousine waren getönt. »Nein! Das macht ihn bestimmt misstrauisch.«

»Was tut er? Kommt er hierher?«, fragte Perpetua hysterisch.

Helena legte die Hand auf die Schulter des Mannes und redete auf ihn ein. Schließlich nickte er, und die Tür schloss sich hinter den beiden.

»Sie sind drin«, gab Rosie Entwarnung.

Perpetua stieß die Luft aus. »Jesus, was ist das denn für ein zwielichtiger Typ.«

Eddie drückte auf den Knopf mit dem Schloss-Symbol an der Fahrertür. Ein Klacken ertönte rundherum. »Hier kommt niemand rein, wenn ich es nicht zulasse«, sagte er. »Das ist eine Mercedes Benz S Klasse, Spezialanfertigung mit Panzerglas.« Er zwinkerte Perpetua zu, woraufhin diese ein anerkennendes Raunen von sich gab und ihren lüsternen Blick an Eddie heruntergleiten ließ.

»Ich mag es, wenn Sie von diesen Dingen sprechen, von denen ich keinen blassen Schimmer habe«, sagte sie.

»Ja?«, fragte er. »Ich kann Ihnen auch etwas über die Motorisierung erzählen.«

Jetzt schnurrte Perpetua, was Eddies ohnehin schon rote Wangen noch dunkler werden ließ.

Rosie sah zwischen den beiden hin und her. »Ich störe euch ja nur ungern, aber wir sollten uns jetzt auf das Wesentliche konzentrieren.«

»Ich bin voll konzentriert«, raunte Perpetua und fraß Eddie fast auf mit ihren Blicken.

Rosie seufzte und ließ sich in die Rückbank sinken. Um sich abzulenken, rief sie Reese an und brachte sie auf den neuesten Stand. Mitten im Gespräch wurde die Tür des schäbigen Hauses geöffnet. Helena kam heraus und lief direkt auf den Wagen zu.

»Reese, bleib mal kurz dran, ich stelle dich auf laut.« Rosie öffnete die Tür und rutschte zur anderen Seite, sodass Helena einsteigen konnte. »Und?«, fragte sie gespannt.

Helena schlug die Autotür zu und hielt einen Moment inne. Ihre Augen funkelten vielversprechend. Im nächsten Augenblick zog sie einen Batzen Geld aus der Jackentasche. »Sage ich mal so, für dich es geht heute wohl nach Kolumbien!«

Das darauffolgende Kreischen und Jubeln konnte man mit Sicherheit bis nach Südamerika hören. Oder zumindest bis ans Ende der Straße.

Rosie nahm die Geldscheine entgegen und fächerte sie auf. Ihr Herz schlug wie verrückt. Dann nickte sie. »Buch mir den Flug, Reese.«

Wieder kreischten alle, und Rosie fiel Helena um den Hals.

»Gut«, unterbrach sie Reeses Stimme aus dem Lautsprecher. »Dann brauche ich nur noch deine Reisepassnummer.«
Rosies Herz blieb für einen Moment stehen.

Kapitel 27

»Du willst *was?* Hast du den Verstand verloren? Virginia, deine Tochter hat den Verstand verloren«, dröhnte es aus Rosies Telefon. Sie schielte hinüber zur Zapfsäule, wo Eddie gerade den Wagen tankte und Perpetua und Helena sie mit seltsamen Gesten anzufeuern versuchten. Sie drehte sich weg.

»Dad! Ich muss das tun.«

»Das Einzige, was du tun musst, ist, deinen Allerwertesten zurück nach Bedford zu bringen, wo du ein Geschäft zu führen hast. Heute ist Montag, und du solltest längst im Laden stehen. Ich habe mein Haus für dich verbürgt.«

»Dad, du musst mir jetzt vertrauen. Du wirst dein Haus nicht verlieren, das verspreche ich dir. Ich weiß noch nicht, wie es weitergehen wird, aber so, wie ich das mit dem Laden geplant hatte, funktioniert es nicht.«

»Mein Gott, ich kriege gleich einen Herzinfarkt. Virginia, wo sind meine Tabletten?«, fragte ihr Vater.

»Beruhig dich, Archie, nimm welche von den gelben, die sind links im Schrank.« Im Telefon raschelte es. »Rosie, hörst du mich?«

»Ja, Mum.«

»Willst du wirklich so weit weg, Kind? Kannst du ihn denn nicht anrufen oder dieses FaceTime-Ding machen?« Als Rosie nicht antwortete, seufzte ihre Mutter. »Du hast ja recht. Du solltest das tun, was du tun musst.«

»Danke«, antwortete Rosie und fühlte, wie es warm wurde in ihrer Brust. »Da ist aber noch etwas, Mum. Ich weiß, ich habe eure Hilfe in den letzten Wochen ganz schön überstrapaziert.«

»Du willst, dass wir den Laden solange im Auge behalten?«

»Das auch ... und mein Reisepass liegt noch oben in meinem alten Zimmer. Die ganze Strecke nach Hause und zurück zum Flughafen schaffe ich nicht, bis der Flieger geht.«

»Virginia! Du und deine Tochter, ihr seid beide verrückt geworden«, schimpfte ihr Vater im Hintergrund.

Ihre Mutter seufzte wieder. »Archie, hol schon mal den Wagen aus der Garage.«

»Du bist die mutigste Frau, die ich kenne«, flüsterte Perpetua Rosie ins Ohr. Dann drückte sie sie noch fester an ihren warmen, weichen Körper.

Rosie lächelte und blickte durch Perpetuas Afrolockenmähne in das besorgte Gesicht ihres Vaters. Am Flughafen herrschte wie immer ein hektisches Gewusel. Nur sie und ihre fünf Begleiter schienen in der großen Halle still zu stehen. Rosie löste sich von ihrer Freundin und ging dann auf ihren Vater zu. Er senkte den Blick auf den glänzenden Boden, in dem sich die Deckenleuchten spiegelten. Als sie vor ihm stand, sah er auf.

»Dad, ich kann vollkommen nachvollziehen, dass du enttäuscht von mir bist und dass du dir Sorgen um die Bürgschaft machst. Was das angeht: Mit dem Restgeld vom Verkauf der Ohrringe kann ich die nächsten Raten bezahlen. Bis das Geld aufgebraucht ist, habe ich einen Plan.«

Er legte ihr die Hand sanft auf die Schulter und nickte. »Ich mache mir Sorgen um *dich*.« Die Falte zwischen seinen

Augen war tief. »Du warst immer meine kleine Prinzessin, und jetzt muss ich dich ziehen lassen.«

Rosie legte ihre Hand auf seine. »Dad, ich bin doch schon vor einiger Zeit von zu Hause ausgezogen.«

»In Bedford hätte ich dich wieder in meiner Nähe gehabt.« Er lächelte gequält.

»Das hätte dir so gepasst, was?« Rosie legte ihre Arme um seinen Rumpf und schmiegte sich an ihren Vater. »Aber es ist Zeit zu gehen.«

»Ich weiß«, sagte er und drückte ihr einen Kuss auf den Scheitel.

Danach verabschiedete Rosie sich von ihrer Mutter, von Eddie und natürlich von Helena. Sie winkte allen noch einmal, bevor sie sich an der Sicherheitskontrolle anstellte.

Ab hier musste sie allein gehen.

Kapitel 28

Mit dem Saum seines T-Shirts wischte Jack sich die beißenden Schweißperlen aus den Augen. Die sengende Hitze brannte auf seiner büroblassen Haut. Was würde er jetzt für ein eiskaltes Bier geben oder zumindest eine Quelle mit frischem Wasser? Außer sattgrünen Kakaobäumen war weit und breit nichts zu sehen. Das Knacken unter seinen Stiefeln durchbrach das monotone Rauschen der Insekten, während er Eduardo und seinem Vorarbeiter durch die Kakaopflanzenreihen folgte. Er war ein sportlicher Typ, definitiv, aber die Steigung des Hangs und die hohe Luftfeuchtigkeit waren heute sein Endgegner.

»Möchten Sie eine Pause machen, *Señor* Walker? Bis zu den reinen Criollo-Bäumen ist es noch ein ganzes Stück.« Eduardo, der Farmbesitzer, blieb stehen und hielt Jack seinen Cowboyhut hin. Er schien kaum zu schwitzen, trotz seiner Jeans und des langärmeligen Hemdes.

»Nein, danke.« Jack winkte ab. »Gehen wir weiter. Ich möchte die Criollo-Frucht sehen.« Verbissen setzte er den Weg die Böschung hinauf fort. Die Männer folgten ihm.

Je weiter sie sich von der Stelle, wo sie den Truck abgestellt hatten, in die Plantage hineinbewegten, desto mehr mischte sich exotisches Vogelgezwitscher unter das permanente Surren. Jack strich beim Gehen mit den Fingerspitzen über die sattgrünen länglichen Blätter der Kakaobäume. Sie fühlten sich lebendig an. Genauso wie er. Hier draußen fühlte er seit Langem zum ersten Mal überhaupt wieder irgendetwas.

Nachdem er gestern Abend angekommen war, hatte er Eduardo mitgeteilt, dass er an einem exklusiven Abnehmer-Deal interessiert war, vorausgesetzt, die Qualität des Kakaos stimmte. Es war seine oberste Priorität und nicht zufällig das Gegenteil von dem, worauf es ihm bei *Ostrich* angekommen war. Nur leider hatte er keinen blassen Schimmer, was die Qualität von Kakao anging. Er würde vor Eduardo erst mal bluffen, bis er jemanden angestellt hatte, der sich auf diesem Gebiet auskannte. Darum musste er sich schnellstmöglich kümmern, sobald er Ende der Woche zurück in New York sein würde. Die Frau, die guten Kakao schon allein am Geschmack erkannte, war nicht mehr Teil seines Lebens.

Jack biss die Zähne aufeinander, als sein Magen verkrampfte.

»Hier kommen wir zu unserer edelsten Sorte, *Señor*«, sagte Eduardo, nachdem sie eine weitere halbe Stunde durch das Laub bergauf gestiegen waren.

Jack blieb stehen und betrachtete ein paar der länglichen, fast Football-großen Früchte, die in strahlendem Gelb aus dem Schatten der dichten Blätter leuchteten. »Das ist Criollo?«

»*Sí, Señor.*« Eduardo nickte seinem Vorarbeiter zu. Der schmächtige Mann zog eine kleine Machete aus einer Lederhülle die er an seinem Gürtel trug. Mit einer schnellen Handbewegung hackte er eine der Früchte am Stiel ab.

»Anhand der Farbe sehen wir, wann es so weit ist«, erklärte Eduardo mit vor Stolz gereckter Brust. »Es braucht ein geschultes Auge, um zu erkennen, ob eine Frucht bereit zur Ernte ist.« Er nahm dem Vorarbeiter die Kakaofrucht ab und schüttelte sie. Behutsam klopfte er die Schale mit den Fingerknöcheln ab und lauschte. »Guter, reifer Kakao hat seinen eigenen Rhythmus und Klang. *Como la música.* Wie die Musik.«

Eduardo zog sein Messer hervor, schlug die dicke Schale auf und reichte Jack eine Hälfte. Die Oberfläche fühlte sich glatt und wellig zugleich an. Unter der dicken Schale befanden sich zwei Zentimeter große Bohnen, die von einer weißen schleimartigen Schicht umhüllt waren.

Eduardo schob sich eine davon in den Mund und forderte Jack auf, es ihm gleichzutun. »Aber nicht draufbeißen. Lutschen Sie nur die Pulpa. Das ist das weißliche Fruchtfleisch, in das die Kakaosamen eingebettet sind. Sie ist für die Aromaentwicklung verantwortlich.«

Jack ließ die Bohne in seinem Mund hin und her gleiten. Das Fruchtfleisch fühlte sich schleimig an. Der Geschmack war süßlich-fruchtig, wie Joghurt mit Zitronengeschmack.

Eduardo spuckte die glatt gelutschte Bohne wieder aus und sah ihn erwartungsvoll an. »Und?«

Jack nickte. Er ließ die Bohne ebenfalls in seine Hand flutschen und betrachtete sie. Ohne das weiße Fruchtfleisch, war sie bräunlich und ähnelte schon mehr dem, was man sich unter einer Kakaobohne vorstellte.

»*Das* ist der Geschmack von richtig gutem Edelkakao, *Señor.*«

Wieder krampfte sich Jacks Magen zusammen. Am liebsten hätte er sich dafür geohrfeigt. Er musste endlich damit aufhören, jedes Mal an Rosie zu denken, wenn er die Worte »Schokolade« oder »Kakao« nur hörte. Schließlich war das sein neues Metier. Er hatte sich dafür entschieden. »Danke, dass Sie mich hergebracht haben.« Er richtete sich auf. »Ich werde die Qualität umgehend prüfen lassen.«

»*Sí, Señor*. Dann fahren wir zurück zur Farm. Meine Frau bereitet ein Abendessen zu. Ich würde mich freuen, wenn Sie mein Gast sind. Die Halle, wo wir die Samen fermentieren, zeige ich Ihnen morgen.«

Jack nickte. »Danke.«

Als die drei Männer am Truck ankamen, war die Sonne bereits ein wenig gesunken und tauchte die üppige, dschungelartige Landschaft in ein magisches, goldrotes Licht. Ein schwarzer Tukan mit riesigem buntem Schnabel flatterte davon, als der Vorarbeiter den Motor startete. Jack sprang auf die Ladefläche, wo bereits vier Arbeiter saßen und darauf warteten, zurück zum Haupthaus gebracht zu werden. Er grüßte sie und ließ sich zwischen ihnen und den mit Kakaofrüchten gefüllten Weidenkörben nieder.

Die Männer trugen alle einen Strohhut und aufgeknöpfte, schmutzige Hemden mit buntem Muster. Ihre Haut war sonnengegerbt. Der Wagen setzte sich in Bewegung, und Jack musste sich festhalten, um auf dem unwegsamen Gelände nicht hin und her zu rutschen. Die Männer beäugten ihn. Da er aus der Nummer des weißen Fremden ohnehin nicht herauskommen würde, zog er sein Handy hervor. Beim Draufschauen verspannte sich sein Kiefer. Schon wieder eine E-Mail von seinem Anwalt.

Mr. Walker,
ich rate Ihnen dringend, sich mit mir in Verbindung zu setzen. Wenn wir nicht innerhalb der Frist gegen die Familie Mosby vorgehen, haben Sie keine Chance auf eine Gegendarstellung im Wallstreet Journal.«

Jack ließ den Kopf nach hinten gegen die Fahrerkabine des Trucks sinken und schloss die Augen. Es war immer noch heiß, aber der Fahrtwind machte die Hitze erträglicher. Die Ausstiegsverhandlungen in den letzten Wochen waren eine der härtesten Aufgaben in seinem Leben gewesen. Jetzt wollte er nur seine Ruhe haben.

Es war klar gewesen, dass Phil seinen plötzlichen Austritt aus der *Ostrich Corporation* nicht einfach auf sich beruhen lassen würde. Nicht, wenn es sich nur annähernd negativ auf die Börsenbewertung und damit auf seinen Profit auswirken könnte. Aber solange Phil nur sein, Jacks, Image in den Dreck zog, war es ihm gleichgültig. Er hatte mit weitaus Schlimmerem gerechnet, zum Beispiel damit, dass Phil ihn bei seinem neuen Vorhaben, feinsten Criollo-Edelkakao zu importieren, behindern würde.

Bislang war es still, dennoch war Jack wachsam wie ein Luchs, um gegebenenfalls schnell reagieren zu können. *Walker-Choc* war sein Befreiungsschlag und alles, was er wollte. Zumindest beruflich. Er öffnete die Augen.

Mittlerweile waren sie auf der etwas weniger holprigen Hauptstraße angekommen, die zurück in den Ort führte. Die gelblichen Kakaofrüchte, die vor ihm in den Körben lagen, wirkten in der Abendsonne wie pures Gold. Für manche Menschen war es das auch. Eduardo und seinen Männern gaben diese Früchte Arbeit, mit der sie sich und ihre Familien ernähren konnten. Für sie bedeutete Kakao die Welt. Für Rosie hatte Kakao auch die Welt bedeutet.

Jack wandte den Blick ab und sah in die Ferne. Während der harten Austrittsverhandlungen hatte er seine Gefühle abstellen können. Doch dieser Schalter funktionierte nicht mehr. Sein Magen verkrampfte sich wieder. Der Gedanke, Rosie nie wiederzusehen, bereitete ihm körperliche Schmerzen. Aber diese Schmerzen geschahen ihm recht, schließlich war er einfach gegangen, ohne um sie beide zu kämpfen. Das Einzige, was ihn aufrecht hielt, war die Vorstellung, dass Rosie eines Tages von *Walker-Choc* erfahren würde und somit hoffentlich wusste, was sie ihm bedeutet hatte.

Noch bevor der Truck auf dem Hof des Farmhauses zum Stehen kam, sprangen die Arbeiter von der Ladefläche und brachten die Körbe in eine vom Haupthaus etwas abgelegene Scheune. Das musste die Lagerhalle zur Fermentierung der Kakaobohnen sein.

Jack stieg ebenfalls ab und bedankte sich bei Eduardo noch einmal für die Plantagenbesichtigung.

»*Padre!*«, unterbrach sie Eduardos Sohn, der schnellen Schrittes auf sie zugelaufen kam. Er nahm seinen Vater zur Seite. Die beiden sprachen leise miteinander, aber Jacks Schul-Spanisch reichte aus, um zu verstehen, dass irgendwer gerade vom Flughafen angekommen war.

»Wer soll das sein? Ich weiß nichts von einem weiteren Interessenten«, flüsterte Eduardo auf Spanisch.

In Jack stieg ein ungutes Gefühl auf.

»Mr. Walker hat klar ausgedrückt, dass er nur als Alleinabnehmer des Criollo infrage kommt.« Eduardo wandte sich ihm mit einem angestrengten Lächeln zu. »*Señor* Walker, wenn Sie möchten, können Sie sich dort drüben am Brunnen etwas frisch machen.« Er zeigte auf ein Holzfass mit Handpumpe. »Ich bin sofort zurück.«

»Sicher«, antwortete Jack knapp. Er spürte, wie die Ader an seinem Hals zu pochen begann, seine Hände ballten sich zu Fäusten. »Verdammt«, knurrte er, als Vater und Sohn im Haus verschwunden waren. Wenn Phil ihm hierher nachgereist war, um ihm den Deal zunichtezumachen, könnte er für nichts mehr garantieren.

Das Adrenalin pulsierte durch seinen Körper wie heiße Lava. Er musste jetzt irgendwie einen kühlen Kopf bewahren. Es wäre nicht das erste Mal, dass Phil ihn zu einer Kurzschlussreaktion treiben würde, die keinem etwas brachte.

Jack ging zum Brunnen, der vor der Lagerhalle lag, etwa zwanzig Meter entfernt vom Haupthaus. Er tauchte die Hände hinein und spülte sich Wasser ins Gesicht. Es war zwar nicht kalt, aber zumindest hatte es ein paar Grad weniger als die Lufttemperatur. Als er wieder hochkam, vernahm er Stimmen hinter sich.

Er drehte sich um und erblickte Eduardo und seinen Sohn, die vor dem Haus mit jemandem redeten. Von Phil war keine Spur zu sehen. Es war eine Frau, die mit dem Rücken zu Jack stand. Er wischte sich das Wasser aus dem Gesicht und streifte sein feuchtes Haar zurück.

Sie trug eine dunkle Jeans. War er der Einzige, der in diesen Gefilden fast in Flammen aufging? Er kniff die Augen zusammen, als er ihr gepflegtes braun gesträhntes Haar musterte. Seine Augen glitten hinab zu ihren nackten Armen. Ihre Haut war genauso blass wie seine. Als die Frau den Kopf in den Nacken warf und lachte, blieb ihm das Herz für einen Augenblick stehen. War ihm die Hitze zu Kopf gestiegen? Er wagte kaum zu atmen, während er die Frau innerlich anflehte, sich umzudrehen.

Als hätte sie ihn gehört, wandte sie sich langsam um. Ihm stockte der Atem. Da waren die wunderschönen Augen, nach denen er sich so gesehnt hatte. Mühsam schluckte er. Die Erinnerung an ihren Abschied und die Trauer in ihren Augen damals hatten ihn die letzten Wochen fast zerrissen. Doch nichts davon war jetzt zu sehen. Rosies Augen leuchteten, ihr Mund formte sich zu einem Lächeln.

Epilog

»Schokolade führt die Menschen zusammen, Mrs. White, das hat meine Grandma schon immer gesagt.« Rosie hatte die grauhaarige Dame zur Tür begleitet und half ihr geduldig in den Mantel.

»In Ihrem Fall ist das wohl wahr, meine Gute. Sie sollten Ihre wunderbare Liebesgeschichte aufschreiben, dann müssen Sie sie mir nicht jede Woche neu erzählen.«

Rosie lächelte. »Vielleicht mache ich das, aber ich erzähle Sie ihnen gerne wieder. Vergessen Sie die hier nicht.« Sie hielt Mrs. White die Tüte mit ihren Einkäufen hin. Dabei schielte sie stolz auf den Schriftzug auf der Tüte: *Rosie's Chocolates – Edelpralinen aus reinstem Criollo-Kakao.*

»Ach, danke, die hätte ich tatsächlich fast vergessen. Dann grüßen Sie Ihren Liebsten, unbekannterweise. Und bis nächsten Mittwoch.«

»Bis nächsten Mittwoch, Mrs. White. Ich freue mich«, verabschiedete Rosie ihre hochbetagte Stammkundin und schob einen Holzkeil unter die Ladentür, sodass sie offen blieb.

Der Frühling war ihre liebste Jahreszeit in London. Mit der Natur erwachten die Londoner zum Leben, und auch die Touristen tummelten sich jetzt wieder in der Stadt. Eine frühlingshafte Brise wehte durch die offene Tür herein, während Rosie zurück hinter ihren Tresen ging und Mrs. Whites Kakaotasse in die Spülmaschine stellte. Der Frühlingshauch streifte sie im Nacken und ließ ein freudiges Kitzeln durch ihren Körper fahren. Es war nicht nur der Frühling, der sie so glücklich machte. Es war London, ihr eigener Laden, und natürlich war es Jack.

Rosie bemerkte, dass jemand hereinkam. »Ich bin gleich für Sie da«, rief sie über die Schulter und kramte noch schnell nach einer neuen Papierrolle für Millies alte Registrierkasse. Dann wandte sie sich um und blieb abrupt stehen. Ein glatt gebotoxtes Gesicht blickte sie über den Tresen hinweg an.

»Patrick?«, murmelte sie.

»*Rosie's Chocolates*, was? Wer hätte das gedacht?«, sagte er auf seine schnippische Art und beäugte die Auslage mit den Pralinen.

Rosies Mund formte sich zu einem Grinsen. »Ja, *Rosie's Chocolates*«, antwortete sie und spürte wieder dieses Kitzeln. »Wie geht es dir?«

Patrick winkte ab. »Ach, ich bin so viel unterwegs, meist weiß ich an einem Morgen gar nicht, wo ich den nächsten Tag verbringe. Als Head of Marketing global ist das Leben einfach noch viel stressiger. Zum Glück habe ich eine erstklassige Assistentin.«

»Das freut mich wirklich zu hören, Patrick«, sagte Rosie und spürte, dass sie es auch wirklich so meinte.

»Nur Pralinen kann sie nicht machen.« Patrick sah ihr für einen kleinen Moment in die Augen. Dann wandte er sich schnell wieder ab und griff nach einem der Flyer, die neben der Kasse lagen. »*Walker-Choc*«, las er. »Ich habe den Artikel über euch in der *Sunday Times* gelesen. Rührend! Wobei ich nicht verstehen kann, warum du nicht bei ihm eingestiegen bist; das hätte deine Karriere in die Höhe katapultiert.«

»Ja, mag sein«, antwortete sie. »Aber das hier ist es, was ich will.« Sie breitete die Arme aus und platzte fast vor Stolz.

Der Laden war zwar halb so groß und um ein Vielfaches so teuer wie der in Bedford, aber die Top-Lage hatte die Bank überzeugt, den Kredit auf dieses Objekt umzuschreiben. Und das Beste: Es war *ihr* Laden, genau so, wie er ihr gefiel. »Für *Walker-Choc* bin ich beratend tätig, und natürlich verwende ich auch nur den Kakao, den Jack importiert, denn er ist der beste.«

Rosie griff nach Millies alter Pralinenzange und holte eine der Salzbutter-Karamell-Trüffel heraus. Sie legte sie auf eine ihrer nagelneuen türkisfarbenen Keramikuntertassen und schob sie Patrick hin. »Hier kannst du dich selbst überzeugen.«

Er griff gierig danach und schob sich die Praline in den Mund. Langsam atmete er durch die Nase ein und schloss für einen kurzen Moment die Augen. Dann begann er zu kauen und nickte dabei. »Pack mir zwölf davon ein«, sagte er noch mit der hellbraunen Masse zwischen den Zähnen. »Oder sagen wir, zwanzig. Und zwölf von den rosafarbenen da drüben. Aber bilde dir nicht ein, dass ich jetzt jede Woche den weiten Weg hier nach Clerkenwell mache.«

Rosie schmunzelte. »Keine Sorge, ich habe einen günstigen Kurier an der Hand.« Dann zwinkerte sie ihm zu.

Als Patrick gegangen war und gerade kein anderer Kunde kam, setzte Rosie sich einen Moment auf die Bank vor dem Laden und genoss die Wärme der Frühlingssonne auf ihrem Gesicht. Sie warf einen Blick auf ihr Telefon und entdeckte eine Nachricht von Jack.

> Hey, Babe, ich lande gegen acht, kann es kaum erwarten, dich zu sehen. P.S.: Ich habe keine Lust mehr auf die Pendelei, vielleicht wird es Zeit, dass wir uns eine gemeinsame Wohnung in London suchen.

Rosie drückte das Handy an ihr Herz. Die frühlingshafte Brise kitzelte ihre Haut, und sie konnte kaum fassen, wie glücklich sie war.

Danksagung

Dieses Buch war für mich der Beginn einer neuen Reise. Es hat mir viel Mut, Disziplin und Willensstärke abverlangt. Drei Tugenden, mit denen wir alles erreichen können, wie Rosies Geschichte zeigt. Mein Dank gilt beHEARTBEAT, meiner Literaturagentur Arrowsmith Agency und meiner Mentorin Anke Müller, die das Potenzial dieses Romans sofort erkannt haben. Danke an die Bernhofer Chocoladenmanufaktur und die Grenada Cocoa Association, für das Insiderwissen. Außerdem bin ich dankbar für meinen Mann Andreas und meine beste Freundin Janette, die mir mit Engelsgeduld Feedback zu jedem Kapitel gegeben und von Anfang an an mich geglaubt haben. Und natürlich möchte ich mich auch bei allen bedanken, die diesen Liebesroman gelesen haben. Für euch ist er geschrieben.

Die Community für alle, die Bücher lieben

Das Gefühl, wenn man ein Buch in einer einzigen Nacht verschlingt – teile es mit der Community

In der Lesejury kannst du
- ★ Bücher lesen und rezensieren, die noch nicht erschienen sind
- ★ Gemeinsam mit anderen buchbegeisterten Menschen in Leserunden diskutieren
- ★ Autoren persönlich kennenlernen
- ★ An exklusiven Gewinnspielen und Aktionen teilnehmen
- ★ Bonuspunkte sammeln und diese gegen tolle Prämien eintauschen

Jetzt kostenlos registrieren: www.lesejury.de

Folge uns auf Instagram & Facebook:
www.instagram.com/lesejury
www.facebook.com/lesejury